周友良　王发槐　周展旭　编著

新华出版社

图书在版编目（CIP）数据

寸草堂楚剧集 / 周友良，王发槐，周展旭编著. -- 北京 : 新华出版社，2023.3

ISBN 978-7-5166-6770-5

Ⅰ. ①寸… Ⅱ. ①周… ②王… ③周… Ⅲ. ①楚剧－地方戏剧本－作品集－中国－当代 Ⅳ. ① I236.63

中国国家版本馆 CIP 数据核字（2023）第 052747 号

寸草堂楚剧集

作　　者：周友良　王发槐　周展旭 编著

责任编辑：李　成　　　　封面设计：树上微出版

出版发行：新华出版社

地　　址：北京石景山区京原路 8 号　　邮　　编：100040

网　　址：http://www.xinhuapub.com

经　　销：新华书店、新华出版社天猫旗舰店、京东旗舰店及各大网店

购书热线：010-63077122　　中国新闻书店购书热线：010-63072012

照　　排：树上微出版

印　　刷：湖北金港彩印有限公司

成品尺寸：170mm×240mm

印　　张：22.75　　字　　数：484 千字

版　　次：2023 年 3 月第一版　　印　　次：2023 年 3 月第一次印刷

书　　号：978-7-5166-6770-5

定　　价：98.00 元

前　言

楚剧，旧称西路花鼓、黄孝花鼓，1926 年改用现名。2006 年 5 月 20 日，楚剧经国务院批准列入第一批国家级非物质文化遗产名录。大约于百年前在鄂东流行的哦呵腔基础上融合黄陂、孝感一带的山歌、道情、竹马、高跷及民间说唱等形成。1922 年，楚剧逐渐接受京、汉剧及文明戏的影响，演员和音乐工作者开始了分工，唱腔上创造了［打腔］和［起腔］等腔调，剧目也开始变单出戏为本戏，并采用一些京剧、汉剧的道具。1927 年前后，楚剧整理和创作了《思凡》《赶斋》《赖婚》《汲水》《董永卖身》《张朝忠》《小清官》《乌金记》等六十多个剧目，《葛麻》是新中国成立后享誉全国的楚剧剧目。近年编演了《虎将军》《中原突围》等。楚剧现存剧目约五百个，常演的有两百多个，其中较为重要的包 括《秦雪梅吊孝》《银屏公主》《赶斋》《杀狗惊妻》《三世仇》《吴汉杀妻》《蔡鸣凤辞店》《葛麻》《百日缘》《九件衣》《乌金记》《卖棉纱》《哑女告状》《白扇记》《思凡》《赖婚》《汲水》《董永卖身》等。楚剧腔调分为板腔 、小调 、高腔三部分，板腔包括迓腔、仙腔、应山腔、四平、十枝梅等，小调有【十绣调】、【麻城调】、【讨学钱】、【卖棉纱】等曲牌，高腔有【锁南枝】、【梧桐雨】、【山坡羊】等曲牌。楚剧的伴奏乐器主要有胡琴、京二胡、二胡、三弦、板鼓 、钹、大小锣等。楚剧的角色主要分为生、旦、丑三类，其他行当亦由生、旦、丑 演员兼演。楚剧表演讲究贴切自然，运用程式手段不拘一格，乡土气息浓郁，名演员有沈云陔、高月楼、关啸彬、李雅樵、熊剑啸等。 现代整理的历史故事剧，如《血债血还》《刘介梅》《双教子》《追报表》《三世仇》《桃花扇》《太平天国》《不称心的女婿》《狱卒平冤》《穆桂英休夫》《悠悠柳叶河》《东方税官》等，其中《葛麻》《刘介梅》《双教子》《追报表》被拍成戏曲艺术片。出现了张巧珍、姜翠兰、张光明、荣明祥、于盛乐、张一平、彭青莲、刘丹丽等一批深受人民群众喜爱的优秀演员。楚剧贴近生活，紧跟时代，表现手段丰富多样，具有很强的包容性，充分显示了鄂东一带地方文化的特色。目前楚剧面临着剧团锐减、人员老化、经济困难、后继乏人、观众萎缩等诸多困难，对珍贵资料与老一辈艺人技艺的抢救也因缺乏资金而难以开展，迫切需要加以关心扶持。

楚剧作为湖北的独特剧种，既是一种文化记忆，也是一种文化档案，更是社会主义核心价值观和中华美德的重要传承途径。

这本剧集源于王发槐老人八十岁以后对曾经从事的楚剧经历的回忆、记录、创编。老人家既唱过戏，也教过戏，当过演员，更当过导演。

这些剧本，有四种类型。一是自编，二是改编，三是续编 ，四是整编。自编的剧本，完全是王发槐本人的创作，故事来源并非原创，而是从别的剧种或小说取材而来。《三打白骨精》《张四姐大闹东京》《谢瑶环》《凤还巢》《白蛇传》《薛仁贵与薛丁山》等都是自编的，其中《谢瑶环》和《凤还巢》的故事来源于同名京剧。据书中故事创作了同名剧本，楚剧史上从来没有人演绎过这个故事；改编的剧本，是原有过剧本，老人年轻时还演出过，由于年深日久，剧本失传，他根据记忆予以恢复改编。《夜诉奇冤》是根据原来的《十五贯》改编的，《真假包公》是依旧剧本《追鱼》改编而成；续编的剧本，是续写补编，《福禄救主》原来只有上集，老人续写了下集 。原剧本只写到徐文炳含冤入狱后福禄进京告状营救，是否救出及如何救出，没有下文。老人依剧情的逻辑发展补写了下集，使戏剧故事有了完整的结局；整编的剧本，是整理修订。原来有抄本流传，流传过程中有残缺，王发槐将它重新整理修订。《汾河湾》就是这种旧曲翻新的剧本。

无论是自编，还是改编，都是一种层累式写作，是一种文化传承。每部剧本都凝聚着前人的智慧，承载着民间和集体的审美趣味。王发槐先生能传承这种有特色的戏剧文化，作为他的姨侄，我感到荣幸和自豪，也乐于尽一份心力把他编撰的剧本校印成书，更期待能够依托乡村振兴将剧目搬上舞台，以告慰姨父。

当然，抢救、搜集、整理、保护民间老艺人的技艺和即将失传的民间楚剧剧目，传承中华民族仁、义、礼、智、信等优秀的传统美德，弘扬社会主义核心价值观；增加楚剧剧目存量，为新时代乡村文化建设储备和提供创作、传播的资源；为研究二十世纪特定时期的湖北乡村文化形态提供佐证资料。这些也是出版本剧集的初衷。

由于编者的水平有限，剧集中难免有错漏、不足之处，敬请各位读者和专家批评指正！衷心致谢！

谨以此为前言。

周友良

2023 年 3 月 5 日

目　录
Contents

三打白骨精　1
张四姐大闹东京（上集）　17
张四姐大闹东京（下集）　43
福禄救主（上集）　61
福禄救主（下集）　81
凤还巢　93
谢瑶环　113
白蛇传　131
薛仁贵与薛丁山（第一部）　185
薛仁贵与薛丁山（第二部）　237
薛仁贵与薛丁山（第三部）　261
夜诉奇冤　287
真假包公　313
真假王富刚　329

三打白骨精

全场人物：唐僧、悟空、沙僧、八戒、白骨大王（女）、猿精、熊精、小妖甲乙二人、小猴二人、（变）村姑、（变）婆婆、（变）公公、外婆、轿夫二名

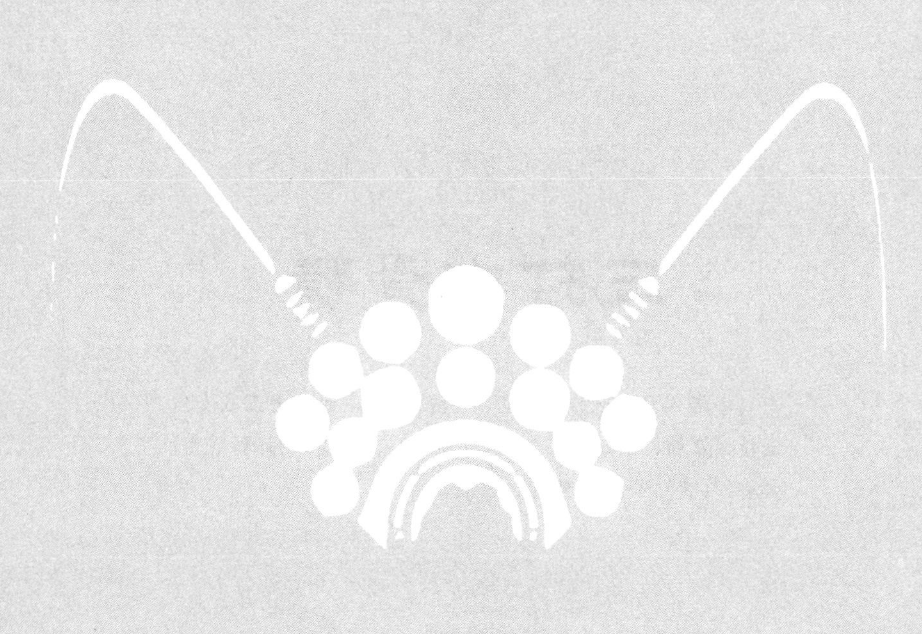

第一场 唐僧表白

人物：唐僧、悟空、八戒、沙僧

僧（内唱倒板）：奉圣旨取佛经，星披月戴。（转西皮雅腔）一路上登山涉水，不畏疲劳。我本是出家人，三皈五戒。朝夕念弥陀口吃长斋。万岁爷在金殿降旨一道，命贫僧到西天取经回来。在中途遇着了真神下界，观世音她对我法语开怀。教授我紧箍咒真言法宝。二徒儿多野性，戏弄裙衩。三徒儿名沙僧，与我把马带，朝朝夕夕不离开。三个徒儿忠心耿，忙把路踩。这也是万岁爷洪福齐来。（转原板）叫沙僧，你与我把马来带。一心心到西天去见佛台。一路上好美景令人喜爱，青的山绿的水胜过蓬莱。出家人喜的是清闲自在，见天空乌鸦鸣，雀鸟往来。登山涉水往前踩，但愿得取经回早见龙台。（下）

第二场 白骨精表白

人物：白骨精、熊精、猿精、众小妖、唐僧四人走排场

白（上，引）：独占山岗，自称为王。（诗）五百年前一堆骨，五百年后就是吾。变化无穷赛千古，个个称我白仙姑。（白）我乃白骨仙姑是也。在此白骨山受了那日月之精华，风雨中成长，修炼千年，变化无穷，在此白骨山自称为王。今有熊、猿二将，听我使用，每朝山前山后，以捕捉野兽为食，今日命熊精出山打探，单听他回来一报。

熊（白）：报。

白（白）：报者何来？

熊（白）：今有唐僧师徒四人到西天取经，从此过往，请令定夺。

白（白）：你看得清？

熊（白）：看得清。

白（白）：你报得实？

熊（白）：焉有吊谎。

白（白）：好，待我登峰一观也。（唱原板。在乐声中唐僧四人走场下）熊猿二将，随我登高望。站在高峰细端详。下面果然来了唐僧丈，师徒四人行路忙。今日一见兴高涨，不由仙姑喜洋洋。往日常听人谈讲，唐僧身上肉分外香，吃了唐僧不老相。今日果然到了身旁。本当下山将他来捉上。（白）不可，听说孙猴功夫世无双。叫声二将听我讲，快快与我下山岗。（白）熊、猿二将。

熊、猿（白）：在。

白（白）：你们赶快下山，与我将唐僧擒了上来。（不语介）

白（白）：你这两个无用之辈，为何无声不语。

熊（白）：启禀大王。

白（白）：所禀何来？

熊（白）：依我看来，捉拿唐僧十分容易，只是唐僧有一徒弟孙悟空十分厉害，我等不是他的对手。我若下山岂不是有死无生，有去无回，望大王想办法捉拿。

白（白）：既然如此，两厢退下。

众（白）：是。（下）

白（白）：哎呀，少待，这孙猴如此厉害，这便如何是好？这……这，有了。想唐僧一路疲劳，腹中必定饥饿。我不免变作一民间妇女，扮送饭模样，自有办法摆布于他。说变就变，摇身一变。（下）

（变村姑上场）

第三场　村姑送饭

人物：村姑

村姑（上，唱小四平）：我摇身一变村姑模样，手提篮儿在路旁。站在路旁用目望，你看他师徒们行走忙忙。只见那孙悟空手提金棒，杀气腾腾像猴王。那八戒他在前多么勇壮，手持钉耙不慌不忙。那沙僧在后面牵着丝缰，手持钢叉挑行装。那唐僧坐马上，一副好相，难怪得食他肉不老样。待等候那师徒们从此往，再作摆布，自有主张。（下）

第四场　命徒化斋

人物：唐僧、悟空、八戒、沙僧

僧（内，白）：悟空开道（唱原板）金殿之上把旨领，命我唐僧去取经。在路行程数月整，奔赴西天马不停。无心观看路旁景，鸟语花香乱纷纷。快马加鞭西天奔，这腹中饥饿路难行。

僧（白）：悟空。

空（白）：在。

僧（白）：为师的腹中饥饿，难以登程，你到前头村庄化些斋饭与为师充饥，好吧？

八（白）：师兄呀，你要多化点来，我的肚子饿得在叫呀！

空（白）：启禀师父。

僧（白）：所禀何来?

空（白）：师父哪曾知道，这乃是荒山野岭，想有妖怪前来搅害，我在此保护师父要紧，不免叫八戒去化斋为好。

僧（白）：徒儿言之有理，八戒你去化来。

八（白）：师父，我肚子饿得走不动了，你还是叫师兄去，他走得快些。

僧（白）：不要多言，快去快来。

八（白）：遵命呀。（唱嘹子）告辞了师父去化斋，等我吃饱了再转来。

空（白）：师父你在此等候于我，待我去山上采来鲜果，与师父充饥解渴便了。

僧（白）：你速去速来。（同下）

第五场 八戒偷懒

人物：八戒、悟空

八（上，白）来也。（唱）师父命我把斋化，急忙赶路手持钯。站在路旁观四下，山前山后无人家。叫我化斋哪里化，急得八戒把头抓。没有办法持钉耙，往前踏，瞌睡来了把口咂。

八（白）：化不着斋饭，瞌睡也来了，不免找个地方睡一会再作道理，哎。（伸懒腰睡觉介）

空（上，白）：来也。（唱）八戒化斋往前踏，我在后面偷看他，见八戒在路旁来睡下，我变个虫儿戏弄他。（白）：稍待，八戒睡熟了，我变一个虫子钻进他的鼻子，将他弄醒。（变做介）

八（白）：哎（醒介）。

八（白）：刚睡熟哪来蜂子，钻我鼻子，哎且（打喷嚏介）哎呀师父，化斋，天色不早，斋未化到，见了师父如何交差。呵，是了，我不免在此演试一下，走到师父跟前，徒儿参见师父，罢了。站过一旁。谢师父。八戒，你化的斋呢？我就这个——他说，这么个样，我就说，师父哪曾知道，徒儿山前山后、山左山右，到处化斋，就是找不着人家，斋没有化，就是这个办法，我就转来了（唱嘹子）扛着钯儿回转走，去见师父忙叩头。（下）

第六场 一打白骨精

人物：唐僧、悟空、八戒、沙僧、村姑

僧（内白）八戒呀。（唱首板）我命八戒去化斋，这般时候未转来。莫不是斋饭未化到，怕的是八戒去贪玩。口念阿弥陀佛将他等到。（八上）见了师父忙打参。

八（白）：参见师父。

僧（白）：罢了，站过一旁。

八（白）：谢师父。

僧（白）：八戒，你化的斋呢？

八（白）：这个——

僧（白）：这个什么？

八（白）：师父你听到，师父不要将我问，八戒言来诉原因。师父命我把斋来化定，手持钉耙往前行。东边寻，西边寻，前寻后寻，左寻右寻到处寻，就是寻不着村庄和庙门。急得我八戒无头进，肚中饥饿把馋吞。走也走不动，行也不能行。因此这般时候才转身，才转身。

空（白）：师父，莫要听他的谎言。他没有去化，他在路旁打睡。

八（白）：你这猴头，光是害我。师父，莫听他的话呀。

僧（白）：不用多讲了，悟空。

空（白）：在。

僧（白）：你去化来。

空（白）：徒儿遵命（唱嘹子）师父之言我当领，此地只怕有妖精，画一道金圈你坐定，有人唤你莫动身。若是走出金圈境，恐有妖怪伤你身。辞师父，去化斋，忙往前进。望师父你耐烦等，切莫动身。（下）

村姑（上，唱四平）：得见了那悟空去把斋化，倒把我白仙姑喜在心牙。你看他师徒们同坐地下，趁此机会将他拿。我正想上前去，将他拿下，是缘何金圈光照得我眼花。此时且把主意来打。拿出了白米饭戏弄与他。（白）哎呀，妈妈呀，我把饭送来了，有人挡住我，不能过来送饭呀。

八（白）：师父，你看那白米饭好香呀。

僧（白）：阿弥陀佛。

八（白）：师父，你坐着莫动，待我去讨点吃来吃。（八）跳出圈外。

八（白）：哎，女菩萨，把你的饭给一碗我们充充饥好吧？

女（白）：哎呀，你是哪里的妖怪，我怕——我怕，妈妈快来呀。

八（白）：莫要怕，我不是妖，我实对你讲，我是人，是大唐人氏，去往西天取经的。

女（白）：你们什么相称？

八（白）：我实对你讲，这是我的师父，那是我的师兄，我名猪八戒，请做点好事，把碗饭给我们充充饥。

女（白）：那好吧。既然你们是取经行善之人，要有礼貌，必须从大至小，要让师父先吃饭，你后吃。

八（白）：言之有理，师父快来。（推师父，僧在念佛）

女（白）：少待，此时不下手，等待何时。僧起身（空冲上将妖精架住，亮相，将女一棒打死）

空（白）：妖精不要走，吃我一棒。（白）见过师父，徒儿相救来迟，望你恕罪。

八（白）：还要恕罪，我吃到嘴的饭被你打脱了，真是气死我也。

僧（白）：悟空，你将人家女子打死，如何是好？

空（白）：师父，这乃是妖精所变的，不是人。

僧（白）：那个，这也是妖怪？

八（白）：师父，莫听这猴子的话，这明明是人家的好姑娘，送饭的，你把她打死了，人家来扯皮，看怎么办？

僧（白）：悟空。

空（白）：在。

僧（白）：我叫你化斋，缘何转来了。

空（白）：师父哪曾知道，我去化斋，站在山坡一观，见这妖精近身，恐怕师父有失，故而转来相救。

僧（白）：既然如此，再去化来。

空（白）：徒儿遵命。（下）

婆婆（上，白。手板）老身生来本姓白，长期住在白山头，听说唐僧从此走，不由老身喜心头。千变万化来想就，捉拿唐僧乐逍遥。食了唐僧肉，长生不老，个个把我朝。急急忙忙往前走。假姑娘，捉光头。（白）姑娘呀，你到哪里去了呀，（看惊介）（白）哎呀，儿呀，你是缘何被人打死了？（哭介）（唱）哭一声我的儿呀，哎——我的儿呀（嚓子）是何人打死我儿，定报冤仇。

八（白）：师父你看，人家扯皮的来了。

僧（白）：阿弥陀佛。

婆（叫头）你这猪头和尚呀，想你们乃是佛门弟子，应该行善，为何将我姑娘打死，这还了得，你好好还我姑娘，才与你罢休。如若不然，我将老命与你拼了。

八（白）：不是我打死的。

（婆婆准备上前去抓唐僧）

空（冲上，白）：妖精不要走，吃我一棒。（打死介）

僧（白）：可恼呀（唱嚓子）悟空作恶胆不小，打死人家命两条。打死姑娘祸来了，打死这婆婆国法难饶。若是人家上国告，你叫为师怎开消。

八（白）：师父呀，师兄在路上光是惹祸，到西天几时能到。叫他化斋他不化，我肚子饿得不耐烦了啊。

空（白）：师父不要如此，这都是妖精变化。

僧（白）：什么？这也是妖精变化？这也难怪。此地化不着斋饭，如何是好？

空（白）：师父，我不免去前面找村庄化斋便了。

僧（白）：既然如此，沙僧带马前走。（唱嘹子）挑行李，代牵马，往前走。

空（唱）：此地妖精甚是多。

八（唱）：我八戒肚子饿。

僧（唱）：到前面去化斋口念弥陀。（下）

第七场 三变公公

人物：白骨精、熊精、众小妖、变公公

白（白）来也。（唱）心头恼恨孙悟空，捉拿与他绝不容。不管孙猴多骁勇，我有千变万化计无穷。将身且把前寨拢。捉拿唐僧不放松。（白）哎呀，少待，可恨悟空甚是厉害，两次变化被他识破，这便如何是好？这……有了，我不免再变一公公前去，谅那孙猴也要打死，想唐僧乃是行善之人，见连伤三命，必有伤心之意。我再假传法旨一道，命他师父赶走孙悟空。何愁唐僧不自投我手，说变就变，摇身一变。（下）（公公上，念）变了变了，问我怎样来变老，敬请列位听从头。人老人老了，人老是从哪里老，人老是从头发老。白的多来黑的少。人老了，人老了，人老是从哪里老。人老是从嘴巴老。吃不动的多，吃得动的少。牙齿个个都掉了，都掉了。人老是从眼睛老，看不见的多，看得见的少，看得见的少。人老是从耳朵老，听不见的多，听得见的少，听得见的少。人老了，人老了，人老是从身上老，咳嗽流眼泪，屙尿打湿鞋，打屁屎出来。且看我变得巧不巧。若要人不老，吃了唐僧肉，长生总不老。不怕孙猴再奥妙，我看唐僧你跑不了，跑不了。（下）

第八场 传假旨赶走悟空

人物：唐僧、悟空、老公公、八戒、沙僧

僧（内，白）：悟空开道。（唱嘹子）师徒四人越山坡。

八（唱）：我肚饿了无奈何。

沙（唱）：此地妖怪真可恶。

空（唱）：老孙在此降妖魔。

僧（白）：悟空。

空（白）：在。

僧（白）：为师肚中饥饿，难以行走，你还是去找村庄庙宇化些斋饭与为师充饥吧。

空（白）：徒儿遵命。（唱嘹子）师父命我去化斋，老孙不敢来迟挨。急忙金圈画一道，师父千万莫出来。（白）八戒，你在此保护师父，此地妖怪甚多，不要走出圈外。

八（白）：那我晓得，你多化点来呀。

空（白）：知道。你小心了。（下）

（内，白），且慢呀——且慢呀。

八（白）：师父哟，是何人叫我吃饭？

僧（白）：阿弥陀佛。

公（白）：唐僧呀，唐僧呀，你是出家之人，应该慈善为本，方便为门，你伤害我家两条性命，该当何罪。

僧（白）：阿弥陀佛。

八（白）：不是我打死的。

公公（白）：你好好还我婆婆、姑娘。如若不然，我老命与你拼了。（上前抓唐僧）

悟空（冲上，白）：妖精不要走，看棒。

僧（白）：悟空，打不得。

空（白）：打不得也要打。

僧（白）：你要打，我要念紧箍咒（口念介）（空痛介，空忍痛镇定，将公打死）

八（白）：啊呵，又打死了。

僧（白）：可恼呀！（唱嘹子）悟空做事大不该。你打死人命罪难逃。倘若上帝知道了，你叫为师怎开销。

白（传假旨，站在桌上，白）听上帝法旨，今有唐僧带领徒儿孙悟空，去往西天取经，一路之上打伤人命不少。若是再带悟空前去，容你不得。

八（白）：师父呀，上帝降罪，这都是师兄之过，不与我相干。

僧（白）：悟空，为师用你不着，快快与我滚开，以免连累为师。

空（白）：师父呀，师父呀，你赶走我，不要紧。你去那西天路上有灾难，那时悔之晚矣。

八（白）：师父莫怕，有我。

僧（白）：悟空不要多言，与我滚了。

空（白）：好，你要我滚，我就滚了（空斗云）（下）

僧（白）：好呀（唱嘹子），叫八戒，忙开道，把身起。

沙（唱）：师兄走了，怕有是非。

僧（唱）：沙僧，你驯马西天之地。

八（唱）：师兄走了，我好顽皮。（下）

第九场 传令捉唐僧

人物：白骨精、猿精、熊精、众小妖

白（内，白）：来也。（上唱原板）孙猴走了心欢喜，唐僧之肉定能吃。急忙安下牢笼计，唐僧插翅也难飞。众将带路，前寨内捉拿唐僧这一回。（白）熊、猿二将。

众（白）：在。

白（白）：想孙猴已经走了，去到前面路旁设一王庙，他师徒三人定要进庙朝佛、化斋，那时将他擒住，不得有误。

众（白）：是。

白（白）：站在两厢，听我传命也。（唱原板）站在山寨传号令，大小众将听分明。会拿刀的刀拿定，会拿棍的棍一根。师徒三人把庙进，一齐杀出来相迎。此时不可伤他命，活捉他人吃肉身。若是有人违我令，严刑惩治不容情。权且将身后寨进，唐僧肉一定吃得成。（下）

第十场 唐僧被擒

人物：唐僧、八戒、沙僧、白骨精、猿精、熊精

僧（内，白）：八戒开道也。（上唱）悟空不该把祸闯，屡屡次次把人伤。此番前去有阻挡，还有八戒在身旁。坐在马上抬头望，得见前面一庙堂。八戒带路庙堂往。（白）阿弥陀佛，下马进庙（唱）来到佛殿忙烧香。（白）徒儿敲动钟鼓，叩头烧香。

沙（白）：是（三人跪介。两边冲上，将唐、沙捉住，八戒杀出逃走）。（下）

白（白）：好喜呀。（唱）拿住了唐僧，逃走了八戒，叫本王好不乐哉。传令众将，将唐僧解往后寨。捉住了那八戒，一齐开刀。（下）

第十一场 花果山

人物：孙悟空、众小猴、猪八戒

（众小猴引悟空上，引）花果山前水帘洞，胜过天仙斗牛宫。（诗）生在深山陡石崖，无风无火长起来。不是佛祖压住我，要把乾坤扭转来。

（白）：俺，孙悟空是也，跟随师父唐僧去往西天取经。路过妖怪谋害师父，是我将他打死，师父听了八戒的挑唆，将我赶走，于是我来到花果山为王，好不快乐。小猴们。

小（白）：在

空（白）：洞门看守，如有人到此，不要让他进来，速报我知。

小（白）：是。

空（白）：众小猴儿。

众（白）：有。

空（白）：与我献果上来。

众（白）：是。（献介）

空（白）：众猴儿，与我拜寿。（拜介）众猴儿。

众（白）：有。

空（白）：与我献酒献歌舞上来。（空饮酒，众唱八仙歌）好了，好了，真热闹，大家都来饮酒（众饮酒）。

猪（上，白）：来此花果山，前来把师兄搬。洞门小猴，我且问你。

小（白）：你是哪里来的猪头，到此何干？

猪（白）：不能知道，我来找师兄的。

小（白）：胡说，什么师兄，我这里只有大王。

八（白）：哦，大王，你家大王可是孙悟空？

小（白）：正是。不错。

八（白）：好，烦你通禀一声，就说我猪八戒要见。

小（白）：你少站一时。

八（白）：是。

小（白）：你站远些。

八（白）：是。

小（白）：你站退些。

八（白）：是，这真是虎落平原被犬欺。

小（白）：启禀大王。

空（白）：所禀何来？

小（白）：外面有猪八戒要见。

空（白）：好，与我抓了进来。

众（白）：是。

众（白）：将八戒抬进洞。

八（白）：见过师兄。

空（白）：罢了，罢了。

八（白）：谢师兄。

空（白）：八戒，你不看守师父，到此何事？

八（白）：这个……哦，见你在此这么热闹，故而前来玩玩。

空（白）：哦，师父可好。

八（白）：师父么，他还好，他已经回心转意了，有些想念你，我特地来请你。师兄，你今天跟我一路回去罢。

空（白）：你不说实话，那我不得去。众孩儿，与我赶了。

八（白）：慢来慢来，我说实话。（背身说：这猴子真巧，他怎么知道我是说谎，瞒不住，还是说实话吧）。师兄哪曾知道，自从你走了，我跟随师父三人就往西天行走，走到一座山边，有一座庙。师父叫我们进去烧香化斋，哪晓得是那妖怪假设的一座庙，将师父、沙僧都捉去了。是我杀出一条路跑了出来，故而前来找师兄，前去救师父呀。

空（白）：既然如此，八戒你前去，我随后就来。

八（白）：告辞了（唱嘹子）辞别师兄出了洞，杀他个片甲不回，抖抖我猪八戒的威风。（下）

空（嘹子）：适才八戒把我请，倒把悟空想在心，猴儿带路后洞进，去救师父收妖精。（下）

第十二场　命妖接外婆

人物：八戒、白骨精、熊精、众小妖

（白、八二人大开打，白先败下。八追下）

白（上）：哎呀，少待。八戒杀伐厉害，这便如何是好，这，这，有了。猿、熊二将。

猿、熊（冲上，白）：在。

白（白）：你二人，两边埋伏，附耳上来。

猿、熊（白）：是。（下）

八（内白），那路好走（赶上又战，猿熊两边分，大团台，将八捆住 ）

白（白）：熊、猿二将。

猿、熊（白）：在。

白（白）：你们打轿子，去接我母亲前来吃唐僧肉。

猿、熊（白）：是。（下）

白（白）：众小妖。

众（白）：在。

白（白）：将八戒押往后面，马上一起开刀。

众（白）：是。（同下）

第十三场 接外婆

人物：悟空、二轿夫、外婆

二轿夫（上，唱嘹子）：老外婆，怕有几百斤重。（白）她把我两个人，背也压弓。

空（冲上，白）：你们抬的什么人？

二人（白）：我们抬的是白大王的母亲，前去吃唐僧肉的。

空（白）：看棒。（将众打死，白）哎呀，且住，这正是救师父的好机会，我不免变作外婆模样。说变就变，摇身一变。代老身扯把猴毛变作两轿夫，轿夫出来。

外婆（说手板）：老身生来福气高，两个儿子把我抬。东一歪西一歪，一歪歪到半山腰。东一倒西一倒，倒得老身心多焦。若问老身住哪块，万贯山中陡石崖。若问老身啥名号，普遍天下找不来。若问老身叫什么，无风会无就是我。

空（唱嘹子）：好笑呀，哈哈，这件事真正是令人好笑，捉住了那妖精用火来烧。（下）

第十四场 捉拿白骨精

人物：唐僧、悟空、八戒、沙僧、白骨、甲乙

白（内白）来也。（唱原板）：我命轿夫接娘亲，这般时候未回程。莫不是老娘她不肯，怕的是路上有原因。将身打坐前寨等，等候母亲到，一起吃唐僧。（白）众将。

众（白）：有。

白（白）：将唐僧师徒带上前来。

众（白）：是。带上。

僧（唱嘹子）：悔不该赶走了悟空徒弟。

沙（唱）：顷刻间我就要一命归西。

八（白）：我师兄，他不来是何道理。

僧（白）：临死不屈，口念弥陀。（白）阿弥陀佛。

白（白）：与我吊起来，等母亲到此一起开刀（吊介）。

（内，白）：外婆到。

白（白）：有请，母亲在哪厢？

外（白）：姑娘在哪厢？

白（白）：请进，母亲请上坐。

外（白）：好一个行孝的儿呀。（唱连台）有老身坐席前，满心欢喜，我的儿可算得孝心第一。

白（唱）：我的娘，今年有七十好几。

外（唱）：常言道，人活七十古来稀。

白（唱）：我的娘金刚体，大有福气。特地里接母亲，共赏酒席。命轿夫接我娘，是儿的主意。

外（唱）：为娘我，坐在轿内，好不光辉。

甲（唱）：老外婆，身肥胖，我抬之不起。

乙（唱）：压得我，两个人冷汗流滴。

外（唱）：两个杂种抬老娘，太不注意，不是跑就是跳，抖得我魂飞，头又昏，眼又花，闷坐轿内，要解手，涨不过，杂种也不歇息。

白（唱）：一路上，让我的娘受了罪。转面来见轿夫，怒气不息。为什么抬我娘随便大意，不敬重我的娘，犹如是把我来欺。我的娘休怪儿。

外（唱）：娘不怪你，怪轿夫。

白（唱）：轻视我娘，不得善依。

甲（唱）：不能怪我，怪外婆肥胖的身体。

乙（唱）：看外婆，重的像大母猪，有一百五十一。

甲（唱）：因此上，我二人抬他不起。

乙（唱）：老外婆你莫怪。

外（唱）：你一旁站立。

白（唱）：你二人从今后多加注意，若要是再这样，决不从依。

外（唱）：我的儿，接娘来，办什么酒席。想必是鱼翅席和海参席。

白（唱）：也不是这样席相待与你。

外（唱）：未必说有什么古怪稀奇。

白（唱）：多只为古怪席，儿才接你。

外（唱）：未必说吃唐僧。

白（唱）：是的，是的。

外（唱）：那唐僧三个徒弟厉害无比，我的儿怎样捉住。

白（唱）：儿对娘提。老娘亲在席前，看儿的把戏。你的儿摇身一变，巧得出奇。第一次变姑娘，（女上）我来演戏。假意地去送饭，把篮子来提。被孙猴解开了其中之意，他一棒，我一滚，魂魄远飞。（下）第二次妆婆婆，（婆上）我假意流泪。当着唐僧面，我哭哭啼啼。实可恨那孙猴儿慧眼锐利。他那里又是一棒，我身体转移。（下）第三次变公公，（公上）我假装怒气，找着那唐僧，与他扯皮。那猴子一见面，知道底细，打一棒，早准备，我变化远离。（下）你的儿我站山头，假传旨意，那唐僧赶了悟空，中了我的玄机。儿急忙安下了牢笼之计，化一座天王庙山边路立。那唐僧师徒三人走进庙内，是这样捉住他们的。

外（唱）：你真会用心机。

僧（唱）：这是我中了妖精牢笼之计，到今天害得我一命归西。

沙（唱）：我的师父，事到临头你才后悔。

八（唱）：我肚子饿了，快办酒席，老子来吃。

沙（唱）：你这个人，说的话真是无味。顷刻间一起开刀，你还要好吃。

外（唱）：你将他带到我跟前。

白（唱）：儿遵娘意。叫人来带三个，赶快速急。

甲（唱）：你二人去见外婆，快快走起。

僧（唱）：去见他，我还是口念阿弥。

沙（唱）：我的师父还念弥陀，真是撞到鬼。

八（唱）：怕什么，总是要死，也在这一回。

白（唱）：请母亲，看一看。

外（唱）：我急忙下位。你将他松了绑。

白（唱）：儿我从依。

外（唱）：这和尚是缘何有一阵香气。我的儿要杀你。

僧（唱）：我口念阿弥。

外（唱）：问八戒，我要杀你。

八（唱）：我明知底细。

外（唱）：问沙僧，你怕不怕。

沙（唱）：我怕也无益。

外（唱）：他三人真勇敢，我来保你。转面来，见我儿，娘有话提。这和尚慈悲忠心，你放了，才是正理。

白（唱）：我的娘与他讲情。

外（唱）：是的，是的。

白（唱）：吃唐僧，长生不老，人人欢喜。娘未必不想吃？

外（唱）：我不想吃。怕的是他还有悟空徒弟，他若是赶到此，大闹不依。

僧（唱）：悔不该赶走了悟空徒弟。

沙（唱）：你悔什么？

八（唱）：快办酒席，与老子来吃。

外（唱）：今一天单看儿，你的把戏。

白（唱）：儿就该把唐僧挖心付席。

外（起夹板）：我的儿随便你。

白（唱）：把唐僧先剥皮。

甲（唱）：假大王说得对。

乙（唱）：我说你要失机。

沙（唱）：要杀我我愿意。

僧（唱）：死在阴朝念阿弥。

八（唱）：究竟办的什么酒席。

外（唱）：我要你们命归西。好，好，好，大闹一回。

（大开打，捉住白姑，亮相）

（剧终）

张四姐大闹东京

（上集）

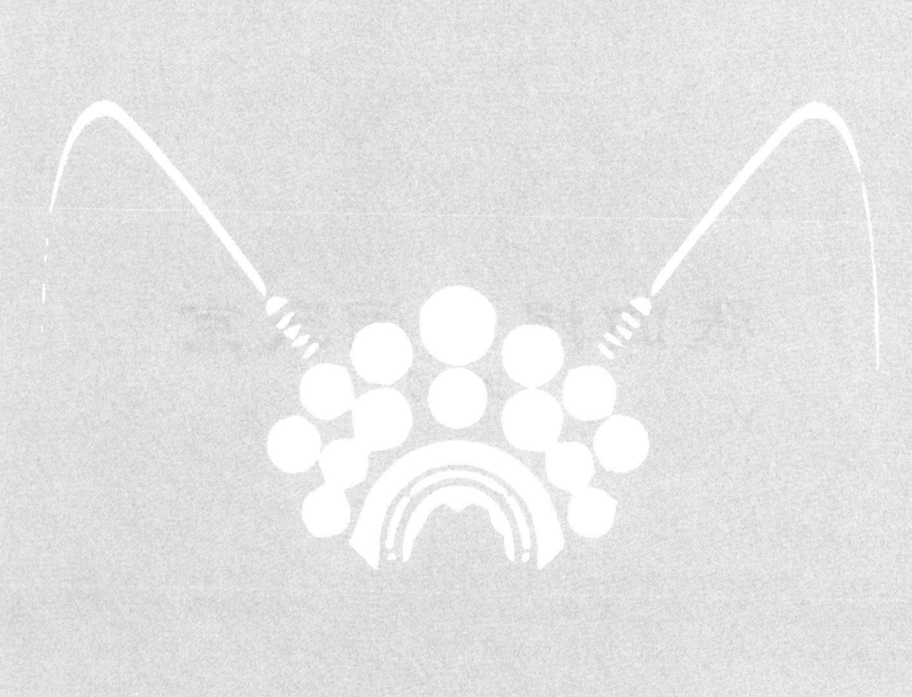

第一场 八仙表白

人物：铁拐李 张果老 曹国舅 何仙姑 吕洞宾 韩湘子 汉钟离 蓝采和

铁、张（白）：玉皇王母寿辰近。

众（白）：所有群臣赴蟠桃。（白）吾乃铁拐李、曹国舅、汉钟离、张果老、韩湘子、吕洞宾、何仙姑、蓝采和。众位仙兄仙妹一同前去庆寿也。（唱）张果老倒骑驴哈哈大笑。我拐李药葫芦放出火烧。曹国舅云阳板，南腔北调。汉钟离芭蕉扇，扇断鹊桥。吕洞宾背宝剑，降妖捉怪。韩湘子站云头，口吹玉箫。何仙姑身背着，如意宝捞。蓝采和，提花篮，赴会蟠桃。（同唱）大家一同瑶池到。

铁（唱）：可叹我铁拐李，一只脚跑。（下）

第二场 蟠桃会

人物：玉皇 王母 金童 玉女 太白 八仙 七仙女

皇（上，引）：福禄似海。

母：万寿无疆。

皇（诗）：淡月疏星绕建章。

母：仙风吹动玉炉香。

皇：侍臣孤立通明殿。

母：一朵红云奉玉皇。

帝（白）：孤，玉皇大帝。

母（白）：哀家，王母娘娘。

皇（白）：今乃寿诞之期，太白，殿前侍候。

太（白）：遵旨。

七仙女（同上白）：父皇母后寿，姐妹齐叩头。参拜父皇母后。

皇（白）：平身。

七仙女：谢父皇。

八仙（内，白）：八仙庆寿，无旨不敢上殿。

太（白）：启奏玉皇，八仙庆寿，无旨不敢上殿。

皇（白）：太白传旨，宣八仙上殿。

太（白）：遵旨，玉帝有旨，八仙上殿。

八仙（上，白）：玉帝把旨传，上殿把寿参。参拜玉皇、王母。

皇（白）：众卿平身。

八仙（白）：谢玉皇、王母。

王母（白）：寿诞之期年年有，何劳尔等费心头。

八仙（白）：臣者尽忠，为子者尽孝，何劳之有。

玉（白）：既然如此，先饮宴然后拜寿。

八仙（白）：先拜寿，然后饮宴。

皇（白）：金童玉女，拜毡散开。

金、玉：遵旨（散毡介。七女分别拜介）。

皇（白）：这正是寿酒年年醉。

母（白）：寿花朵朵鲜。

八仙：寿山如寿海。

七仙女：福寿万万年。

皇（白）：众群仙，献歌舞上来。

八仙：遵旨（唱八仙歌），正月是新春，玉帝王母生。大福殿，蟠桃会，八仙出洞门。二月是花朝，孙猴去偷桃。仙桃偷到手，惹祸真不小。三月是清明，来了个吕洞宾，身背着双风剑，朝拜观世音。四月麦子枯，来了何仙姑，手拿如意闹，捞干洞庭湖。（笑介）

皇（唱嘹子）：众卿献乐孤爽快。

母（唱）：唱得哀家乐开怀。

皇（唱）：宣金童和玉女，孤有交代，拿金杯和玉盏，献酒金阶。（白）快去献酒。

金（唱）：灵霄殿遵玉旨。

玉（唱）：王母旨命。

金（唱）：拿玉盏。

玉（唱）：拿金杯。

金（唱）：去把～

玉（唱）：酒来斟。

金（唱）：金殿阶前忙把酒敬。（与四姐对笑，跌落玉盏介）

太白（唱）：埋怨了金童玉女，扰乱天庭。

白（白）：启奏玉帝。

皇（白）：有何本奏。

太（白）：金童玉女，跌碎玉盏，请旨降罪。

皇（白）：啊，众位八仙，各自归位。

八仙（白）：遵旨。（下）

母（白）：女儿等各自回宫去吧。

七仙女：孩儿遵旨。（下）

皇（白）：金童玉女，你好大胆。（唱）太白奏本，金童玉女把玉盏跌坏。

母（唱）：为什么在天庭，乱把红尘贪。

皇（唱）：问金童和玉女，谁碎玉盏？

玉（唱）：跪殿脚，奏玉帝，并不相瞒。我拿金杯，金童哥他拿玉盏。敬酒时，他看四姐，红尘思凡。我叫他来敬酒，他失落玉盏，金童哥犯天条，不与我相干。

皇（唱）：听玉女，奏此本，金童作乱。

母（唱）：叫玉女，你无罪，莫要心寒。你平身。

玉（唱）：谢王母。

母（唱）：一旁立站。

皇（唱）：小金童。犯天规，决不容宽。斩仙台推出去斩。

太白（唱）：且慢。且慢。太白见玉帝忙把驾参。臣查出月下婆，在东土有难。请玉帝赦了金童，贬他下凡，到东土投崔门受点苦难。

皇（唱）：太白保本。

母（唱）：赦了金童。

金（唱）：忙把驾参。

皇（唱）：小金童，贪红尘法当取斩。

母（唱）：太白保本，死罪已免，活罪难逃。

皇（唱）：贬你到东土地所管。

金（唱）：投哪一家。

皇（唱）：开封府，崔门贫寒。

母（唱）：你娘怀先丧父，母子同患。

金（唱）：我叫什么。

皇（唱）崔文瑞，黉门一般。御旨下。

金（唱）：领法旨，谁敢怠慢。

玉（唱）：你到红尘，灾难期满，再加团圆。

金（唱）：见玉妹，难分别。

玉（唱）：难舍别伴。

金（唱）：难分手。

皇（唱）：快下凡。

玉（唱）：心急惨然。

金（唱）：（起夹板）在金阶忙跪倒。

皇（唱）：叫金童快下凡。

母（唱）：到东土受患难。

太（唱）：灾难满归仙班。

金（唱）：告辞玉帝还灾愿。

玉（唱）：且看金童泪不干。不由玉女心好惨。

母（唱）：叫玉女，莫阻拦。

太白（唱）：他是因为把天条犯。

皇（唱）：你若怜念共一般。

玉（唱）：我不敢把法犯。

金（唱）：遵法旨，灾难还。

众（同唱）：罢，罢，快快下凡。

皇（白）：太白，有事启奏，无事归位。

全（白）：起驾回宫。（下）

第三场 文瑞表白

人物：崔文瑞 崔母

崔（引）：乌云遮住天边月，狂风打落园中花。（诗）瘦地开花晚，贫寒发贵迟。莫道蛇无足，自有变龙时。（白）小生姓崔名文瑞，家住开封，东京人氏。父亲崔余得，早年逝世。母子二人相依为命。家道衰落，带领母亲身居古庙，以乞讨为生，不知何日发达，复振门庭。思想起来好不忧闷人也。（唱）崔文瑞，坐古庙，心烦纳闷。可叹我命运苦加累娘亲。老娘亲，生下我，父就丧命。叹母亲，久孀居，督我攻文。前几年，好楼房被火烧尽。万无奈，到古庙母子安身。上无衣，身寒冷，肚中饥饿。左思右想无计定。我不免去求吃，侍奉娘亲。（白）孩儿禀告母亲。

母（内白）：所禀何来。

文（白）：你儿去到亲朋好友，求借银两，马上回来。

母（白）：速去速回。

文（白）：儿遵命呀。（唱嘹子）我的娘，年迈人，哪知究竟。怎知我，到大街前去求吃。背母亲，提竹篮，忙把身起，化得钱，对娘说好友借回。（下）

第四场 鹊桥路遇

人物：七仙女 崔文瑞 李忠 崔母 鱼、樵、耕、读

二（唱）：四平山上，鼓乐妙妙。

三（唱）：西梅山上，瑞气飘飘。

五（唱）：昆仑法脉寻师弟。

六（唱）：蓬莱洞府乐逍遥。

七（唱）：众姐姐闲无事，心头烦恼，因此踏上祥云，飘荡九霄。

大（白）：游来游去，总是这些地方，看厌了，还是回宫去吧。

三（白）：二姐，还是再往鹊桥一游，你看如何。

五（白）：那我们去到鹊桥玩一下。

六（白）：大姐没有来，

七（白）：大姐快来。

大（白）：大姐生来第一俏，人人见我一脸笑。不是爹娘他害我，胡子老头不得要。众妹妹何事？

二（白）：请你一同游玩鹊桥，你看如何？

大（白）：我早有此心，就是不爱坐在宫内，闷死人。

众（同白）：走哇。

大（白）：为何不见四妹。你看，四妹原来在此发愁。

二（白）：他自从父母庆寿，得病至今，终日带愁，不知是何道理。

大（白）：今天应该把她叫出来，一同去玩。

七（白）：那你就去请。

大（白）：总不是我跑路，四妹快点来哟。

四（白）：来了，（唱嘹子）自从金童贬下凡，倒让四姐心不安。可叹他在红尘身遭苦难。众姐妹，邀请我，有何话谈。

大（唱）：你一人在宫中愁闷不了。特邀你一同去游玩鹊桥。众妹中论排行，你是不大不小。缺了你谈说谈笑少逍遥。

四（白）：好姐妹，我同行就是。

大（白）：如此，走啊。

二（唱）：羽衣香花绣带飘。

三（唱）：御游清风到鹊桥。

五（唱）：姐妹们上鹊桥一齐站好。

大（白）：这是王母娘娘用金簪画的天河。

六（唱）：天河如带浪花翻。

七（唱）：隔断了牛郎织女，在两河岸。

大（唱）：这就是母后娘娘法力高。

四（唱）：想起了那牛郎多么苦恼。织女星会牛郎，一年一朝。

大（白）：四妹，我们正好游玩，你又为何愁闷。

四（白）：大姐，你看这鹊桥，也无有什么好玩的，不如拨开云雾，看一看凡间的景致如何。

众白：偷看凡间可使不得的呀，父王知道要降罪的。

四（白）：只要你我不说，看看也无妨呀。

七（白）：看倒是想看，只怕降下罪来。

大（白）：这个，来，偷看一下，只要大家不漏风声，应该无妨。

四（唱）：请大姐来作主，这才是好。姐妹们把凡间来观瞧。

大（唱）：我把云雾拨开了。

众（唱）：得见了渔、樵、耕、读，各自其劳。

四（白）：姐姐你看，那边有一老翁头带笠帽，身穿蓑衣。立站船头撒网，那是做什么的呀？

大（白）：那是打鱼的渔翁。

众（白）：呵，打鱼的。

大（白）：我来赞他几句。（唱）渔家住在水中央。两岸芦花草围墙。撑开小船撒下网，一对鲤鱼进船舱。

众（白）：赞得好。

二（白）：众位姐妹，你看，哪有一人手拿板斧，他是做什么的？

大（白）：那是砍柴的樵夫。

众（白）：啊，那是樵夫。

二（白）：我也要赞他几句。（唱）一根扁担一把斧，谁知砍柴多辛苦。但愿砍得千万担，沽酒买肉奉亲姑。

众（白）：说得好。

三（白）：众位姐妹，你看那一人，手拿锄头在那田里是做什么的。

大（白）：那是种田的农夫。

众（白）：哦，是种田的农夫。

三（白）：我也要赞他几句。（唱）种田之人不得闲，霜前冷后雪寒天。春耕夏耘秋收割，面朝黄土背朝天。

众（白）：说得多苦呀。

五（白）：那边又有一人，走起路来斯斯文文的，不知是谁呀。

大（白）：那是个读书的人。

众（白）：啊，是个读书的人。

七（白）：我也要颂他几句。（唱）读书之人求学忙，摇头晃脑读文章。文章满腹无别用，上京求个状元郎。

众（白）：考不中呢。

七（白）：那我们不管了。（众人笑介）

文（上，唱嘹子）：人贫穷，无勇气，低头走路。衣破旧，见宾朋，满脸含羞。我该穷来人该有，恨苍天为何不把我收。身寒腹饥难行走，含羞带愧苦哀求。（下）

四（白）：我看这一青年汉子生得浓眉大眼，忠厚老实，他为什么在那里哭啊？

大（白）：这个人名叫崔文瑞。是个穷苦的人，早年丧父，母子相依，身居古庙，贫穷自守。白天无米做饭，他是出外来求吃的，青年落魄，故而怨气冲天。

四（白）：这个青年人受贫受苦，实在可怜呀。

众（白）：唉，隔了九重天，何必想这些呢。

四（白）：谁去照顾他啊。（天上鼓掌声）

大（白）：时候不早了，回宫去罢。

二（唱嘹子）：时候已到在击钟。

三（唱）：众位姐妹各回宫。

五、六、七：去了鹊桥宫中拢。

大（唱）：见四妹意马心猿。

四（唱）：我两脸发红。

大（白）：四妹你莫非思凡。（四不语介）

大：妹妹呀！（嘹子）喊一声四妹莫思凡，父王知道把旨颁。四大天君两边站，八臂哪吒把路拦，托塔天王领兵到。那时节妹妹呀，身陷难关。

四（白）：大姐，言之有理。

大（白）：哦，走呀。

四：大姐前往。（唱）一见得大姐她走了，倒把张四姐想在心梢。瞒姐妹我只得鹊桥走到，拨开云雾再观瞧，见文瑞忠厚老实，斯文戴孝。可叹他年轻轻受尽饥寒。我和他虽隔住九重天远。我二人心思内俱是一般。我为你偷下凡，罪有千万。哪有神仙不思凡。龙女出海将夫找，金童玉女也下凡。谁不想，男欢女笑，双双自愿。谁又愿清风明月，苦受孤单。看一看崔文瑞，勇敢壮胆。理一理青丝发，整顿衣衫。冒险下凡，把天条犯。

大（唱）：急忙上前来阻拦。（白）四妹你要到哪里去。

四（白）：小妹，我……

大（白）：如此看来，你真想下凡一走。

四（白）：实不相瞒，我正要奔往红尘。

大（白）：若被父王知道，罪该万死。

四（白）：恳求大姐，瞒过父王。

大（白）：既然你意志坚决，且自由，你罢了。

四（白）：如此，我就拜别了。

大（白）：四妹慢走，你这样下凡而去，恐有不便，为姐赠你扇子一把。

四（白）：要他何用。

大（白）：你到凡间，将扇子打开，你看见人家，别人看不见你。

四（白）：多谢姐姐，四妹告辞了。

大（唱嘹子）：见四妹下凡去我有言论，望四妹下凡去与我传名。你说我张大姐有十分人品，与为姐找男人，我也想下凡尘。（七妹拉大姐下）

四（唱）：多蒙了大姐的恩情长，赠我的宝贝带在身旁。瞒着父母下天堂，驾起云头飘荡荡。去到东京封城乡。云里行来用眼望，看一看，来到开封城乡。去却云头把名改，降落在荒郊一土冈。仙家模样，提婚姻难把话讲。我不免变一个乡间裙衩，说变就变，摇身一晃。（换四姐出）变作了凡间女巧做安排。将身站在大路上。等候了崔文瑞他到此来。

文（上，唱）：老娘亲在古庙身受饥饿，我心中苦黄连泪如雨。低头行走大路过，大路上站着女娇娥。她那里媚眼来看我，我哪有闲心去看娇娥。自古道，男女交谈必生祸。更况我穷君子，怕惹风波。她这样站路上，不是好货，不是残花就是妖魔。她在此地拦住我，不与她交言，岂奈我何。假意儿装化子土台睡卧。等妖魔走远了，我再回家窝。

四姐（唱嘹子）：好一个忠厚老实的崔文瑞，不上前来与我把话摆。反把我张四姐当成妖怪，自有巧计来安排。（白）少待，他不与我讲话，如何行事，这……有了，我不免将他迷惑也好讲话。（扇扇）书生醒来，我去了（站立，远望介）

文（白）：你这个妖魔也走了，唉，我的肚子也饿了（拿篮子介）。哎，我莫有讨得饼子，啊，这是哪里来的饼子，不管三七二十一，我吃他娘的，唉，我只能吃一个，这几个留给我的母亲吃。吃了饼子，还渴起来了（四赠茶介）

文（白）：你看，是哪个真不小心，把茶壶也掉了，我看有没有茶，还好，有茶，还是热的，待我喝一点。吃饱了，喝足了，茶壶也不要了，我回去了。

四姐（白）：相公，你把茶喝了，怎么办。

文（白）：我没有喝。

四（白）：你没有喝？连我的饼子都吃了，还不承认。我还有饼子，都被你偷去了。

文（白）：这是我的饼子。

四（白）：分明是你偷的。

文（白）：我是捡的。

四（白）：你这会捡，我这个人你怎么没有捡去，看你是官罢还是私和？

文（白）：官罢怎讲，私和怎说？

四（白）：官罢，把你送到有司衙门，要你坐穿牢底。

文（白）：私和呢？

四（白）：私和吗？

文：私和。

四（白）：私和嘛，你把我收了，做你的妻子，那就算了。

文（唱）：贵小姐，出此言，错把话论。多承蒙美意感好心，自己一身难活命，哪有余饭养你身。

四（唱）：叫相公，你只把宽心放定，生活之事我担承。早知你居古庙，贫穷得很，还有老母你未娶亲。奴不爱那富家子刁蛮野性，就爱你贫家子忠厚老成。我的本领多得很，与你有缘结为亲。好好今朝依从我，荣华富贵耀门庭。你若不把姻缘允，此间定要受灾星。

文（唱）：小姐不要心烦恼。私自定亲，怕老母她不饶。若不嫌弃，你随我古庙到，禀明老母，依准了，我不推敲。

四（唱）：如此说，请相公前带路道。

文（唱）：心中好似火来烧。来到了古庙门，带头来到。请一声老娘亲，儿有言交。

母（唱）：泰山头上一朵云，富的富来贫的贫。贫在路边无人问，富在深山有远亲。家道贫寒无照应，母子古庙来安身。腹中饥饿身寒冷，苍天何苦长下冰。儿在请去前庙，将儿来问。啊，（唱）问我儿，这位小姐，她是何人？

文（白）：母亲不知道，儿在大道之上遇见这位小姐，她要与儿配为夫妻，因此同儿来见母亲作主。

四（白）：参见婆婆。

母（白）：不必多礼，动问小姐，家住哪里姓甚名谁？可有父母曾许过夫主，为何要嫁我这孤贫之子，恐怕连累你受苦呀。

四（唱）：尊一声婆母娘宽心来定，你的媳并不是爱富嫌贫。婆母娘，你问我名和姓。家住蓬莱大海滨。父是有名的张百万，母亲王氏老安人。生我姐妹有七个整，小女排行第四名。二爹娘与我选配，我坚决不肯。我不爱富家子只爱穷人。我爱自由把婚姻定。我爱的文瑞夫忠厚老成。也是天意来注定，今朝匹配与崔门。

母（唱）：听此言来，让人高兴。崔门中得了个伶俐的佳人。早知随夫过苦命，日后不要嫌家贫。

四（唱）：婆婆不要细叮咛，你的媳非是那不贤之人。婆母今日有了我，一生衣禄不求人。在身旁取出了金银宝品，交与了婆婆好安心。（白）婆婆，这有金银财宝，能够造起荣华富贵。

李（上）：贫寒落古庙，求吃四方跑。咳，庙内哪来的美女之声，待我听一下。

母（白）：今天虽然有了金银，修造么一切来不及了，你看买罗帐锦被却无人，你二人怎好成喜事。

四（白）：以后再办。

母（白）：无人赞礼。

李（白）：我来了。

文（白）：李忠哥哥来了。

李：你们的事早已听明白了，你可到后面沐浴更衣。

文：莫有衣换。

四：我带有，随我来。（下）

李：作大乐。

母：休要取笑。

李：一对鸳鸯落庙堂，好是织女配牛郎。草当锦被衣当帐。砖当枕头地当床。新人出位（拜介），恭喜了。

母：莫有喜酒喝。

李：以后再喝。

母：李忠，眼见我儿时来运转，复兴门庭，你素来与儿情义相投。从今往后，就在我家办事。同享荣华富贵。这有金银交付与你，多请匠人修造华堂。

李：那我办得到，好呀。（唱嘹子），告辞了老伯母出门往，去请匠人造楼房。（下）

母（唱）：这也是时来转好运，黄土也能变成金。权且只把后庙进，等李忠修造华堂光耀门庭。（下）

第五场 表白

人物：王半成 安童

王（上，引）：堂前挂古画，人称富豪家。（诗）人道老夫奸，我道世人编。若无奸谋计，怎能富贵全。老夫王半成。开封城内人氏，良田万亩，驴马成群。本城首富，十二房妻妾，只是膝下无嗣，思想起来好不愁闷人也。（唱）有老夫，坐府堂，心中烦闷。思想起年事高无有子孙。十二名妻和妾年轻端正。可恨他一个个不育后人。我不免再把那美人选准，传宗接代王氏门庭。在前堂我只把安童叫应。小安童快快来，我有话明。

安（上，白）：身落高门下，奉茶敬上人。参见员外。

王（白）：免礼一旁。

安（白）：谢员外。叫小人何事？

王：听了。（唱嘹子）只因老夫心中不爽快，去到外面把心开。叫安童，陪老夫前把路带。挑选美女讨回来。（下）

第六场 演宝

人物：李忠 王义 四姐 文瑞 崔母 梅香 王半成 安童

李（上，白）：我先贫寒做事差，如今时来当管家。我乃李忠。崔府华堂已经造好，待我把摆设安置一下。

王义（上）：行来三不远，到了崔府门。伙计，可是李忠大哥？

李（白）：王义，你怎么来了。

王义（白）：我找你找了许久，你还在这里。

李（白）：我在崔府当管家，不愁吃穿。

王义（白）：伙计与我介绍一下，找点活干，好不？

李（白）：来得正好，正要请人。有请崔相公。

（文、四同上）文（唱嘹子）：张四姐比贵妃容颜美丽。

四（唱）：文瑞夫比宋玉不差毫厘。

文（唱）：夫妻俩比鸳鸯同心合意。

四（唱）：问李忠这一位，站的是谁？

李（白）：小姐，他叫王义，只因花园无人看守，请相公作主，收留此人。

四（白）：好，只要你介绍就可以，叫他到后花园去罢。

李（白）：王义，已经说好了，你去看守花园，不要三心二意的。

王义（白）：那我知道。（下）

四（白）：夫君，华堂景色非常。不免把婆婆请了出来，庆寿饮酒，好吧？

文（白）：四姐言之有理。

四（白）：梅香，把婆婆扶了出来。

母（上，唱嘹子）：好儿媳造荣华，扬名天下。

香（唱）：这也是你老人家福命不差。

母（唱）：叫梅香前带路，华堂观画。见华堂摆景致，老身爱煞。

文、四（白）：参见母亲。

母（白）：免礼。两厢。

文、四（白）：谢母亲。

四（白）：请母亲，驾坐华堂，儿、媳敬酒庆寿。

文（白）：李忠，将酒宴摆上。

李（白）：是。

四（白）：梅香敬酒。

香（白）：是。

母（白）：好喜呀。（唱迓腔）坐华堂不由人心中高兴。老身我饮酒时，便观华庭。华堂尽用磨砖砌，八仙玉椅左右分。造起了四十九楼都齐整。一路穿堂到后门。屋上盖的琉璃瓦，画栋雕梁一色新。字画皆是名人笔，摆设稀奇宝贝珍。华堂内好景色，观得高兴。叫媳妇，把花园景细说分明。

四（唱）：请婆婆饮姜酒，媳妇告禀。花园内造楼阁，还有望月亭。金鱼池靠假山，石孔流泉滴滴清。小桥通曲径，翠柏苍松绿如云。百样花草皆长盛，还有水阁与凉亭。当中栽的摇钱树，聚宝盆放在正中心。左有吉祥灵芝草，右有兰花万年青。又有梭罗门两扇，驴成双来马成群。

李忠（唱）：一切事务我管任。决不失事你放心。

香（唱）：安人茶水我奉敬，尽心效劳投安身。

母（唱）：家人侍女都尊敬，我家门户又复兴。

四（唱）：广收安童使女佣。

同（唱）：气派颇有大家风。

四（白）：婆婆，你媳妇我还有宝贝，你未曾看见。

母：什么宝贝？取来为婆一观罢。

四：梅香，去把玻璃盏取来。

香：是。（取介）请小姐演宝。

四：婆婆，这盏中有四个美女，手拿乐器，能吹打歌舞。

母：演来为婆一观。

四：天灵灵，地灵灵，美女快来。（四个美女上）

女：见过主人。

四：快演歌舞上来。

女：遵法谕。（唱调介）

母：好呀（唱）见美女来表演把我笑坏。笑坏了年迈人难把眼开。叫媳妇，这宝贝莫让旁人知道。若要是外人知道，定有祸灾。

四（唱）：婆婆吩咐儿遵命。玻璃盏决不能献给外人。将宝贝交梅香，宝柜存定。黄犬叫，必有那生人临门。

王半成（上唱嗪子）：人言崔府楼房造得美，话不虚传果是真。（白）安童，前去通传。

安（白）：是。门内有人无有？

李（白）：启禀相公，外面有人喊叫。

文（白）：前去问来。

李（白）：是，你是何人？到此何事？

安（白）：我家员外王半成，特来拜访。

李（白）：少站一时，启禀公子，外面有一人名叫王半成，前来拜访。

母：儿呀，这王半成是你父亲八拜之交的好友，你快快出门迎接他进来，办酒款待才是道理。

文（白）：孩儿遵命。请母亲和贤妻转至后堂。动乐有请。伯父请上，小侄礼到。

王半成（白）：免礼。

文（白）：谢伯父。请坐。

王半成（白）：贤侄一同有座。

文（白）：不知伯父驾到，未曾远迎，多有得罪。

王半成（白）：来得鲁莽，不必客气。

文（白）：李忠摆酒上来。

李（白）：是，酒已齐备。

文（白）：伯父，请往上坐。

王半成（白）：太客气了。

文（白）：伯父请酒。

王半成（白）：侄男，你家共有多少金银财宝。

文（白）：我家金银有数十万两，田地不过千亩，牛马不过万头，童仆使女不过百人而已。

王半成：想我王半成，在这开封城内是第一财主，如今要算你家了。

文：论金银不过数十万，还有几件稀奇珍宝，怕是人间少有哦。

王半成：有何宝物，快说我听听。

文：伯父请酒，听我道来也。（唱元板）伯父宽把酒来饮，我家宝物说你听。家有桫椤门两扇，一扇开来金鸡叫，一扇开来凤凰鸣。还有两棵桫椤树，天上人间无处寻。若要把树摇一下，次日天明满园银。三朝五日不摇动，地下铜钱三尺深。此是天上无价宝。又有一个聚宝盆。一颗明珠盆里放，全变珠宝放光明。金银珠宝用不尽，盆内黄金日日生。小侄有此三件宝。只求生长不愁贫。

王半成（唱嘹子）：你家既有这些宝，何不进贡与朝廷。天子必定封官号，广受爵禄耀门庭。

文（白）：我乐守花园胜过做官。

王半成（白）：你家还有什么宝贝？

文（白）：还有玻璃盏。

王半成（白）：这个东西，是我们富人常有的，何足为奇？

文（白）：我这与众不同，放在桌上斟上酒来，能唤出美女出来唱歌跳舞，像活人一般。人间少有，天上难寻。

王半成（白）：既有此宝，何不取来我一观。

文（白）：李忠。

李（白）：在。

文（白）：喊梅香，把玻璃盏取了出来。

李（白）：是，梅香。

梅（内白）：做什么？

李（白）：公子叫你将玻璃盏取了出来。

香（白）：来了。（手板）我这个丫头八字好，小姐把我当同胞。每天与她守珠宝，听我使用她不恼。买胭脂，香肥皂，买水粉、雪花膏，买翠花、美人胶，买花夹、连花裙，花露水身边浇。一阵香气随风飘。好色鬼闻了香气笑，爱玩的杂种闻了香气把情交，把情交。（白）参见公子，玻璃盏在此。

文（白）：站过一旁。

香（白）：是

文（白）：伯父，这是宝盏。

王半成（白）：演来观看。

文（白）：天灵灵，地灵灵，美人下天庭。（四男子出）

四男（白）：见过主人。

文（白）：怎么是男子出来，你们快走（男子下）。梅香，快请小姐出来。

香（白）：是，有请小姐。

四（唱嘹子）：四姐此番到堂去把话论，恐怕王员外起了反心。本在房中身不动，又怕恼了我夫君。算到未来，只好往前近。

文（白）：贤妻，见过王伯父。

四（唱）：参见伯父把礼行。

王半成（白）：免礼。一旁。

四（白）：谢伯父。

文（白）：贤妻呀。此宝怎么演的都是男子出来。

四（白）：你是男子，就会演出男子。

文（白）：原来如此。你演出美女出来，与伯父观看吧。

四（白）：是，（唱）此宝光明世无双，许多歌舞在中央。玉筷敲动玻璃响，仙家女子下天堂。

美女（白）：见过主人。

四（白）：演唱歌舞。

美女：遵法谕。（唱调介）

四（白）：各自归位。

美女：遵法谕。（下）

文（嘹）：见美人来演唱心中想定，请伯父淡薄酒多饮几巡。

王半成（唱）：小侄男免奉敬，我要回家境。

文（白）：招待不好，不便久留。

王半成（白）：好说了。安童带路回府。（唱嘹子）打搅贤侄好盛情。（下）

文（嘹子）：见伯父欢欢喜喜归家往。

四（唱）：倒把你妻想心房。

文：请贤妻到后堂去用佳酿。

四：曾恐怕王员外起心不良。（下）

第七场 盗钱

强盗走过场。

第八场 定计

人物：王半成 安童甲 乙

王（上，唱嘹子）：昨日天在崔府把酒饮，得见了文瑞之妻好美人。一心想弄到手，牢笼计定。害死文瑞再弄美人。（白）怎么生计这……有了！二安童快来。

甲（白）：员外一声叫。

乙：上前忙打参。见员外。

王：罢了。站过两旁。

甲：谢员外，叫小人，有何吩咐。

王：少时便知道。（修书介。可介）这有书信，速速送到崔府，将文瑞接到家来。

甲：那我知道。（下）

王（白）：安童，少时文瑞到来，你将库房门打开，将金银财帛布匹，沿途丢到崔家，说他窝藏强盗。将他送往县衙问成死罪。老夫自有道理。你且退下。

乙：是。（下）

王：这正是安排打虎牢笼套，准备金钩钓鱼鳌。哈哈……（下）

第九场 劝夫

人物：文瑞 四姐 安童

安甲（上，唱嘹子）：来到了崔府门，无人自进。站华堂，崔公子，拜请一声。

文（唱嘹子）：在后堂与贤妻把话谈叙。耳听得前堂上有人请提。撩衣衫去只在前堂之内，王安童到我家却是为谁。

甲（白）：这有我员外书帖，公子请观。

文（白）：待我一观，可。啊，原来王员外接我过府饮宴。安童原书带转，说我马上就来。

童（白）：是。（下）

文（白）：有请贤妻。

四（唱）：在凡间造下了扬眉吐气。这也是崔门宗耀祖光辉。夫君叫，去只在前堂之内。施一礼，问夫君却是为谁。

文（白）：还礼。贤妻请坐。

四（白）：一同有坐，不知唤我出来，所为何事？

文（白）：贤妻不知，只有王员外送来请帖接，我过府饮宴。特请贤妻告辞起程。

四：我夫，且慢呀。（唱）文瑞夫，请慢走妻有话禀。昨日里王员外，我看得分明。妻观他脸带白三条奸痕，莫把他人当好人。酒席前妻观他容光不正，提防谋害起奸心。想你的宝贝和妻子，故意来邀请莫起程。

文（唱）：贤妻错把话来论。王员外与我父结拜恩深。昨日里在我家待他情盛。故此接夫去填情。请贤妻你只把心放定。为夫的去领情，马上回程。（下）

四（唱）：夫君不听我的话，此去必定有波查。望不见我夫房内踏，心不安宁等候他。（下）

第十场 陷害

人物：王半成 安童甲 乙 文瑞

王（上，唱嘹子）：美酒已经准备好。等候文瑞中笼牢。权且只把府堂到。

甲（唱）：参见员外说根苗。（白）文瑞随后就到。

文（内，白）：崔文瑞到。

王（白）：有请。

文（白）：见过伯父。

王（白）：免礼。请坐。

文（白）：告坐。请问伯父。相请何事。

王（白）：昨日贤侄美意。今特请到府中。宽饮几杯。

文（白）：侄男打扰了。

王（白）：安童。排酒上来。

安（白）：是。

王（白）：侄男。请酒。

乙（白）：请禀员外。大事不好。

王（白）：何事惊慌？

乙（白）：府中库银被贼人盗去。还偷去金银布匹，不计其数。

王（白）：往哪里去了？快去追查寻找。

乙（白）：都往崔府家中去了。

王（白）：呸。崔文瑞。难怪你发财这快，原来是藏贼害人利己。这还了得，人来。将他绑了起来。

文（白）：这是冤枉。

王（白）：哪有闲言与你多讲。来呀，将他送往县衙。（推文走下）

第十一场 文瑞入监

人物：张明春 手下 文瑞 禁子

张（上）：为官好，为官妙。八个老婆陪我老爷开玩笑。白天唱调与我把烟靠，就是房间为我吃醋不能了。个个都把我来要。要我跑不到，个个面前陪情好言告。万无奈，八人拈阄轮流来睡觉。扯得我黄皮寡瘦精神少。买海参来补牢。每餐红鱼烧肉鸡鸭炒。

太太冬天要穿真皮妖，热天要穿绫罗绸缎显出皮肉飘。烫飞机头剪搭毛，金戒指外带项链镖。这多银钱，哪里要。说得列位你听到：就是向你们百姓头上要。若问什么方法要，三六九，财喜到，衙门开，悬片号。欢欢喜喜大堂到。我劝你有理无钱莫把人来告。无理有钱包你的官司打得好。把银洋仔细敲，把钞票仔细照。若是缺了角，你老爷我不得要，不得要。（白）下官张明春，我乃巡城内一个正堂。人来。

手下（白）：有。

张（白）：今天几日？

手下（白）：三六九日，老爷。

张（白）：正是老爷我财喜之日。放告牌出。

手下（白）：是。悬告牌出。

内（白）：有人告状。

手下（白）：启禀老爷，有人告状。

张（白）：我来迎接。

手下（白）：官不离位。

张（白）：啊。怕失了我的官品。传告状人上堂。

手（白）：告状人上堂。

王（白）：见过大人。

张（白）：你不是王员外吗？

王（白）：正是小人。

张（白）：快快坐下，是何人大胆惹了你。

王（白）：只因崔文瑞带领家奴，打劫我家许多财宝。此人来历不明。专门拐带良家妇女财物。求大人做主。

张（白）：他乃是一名穷秀才。怎么为盗，我却不信。

王（白）：我岂肯诬告他不成（赠银介）。

张（白）：哏。这文瑞是个强盗。王员外，你回去，我晓得办。

王（白）：以后，还多（手示介）。

张（白）：好。送过。

王（白）：有劳老爷。

张（白）：银子是白的，人心是黑的。人来，传文瑞上堂。

文（上白）：为人不做亏心事，半夜敲门心不惊。参见青天大人。

张（白）：你可是崔文瑞。

文（白）：正是。

张（白）：你为何打劫王员外金银财宝。好好招来，也免皮肉受苦。

文（白）：哎呀大人，这是冤枉呀。

张（白）：你不肯招认。人来，打四十大板。

手下（白）：是（打介）

文（白）：哎呀大人呀。（唱嘹子）我未曾盗财宝，怎么招认。我决不做越墙偷人。太爷清如水，明如镜。莫冤屈棒打良民。

张（唱）：文瑞胆敢不承认，不由老爷怒气生。开言便把衙役叫，快把强人用大刑。（白）来呀。

手下（白）：有。

张（白）：将他夹了起来。

手下（白）：是（夹介）启禀老爷，夹死了。

张（白）：你这两个奴才，叫你们半夹半吓。哪个叫你们把人夹死了呢。

手下（白）：唤得醒的。

张（白）：快快将他唤醒。

手（白）：文瑞醒来。

文（唱倒板）：一霎时夹得人昏迷不醒，跪大堂，请一声青天大人。我真正不曾做强盗，为何把我当强人。

张（唱）：强人拼死来抵抗，两边太阳冒火光。来人，把铁蒺角倒在堂上，他不招来也要招。（滚介）有招无招。

文（白）：哎呀。（唱嘹子）铁蒺角滚得人皮开肉绽，这非刑用得我实在难熬。不招供来也是死，招了供来命难逃。生死认凭狗官断，为盗之事我成招。

张（白）：快快叫他画押。（文画押介）银钱藏于何处。

文（白）：付予我家妻子。

张（白）：好。传禁子上堂。

手下（白）：禁子上堂。

禁（上白）：一生坏性子，是我的老子，我也要银子。参见老爷，唤小的何事？

张（白）：将犯人带进监牢。

禁（白）：是。犯人跟我来。

文（唱嘹子）：大堂之上上了锁，鳖鱼吞钩实难脱。禁大哥带我监牢坐，但愿早死见阎罗。（下）

张（白）：人来。

手下（白）：有。

张（白）：这有提牌一面。命你带四人前去崔府将文瑞之妻拿到。

手下（白）：是。（下）

张（白）：来呀。有事无事。

手下（白）：无事。

张（白）：站着打鬼。（下）

第十二场 杀公差

人物：张四姐 衙役甲乙 手下四人

四（上，唱嘹子）：夫君去到王府内，这般时候还未回。一定有祸事不美，心惊肉跳却为谁。

甲（唱）：大家齐把崔府进，见了妇人问分明。（白）你可是崔文瑞之妻？

四（白）：正是。你是何人，到此何事？

乙（白）：你的丈夫打劫王员外家中的财宝。送往巡城府中，他已招供，问成死罪。老爷命我等前来拿你前去寻问。

四（白）：可恼呀。（唱）听说是夫押监珠泪滚滚，好似狼牙箭穿心。你妻说话不相信，今朝入了监牢门。（白）呀呀，稍待。贼子买通犯官，这样作恶，我要惩治于他。不免先杀死衙役，再作道理。你们前来拿我去？

甲（白）：正是

四（白）：你大胆。（唱）小子拿我，你妄想，把你当作虎口羊。左右手，抓你们墙上撞。留个小子，把命偿。（白）你好好回衙，告知狗官知道，好好把我丈夫放回。如若不然，杀进城去，将狗官全家杀死，快滚。

甲：好险。（下）

四（唱）：只恐怕婆婆知道，急坏年迈。转到后堂，婆婆安排。明日里夫不回，衙门内到，杀奸除害救夫回来。（下）

第十三场 发兵捉张四姐

人物：张明春 军士四人 衙役

张（上，唱）：衙役去把妇人拿，这般时候未回衙。老爷坐堂来等下。

手（白）：参见老爷说根芽。（白）不得了，不得了。

张（白）：怎么不得了。

手（白）：到崔府几名衙役都被崔的老婆打死了。

张（白）：哎呀。不好了。（唱）听一言来心作惊，文瑞之妻太野行。喊衙役你快把军士传进，传个有武艺的军士，我有令行。（白）快传武士上堂。

军（白）：武艺多强盛。专拿犯罪人。见过老爷，唤我哪方使用？

张（白）：只因文瑞之妻将衙役打死。命你保住老爷，前去拿他。

军（白）：几时去拿？

张（白）：马上就去。（唱）呼军士带兵器快快安顿，去到崔府拿强人。衙役与我把马驯，拿下犯妇不容情。（下）

第十四场 救出文瑞

人物：四姐 军士 甲 乙手下 崔文瑞 张明春 梅香 禁子

四（上，唱）：昨日里杀衙役难解仇恨，狗贪官还不放我夫回程。

香（唱）：请小姐拿剑戟巡城街进，杀奸除害救平民。

四（唱）：我心里早已是这样决定，你与我准备宝剑，马上起程。

香（唱）：请小姐，挂宝剑，我把路引。

四（唱）：见人马团团围住，不通行。

张（唱）：坐在马上来观定，得见一个美佳人。好似越国西施女，更把杨妃胜几分。我有夫人八个整，怎比佳人动我心。开言便把衙役问，这个美女是何人。

手（唱）：这就是文瑞之妻，武艺强胜。打死衙役正是此人。

张：听说是文瑞之妻心作惊，好似嫦娥女佳人。他若与我来婚定，保他性命不丧身。

四（唱）：开言便把军人问，来到我府为何情？

张（唱）：我就是府尹老爷管百姓，可恨你夫为盗人。囚押文瑞难消恨，要拿你去受罪行。劝你归顺顺从我，荣华富贵命生存。

四（唱）：听说狗官心头恨，你把我张四姐当作谁人。若识务快快收去人和马，好好送还我夫君。你若有半句言不准，此时叫你命归阴。

军甲（唱）：喊声妖怪休逞能，打死公差罪不轻。你夫犯法做强盗，你又打死衙役许多人。劝你好好来上绑，押入监牢问罪行。

四（唱）：小子不要瞎眼睛。你把我张四姐当什么人。我要杀你不动手，要你自己杀自己人。

甲、乙（唱）：你不要夸妖术，谁人肯信，你有何鬼术显奇能。

香（唱）：贤小姐说的话他们不听，你快显法术活捉他们。

四（唱）：忙显法术如雷震。（自相残杀介）拿往狗官用大刑。（白）本当将你一刀两断，唯恐朝廷怪我无礼。梅香。把狗官吊起来。

香（白）：是（吊介）。

四（白）：将他小指钉钉。（钉介）放下，也要他滚铁菱角。（滚介）。

张（唱）：铁菱角滚得人疼痛难忍，跪尘埃求姑娘饶我残生。你今若饶我的命，回衙去放出你的夫君。

四（唱）：从今后你不要贪财害命。放你回衙，还我夫君。快与我带到巡城监牢进。

张（唱）：你的夫就是在这个监牢门。（白）你稍站一时。禁子快来。

禁（白）：啊。还是老爷，何事。

张（白）：快将崔文瑞放了出来。

禁：是。文瑞出监。

文（上，唱嘹子）：被贼害受冤屈身受苦罪。思想贤妻泪悲啼。肩戴链手拿镣走出牢监，禁大哥你唤我却是为谁。

张（白）：快快松刑。你的妻子来了。

文（白）：可容我夫妻一会。

张（白）：请你去监外相会。

文（白）：贤妻在哪里？

四（白）：哎呀，夫君呀。（唱倒板）见夫君，不由人珠泪滚滚，恨奸贼，害我夫这般伤身。不报夫仇难消恨。不杀王贼不甘心。（白）禁子待你如何？

文（白）：不曾欺压。

四（白）：好，你不要害怕，待我将牢门打开，犯人俱已放出。一火焚他。（人出介）。你这狗官，你还贪不贪财害人。

张（白）：再也不敢了。

四（白）：下次再若贪财，就一刀两断。你仔细打点，你不晓得张四姐的厉害。

四、文、香（下）。

兵（白）：怎不抬头。

张（白）：有罪不敢。

兵（白）：恕你无罪。

张（白）：谢。（抬头看）你这些王八蛋，把老爷的魂都吓掉了。张四姐这个妖精如何惩治？这，这……有了。听说包大人有照妖镜、斩妖剑。我不免前去请包大人就是。

兵：妖怪又来了。

张：哎呀。快跑。（下）

第十五场 杀王半成

人物：张四姐 崔文瑞 梅香 王半成 安童 教师头

王（唱）：听人言，文瑞妻妖术甚广，杀死公差，打死军士，又烧牢房。恐怕他要报仇找我身上，我不免喊教师头门前紧防。（白）安童，快把教师头喊出来。

安（白）：有请教师头。

教（白）：教师头，专门练的是拳头。人家见我就点头。有人来惹我，打他一个倒翻兜。要是他有狠，我急忙就开溜（白）。参见员外。

王（白）：罢了，站一旁。

教（白）：喊我何事？

王（白）：只因崔文瑞的老婆十分厉害，恐怕他要来报仇，命你在府门守候。

教（白）：放心好了，员外请退。

王（白）：大事吩咐你。

教（白）：怎敢不用心。（王下）

文、四（同唱）：来到贼府心中恨。

四（唱）：不由四姐怒气生。

文（唱）：请贤妻在此，且站定。

四（唱）：要杀王府一满门。（白）门内有人无有？

教（白）：你是做什么的

四（白）：王半成可在府内？

教（白）：不在府中。

四（白）：哪里去了。

教（白）：病了……

四（白）：病了？喊他前来见我。

教（白）：不能起床。

四（白）：带我去见。

教（白）：不能见生人。

四（白）：我要进去。

教（白）：不能。

四（白）：去你的（大打介。将半成捉住，杀头）

第十六场 包公发兵

人物：包公 张龙 赵虎 张明春 衙役甲乙

公（上，引）：一片忠心不改，黎民申冤都来。（诗）铁面无私包龙图，忠心为民断冤仇。就是王子犯我手，国法森严要人头。（白）下官龙图大学士包文拯，忠心正直，铁面无私。上任以来，审许多稀奇怪案。人来，放告牌出。

甲：放告牌出。

张（内，白）：有人申冤。

甲（白）：启禀大人，有人申冤。

公（白）：啊，有申诉人，传他进来。

甲（白）：申冤人上堂。

张（唱）：京城街口出妖精，包公台前诉原因。（白）参见大人。

公：姓甚名谁。有何冤屈，当堂诉来。

张：卑职巡城张明春启禀大人。今有城中崔文瑞，家中出了个妖怪，名叫张四姐，神通广大，变化多端。卑职前去拿他，反被捉住。将我吊起拷打一顿，又放火将牢房烧了，放掉了三百名罪犯，又杀了本城王员外全家。望大人早点发兵，捉拿此妖。

公：可恼呀！（唱）听说京城出妖精，倒叫老包信不真。开言便把明春问，虚言谎告不容情。（白）张明春，可是实言。

张（白）：怎敢吊谎。

包（白）：好。站过一旁。

张（白）：谢大人。

包（白）：人来。张龙、赵虎上堂。

甲：张龙、赵虎上堂

龙（白）：张龙勇敢。

虎（白）：赵虎争强。参见大人。

包：免了。一旁。

龙、虎（白）：谢大人。不知何方立案？

包：站在两旁，听我道来也。（唱原板）京城崔家大不顺，出了个四姐是妖精。杀死公差无理性，又杀王家一满门。便叫张龙准备作安顿，全装披挂捉妖精。又叫赵虎你细听，请将法宝带在身，要拿一把捉妖锁，狗血三盆捉妖精。又带一把照妖镜，斩妖刀剑要小心。桃木大枷桃木棍，大军要带一百名，不打黄旗把路引，刀兵二百随后行。柳叶尖刀亮似镜，威风凛凛捉妖精。大吼一声开路奔，去到崔府捉妖精。（同下）

张四姐大闹东京

（下集）

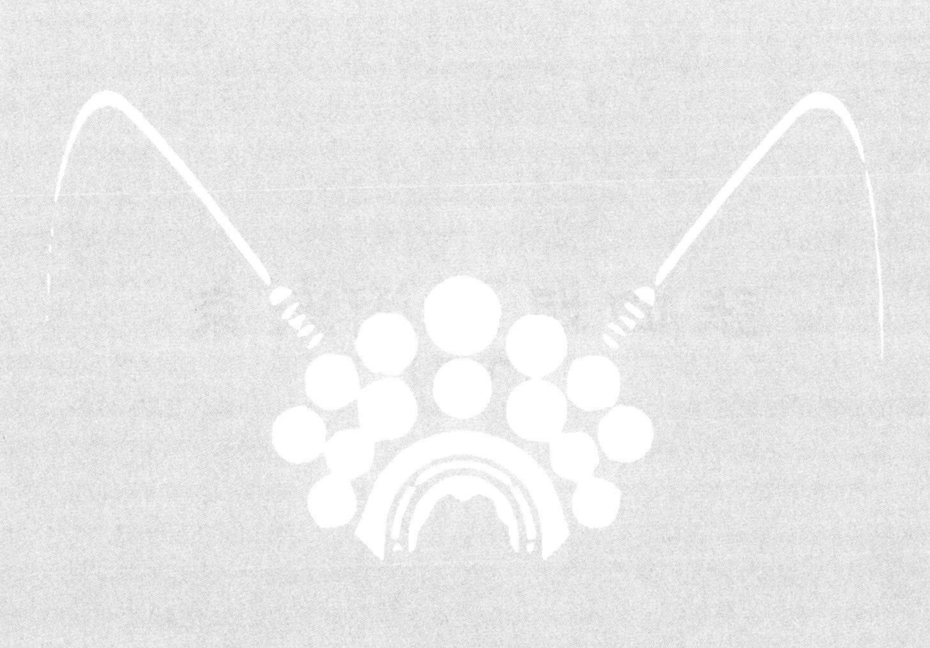

第一场 包公拿妖

人物：四姐 包公 张龙 赵虎 崔文瑞

文（唱）：贤妻生来武艺大。

四（唱）：该杀王贼一全家。

文（唱）：府门外又来人和马。

四（唱）：夫君莫怕有奴家。

包（上，唱）：来到了崔府门忙落道，大叫一声什么妖。（白）府内可有人，快来见我。

文（白）：参见大人。

包（白）：你可是文端？

文（白）：正是。

包（白）：你站一旁。

文（白）：谢大人，不知大人驾到。所为何事？

包（白）：你是缘何藏妖害人，快叫妖魔出来见我。

文（白）：我家无有妖魔，只有张四姐呀！

包（白）：什么四姐，快喊了出来。

文（白）：贤妻快来。

四（白）：相公何事？

文（白）：包大人要见你。

四（白）：啊，原来是一个黑炭头。

包（白）：你是什么妖魔，还不与我跪下。

四（白）：你这黑头休要放肆，瞎眼精，我乃张四姐，身犯何罪，我看你是活腻了。

包（白）：杀死王员外全家，可是你。

四（白）：是我。

包（白）：杀死军士，可是你？

四（白）：是我是我都是我，你又如何？

包（白）：可恼呀！（唱）妖魔做事太毒狠，无故杀人罪不轻。快快拿出照妖镜。（照介）哦，照不出妖魔是何原因？低头思来心暗忖，莫非是哪路神仙当妖精。劝你好好知进退，以免皮肉受苦刑。她的妖术实在狠，倒叫老包解不明。张龙、赵虎来叫应，捉拿妖精不容情。

龙、虎（同唱）：我二人一齐来上阵。

四（唱）：你逼我张四姐动威声。（四杀众兵死，龙虎不能动，四将包公吊起来，拷打一顿）。

文（白）：四姐住手，包大人乃是清官，不要伤害于他。

四（唱）：他不知进退，我打他几下，叫声相公休管他。

文（唱）：贤妻做事太可怕。

四（唱）：贪官污吏应该杀。

文（白）：娘子，你放了包大人吧。

四（白）：那我知道，包黑头若是贪官，决不饶你。念你是清官，放你回去。（众下）相公随我来了。

第二场 包公奏本

人物：宋仁宗 内侍 包公 杨文广 呼延庆

仁（引）：龙楼凤阁，国泰民乐。（诗）国泰民乐天星顺，马放南山五谷登。孤王在位军威振，一统江山保乾坤。（白）孤王仁宗是也，自登基以来，风调雨顺，文武大臣，俱是忠良，更有包卿铁面无私，忠心保孤的江山社稷，似这等贤臣永无一失，想包卿好不宠爱欢乐也。（唱）有孤王坐江山风调雨顺，孤喜的天从人愿，五谷丰登，满朝文武各把忠尽，包卿家更尽忠为国为生民。他是孤的宠幸臣，断了许多无头案，冤情审清。孤有贤良臣，江山稳定，但愿得美江山永远振兴。坐金殿，思江山，龙心高兴。

包（上）：上金殿忙朝驾，启奏当今。（白）参见万岁。

仁（白）：包卿平身。

包（白）：谢万岁。

仁（白）：包卿上殿，有何本奏？

包（白）：启奏万岁，京城出了妖魔，杀害许多军民，请吾皇定夺。

仁（白）：哎呀！（唱）听说京师出妖精，杀害军民把孤惊。包卿快来奇案审，拿出良谋把妖擒。

包（白）：万岁呀。（唱）许多奇案臣断清，这个妖人断不明。杨文广、呼延庆武艺强胜。宣他们带兵去，擒拿妖精。

仁（白）：卿家奏之有理，孤王传旨，宣文广、延庆上殿。

广、庆（白）：万岁把旨传，上殿把驾参。参见万岁万万岁。

仁（白）：二卿平身。

广、庆（白）：谢万岁，宣臣等上殿，不知有何旨意？

仁（白）：二卿听旨，只因崔文瑞藏妖害民，命你等带五百兵前去捉拿。

广、庆（白）：遵命！（唱）金殿领了万岁命。

庆（唱）：去到崔府擒妖人。

广（唱）：辞万岁出金殿，去把兵领。

庆（唱）：定拿妖精见当今。（下）

仁（唱）：见二将军去把兵带。

包（唱）：看得老包喜心怀

仁（唱）：众卿退殿暂忍耐。

包（唱）：但愿拿住妖人乐开怀。（下）

第三场 拿妖失败

人物：杨文广 呼延庆 四姐 崔文瑞 兵卒

广（唱）：来到崔府停人马，喊声众将听根芽。

庆（唱）：崔府团团来围下，擒住四姐莫放她。

广（唱）：站在门外高声骂，骂声文瑞把头杀。

庆（唱）：不该藏妖乱天下，什么妖精快出发。

文（唱）：一见兵马心害怕，埋怨四姐做事差。你今不该把包大人打，打了包丞相犯了国法。

四（唱）：官人放心你莫怕，千军万马我一人抵杀。（白）呸，你这些小子，喊做什么？

广（白）：你可是妖人四姐。

四（白）：姑娘正是。

广（白）：四姐，妖精，你不该扰乱江山，拷打包大人，违逆朝廷，今奉圣命，特地前来拿你归朝，劝你好好知罪，自捆其绑，也免受苦。

四（白）：哈……你这小子，休出狂言，可知四姐的厉害。依姑娘相劝，收兵回朝，方得安全无事，如若不然，大闹东京，教你君臣悔之晚矣。

广（白）：妖精休要逞强，招枪（打介。四败下）。

四（上白）：且住，小子杀法厉害，我不免取出摄魂铃收服于他。

庆（白）：那路好走。

四（白）：（收介）哈哈……（下）

第四场 四姐施法

人物：仁宗 内侍 李三娘 蓝峰小姐 包公 穆桂英 赛花小姐

仁（白）：摆驾（唱原板）孤王只把文瑞恨，不该藏妖来害民。杨、呼二卿去把崔府进，擒拿妖精未回程。莫不是妖人道法狠，又怕二将伤了身。龙心不爽金殿等。

兵（唱）：冒犯上殿奏当今。（白）参见万岁，大事不好。

仁（白）：何事惊慌，速速奏来。

兵（白）：四姐妖精道法厉害，用摄魂铃收去杨、呼二位将军。

仁（白）：此话当真？

兵（白）：千真万确。摄魂铃收去杨、呼二将军。

仁（白）：哎呀，不好了。（唱倒板）听此言吓得人惊魂难定。（叫头）杨文广、呼延庆，二将军呀（唱）吓得孤王胆战心惊，这是孤王大不幸，如今出了恶妖精。（白）传孤王旨意，宣包卿上殿。

太（白）：万岁有旨，包拯上殿。

包（白）：万岁把旨传，上殿把驾参。参见万岁。

仁（白）：包卿平身。

包（白）：谢万岁。

仁（白）：哎呀，包卿家呀，杨、呼二将都被妖人用摄魂铃收去了。

包：可恼呀！（唱）听说妖人道法壮，到叫老包无主张。收去了呼延庆、杨文广，朝中还有李三娘。（白）启奏万岁，杨家还有女将李三娘、穆桂英、赛花小姐，呼家还有蓝峰小姐，请陛下传旨，宣众女将上殿，定能擒得妖精。

仁：包卿奏之有理，代孤王传旨，宣众女将上殿。

内（白）：遵旨。

桂英、赛花、三娘、蓝峰（同上，白）：万岁把旨传，上殿把驾参。参见吾皇万岁万万岁。

仁（白）：众卿平身。

众（白）：谢万岁，宣臣等上殿，有何事论？

仁（白）：听孤传旨也。（唱元板）孤王金殿把旨论，众卿殿前听分明。可恨文瑞心不正，藏妖搅乱锦乾坤。那个妖精道法狠，收去了呼、杨二将军。要救二将回朝转，捉拿妖精论功来封赠。桂英掌兵为元帅，蓝峰小姐为先行，左右赛花来督阵，李氏三娘在后行，派你三千人和马，快去拿妖见寡人。

李（唱）：万岁传旨臣来领。

蓝（唱）：食君之禄报王恩，辞王别驾去把兵领。

英：去到那点将台，统领大军。（下）

仁（唱）：众女将生来威风凛。

包（唱）：此去一定能擒妖人。

仁（唱）：但愿拿妖定有准。

包（白）：请驾回宫。（唱）拿妖回看一看，是什么妖精。（下）

第五场 桂英挂帅

人物：穆桂英 李三娘 赛花小姐 蓝峰小姐

桂英（引）：今奉圣命，崔府拿妖人。（诗）威风凛凛上将台，炮响三声宝帐开。万岁命我来挂帅，要把妖人拿得来。（白）本帅穆桂英，今奉圣谕，去崔府捉拿妖精归案，站在西厢，听我传令也。（唱原板）众位将军两边站，本帅有令听根苗。此番去那崔府到，各人小心最为高。那一妖人法力好，各人小心枪和刀。人马成群莫失掉，人马陷身难脱逃。围住妖人，莫许他跑掉，大家同做心一条。拿着妖人把国保，杨家威风美名标。各自准备来开道。（白）马来（唱）定拿妖人见当朝。（下）

第六场 桂英被捉

人物：文瑞 四姐 李三娘 桂英 赛花 蓝峰 兵卒

文（唱嘹子）：四姐生来武艺大，乱搅江山犯国法。

四（唱）：官人放心你莫怕，天大祸，我一人能抵他。

文（唱）：府门外又来了人和马。

四（唱）：你去躲避我来杀。

穆（白）：来也。（唱原板）本帅带兵来出阵，刀枪剑戟乱纷纷。崔府门前且站定，开言大骂女妖精。

李（唱）：好好还我杨家将，也免搜杀崔满门。

蓝（唱）：送出呼家一员将，你我好说来和平。

花（唱）：你在京城来造反，特来捉你见当今。

四（唱）：四姐出门来观定，来者都是婆娘兵，快快留名来送命，四姐不杀无名人。

英（唱）：一见四姐狗妖人，不由本帅火一盆。你敢上前问名姓，本帅就是穆桂英。

李（唱）：李家三娘武艺盛，领了圣旨捉妖精。

蓝（唱）：蓝峰小姐就是我，元帅点我为先行。

花（唱）：赛花小姐威名振，特地前来捉妖精。

四（唱）：听一言来心头恨，你把四姐当妖人。休要恼了张四姐，大闹东京不太平。

穆（唱）：妖精休要论本领。

四（唱）：不服比试来相争。（打介）哎呀，稍待，婆娘杀法厉害，难以取胜，如何是好，这……有了，不免取出摄魂铃，收服她们（收众介）（下）。

第七场 惊驾

人物：宋仁宗　包公　探子　太监

仁：众女将奉旨去把妖精剿。这般时候未回头。莫是妖精法力好，怕的众卿难脱逃。若是妖精除不掉，孤的江山一旦消，神魂不定金殿到。

探（唱）：急忙上殿奏当朝。（白）参见万岁，大事不好。

仁（白）：何事惊慌？

探（白）：众女将被妖精捉去了。

仁：不好了（倒板）听说众卿又被擒。（唱嘹子）吓得孤家少二魂。孤王江山今日尽，才有妖人败乾坤。（白）包卿呀，孤的贤臣，此妖厉害，如何是好？

包：启奏万岁，我看此妖神通广大，民间将帅捉他不得。小臣乃是文曲星，有过阴床还魂枕，上得天，入得地。待臣查遍三界，查明哪处妖精，即请那处神捉拿。

仁（唱嘹子）：包卿家有此本领龙心欢喜。这一案全仗你来出力，此一番过阴还阳上天入地，孤王赐你御酒三杯。

包（唱）：臣蒙万岁好美意，赐臣御酒来助威。领谢龙恩过阴地，各处神科问端的。

仁（唱）：一见得包卿家过阴床上，倒把孤王想心房。内臣摆驾后宫往，等包卿过阴还阳再问端详。（下）

第八场 包公查地府

人物：阎君　判官　包公　小鬼

阎君（引）：万恶淫为首，百善孝为先，吾十殿阎君，判官小鬼侍候地府。

鬼（白）：遵法谕。

包：（倒板）谯楼上打罢了三更夜尽。（唱原板）包文拯查妖精，奉旨来过阴。想老包初上任，七十二件奇案，件件来断明。这件妖案，把我心血来用尽，不判明此案绝不放心。三魂渺渺，先把地府阎罗殿进，参见阎君奏分明。（白）参见阎君。

阎（白）：文曲星平身。

包（白）：谢阎君。

阎（白）：文曲星来到阴司地府，所为何事？

包（白）：听我奏道。（唱原板）站在殿前忙奏请。阴司地府要知音。京城出了一妖怪。搅乱江山不太平。吸去多少英明将，杀死许多将和兵。地府走了何妖怪，去到阳间乱杀人。望冥王生慈念，阴间查点是何因。

阎（白）：哎呀。（唱嘹子）听罢文曲星奏此本，两边太阳冒火星。若是地府一妖怪，定将此妖火化身。（白）判官小鬼，快快查看，哪里走了妖怪。

判鬼（白）：遵法谕（查介）。启奏阎君，小的查过十八层地狱，牛头马面、妖魔鬼怪，一切畜生鬼怪，一个也不少。非是地府之事。

阎（白）：文曲星，此妖非是地府之事，请到西方佛国奏明如来佛去罢。

包（白）：那我知道。

阎（唱）：文曲星辛苦为民服务。

包（唱）：来到地府有烦扰，休怪卑职。

阎（唱）：趁早你到西天去。（下）

包（唱）：去到西天奏明如来佛。（下）

第九场 包公查西天

人物：如来佛 阿难 包公

佛（唱）：上是青天不可欺，举头三尺有神灵。休道无有公善恶，只碍来早与来迟。（白）吾乃如来佛是也，监视阴阳善恶。阿难，佛门侍候。

包（唱嘹子）：辞别阎君忙驾云，西方佛国面前程。去却云头佛门进，参见佛祖奏分明。（白）参见佛祖。

佛（白）：文曲星平身。

包（白）：谢佛祖。

佛（白）：文曲星到此何事？

包（白）：启奏佛祖，只因京城出了妖怪，不知是否是西天之妖怪，伏请佛祖发下慈悲，查个明白。

佛（白）：原来是京城出了妖怪？

包（白）：正是。

佛（白）：阿难，快快查点。

阿（白）：遵法旨。（查介）启奏佛祖，查过三十六天、诸妖怪、四天王、八金刚、十六迦帝，十八罗汉，吾五佰上天圣宫俱已查过，一个也不少，非是我西天之事。

佛（白）：文曲星，此府诸佛，一个不少，你速到南方奏明玉帝去罢。

包（白）：那我知道。

佛（唱嘹子）：文曲星在民间辛苦过甚。

包（唱）：忠心耿耿为人民。

佛（唱）：你速急去那南天门。

包（唱）：出了佛门忙驾云。（下）

第十场 包公查天庭

人物：包公 太白 玉帝 王母 仙曹

帝（引）：一朵红云，变化无穷。（诗）九重玄天孤为首，主管民间君与侯。天翻地覆由孤做，殃及紫微情不留。（白）孤，玉皇大帝，啊，祥云闪电，必有缘故。太白，南天门侍候。

太（白）：遵旨。

包（上唱）：三魂渺渺走地府，七魄悠悠到天门。去却云头且站定，得见太白站门庭。（白）太白请了。

太（白）：啊，文曲星到此何事？

包（白）：有要事面奏玉帝。

太（白）：少站一时，与你请旨。

包（白）：有劳。

太（白）：启奏玉帝。

帝（白）：有何本奏？

太（白）：文曲星有要事启奏，请传旨上殿。

帝（白）：孤家有旨，宣文曲星上殿。

太（白）：遵旨，玉帝传旨，文曲星上殿。

包（白）：领旨，参见玉帝

帝（白）：文曲星平身。

包（白）：谢玉帝。

帝（白）：文曲星呀（唱）孤昨差你下凡境，扶保仁宗有道君。因何来到灵霄殿，想必朝中有难星。

包（唱）：玉皇大帝呀。（唱西雅）玉帝有所不知情，伏乞殿前奏原因。东京城内出了妖精，杀了许多马和兵。十殿地府都查尽，西方佛国也查明。两处不少一名怪，因此来到南天庭。不知上界何星宿走入凡间害人民，望求我主早查点，早收妖怪得安身。

帝（唱）：听此奏章心中恼恨，胆大孽畜私下凡尘。查哪部是否缺少了，定要正法在天庭。（白）仙曹听旨。

仙（白）：在。

帝（白）：速急各处查点。

仙（白）：遵旨（查介）。启奏玉帝。

帝（白）：可曾查点出来。

仙（白）：不曾查出。

帝（白）：三十三天圣众。

仙（白）：在位。

帝（白）：二十八宿。

仙（白）：在位。

帝（白）：十二元辰、三官大帝。

仙（白）：在位。

帝（白）：四海龙王。

仙（白）：在位。

帝（白）：上中下八洞神仙。

仙（白）：俱在本宫，本位不曾缺少。

帝（唱）：呵，这个妖怪真稀奇，倒让玉皇心生疑。未必出在斗牛宫内，也要查明是和非。（白）太白，传王母上殿。

太（白）：遵旨，玉帝有旨，王母娘娘上殿。

母（唱）：玉楼天半起笙歌，风送宫嫔笑语和。月殿影开闻夜漏，水晶帘卷近秋河。（白）参见玉皇。

帝（白）：爱卿平身。

母（白）：谢玉皇，不知宣出臣妾有何事论？

帝（白）：爱卿有所不知，只因下界出了妖精，扰乱红尘，文曲星回到天庭请求查点，上界各处查点不少一名，只有斗牛宫内尚未查点，请爱卿快去查清。

母（白）：遵旨呀（唱）一见玉皇把旨降，倒把哀家心作慌。急忙退下斗牛宫往，查点七个小姑娘。（下）

帝（白）：文曲星。

包（白）：在。

帝（白）：此妖匹配何人？

包（白）：匹配就是崔文瑞

帝（白）：崔文瑞吗？

包（白）：正是。

帝（白）：你拿妖之时，可曾问过他的妖名何姓？

包（白）：岂有不问之理。

帝（白）：好呀，妖人姓甚名谁。

包（白）：他说姓张名四姐。

帝（白）：啊，张四姐。

包（白）：正是。

帝（白）：你可记得清？

包（白）：记得清。

帝（白）：报得实？

包（白）：报得实。

帝（白）：啊，王母进宫查点，缘何不见回报？太白速传法旨，宣王母上殿。

太（白）：遵旨，玉帝有旨，王母上殿。

王（唱嘹子）：哀家查点斗牛宫廷，缺少仙女第四名。含羞带愧灵霄殿进，参见玉帝奏分明。（白）参见玉帝。

帝（白）：卿家平身。

母（白）：谢玉帝。

帝（白）：爱卿，宫内可是缺少四姐吗？

母（白）：正是。

帝（白）：可恼呀（唱）一见四姐私下凡，不由孤家怒冲冠。这是爱卿少教管，搅乱下界主何安。（白）文曲星听旨。

包（白）：在。

帝（白）：你先回朝，主君即令天兵捉拿此人。

包（白）：遵旨。（唱）多蒙玉帝查天界，事到此时才明了。急忙辞驾出殿外，去到阳间奏当朝。（下）

帝（白）：太白。

太（白）：在。

帝（白）：速传三太子、李天王、齐天大圣孙行者上殿。

太（白）：遵旨，玉帝有旨，三太子、李天王、孙行者上殿。

李（白）：玉帝把旨下，上殿去朝驾，参见玉帝、王母。

帝（白）：众卿平身。

众（白）：谢玉帝，宣臣有何法旨？

帝（白）：可恨孤女儿四姐私自下凡，大乱红尘，命你等带下一万天兵下凡捉拿，不得有违，领旨去罢。

众（白）：遵旨。

帝（白）：各自收位。

众（白）：请驾回宫。（下）

第十一场 包公还阳

人物：仁宗 包公 太监

仁（白）：摆驾。（唱）包卿昨夜把阴府进，孤王一夜不安宁，等他还阳来奏本，单看何处来妖精。这是朝廷大不顺，连累军民受灾星。内臣摆驾金殿进，等候包卿来奏明。

包：（内倒板）三魂渺渺进地府，七魄悠悠又还阳。撩袍端带金殿往，俯伏金阶奏君王。（白）参见万岁。

仁：卿家平身。

包：谢万岁。

帝：卿家过阴，可曾查出什么妖怪？

包：万岁呀！（唱）俯伏金阶来奏本，为臣此去入幽冥。地府西方都查问，天空星宿不少一人。去到斗牛来查问，原来是王母女儿身。上方走了张四姐，下界三年不太平。玉帝一见心恼恨，急传法旨把令行：哪吒太子下凡境，李天王带领十万兵。不时就到京城内，来拿仙女上天庭。

仁（唱）：一见包卿奏此本，孤王成了痴呆人。民间只当妖精怪，谁知女子是仙人。（白）众卿，此事怎办？

包（白）：启奏吾主，我们君臣不用操心，自有天庭法办。

仁（唱嘹子）：听说天庭来办定，孤王此时才安心。但愿上界收去张四姐，孤的江山得太平。（白）众卿，有事启奏，无事退班。

众（白）：请驾回宫。（下）

第十二场 四姐斗法

人物：张四姐 李天王 孙行者 哪吒 天兵

四（上，唱嘹子）：左眼不跳右眼跳，左耳不烧右耳烧。心慌意乱想妙计。（白）待我掐指一算，哎呀，不好了。（唱）原来是父王知道，不把我饶。（白）哎呀，父王，父王，我不上天，天兵到此，谅也无妨。

哪（白）：呸，张四姐。你乃上界仙女，怎能与凡人成配，好好随我归天便罢，如若不然，枪决不容。

四（白）：哪吒小子，劝你回到灵霄殿奏明父王知道，我决不回天庭去。

哪（白）：岂容你扰乱红尘，招枪。

（打介。哪吒败下，孙行者打介，孙败下。天王托塔上，也败下。四姐追下）

孙（上）：少待，四姐杀法厉害，如何是好，这……有了，我不免扯了汗毛，变出很多猴子，说变就变，千万猴子出现。

（四上，打介，败下，孙追下）

四（上白）：哎呀，且住，孙猴甚多，不能取胜，我不免喊一声变，许多四姐出现。（开打，四败下，孙追下）

四（上白）：哎呀稍待，他们杀得厉害，我不免取出摄魂瓶收服于他便了（收介）。

（孙上，收去金箍棒）

孙（白）：不好了（翻下）。

文（上白）：哎呀，四姐，把我吓坏了呀。（唱）贤妻闹出祸事不小。

四（唱）：官人放心莫忧愁。

文（唱）：不由文瑞心惊肉跳。

四（唱）：任凭父王作开销。（下）

第十三场 王母奏本

人物：玉帝 太白 哪吒 王母 孙行者 李天王 六仙女

帝（白）：摆驾。（唱）：孤心只把四姐恨，不该私自下凡尘。

母（唱）：仙女怎能凡夫配，扰乱宋室好乾坤。

帝（唱）：太子、孙行者下凡尘，捉拿四姐上天庭。

母（唱）：若是拿回猖狂女，要惩天律不容情。

帝（唱）：权且忍耐，灵霄殿等。

哪、孙、天（同上唱）：参见玉帝奏分明。（白）参见玉帝。

帝（白）：众卿平身。

众（白）：谢玉帝。

帝（白）：尔等可曾将四姐拿回？

众（白）：哎呀，玉帝呀，四姐杀伐厉害，战她不过。

帝（白）：啊，你等战她不过，如何是好？

母（白）：启奏玉帝，哀家有本奏。

帝（白）：爱卿有何本奏，快快奏来。

母（白）：想这个丫头神通广大，若要惹她性起，天宫地府都不得安宁，我想带六个女儿一同下凡，好好劝她回天庭，伏乞依奏。

帝（白）：爱卿奏之有理。你到斗牛宫带众女儿下凡去罢。

母（白）：遵旨。（唱）辞却殿斗牛宫往，带众女儿下天堂。（下）

帝（白）：众卿各自归位。

众（白）：请驾回宫。（下）

第十四场 王母带女下凡

人物：王母 六仙女

大（唱）：自那日游鹊桥，四妹私把凡下。

二（唱）：我们长长思念她。

三（唱）：她到红尘多潇洒。

五（唱）：我们姐妹莫学她。

六（唱）：姐妹为仙家人，休想出嫁。

七（唱）：父王知道定捉拿。

大：我心想红尘，把凡来下，找一个帅三哥，锦上添花。

（内白：母后到）

众（白）：有请，参见母后。

母（白）：众女平身。

众（白）：谢母后，不知母后到此何事？

母（白）：众女可曾知道，只因四女私自下凡扰乱红尘，你父王命三太子、孙行者等拿她不住，又命为娘带儿等一同下凡去劝她回天，不知你们意下如何？

众（白）：我等遵命。

母（白）：好呀。（唱）你们姐妹都愿意。

众（唱）：母后之言儿当依。

母（唱）：一齐出宫，祥云驾起。

大（唱）：我劝四妹，莫把天归。（下）

第十五 四姐回天

人物：四姐 文瑞 王母 六仙女

文（上，唱）：可叹母亲丧了命，想起养育之恩泪双淋。

四（唱）：劝官人免伤悲，又来不幸，夫妻俩顷刻间做之不成。

文（白）：贤妻平白说出此话，是何道理？

四（白）：官人哪曾知道，我本是天上斗牛宫内张四姐，与你只有三载夫妻情分。今日已满，母后带着众姐妹下凡劝我上天。

文（白）：你该不会去吧？

四（白）：我怎能不去！待我将瓶内男女放他回去。（放介）你们各自归位。（众下）（内白：王母娘娘与众姐妹到）。

四（白）：有请呀。（唱）见母后驾临到，屈膝跪倒。

文（唱）：三拜九叩，忙把驾参。

四（唱）：拜母后受风尘，恕儿不孝。

文（唱）：谢岳母。

四（唱）：谢母后。

母（唱）：快见同胞。

四（唱）：见过了众姐妹羞愧不了。

文（唱）：酬深情众姐妹来把神劳。

二（唱）：见四妹一对夫妻，令人好笑。

大（唱）：见四妹一对夫妻，屁股发烧。

母（唱）：我的儿，你本是仙家之道。你不该私下凡配夫桃夭。

二（唱）：父皇知道发雷霆，降旨一道。灵霄殿令众仙把旨颁诏。

三（唱）：特下凡劝四妹灵霄殿到，见父皇来改过，把罪恶抵消。劝四妹休了恩受，永别和好，也免得母后娘要把气淘。

六（唱）：你若是不归仙班岂不反了，怒恼父王将母后也要开刀。劝四姐念母后你要行孝道，你若是免了罪，合家逍遥。

大（唱）：依我看，劝四妹莫上天了。斗牛宫内受煎熬。你看这恋红尘多么美好，做夫妻同床睡欢乐魂销。

母（唱）：臭丫头，你不要拨弄撮拐，你若是不上天命也难逃。

大（唱）：我本是与四妹开个玩笑。我的娘你不要如此发焦。转面来与四妹再把话表，我时才是戏言莫记心梢。顶好是随大家天庭回到，也免得父王母后吵不开交。

四（唱）：母后恩，姐妹情，理当领教，我情愿上天去。

众（唱）：大家喜欢。

文（唱）：我的妻，你要上天，那我怎办。我不如撞墙死。

四（唱）：莫急莫焦。

文（唱）：抛了我，不由人心如刀绞。

四（唱）：我同你去见父王。

母（唱）：你莫要瞎教。他本是凡间人，上天不了。

四（唱）：母后娘到此时还不明了。记不记得灵霄殿父王寿诞，那金童戏弄我犯了天条。我父皇要斩金童太白讨保，贬下凡脱化于他苦受煎熬。儿见他受贫苦，特来关照。到今日同上天，把罪来销。

母（唱）：听此言，不由人好笑好笑。原来是为金童因果行邀。

大（唱）：这件事只有我一人知晓，说明了四妹妹风声不销。

母（唱）：到此时说明了，同上天道。

文（唱）：我本是凡间体，怎能上九霄。

四（唱）：请姐妹我们大家将他背倒。

大（唱）：只要我独一人背起就跑。

母（起夹板）：我们大家不说了，快上灵霄把旨交。

二（唱）：请四妹准备好。

三（唱）：凡间之事一旦抛。

五（唱）：莫在人间惹人笑。

六（唱）：搅乱红尘把祸招。

七（唱）：同上天庭多么好。

二（唱）：斗牛宫。

三（唱）：把花挑。

四（唱）：姐妹情忘不了。

五（唱）：闲来。

六（唱）：大家。

七（唱）：游鹊桥。

大（唱）：天空事说不了。姐妹难比夫妻枕上断魂飘。

母（唱）：再不要来胡闹，赶快上天。

同（唱）：儿明了。

文（唱）：你们驾云我怎搞。

大（唱）：你莫急，我背你。

（同唱）：好好好，一同驾云上九霄。

（众人抬文下）

（剧终）

福禄救主

（上集）

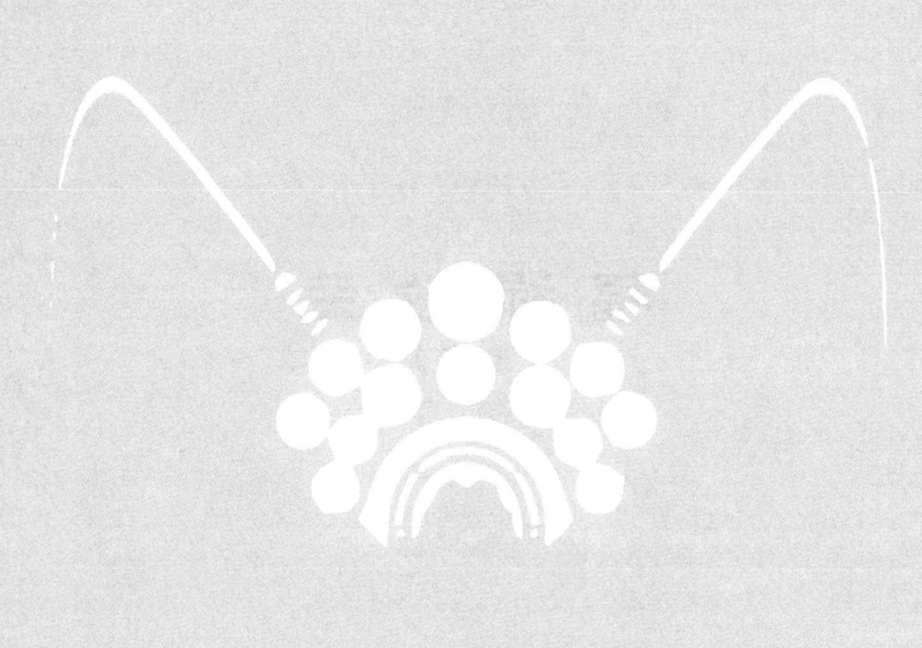

第一场 点药

人物：徐文炳

徐文炳（引）：寒窗苦读，诗书观斗牛。（诗）架上书万卷，瓶中酒一樽。谈笑有鸿儒，往来无白丁。

（白）小生徐文炳，家住三门街，父亲从前在朝为官，一命身亡。母亲带我和二弟文亮归家，发愤攻读。兄弟二人同李广大哥到扬州看擂台，归家中途二弟失踪，老母闻言，现在后堂忧病，十分沉重。今天不免到大街点药去也。（唱）徐文炳坐客堂心中纳闷，叹母亲和二弟珠泪双淋。我的娘忧二弟身得重病，不由我早晚间心不安宁。为母病请名医将病调诊，我还是到大街点药回程。将身而出门庭，忠心耿耿，为母病尽孝双足不停。（下）

第二场 失扇

人物：黄贵 梅氏 徐文炳

贵（白)：两粒骰子盘内装，先摇田地后摇房。有人学会巧手艺，子子孙孙不种粮。我乃黄贵，先前二爹娘在世，八个字的牌匾，家财万贯，骡马成群。到如今被我嫖赌逍遥得差不多了，还是八个字，一笔摇光，光打溜光。我今心想去赌博，身上又无钱，不免把我的老婆叫出来弄几个，老婆走来。

梅（唱)：梅氏女在后面梳妆理料，梳头洗脸搽点雪花膏。胡子爹到八十还能讨小，女子家到后来只当柴烧。许多人有钱财伢苗不好，见许多伢苗好不眉不妖。可怜我梅氏女空有才貌，生不逢时神辜负罗姣。杂种叫去只在堂前走到，得见了鬼杂种心下发焦。（白）做么事，杂种？

黄（白）：还是那个湾子在押宝，今日手上又没钱，特叫你把屋内的钱把几个我，去赶下本。

梅（白）：鬼杂种，嫁人嫁人，穿金戴银。嫁汉嫁汉，穿衣吃饭。你无力量拿回来吃，叫老娘到哪里去找外水。

贵（白）：你没得钱！看你这个苕堂客，别家堂客总会赚外水，你未必一个外水钱也没有？

梅（白）：看你这杂种说的全是屁话，我到哪里去找外水钱。你这绿头壳的杂种，说话完全不中听。

贵（白）：去把枕头下面的钱，拿几个来我去赶本，回头赢了再还你。

梅（白）：我把你这无知的杂种也是莫有办法，待我去拿几个来（拿介）。这是老娘的私房钱，莫输了，赢了要还给我。

贵（白）：是的，我走了，你在家多搞点外水。

梅（白）：你这个王八杂种，是你自己说的，你不要怪我。

贵（白）：那有什么关系呢，常言道：明王八，暗王八，夹生王八受孤单。我与你说，我今日出去明天回来，你心里明白就是。（下）

梅（唱），这只怪，梅氏女八字不好，配一个鬼杂种，只顾吃喝赌嫖。家庭的大小事，他不照料，他把我当作了赚钱目标。我一定与他脱离去把人找，找一个小白脸，只要他有伢苗。倘若是胡子大爹那我不要，配一个年轻人，理顺和调。转面来，拿衣衫家中洗漂，洗好衣赶太阳再把饭烧。（洗衣介）

文（上唱）：点罢药，医老母，忙往前到。这娘子你泼水，打湿我的衣袍。（白）这娘子泼水真不小心，将我衣袍打湿了。

梅（白）：相公，这是小女一时失手之错，对不起，请你进来烘干。

文（白）：那就打扰了（进门）。

梅（白）：敢问相公家住哪里，姓甚名谁？

文（白）：小生姓徐名文炳，三门街人氏。因母亲得病，刚才点药归家。

梅（白）：原来是徐相公。

文（白）：好说了。

梅（白）：动问相公，家中可有媳妇没有？

文（白）：这个……没有。

梅（白）：你看这好的相公，家中莫有媳妇，真是可怜呀。

文（白）：小娘子，鄙人衣服烤干了，我要告辞了。（唱）告辞娘子归家转，归家探问老母安。（下）

梅（唱）：徐相公生得好，人品清雅。小女子看了他，眼睛不眨。可怜我梅氏女无有造化。我若是配了他，锦上添花。望相公走远了草堂内踏。思一思，想一想，奴命好差。（下）

第三场 表白

人物：牛洪

牛（白）：豪杰生来不错，专做夜晚生活。恼的是鸡鸣狗咬，喜的是西方日落。俺牛洪幼出娘怀，不务正业，嫖赌逍遥，将一副家财俱已浪费，流落江湖打劫为生。刚才打从黄贵门前经过，见梅氏与相公谈谈说说，三门街徐文炳他乃是官家之后，观梅

氏很有爱他之心，我不免今夜假充徐文炳，前去调戏便了。（下）

第四场 梅氏丧命

人物：梅氏 牛洪

梅（唱）：谯楼上打罢了初更鼓响，独一人掌明灯来到小房。白日天见文炳人品漂亮。他言说住只在三门街上。眉又清，目又秀，清清爽爽。论人品和模样盖世无双。奴自从见了他总在思想，今夜晚想相公怎能天光。（睡介）

洪（白）：天色不早，待我冒叫一声。梅氏开门，这个娘子睡着了。梅氏开门。

梅（白）：你是何人叫门？

洪（白）：小娘子不知道？我就是徐文炳来。

梅（白）：原来是徐公子来了，待我把门打开，相公请进。（洪进门吹灯介）。哎，相公缘何进门吹灯？

洪（白）：怎奈我不好意思。

梅（白）：哎呀，不对，徐公子缘何这等模样，待我点灯观看，（点灯介）哦，原来是你牛洪贼子，到此何事？

洪（白）：实不相瞒，白天我见你与徐文炳两下相谈，故此冒充徐文炳前来，还为这个事。

梅（白）：你这贼子不要胡言，快走！如若不走，我去叫人。

洪（白）：请你做点好事。

梅（白）：你真不走，我真去叫人。

洪（白）：你真去叫，我就杀了你（杀梅介）。哎呀，真不经死，一下子就杀死了（找东西介）。待我寻找一下，看有什么财喜。哎，真有财喜。这有龙头金叉一只。我再找寻一下，这有白扇一把，是徐文炳的记号。那就该你倒霉，放在她身上，就此远走高飞。（下）

第五场 见扇报案

人物：黄贵

贵（上唱）：黄贵生来不走运，十场输来九不赢。本当茅厕去吊颈，怕的二回该我赢。急急忙忙回家进。缘何清早打开门。（白）缘何清早门打开了，梅氏哪里去了？你看那这个堂客睡在地上，梅氏，做什么？要睡到床上去睡。起来，哎呀，不好了，被人杀了。梅氏呀，贤妻呀——（唱）一见贤妻丧了命，好似钢刀刺在心。昨日出外很安稳，是何人杀你命残生？（白）这有扇子一把，待我观看——徐文炳，徐文炳，我的儿呀，我妻平日与你无仇，今日与你无冤，缘何杀他？待我拿着扇子把尸首打下去申冤。（下）

第六场 福禄挨打

人物：县官 手下 甲乙 黄贵 徐文炳 福禄 禁子

官（白）：为官好，为官妙，老爷头上戴纱帽。穿官衣，玉带套，穿官靴，不能跳。每天太太向我把钱要。花露水、雪花膏，理发烫搭毛。每天我把大烟靠。天天花钱是不少，这些银钱哪里找，就是百姓头上要。三六九，财喜到。列位，你听着，有理无钱，莫把人来告。无理有钱，包你官司打得好。把银洋，仔细敲，把钞票，仔细照，若是缺个角，老爷不得要，不得要。（白）下官糊涂虫，我本是一个偏……

手下（白）：正印老爷

县（白）：我正印，人来。

手下（白）：有。

县（白）：今天是三、六、九日？

手（白）：今天是三、六、八日，老爷。

县（白）：呸，我把你这两个东西的三六八日，日老爷，要是三六九日，不要日太太吗？

手（白）：不是的老爷，三六八日，是启禀老爷的话。

县（白）：哦，是这个活，管他三六几日，把老爷那个吃饭的东西挂起来。

手（白）：被告牌出。

贵（白）：申冤。

手（白）：启禀老爷，有人申冤。

县（白）：好生意，申冤人带上。

手（白）：申冤人上堂。

贵（白）：我的老婆梅氏被徐文炳因奸不从，持刀杀死，太爷作主。

县（白）：你的老婆被人杀了，找我做么事？

贵（白）：太爷乃是一县之主，与民分忧，当然要找你。

县（白）：你言说是徐文炳所杀，他乃是三门街前官家之后，洪门秀才，你污蔑好人，有何为证？

贵（白）：有白扇为证。

县（白）：传上来，原来徐文炳，果然不错，黄贵你回家去，本县与你作主。

贵（白）：有劳太爷。（下）

县（白）：来人。

手（白）：有。

县（白）：提徐文炳。

手（白）：是。（徐文炳上堂）

文（白）：为人不做亏心事，半夜敲门心不惊，家士见过老爷。

县（白）：口称佳士，在监在庠。

文（白）：孔圣门第，洪门秀士。

县（白）：早既是洪门秀士，该达周公之礼。缘何调戏黄贵之妻，因奸不从，持刀杀死梅氏，好好招来。

文（白）：启禀老爷，生员平生读书未做不雅之事，此话从何而来？老爷不要口喷白衣，既有此事，有何为证？

县（白）：现有白扇为证。

文（白）：说是这把白扇么，生员有下情回禀。

县（白）：你讲

文（白）：曾记得有一日，因老母得病，到大街点药归家。打从梅氏门前经过，偶遇梅氏洗衣泼水，将我蓝衫打湿，请生员到她家烤干衣袍。一把白扇由此失落。因母病重急急归家，余外生员毫无知情，心中对天可表。

县（白）：你七说八说，你乃是个好人。

文（白）：生员不敢说是好人，太爷可查可访。

县（白）：据你一面之词，甚似相信，人来。

手（白）：有。

县（白）：将他带到儒学老师面前，看他有保无保。（手下将徐带过圆场）

手（白）：启禀老爷，无保。

县（白）：将他功名拔掉。

手（白）：是（拔功名介）。

文（白）：不好了（唱）。公堂之上拔功名，十载寒窗苦用心，这才是平白无故把祸起，望太爷做清官，仔细查明。

县（白）：徐文炳。

文（白）：有。

县（白）：有招无招？

文（白）：这是冤枉。

县（白）：独冤枉你，未冤枉这些人。来。

手（白）：有。

县（白）：拖下去打八十大板。（打介）

文（唱）：苦呀，八十板打得人皮破肉烂，只打得徐文炳死去生还，暂按住心头火深如海冤，全不念头顶明镜顶青天。

县（白）：放屁，什么青天黄天？人是你杀的，哪个冤枉你不成，有招无招？

文（白）：冤枉。

县（白）：实在冤枉你，好，只冤枉你这一回，下次再不冤枉，劝你招的好。

文（白）：叫我从哪里招来？是冤枉人，不是我杀的。

县（白）：你真是不懂阳道，这正是拿棍打狗狗被逃，亲口审贼贼不招。人命关天非小可，不动大刑决不招。人来。

手下（白）：有。

县（白）：与我夹起来。有招无招？

手（白）：无招。

县（白）：紧刑。

手（白）：启禀老爷，夹死了。

县（白）：我把你这两个东东西西，叫你半打半吓，哪个叫你把他夹死了？怎么办（开跑，手下拉住）。

手（白）：用冷水，灌得活的。

县（白）：用冷水灌活。

手（白）：是，徐文炳醒来。

文（唱倒板）这一下夹得人三魂不在，只夹得徐文炳死去活来，招得供来也是死，不招供来也是亡。回头把大爷请，大爷呀，杀人之事我成招。

县（白）：有招无招？

文（白）：成招。

县（白）：早点说免得受苦，这有笔画押（文画押介）。几好一笔字，他要是不犯法，我要留他做个师爷。人来。

手（白）：有。

县（白）：传禁子。（禁子上堂）

禁（白）：耳听叫禁子，想必有人坐牢打板子。见老

爷。

县（白）：将他上刑收监。

禁（白）：是，大刑。

文（白）：不好了，公堂之上上了拷，鳌鱼吞钩不能逃。禁大哥带路监牢到。但不知哪一天能见年高。（下）

县（白）：人来。

手（白）：有。

县（白）：掩门。

禄（白）：且慢，且慢。

县（白）：何人喊叫吃饭。

手（白）：不是的，是叫且慢。

县（白）：何人叫且慢，传他进来。

手（白）：是，且慢，人上堂。

禄（白）：见过老爷。

县（白）：你是何人？

禄（白）：我是徐府下人福禄。

县（白）：前来做什么？

禄（白）：启禀老爷，我家公子身犯何罪，押刑监牢？

县（白）：他调戏人妻，因奸不从，持刀杀死。

禄（白）：人命关天，非同小可，有何为证？

县（白）：有白扇为证。

禄（白）：住了，你所言一把白扇能杀人吗？白扇人人皆有，大爷要详察民情，不要冤枉好人。假如我说你是杀人凶犯……

县（白）：你是来捣乱的，人来。

手（白）：有。

县（白）：拖下去打。

禄（白）：且慢，我未曾犯法。

县（白）：我打你这个……

禄（白）：这个什么？

县（白）：我打你那个……

禄（白）：那个什么？

县（白）：好，咆哮公堂，打四十大板。

禄（白）：好，你这赃官糊涂虫，糊涂打，我糊涂挨。（打介）

县（白）：福禄，我打，服是不服？

禄（白）：这个。

县（白）：这个什么？不服也要你服，赶了。

禄（白）：且慢，我家公子在监牢受苦，我不免回家送信便了。（下）

县（白）：人来。

手（白）：有。

县（白）：有事无事？

手（白）：一点没得。

县（白）：站倒打鬼。（下）

第七场 监牢结拜

人物：福禄 文炳 夫人 禁子

禄（唱）：被赃官打得人两腿红肿，我家公子本没有杀人行凶。眼见得押监牢性命必送。老夫人在家内哪知其中。急急忙忙归家拢，请出了太夫人快到堂中。

夫人（唱）：这几天是缘何心惊肉跳，行不安，坐不宁，事为那条？将身且把前堂到，福禄慌张为哪条？（白）福禄，缘何这等慌慌张张？

禄（白）：夫人，大事不好，公子在钱塘县被押。

夫人（白）：你在怎讲？

禄（白）：钱塘县被押。

夫人（白）：不好了……

禄（白）：夫人醒来。

夫人（白）：文炳，娇儿，罢了。（唱）听得福禄说一声，似冷水淋头怀抱冰。回头只把福禄叫应，快与公子把计生。

禄（白）：夫人不要如此，前去探监一会。

夫人（白）：走呀！（唱）听得福禄说一声，去到监牢见姣生。福禄带路往前进，不觉来到监牢门。禁大哥走来。

禁（白）：禁子禁子，生坏了性子。是我的老子，也要银子，你来何事？

夫人（白）：动问禁大哥，你牢内可有一位姓徐的吗？

禁（白）：来千去万，是什么案子？

夫人（白）：刺杀梅氏一案。

禁（白）：采花案子。

夫人（白）：什么话？

禁（白）：你是他家何人？

夫人（白）：我是他的母亲，这是仆人福禄，来此探监呀。

禁（白）：拿得来。

夫人（白）：拿什么来？

禁（白）：看山吃山，看水吃水。管茅厕总要点大粪几个钱。

夫人（白）：禁大哥，今天我来急了，如若不然，我就跪下了。

禁（白）：起来，遇到一个打痞官司的。徐文炳走来。

文（白）：苦呀，徐文炳在监牢眼睛哭瞎，这一场伤人命把我害煞。项戴链手捧镣前监问话。禁大哥叫囚犯有何盘查？（白）禁大哥，何事？

禁（白）：你母亲和下人来了。

文（白）：可容我们一会？

禁（白）：前去会来。

文（白）：母亲在哪里，哎呀，母亲呀。

夫人（唱）：见娇儿不由人珠泪难忍，不由娘一阵痛痛只在心。我的儿攻四书并无过犯，为什么披枷戴锁囚押监门？小娇儿把实话对娘来论，为娘的归家去再作计行。

文（白）：母亲是问儿犯罪原因？

夫人（白）：正是。

文（白）：禁大哥，望你赏我母亲一矮座。

禁（白）：好，赏你一矮座，有话快点，就怕查监的来了。

文（白）：那我知道，母亲听我道来。（唱）未开言不由儿珠泪下掉，遵一声疼儿的娘细听根苗。都只为老娘亲身体不好，到大街去点药惹祸根苗。点药回打从了梅氏门前走到，哪晓得梅氏泼水打湿我的衣袍。请到她家用火来烤，慌忙回失落了白扇一条。白扇上有你儿我的名字。遗白扇，害你儿哪里好逃。她丈夫拿白扇县衙告，你的儿在公堂屈打成招。你的儿怎受得三问六拷，无奈何招了供囚押监牢。怕的是冬至节丁封一到，那时节难免颈上一刀。儿死后望母亲恕儿不孝，拜托了小福禄照顾年高。

夫人（唱）：听娇儿一番话，不由娘心如刀剐，好似万把钢刀把娘心杀。儿的爹振家堂门户高大，儿兄弟留诏书清白之家，望的是儿兄弟承业是大，儿不该到扬州陡起波渣。儿二弟失踪迹娘病得下，娘害病连累儿披锁戴枷。徐门中望的是我儿事大，娘死后是何人戴孝被麻？

禄（唱)：劝夫人休得要身体哭坏，劝公子在监牢不要伤怀。只要有福禄一条命在，归家去生良计，再作安排。归家去将公子衣帽穿戴。进京都告御状救主出来。（白）夫人，公子，我心想进京告御状，不知意下如何？

文（白）：福禄，此去山遥水远，怎能达到？

禄（白）：公子，莫说是山遥水远，就是刀山火海，我也要去走一场。

夫人（白）：福禄，你看如此，胜过亲生之子。

禄（白）：小人怎敢厚望？不过尽主仆之情。

夫人（白）：你既有此美意，比吾儿还胜十分，好就是老身亲生之子一般。

禄（白）：夫人，休要折杀奴才。

文（白）：这是母亲美意，贤弟还要依从才是。

禄（白）：哎，主人，小人以下欺主，绝不敢当。

夫人（白）：福禄难道弃嫌老身不成？

文（白）：福禄再不答应，就是违抗母命。

禄（白）：这……如此，母亲请上受儿一拜（拜介）。

夫人（白）：如儿兄长（对拜）。

禄（白）：公子呀。（唱）劝公子在监牢把身保养，是好是歹走一场。全家人只哭得泪如雨降。

禁（白）：关监了。

文（唱）：直听得禁大哥要关牢房。

夫人（唱）：实难舍小娇儿我的文炳，娇儿呀（哭介）（禁、文下）文炳儿……儿呀（唱）一见娇儿把监进，好似钢刀刺我心。三子儿扶老身归家走进，再与娇儿把计生。

禄（白）：母亲休要悲伤，速办路费进京。

夫（白）：既是我儿决意要去，快到里面将儿的兄长衣帽蓝衫穿戴起来，等娘办起银两就是。

禄（白）：你儿遵命。（下）

夫（唱）：福禄儿人年轻志气高盛，一心一意要进京去叩阍。办起了盘费银把京进，喊三子到客堂去赶路程。

禄（唱）：改扮了公子样前堂内走，请母亲办路费，儿赶路途（白）母亲可曾办好？

夫（白）：包裹银两办好，马房备快马一骑前去。

禄（白）：你儿告辞了（唱）母亲只把宽心放，那顾戴月又披霜。拜别母亲把马上，自有佳音报回乡。（下）

夫（唱）：娇儿上马如箭放，不由老身愁心房。望不见娇儿后堂往，但愿佳音报回乡。（下）

第八场 飞凤山

人物：白艳红 头目 三头目 喽兵

众上（白）：哦……

红（上，引）占据山岗，自立为王。（诗）飞凤山前瑞气飘，替天行道逞英豪。占取高山来落草，杀奸救主返回朝。（白）本大王人中凤白艳红。爹爹白雄早年在朝为官，官拜总兵之职，只因奸臣刘瑾当道，谎奏一本说我父私扣公粮，推出午门斩首，又要抄杀全家，是我保母亲杀出一条血路，逃出在外，行到飞凤山前遇着大王下山打掳，与他大战一场，不是我的敌手，被我杀死，据占此山聚草屯粮，招兵买马，只等兵精粮足，返回朝去。一不要江山，二不要社稷，杀奸除害，重整山河，再安世界，除暴安民。今来是三六九日，众喽兵！

众（白）：有。

红（白）：怎不下山打掳？

众（白）：无有大王的令箭。

红（白）：站在两旁，听我传令也。（倒板）站在高山传令号。（转原板）大小喽兵听根苗。会拿刀的刀一把，会拿枪的枪一条。安分良民不要打，打的是恶贼和土豪。小商小贩我们保，贪官污吏杀一刀。大令一下如山倒。

兵（唱）：得令，打着肥羊上山来。（下）

红（唱）：喽兵下山如虎豹，好似放出箭一条，丫头带路后寨到，等候喽兵把令交。（下）

第九场 打掳

人物：福禄 头目 喽兵

禄：（倒板）快马加鞭往前奔，披星戴月马不停。为的公子招祸陷，进京与主把冤伸。但愿风吹浮云散，得意春风转回程。催动坐骑赶路行。

众：哦……

禄（唱）：得见喽兵下山林。

众（白）：此路老子在，此路老子开，树是老子栽，丢下买路钱。

禄（白）：好汉英雄，我本是进京，因盘费用尽，望好汉放我进京，感恩匪浅。

众（白）：一派胡言，绑带上山寨。（绑介。下）

第十场 说婚

人物：白艳红 夫人 福禄 丫鬟 傧相 喽兵

红（唱）：我命喽兵下山到，这时未见把令交，丫头带路宝帐到。

众（唱）：见了大王把令交，（白）交令。

红（白）：收令，打来何物？

众（白）：肥羊一头。

红（白）：绑了上来。

众（白）：是。

禄（白）：来也。（唱）适才山下被捆绑，谁知当作一肥羊，只望进京告御状，救主出监美名扬。站在山前往上望，刀枪剑戟是兵场。此今一番进宝帐，难免宝剑三尺长。花枪闪闪够花样，钢刀一下性命亡。我今一死无话讲，可叹公子坐班房。含悲忍泪宝帐闯，头不抬眼不睁叩见大王。（白）叩见大王。

红（白）：下跪，肥羊。

禄（白）：在。

红（白）：怎不抬头？

禄（白）：不敢抬头。

红（白）：恕你无罪。

禄（白）：谢大王。（二人放媚）

红（白）：喽兵退下。

喽（白）：是。（下）

红（白）：（唱）见肥羊生得好，丹青貌雅，赛潘安和宋玉分毫不差，是韦陀见了他三魂软化，三国中吕奉先也不及他。往一天见了肥羊传令就杀，今一天见了他软了奴家。转面来见肥羊，开言问话。你大王有言来细听根芽。问肥羊住何府那个县下，说清楚和明白好将你杀。

禄（唱）：战兢兢跪只在牛皮帐下，尊一声大王爷细听根芽，表家乡住杭州三门街下。我姓徐名文炳，落魄官家。

红（唱）：我问你，到今年年纪多大？

禄（唱）：小生我十七岁未满十八。年纪轻想扬名希望不大，圣天子开科考去求官纱。

红（唱）：圣天子未有那榜文悬挂，满口的谎话蒙哄奴家。可见得你不受压迫你还不怕。不说直话，马上传令将你的头杀。你若是说真话，大胆莫怕，大王有好生之德，决不乱杀。

禄（唱）：本来是说真话岂敢说假，蒙大王不杀我，今后报答。

红（唱）：你现在十七岁，年纪不大，再问你小房中可有冤家？

禄（唱）：我本是考秀才希望不大，穷苦人怎指望宜室宜家。

红（唱）：只要你无老婆，大胆莫怕，少一时，我包你有点办法。叫喽兵，你与我把肥羊押下，转面来请出了堂上的白发。

夫人（唱）：老爷夫在朝中把国来保，被奸臣来所害午门开刀。幸喜得艳红儿武艺甚好，保老身杀条血路往外奔逃。逃到了飞凤山，霸占落草。每天专打那恶霸土豪，占此地不过是替国报效，为的是报夫仇杀奸回朝。女儿请，去只在前寨走到，艳红儿请老娘所为何来？

红（唱）：老娘亲请上坐，把礼恭下。你的儿有言来告禀白发。清早起命喽兵下山把掳打，打回了一位相公面貌如花。盘龙殿问过了他的真话。他姓徐名文炳，落魄的官家，进京都求功名前途远大，他年纪十七岁未满十八，儿见他生得好，面貌优雅，你的儿未曾杀也未放他，请出了老娘亲商量说话，或是杀或是放，任凭妈妈。

夫（唱）：小娇儿说的话明白点吧，这件事有为娘与你设法，喊女儿你权且后帐内踏。

红（唱）：这件事拜托了年迈的妈妈。（下）

夫人（白）：丫头。

丫（白）：有。

夫人（白）：带那位相公前来。

丫（白）：是。相公请上。

禄（白）：见过夫人。

夫（白）：罢了，丫头与他座位。

丫（白）：是。

禄（白）：夫人跟前，哪有落难人的座位？

夫人（白）：但坐无妨。

禄（白）：告坐。

夫（白）：相公家住哪路，姓甚名谁，好好从实讲来。

禄：夫人呀！（唱）在山寨施一礼，夫人请坐，尊一声贤夫人驾前听着。表我家住在杭州城所，老爹尊在朝中扶保朝阁。在朝中与奸党两下相错，奏假本将爹爹人头来割。老娘亲带兄弟归家走过，在家中攻读书如切如磋。在家中奉母命京都走过，独一人进京都去抢高科。蒙大王不杀我看待如我，望夫人施恩德，理报恩多。

夫人（唱）：又听得这相公把话来表，原来是三门街徐家的后苗。山寨里见过了人也不少，今日里被相公抢了头标。难怪得艳红儿爱如珠宝，老身我也想他把门婿来招。转面来见相公把话来表。老身我表历史你听从头。我老爷名白雄，把朝来保，被奸臣来所害，午门开刀。我女儿名艳红武艺很好，保老身杀条血路往外奔逃。逃到了飞凤山自立落草，打劫贪官和污吏恶霸土豪。我女儿十六岁颇有才貌。我心想把相公门婿来招。或应允不应允快开言道，凡百事望相公千万包涵。

禄（唱）：听夫人出此言，错把话道，哪知道我心中有事包涵。岂知道我福禄顶名假冒，哪知道我公子身坐监牢。回头来见夫人我有言相告，怎奈我穷秀才，不敢成招。

夫人（唱）：这相公你不要时常客套，老身我有来言细听根苗。我女儿她生来情性不好，怕的是顷刻间传令开刀。

禄（唱）：听他言唬得我心中一跳。不应允顷刻间就要开刀。罢罢罢。走上前此事准了。不到处望夫人千万涵包。岳母在上受儿一拜。但愿得老岳母福寿年高。

夫人（白）：到后面换衣。

禄（白）：遵命。（下）

夫人（白）：丫头。

丫（白）：有。

夫人（白）：有请傧相。

丫（白）：是，有请傧相。

傧相（白）：傧相傧相，喉咙响亮。只会喝酒，不会洒帐。见过夫人。

夫人（白）：罢了。一旁。

傧相（白）：夫人何事？

夫人（白）：今天是小姐洞房花烛，命你吉言多讲。

傧相（白）：那我知道。一对画眉共一笼，一个雌来一个雄。今日洞房花烛夜，山寨之上满堂红。（作乐，拜堂入房）（下）

夫人（白）：到后面喝酒。

傧相（白）：喝酒。喝酒。

第十一场 逃山

人物：白艳红 福禄 夫人 行云 吉电

（入洞房，丫头端茶。关门）。（下）

红（白）：金屋房中传二美。

禄（白）：银河天上度双星。

红（白）：官人请。

禄（白）：请。

红（唱）：花烛夜，美良辰，洞房摆宴。不由我白艳红，凤心喜欢。转面来见公子重把礼见。尊一声徐公子细听我言。你本是官家后胸藏万卷，我本是官将女备知圣贤。荒山中恐有那言语怠慢，凡百事望公子千万包涵。

禄（唱）：良辰日点得有千年香火，见小姐坐山寨月里嫦娥。春心起，带小姐交颈而卧。想起了我公子监牢受磨。请小姐，莫客气，洞房打坐。摆酒宴代为夫亲手来酌。（白）娘子，你我花烛洞房，理当摆酒取乐。

红（白）：既是官人要饮酒，行云、吉电走来。

云、吉（白）：见过小姐。

红（白）：摆酒上来。

云、吉（白）：夫人吩咐，今夜不要多饮。

红（白）：乃是姑爷高兴，不用多说。

云、吉（白）：是（摆酒介）。

禄（白）：娘子，待我把盏。

红（白）：官人乃是一客，待我来。

禄（白）：何劳娘子，待我斟酒（劝酒介）。

红（白）：我来。不会饮。

禄（白）：娘子，我俩今夜要喝过两朵金花。

红（白）：好，我就喝过两朵金花。

禄（白）：再来喝三元及第。

红（白）：好，喝过三元及第。

禄（白）：再有四喜临门。

红（白）：（喝介）喝不得了。

禄（白）：娘子，扶你打靠（扶红介）。且住，此时小姐被我劝醉，我不下山，等到何时？（走介）去只不得，只因满山喽兵保守甚严，无有令箭不能前去（找令箭）。哦，令箭在此，去到槽房观马，现有鞍马一匹，就此下山。小姐，休怪鄙人无情，只因主

人含冤，概不由人。（上马）（下）

云、吉（白）：天已明亮了，小姐还不起来，我们去讨赏，走（走介）。怎么门打开了？（进门介），怎么踏板上不见姑爷的鞋子（观床）。这头不见姑爷。

云（白）：在姑娘那头睡。

吉（白）：姑娘这头也莫有，小姐醒来。

红（白）：丫头，你敢是讨赏？

云、吉（白）：正是。

红（白）：叫姑爷醒来，一齐把赏。

云、吉（白）：姑爷不见了。

红（白）：姑爷怎么不见了，想是到厕所去了。

云、吉（白）：我们去看来，小姐，厕所内也不见姑爷。

红（白）：想是下山去了，看我令箭。

云、吉（白）：小姐，令箭也不见了。

红（白）：看我马匹。

云、吉（白）：小姐，马也不见了。

红（白）：一定是薄情郎下山去了，丫头——

云、吉（白）：有。

红（白）：备马侍候。（上马。下）

云、吉（白）：有请夫人。

夫人（白）：丫头何事了？

云、吉（白）：姑爷下山去了。

夫人（白）：姑娘呢？

云、吉（白）：姑娘赶下山去了。

夫人（白）：看车侍候。（下）

云、吉（白）：我们也赶下山去。（下）

第十二场 赶　山（连台）

人物：白艳红　夫人　头目　福禄　行云　吉电

头（白）：领了大王令，保守在关门。

禄（白）：快开关门。

头（白）：姑爷今将何往？

禄（白）：探听案情。

头（白）：有无令箭？

禄（白）：令箭在此。

头（白）：请姑爷下山（禄下）。

红（白）：喽兵何在？

头（白）：见过大王。

红（白）：姑爷今往哪里去了？

头（白）：下山去了。

红（白）：可有令箭。

头（白）：令箭在此。

红（白）：站过。（下）

夫人（白）：喽兵何在？

头（白）：见过夫人。

夫人（白）：姑爷往哪里去了？

头（白）：下山去了。

夫人（白）：姑娘呢？

头（白）：赶下山去了。

夫人（白）：站过。（下）

（云、吉问情，赶下）。

头（白）：你看几好玩啊，姑爷下山去了，姑娘赶下山去了，夫人也赶去了，丫头也赶去了，我也去呀。（下）

禄（上，唱）:（快板）急忙催马往前进，哪顾得生死赶路程。催动坐骑往前奔。（红追上，起连台）小姐呀，（唱）吓得我不敢抬头，就地叩拜。只吓得小福禄难把口开。

红（唱）：负心男到此时有什么辩解？你见了奴家还不把头抬？记不记得被喽兵押上山寨？不杀你反招配脱骨换胎。既不答应莫拜堂，莫把人害。为什么偷令箭下山来？在洞房逃花烛，等于是骗逃。你只顾此一去，哪顾我的将来？怒不息，先杀你，我再自裁。

禄（唱）：贤小姐，哪知道我说不出的苦来。我说直话，望小姐留我的命在。我本是三门街徐府下一个奴才。我公子徐文炳招冤被害。怕的是冬至节要把刀开。小福禄万般无奈，进京都告御状救主出来。乘坐马打从了宝山脚踩。又遇着你喽兵掳上山来。说招亲不敢高攀，小姐抬爱。不应允顷刻间要斩头来。在洞房逃花烛，万般无奈。

红（唱）：你一去，怎么安顿奴的将来？

禄（唱）：为公子申明冤枉，留我命在。为媒正，配公子，女貌男才。

红（唱）：我与你拜了堂，名扬在外。先配仆，后配主，做不出来。

禄（唱）：贤小姐，只生得天仙下界。为仆人怎敢玷辱裙衩？

红（唱）：你真是一肚子封建古怪。难道说为仆人不是娘怀？剑侠中讲的是光明慷慨，讲平等不分阶级一律打开。只管讲好姻缘，莫要思改。

禄（唱）：我好比这院召梦入阳台。贤小姐配仆人千秋奇怪。怕只怕小福禄多病多灾。

红（唱）：见小姐你莫要，快把口改。

禄（唱）：但不知叫什么，请你高才。

红（唱）：任凭你喊什么，我也不怪。

禄（唱）：大胆喊新娘子。牵我。

红（唱）：起来。

云（唱）：下马来问一声，匹夫何在？

电（唱）：虎口内，做出了逃脱事来。

云（唱）：现成亲，你不招，盗令出寨。

电（唱）：你真是，狗子坐轿，不受人抬。

云（唱）：举宝剑，怒不息，杀你几块。

禄（唱）：贤小姐，快招架。

红（唱）：丫头，你慢来。

电（唱）：问小姐，不杀他，留他何在？

红（唱）：怎奈他，背的是，一块假牌。

电（唱）：这种人，杀了他，倒还干介。（杀介）

禄（唱）：贤小姐，安置他们。

红（唱）：大胆宽怀。

夫人（唱）：下车来，问一声，门婿儿何在？

红（唱）：快见过岳母娘。

禄（唱）：跪跌山崖。

夫人：负心人，抛别娘，良心何在？

云（唱）：站起来说。

禄（唱）：是，是，是。不敢把头抬。

夫人（唱）：娘把儿当上宾，并未看外。招洞房，指望你，依靠将来。唯愿你，小夫妻，日夜恩爱。生几个，小外孙，娘把心开。无嗣的人，靠女婿，这般命孬。头一夜，贩桃子，把娘丢开。

云（唱）：头一夜，贩桃子，作古作怪。

电（唱）：他故意，傲盘子，不上台来。

红（唱）：丫头你，夫人面前，不要使坏。

禄（唱）：丫头大姐，你莫要，甜嘴卖乖。

红（唱）：老娘亲，你不要，将他错怪。

禄（唱）：我的事，贤小姐，自有安排。

红（唱）：他不是徐文炳，书僮小介。

云（唱）：原来是——

电（唱）：同行的。

禄（唱）：见笑贪台。

云（唱）：怪不得，招小姐，莫有胆担。

禄（唱）：因此上，无资格，逃下山来。

云（唱）：既不是徐文炳，不该冒名顶戴。

电（唱）：对着我，吹牛皮，赶考的秀才。

禄（唱）：那不过，拉点面子，大姐莫怪。

夫（唱）：问女儿，招亲事，拿下主裁。

红（唱）：到如今，木已成舟，老母安排。

云（唱）：我小姐，不答应，他喜笑颜开。

夫人（唱）：这也是，前世姻缘，命内所载。为愿你夫妻鸳鸯，棒打不开。

禄（唱）：岳母娘，尽是良言，将儿痛爱。

云（唱）：赶到此，脚步费，赶快拿来。

禄（唱）：我包果，洞房失落，写笔欠债。

夫人（唱）：等你姑爷高得中，欠补起来。

电（唱）：世间上哪有这，现成的买卖。

红（唱）：你姑爷，高得中，个个前来。

夫人（唱）：丈母娘，看女婿，越看越爱。

禄（唱）：岳母娘。

夫人（唱）：我的乖乖。

红（唱）：新官人。

禄（唱）：女多才。

吉、云（唱）：书僮姑爷。

禄（唱）：丫头红媒。

红（唱）：好好，福自天来。（下）

福禄救主

（下集）

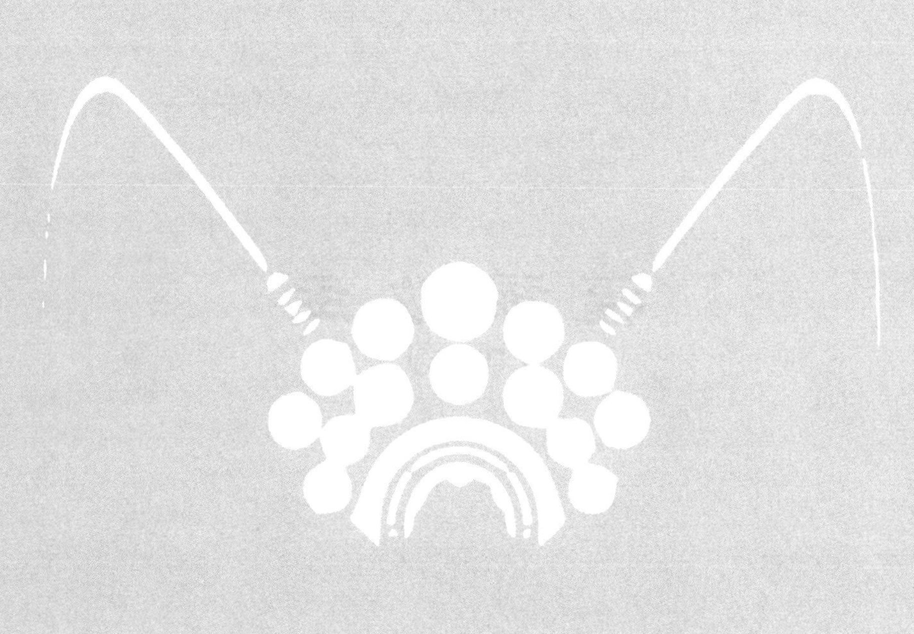

第一场 牛洪表白

人物：牛洪

洪：（内倒板）有豪杰在中途，心中思想。（唱）要学当年楚霸王。（白）俺牛洪是也，那时强奸杀死梅氏，移白扇陷害徐文炳，盗取龙头金钗。打听飞凤山是一女大王，我不免前去杀她，我好为王。她若服我，收为压寨夫人，就此前走。（唱）今日心中已决定，飞凤山前走一程。但愿我比女子武艺胜，收服女子为夫人。若是她，人比我狠，投降大王当喽兵。急急忙忙往前奔，但愿我，此一去，大事能成。（下）

第二场 福禄辞行

人物：福禄 白艳红 行云 吉电 喽兵

禄（引）：身虽在山林，常把公子挂在心。（诗）主人受冤枉，关押在监房。只望告御状，不料挡道旁。

（白）：小生福禄，只因主人徐文炳遭下冤枉，原想进京告起御状，不料被大王阻挡，思想起来好不可叹人也。

（唱）：有福禄坐山寨悲切忧泪，思想起老母公子长带愁眉。叹母亲望佳音难把眼闭，叹公子坐监牢受尽惨凄。实指望告御状福禄得意，又谁知身被掳，险把命逼。多蒙了女大王深思招配。虽然说情义好，笼内之鸡，我有心告御状京都城内，但不知大王妻依是不依。在前寨我忙把大王请起。大王妻到前寨，夫有话提。

红（唱）：在后寨与喽兵教习兵器，为的是报父仇与国效力。我要学那花木兰扬眉吐气，为人民来除害扶平保社稷。那一日打来肥羊生得美丽，他名福禄，配夫妻。夫在请，放教练，前寨走起。问官人叫你妻，却是为谁？

禄（唱）：贤良妻，你请坐，我有话摆。鄙人我满腹愁，对你说来。早说过我公子招冤被害，冬至节丁封到，就要刀开。想公子难活命，肝肠痛坏。我有心进京告御状，救主出来。望小姐放我进京，恩深似海。但若是救主出来，报恩前来。

红（唱）：新官人尽的是主仆情义，奴岂肯背夫情臭名远提？问官人进京都何日身起？

禄（唱）：事在急，今日里与妻别离。

红（唱）：一见得新官人要把身起。倒把白艳红想在心机。可怜你身旁边无有盘费。这件事不要急，暂等一夕。请官人等盘费，后寨之内。

禄（唱）：请贤妻准备好，我起程赶急。（下）

红（唱）：一见得新官人后寨之内，我还要传喽兵打掳回归。在前寨我忙把丫头叫起，叫行云和吉电我有话提。

吉、云（唱）：人往高来水往低，普通的道理。丫鬟女每天把小姐奉陪。人人在世贪富贵，富贵又想等朝衣，臣见君，仆见主，深施一礼，贤小姐叫我们却是为谁？（白）小姐叫我们何事？

红（白）：快叫喽兵，大王升帐传令。

吉、云（白）：喽兵快来，大王升帐。

众兵（白）：大王要传令，大兵听令行。参见大王。

红（白）：免礼。（两厢击鼓升帐）。

（诗）大王升宝帐，喽兵站两厢，把令来传下，山下拿肥羊。

红（白）：众喽兵，听我传令也。（唱）站在两厢把令下，大小喽兵听根芽。此番你们把山下，放出眼光把肥羊抓。良民孝子不要打，恶霸土豪定抓他。会用刀的刀一把，会用枪的枪来拿。大令来传下。

众（唱）：去到山下肥羊拿。（下）

红（唱）：一见喽兵把山下，好似太阳当顶霞。丫头带路后寨踏，去到后寨见白发。（下）

第三场 搏斗

人物：牛洪 喽兵

牛：来也。（唱）来在山脚，目观静动。此山与别山大不同。路途崎岖有凹凸，树木成双好不威风。山间流水如泉涌，石雷滚木安山中。山高路远难得拢，压赛华山玉女峰。权且停留足不动。

众（唱）：得见肥羊莫放松。（白）呸，快，留下买路钱。

牛（白）：瞎了儿的狗眼，快报你大王，叫他前来接我上山做大王，如若不然，杀上山来，一个不留

众（白）：胡言。看枪（打介。兵败。下）

第四场 报信

人物：白艳红 行云 吉电 兵

红（唱）：喽兵下山去打掳，这般时候未回头。莫不是遇着一对手，怕的是遇着那强徒。丫头带路宝帐走。

兵（唱）：参见大王报从头。（白）交令。

丫（白）：收令。

兵（白）：禀大王，大事不好。

红（白）：何事惊慌？

兵（白）：有一贼寇，杀上山来了。

红（白）：可恼。（唱）听得喽兵报一声，不由艳红火一盆。喽兵抬抢把马驯，不杀狂徒要活擒。（下）

第五场 活捉牛洪

人物：艳红 牛洪 丫头 喽兵

牛（唱）：喽兵被俺打一顿，个个逃走进山林。定与大王去报信，大王一定到来临。豪杰在此大王等，不见大王下山林。想必大王无本领，霸占山头逞强能。耀武扬威山林进。

红（唱）：胆大小子哪里行？（白）小子快报上名来，好取儿的首级。

牛（白）：好美人，哈……我就是豪杰牛洪，特此前来拿美人为妻，劝你伏顺与我做夫人，好是不好？

红（白）：贼子，休要胡言。招枪，（大开打，活捉牛洪。下）。

第六场 说穿案情

人物：福禄 艳红 夫人 丫头 牛洪 喽兵

禄（白）：来也。（唱）多蒙大王情义厚，将我武艺来传授。命我在山宝帐守，大王此去拿匪徒。将身且把宝帐走，等候大王贤妻回山头。

（内，白）：大王回山归帐。

禄（白）：有请。

众（白）：请大王升帐。

红（白）：官人升帐。

禄（白）：鄙人不敢。

红（白）：你这怎讲？

禄（白）：鄙人不会。

红（白）：（笑介）喽兵击鼓升帐，（众人参免谢）。

禄（白）：大王下山，匪徒可曾拿到？

红（白）：焉有不拿之理，喽兵。

兵（白）：有。

红（白）：将狂徒拖进帐来。

兵（白）：是，匪徒进帐。

牛（白）：来也。（唱）耳听喊俺进宝帐，倒叫牛洪心作慌。本指望上山为王登宝帐，想与大王匹配成双。不料大王武艺强，拿下牛洪当肥羊。此时戴罪进宝帐，定是破肚来开肠。牛洪身居世间上，生和死，死和生……死……又何妨？含羞带愧宝帐上。伏在宝帐下见大王。（白）参见大王。

红（白）：下跪狂徒，家住哪里，姓甚名谁？好好讲来。

牛（白）：大王听也（唱）胆战心惊跪宝帐，尊一声大王听端详。我家住在三门街上，俺叫牛洪一豪强。

禄（白）：大王，这是我地方一个强徒，无恶不作，将他身上搜查（搜身介）。

兵（白）：启禀大王，此贼身上搜出龙头金钗一支。

红（白）：啊，狂徒，你这龙头金钗，从何而来，好好照实讲来，容你一命，若有半点说谎，定杀不容。快讲！

牛（白）：容禀也。（唱）可叹我父母早亡无法想，专门打劫在外方。自那天打从黄贵门前上，得见梅氏与那文炳烤衣裳。梅氏眼睛留情把话讲，文炳不理转回乡。当夜冒充文炳样，梅氏开门见我怒气满胸膛，决意不从我成双。可恨她大声来叫嚷，手持小刀一刺她命亡。徐文炳白纸扇放她身上，搜出龙头金钗逃外方。这就是真情话，并无说谎。望大王放我活命，感恩不忘。

红（白）：徐公子原来是你所害的，你怎么又到这里来了呢？

牛（白）：听了。（唱原板）豪杰心中错思想……上山来为王，因此来把你山上，不料大王比我强。

红（白）：可恼呀！（唱）查得明来真可恨，不由大王火一盆。忙把喽兵来叫应。

兵：在。

红（唱）：将此贼推出帐外用斩刑。

禄（白）：且慢。可叹我公子丁封一到就要问斩，还望大王速带牛洪前去大劫法场，好做证明，也好搭救我家公子。

红（白）：官人言之有理，喽兵听令，暂将牛洪押下（洪下）。

禄（白）：望大王快请岳母商议下山。

红（白）：那是自然，有请母亲。

夫人（唱）：有老身在后寨前思后想，思老爷，想女儿占山为王，叹老爷被奸害，苦把命丧。我红儿，女流辈，此山为王。怕的是，那奸细兵破山上，我的女儿虽英勇，怎能抵挡？若要是朝廷人马来骗赏，岂不是功名不成反招祸殃？女儿请，去愁容前寨之上，你夫妻请为娘是为那桩？

红、禄（白）：参见母亲。

夫人：罢了，站立一旁。你夫妻请我为了何事？

红（白）：娘呀（唱）老娘亲不知晓，打坐宝帐，你的儿有要事，告禀老娘。

禄（唱）：只因为我家公子……

红（唱）：未出罗网，怕的是丁封到，先劫法场。你的儿我不能见死不救，我有心救公子带上山岗。

禄（唱）：望岳母做好事情义多广，救出了我家公子报答恩长。

夫人（唱）：你夫妻都只为情义多广，为救人下山去，理所应当。此去劫法场，小心为上。救出了徐公子，早回山岗。也免得为娘的将你悬望，又恐怕那奸人，破山的贼强。

禄（唱）：岳母娘金玉良言，牢记心上，救出了我家公子，速回山岗。

红（唱）：老娘亲，你只把宽心来放，儿此去决不会久住他乡。辞别了我的娘，同把马上。（白）喽兵，你等将牛洪押在一路。（唱）望老母在山上保重安康。（下）

夫人（唱）：一见得我儿下山林，不由老身想在心。望不见我儿，后寨进。但愿儿马到功成，早些回程。（下）

第七场 取斩文炳

人物：县官 衙役 文炳 禁子

官（唱）：我做官实为难，不与百姓来分冤。若问做官为什么？为的光把银子赚。到剧场，把戏看。我看京戏，看不惯，下官喜把楚戏看。花鼓戏，好花旦，看到了好花旦，要他陪我去游玩。到食堂，海参把汤参，看花旦，用上几百串。回衙去，太太把我怨，让我戴罪跪搓板，还不算，要我作揖来下拜。怕老婆的朋友来解劝，来解劝。（白）下官糊涂虫，本县一个正印，只因徐文炳刺杀一案，只等丁封一到，就要出斩。来人。

役（白）：有。

官（白）：传禁子，带徐文炳上堂来。

役（白）：是，禁子带徐文炳上堂。

禁（白）：是。文炳出监上堂。

文（唱）：徐文炳在监牢，两眼哭坏。思老母，望三弟，珠泪满腮。不知我，老娘亲身可康泰。我三弟去叩阍怎不转来。徐文炳这冤枉，无法来改。眼见得丁封到，就要刀开。我一死，叹老母年纪高迈。怕三弟去叩阍招下祸来。我正在，思老母泪如雨篩。

禁（白）：徐文炳赶快出来。

文（白）：哎呀。（唱）又听得禁大哥喊一声，令人悲伤。悲悲切切，监门外往，禁大哥叫文炳，所为哪桩？

禁（白）：你还不知道，只因上司丁封到了，将你取斩。

文（白）：哎呀。（倒介）

禁（白）：文炳醒来。

文（白）：（倒板）听此言，唬得我昏迷不醒，苍天呀，吓掉三魂少二魂。请大哥到我家去送信，我死阴朝感恩深。

禁（白）：起来。我与你送信就是。（徐文炳到）

官（白）：将狗皮抓了，上刑，插标打入法场。（下）

第八场 禁子送信

人物：夫人 禁子

禁（唱）：徐文炳问斩刑，去与他母说知情。急急忙忙徐府进。又把徐夫人叫一声。（白）有请夫人。

夫人（白）：可叹我儿受冤枉，倒把老身哭断肠。耳听前堂人声喊，禁大哥到我家，所为哪桩？

禁（白）：夫人，大事不好。

夫人（白）：何事惊慌？

禁（白）：只因你公子法场取斩。

夫人（白）：你这怎讲？

禁（白）：法场开刀。

夫人（白）：哎呀。

禁（白）：夫人醒来。

夫人：（倒板）听此言不由人魂飞天外，文炳娇儿呀，（唱）好似狼牙箭刺透胸怀。此时怎救儿的命在？问一声禁大哥有何安排？

禁（白）：事到如今，无法挽救，只有到法场一会。

夫人（白）：罢了！（唱）听得大哥说一声，不由老身珠泪淋。大哥带路法场进，去到法场看娇生。（下）

第九场 法场

人物：县官 解差 徐夫人 文炳 衙役

官（白）：天上绿油油，地下滚绣球。大炮一声响，马上要人头。人来，传话下去，有亲见亲，无亲盼故。大炮一响，人头落地，悔之晚矣。

（内白）：夫人探子呀。

禁（白）：启禀老爷，徐夫人探子。

官（白）：容她一会，不能久停。

禁（白）：下面听了，只准一探，不能久停。

夫人：（倒板）有老身进法场珠泪滚放。文炳……娇儿……儿呀。（唱）不由我苦命的娘泪湿衣裳。早不幸儿的爹在朝命丧，可怜娘带儿兄弟回家乡。只望你兄弟二人功名来抢，你二弟失踪迹，急煞为娘。娘得病，儿点药大街之上。遇梅氏来泼水，惹下祸殃。不知何人杀梅氏，天良来丧，只害得，我的儿冤似海洋。儿今天绑在法场上，哭天不应，哭地无门，判不出的冤枉。我的儿招冤枉死，娘活在世上，好似风前烛，瓦上寒霜。哭娇儿哭得人泪如雨降。（嚓子）我的儿，好似祭扫的猪羊。又听得催命鼓一声响，顷刻间我的儿见无常，哭娇儿哭得人魂魄飘荡。

役（白）：快下去。（唱）你快与我滚下法场。

官（白）：人来。时辰到了莫有？

役（白）：莫有到。

官（白）：还莫有到，与我斩了，各了各事，赶快放炮。

（红冲上。打介）

红（白）：你这狗官，只贪银子，祸国殃民，有何话讲？

官（白）：杀梅氏一案，是徐文炳招供，亲手画押，难道是下官污蔑他不成？

红（白）：你这贪官，不与黎民分忧，严刑逼供，当然要招。现在杀梅氏的凶手，已经捉到，就是这牛洪大盗。人来，将这贪官斩首示众。

喽（白）：是。（斩介）

红（白）：将夫人用车接上山去，我们一同回山去也。

第十场 大团圆

人物：白夫人 徐夫人 文炳 福禄 艳红 喽兵

白夫人（上，唱）：有老身坐宝帐，长吁短叹。思艳红还未回，心中不安。儿此去劫法场，仗义赤胆。为的是除暴安民，救民申冤。怕的是，此一去有三长两短。不由我年迈人，把心来担。但愿艳红儿，早些回转。得见了我的儿，才得安然。老身我，在山中好不凄惨。盼望了我的儿，早些回山。

（内白）：大王回山。

（内白）：有请。

（徐夫人、文炳、福禄、艳红众同上）

全（白）：参见夫人/岳母/母亲。

白夫人（白）：好喜呀。（唱连台）见我儿回山来眉开眼笑。自从儿下山去，日夜把心操。今日回来，儿的兄可好，问我儿此一去怎么开销。徐公子遭冤害，可曾救了？

红（唱）：有劳了疼儿娘，把心来操。儿此去劫法场，威风不小。救公子，将贪官法场开刀。

白夫人（唱）：听此言不由人喜之不了，我的儿多侠义女中英豪。这一旁好宾客，娘我不知晓。我的儿，快介绍，琴瑟和调。

红（唱）：这就是徐夫人，慈善年老。这就是徐公子，险把刀开。

白夫人（唱）：听说是徐夫人，贵客来了。未迎驾，休见怪，要念初交。

徐夫人（唱）：到贵寨，来得急，礼当正道。谈不上贤夫人，多有烦劳。

白夫人（唱）：叫女儿看座位。

红（唱）：那我知晓。

文（唱）：遭难人不敢放肆。

红（唱）：坐下叙谈。

徐夫人（唱）：谢夫人，我告坐。

白夫人（唱）：客气免了。

徐夫人（唱）：烦夫人情义深，愧领受消。文炳儿，快谢恩，上前跪倒。

文（唱）：忙遵命，屈膝跪，叩谢恩高。

红（唱）：白艳红忙还礼，接受不了。

白夫人（唱）：徐公子快请起。

徐夫人（唱）：小姐免朝。

文（唱）：多蒙大王救命恩，杀身难报，胜似那重生父母，再造恩高。

红（唱）：我本是侠义女，何必礼貌，叫夫君看座位。

禄（唱）：我愿效劳。请大哥休立站。你且坐好。

文（唱）：愚兄我不敢冒犯。

红（唱）：礼数除消。

文（唱）：蒙宽待，我只把三弟来叫，你怎样到此山，把亲来招。

禄（唱）：多只为进京叩阍，从此路到。遇喽兵掳上山，大王来交。跪宝帐大王问我，把谎言来吊，冒充了公子名，书中英豪。假说是进京都，前去赴考。蒙大王不杀我，反把亲招。头一夜逃花烛，是我错了，贤大王追上我，怒不开交。万般无奈，我只把实话来表，蒙恩厚不嫌弃，才配桃夭。在山寨蒙恩德，虽说很好，怕兄长丁封到，法场开刀。禀大王，同下山，大哥命保。贤大王，不畏吃苦，不怕疲劳。正遇着绑法场，要放大炮，恨狗官，将公子正要开刀。闯法场，救公子，牛洪带到。正明冤情，将狗官一起开刀。

文（唱）：贤三弟，真仁义，兄弟相好。贤大王，可算得女中英豪。那牛洪怎样的将他捉到？拜谢了贤大王，救命恩高。贤大王，你真是恩高义厚。

红（唱）：徐公子折煞我，不敢承招。从今后，你不要大王来叫。

文（唱）：但不知，叫什么，请教台高？

红（唱）：这句话，问得我不好明告。请官人，你介绍，说过明了。

禄（唱）：他已经配了我，弟妹来叫。

文（唱）：那我不敢。

红（唱）：莫有关系，你情义结交。

文（唱）：如此说叫弟妹。

禄（唱）：顶好，顶好。

红（唱）：叫得我白艳红两脸发烧。

徐夫人（唱）：你弟兄说明白，再莫要胡闹。请夫人来关照，成全为高。

白夫人（唱）：荒山中，只恐怕招待不好，望夫人，要体谅，一切涵包。

徐夫人（唱）：蒙小姐救我儿，大恩难报。苦命人到贵寨，又要烦劳。我的儿谢伯母，请安问好。

白夫人（唱）：我的儿拜婆母，礼套打消。（文起夹板）

文（唱）：走上前忙跪倒。

红（唱）：见婆婆来拜朝。

文（唱）：拜伯母情义好。

红（唱）：拜婆婆老年高。

白夫人（唱）：徐公子礼免了。

徐夫人（唱）：好儿媳，礼免朝。

禄（唱）：我福禄忙跪倒，拜岳母，拜年高。

白夫人（唱）：好门婿。

徐夫人（唱）：好娇娇。

白夫人（唱）：好姐姐。

徐夫（唱）：好嫂嫂。

禄（唱）：好哥哥。

文（唱）：好同胞。

红（唱）：好官人。

文（唱）：好弟妹。

红（唱）：吃不消。

全（唱）：好好好，情义和调。

（剧终）

凤还巢

第一场 独占桃花庄

人物：刘鲁七 喽兵

刘（上引）：霸战桃花庄，自立为王。（诗）桃花庄上我为首，四乡个个把我求。每日作乐来饮酒，事到头来不自由。（白）本大王刘鲁七是也，我独占桃花庄倒也清闲自在，每日莺歌燕舞。这都不好玩了，我不免改扮相命先生模样，去到四乡郊外游荡游荡。来。

兵（上白）：有。

刘（白）：与我带马更衣去至郊外相命便了。（唱）闲来无事郊外到，与人相命走一遭。

第二场 郊外游荡

人物：朱焕然 二家奴

朱（上白）：牛种田来马吃谷，爹爹做官我享福。（白）

在下朱焕然，人称我朱千岁。爹爹在大明天子驾下为臣，家财万贯，骡马成群。只是每天吃饭拉屎都由家奴侍候，前日与程浦大人相约去至郊外饮酒取乐。来——

家奴（白）：有。

朱（白）：与我备马。

家奴（白）：是。

朱（白）：好呀，（唱）叫奴家与我把马驯，去到郊外散散心。（下）

第三场 登场表白

人物：穆居易

穆居易（上引）：乌云遮住天边月，狂风吹落园中花。（诗）瘦地开花晚，贫来发贵迟。莫道蛇无足，自有变龙时。（白）小生穆居易，爹爹建业在大明天子驾下为臣，可叹被人暗算。母亲早年去世，只剩下我独自一人读书无本，生活十分难过。思想起来好不伤感人也。（唱）日出东方满山红，公堂敲鼓庙敲钟。穷人莫听富人哄，饥寒交迫腹为空。

富人快乐把酒饮，穷人饥饿喝西风。自古将相本无种，只要决心苦用功。有朝一日风云动，穷人也能上九重。坐在家中心潮涌，心想出外透透风。将身出门荒郊垄，去到郊外解闷胸。（下）

第四场 饮酒会友

人物：程浦 家院 刘鲁七 朱焕元 穆居易 丫头 程雪娥 程雪雁

程（上引）：门外青山绿水，遍地野草鲜花。（诗）为人在世如梦中，争名夺利一场空。世间唯有忠和孝，万古流传日月同。

（白）：老夫程浦，大明天子驾下为臣，官拜兵部侍郎。告老还乡，照守田园。膝下无子，只有二女：长女雪雁，是前妻所生，次女雪娥，是二夫人所生，倒也聪明伶俐。可叹二夫人早年去世，丢下次女，多亏前妻照看。昨日朱千岁与我相约，去至郊外饮酒取乐。家院——

院（白）：在。

程（白）：收拾菜肴米酒去到郊外。

院（白）：遵命，酒宴齐备，请老爷起程。

程（白）：好呀！（唱）叫家院前带路去郊外，青山绿水百花开。看郊外好风光，花花世界。不由老夫乐开怀。行来到郊外把酒摆，等候朱千岁他的到来。

朱（内白）：走呀。（唱）昨日里与程大人相约好，去到郊外把心谈。不料想程大人来得早。恕小生我来迟了，望大人包涵。（白）程大人，我来迟了，望大人恕罪。

程（白）：好说了，快，快坐下，饮酒。

朱（白）：打搅了，请。

程（白）：请。（二人饮酒介）

穆（内白）：走呀。（唱嘹子）贫穷人低头无语把路奔。抬头得见，二位先生，（白）前面二位在此饮酒，想他们都是官宦之人，我衣衫褴褛，被他看见，免得他人好笑，不免绕道而过便了。（急下）

程（白）：朱千岁。

朱（白）：程大人。

程（白）：适才那一青年人你看见没有？

朱（白）：那是一个穷光蛋，衣衫褴褛有什么看头？

程（白）：你莫道他是一个穷人，他的面相生得不错，将来一定是一个大富大贵之人。

朱（白）：大人这么夸他，你有什么打算？

程（白）：我想唤他转来入伙饮酒。

朱（白）：听从大人。

程（白）：家院——

院（白）：在。

程（白）：将那公子叫他转来。

院（白）：是。那公子，我家大人请你转来。

穆（转来介）：不知大人唤我转来，有何吩咐？

程（白）：公子请坐下，共同饮酒。

穆（白）：小人怎敢打扰大人和少爷。

朱（白）：大人叫你坐下你就坐下。

程（白）：但坐无妨。

穆（白）：小人恭敬不如从命，我就坐下了。

程（白）：家院上酒。

院（白）：是。

程（白）：请。（同请）不知这位公子家住哪里，姓甚名谁。

穆（白）：小人家住淮阳，爹爹穆建业，小人穆居易。

程（白）：是在朝官拜大夫的穆建业槐古大人吗？

穆（白）：正是家父。

程（白）：你父在朝与我是同僚，那你就是世贤侄了。

穆（白）：请问世伯高名尚姓。

程（白）：老夫程浦，这位是朱千岁。

穆（白）：世伯请上，受我一拜。

程（白）：不必多礼了，见过朱千岁。

朱（白）：看起来我们都是世爵之后，请酒。（饮酒介）

刘（上白）：看相，算命啦！

朱（白）：这位先生是看相的。

刘（白）：正是。

朱（白）：请你将这位大人看过相如何。

刘（白）：这位大人是个当官的，还看什么？

朱（白）：你看他有多少儿女。

刘（白）：我看他无有儿子，只有两个女儿。

朱（白）：老先生看得很准，与这位小兄弟看一看。

刘（白）：这位小兄弟目前是有点贫困，将来可是大富大贵之人。

朱（白）：那你就看看我如何？

刘（白）：把你的身柱，待我摸一摸。

朱（白）：好，那你要轻点摸。

刘（白）：那我知道。（摸介）

刘（白）：这位公子，恕我直言。

朱（白）：但讲无妨。

刘（白）：我看你现在有父母维护之下，倒是不错，将来怕……

朱（白）：怎样？

刘（白）：只怕要讨饭。

朱（白）：胡说，难道我穷得连饭都吃不上吗？我不信，赶了。

程（白）：这有赏银请拿了去。

刘（白）：多谢了。（下）

程（白）：二位贤侄，明日正月十五，是老夫的生日，请到寒舍一叙如何？

朱（白）：小人一定前来与大人拜寿，告辞了。（下）

程（白）：穆贤侄，你一定要来，我有重要事与你相商。

穆（白）：小人一定前来，告辞了。

程（白）：收拾菜盘回家去吧。（唱）叫家院前带路回府往。（开幕。程府）不由老夫喜洋洋。（白）家院——

院（白）：在。

程（白）：请夫人出堂。

院（白）：有请夫人。

夫人（唱）：家有黄金用斗量，养子必须送学堂。黄金有价书无价，诗书更比黄金强。老爷喊，去只在前堂之上，问老爷唤为妻，事为哪桩？

程（白）：夫人坐下。家院——

院（白）：在。

程（白）：请小姐出堂。

院（白）：是，请小姐出堂。

娥（唱）：花开花放叶儿落，小女名叫程雪娥。每天在绣楼挑花绣朵，绣的是，龙和凤、牡丹芍药。牡丹花绣得好，未把叶破，爹娘叫，我只得把花丢落。将身而去，只在前堂走过，见爹妈施一礼，忙把揖作。（白）见过爹娘。

程（白）：罢了，我儿一旁坐下。

娥（白）：谢爹娘。

程（白）：你姐姐哪里去了？

娥（白）：孩儿不知。

丫头（白）：到花园去玩去了。

程（白）：将她喊来。

丫头（白）：是，有请大小姐。

雁（上唱）：（探亲家调）奴家生来一枝花，每天只把水粉抹。人家不爱我，哎呀天呀，我还不爱他呀。我正在花园来玩耍，耳听了丫头把话发。将身且把堂前踏。哎呀，我的妈呀，你二老就像一对活菩萨。（白）见过爹娘，我在花园内玩得好好的，你叫我来做么事呀？

夫（白）：丑东西，说话就是这么难听，（白）向你妹妹学一点。

娥（白）：你总是说我丑，妹妹长得好看。妹妹是我二娘生的，我二娘也长得好看，我是你生的，你长得么样？只怪你老不会做哟。

程、夫人（同白）：真是气死人呀！

娥（白）：姐姐本来生得好看，很美。姐姐不要惹爹娘生气，不要贪玩，多读点书。

雁（白）：还是妹妹会说话，说我好看，我心里好过些。

娥（白）：姐姐回房歇息去吧。

雁（白）：你不叫我走，我也要走呀，（唱）辞别你们回绣阁，我去花园求快乐。（下）

程（白）：夫人。

夫人（白）：老爷。

程（白）：我有一件喜事要和你谈谈。

夫人（白）：有什么喜事，老爷请讲。

程（白）：老夫今天去至郊外饮酒，得遇一位公子，名唤穆居易。他爹也在朝为官，与我同僚。不过已被人暗算不在人世了。可这位公子生得很不错，我想将雪娥许配与他，你看是不是一喜事。

夫人（白）：老爷，你也太偏心了吧。雪娥年纪小些，你与雪娥选门婿，这女儿的终身之事由我不能由你。

程（白）：只能由我由不得你。（二人争论介）（下）

雪娥（白）：呀。（唱）二爹娘为此事互相争论，倒叫雪娥难为情。实可叹，亲生娘不该短命。爹爹待儿是真心，看起来老娘亲心有不正，看待我和姐姐有两样心。眼含珠泪回房进。终身事由爹作主，我才放心。（下）

第五场 准备礼物

人物：朱焕然 书僮

朱（上唱）：（纽丝调）昨日里，郊外饮酒好高兴，偶遇相命先生得知音。今日去往程府进，明拜寿，暗地里偷看佳人。书僮——

书（白）：在。

朱（白）：备办一份厚礼，将蓝衫带齐。我身上穿的乃是行路的衣服，到了他家，换一套新衣陪客。在喝酒的时候，要换一套吃酒的衣服，在回家之时，又要换一套行路的衣服，听见了莫有？

书（白）：小人知道了。

朱（白）：书僮，礼物可曾齐备？

书（白）：俱已齐备。

朱（唱）：书僮带路程府往，我要与穆居易比短长。（下）

第六场 程府寿堂

人物：程浦 家院 朱千岁 夫人 穆居易 雪娥 书僮

程（上唱）：人逢喜事精神爽，月到十五放霞光。将身打坐华堂上。叫出了雪娥儿父有商量。

娥（上唱）：艳阳天，春光好，花草美丽。我每天在绣楼文章学习。爹尊叫儿去，只在前堂之内。问爹爹叫你儿，有何话题？

程（唱）：雪娥儿不知情，一旁坐起。为父的有一言，儿听端的。今来是父的生朝，大家欢喜。穆公子要来我家拜寿出席。叫女儿，你看一看是否满意。我心想与女儿选个佳婿。

娥（唱）：老爹尊，为儿作主，儿心满意。儿不会挑三拣四胡乱为。你的儿，女流辈，知书达礼。儿知道三从四德夫唱妇随。

程（唱）：小娇儿说的话大有道理，在客堂陪为父多坐一回。（白）儿呀，等一会穆公子来了，你在屏风后面观看便了。

娥（白）：儿遵命。

朱、二书僮（同上。唱）：将身来到程府门，将身自进。（进门朱见娥，娥见朱急下）

朱（唱）：见了大人把礼行。

程（白）：朱千岁到此，未曾远迎，多有得罪。

朱（白）：来得鲁莽，万望包涵。

程（白）：好说。

朱（白）：书僮，将礼单呈上，老大人这是晚生一点薄礼，望笑纳。

程（白）：朱千岁，你太客气了，家院摆酒侍候。

院（白）：是。（摆酒）

朱（白）：书僮，看衣。（换衣，二书僮侍候打扇）（夫人偷看，见此情况）

夫人（旁白）：这位公子，大概是官家之后、豪富之家，不免将大女儿许配于他。（下）

程（白）：朱千岁，再来饮一杯。

朱（白）：酒已够了，来，更衣。（换衣介）回府，告辞了。（唱）多谢程大人盛情款待，但愿老大人福寿长绵，书僮带路回府转，得见了美佳人我心喜欢。（下）

程（唱）：呀，不该来的先来到，应该来的还没来，莫不是穆公子心不痛快，叫女儿到前来，我有言交。（白）女儿快来。

娥（唱）：好呀，爹爹堂前把我唤，不由雪娥喜心间。忙移金莲前堂转，见了爹爹忙打参。（白）爹爹万福。

程（白）：女儿不要多礼，站一旁。

娥（白）：谢爹爹。

程（白）：儿呀，待会穆公子到来，你在屏风后观看，如果相上，就叫家院送上一暗号于我。

娥（白）：知道了。（下）

（内白）：穆公子到。

程（白）：（动乐）有请。大人请坐。（一同有坐）家院，酒宴摆上。

院（白）：酒宴齐备。

程（白）：贤侄，今来老夫生寿之期，你要多饮几杯。

穆（白）：晚生空手前来，真是惭愧，惭愧。

程（白）：贤侄，这样说来就见外了，请饮酒。

穆（白）：大人请。（饮酒时，娥暗中看了，很满意。下）（家院上送信耳语）

院（白）：小人与公子把盏。

程（白）：公子呀。（唱）今乃是老夫寿诞，众皆欢喜。老夫我有言来你听端的。伯侄们在席前，谈谈知己。从今后是一家人莫要嫌疑。但不知穆贤侄多大年纪？令尊大人可为你定下儿媳？

穆（唱）：程世伯，问此言，我实不好过意。问得我贫穷人自把头低。老爹尊在世时，我文武学习，到如今俱已荒废，令人叹息。我一人，连生活都维持不起，谈不上攻四书，哪有儿媳。我今年，并不小，一十好几。可怜我百无一有，令人叹息。这本是实情话，对伯父来提起。望大人要见谅，我无有出息。

程（唱）：听罢言来心欢喜，贤侄听我把话提。我女儿程雪娥，一十六岁，愿招贤侄当门婿，留在我家文章学习。单等皇上开考期，不知贤侄愿不愿意。

穆（白）：走上前来忙屈膝。只要老伯不嫌弃，穆居易我情愿做你的门婿。

程（白）：家院，将书房打扫干净，让你家姑爷在此读书。四月初二是黄道吉日，让他二人举行婚礼。

穆（白）：门婿遵命。

程（白）：门婿，随我来呀，哈哈。（笑下）

第七场 雪娥表白心愿

人物：雪娥

娥（唱）：适才间在寿堂观看仔细。观公子生得好，相貌出奇。我观他压赛了潘安之体，可算得吕奉先缺少画戟。难怪得老爹尊称心如意，看起来爹年迈眼力不低。我观他，顶平额宽定有贵，两耳垂肩手过膝。虎背熊腰有志气。贫穷人他一定先难后易。

程雪娥若要是将他许配，也不枉女子家有靠有依。叹不尽穆公子回房之内，终身事，爹作主，我不着急。（下）

第八场 雪雁想私奔

人物：雪雁 雪娥

雁（上唱）：听说是我的妹妹招了个女婿，人才好，可算是文武全齐。将公子留在家，书房学习。我心想到书房将他调戏，我定要要风流把他来迷。若要是那公子称心如意，我和妹妹俩共一个女婿。这件事还是要仔细考虑。怕妹妹知道了一定不依。我不免先去妹妹的房内，将此事与妹妹商量一回。一定要遵从妹妹的心意。我二人一同去，看他调不调皮。来只在妹的房门一旁站起。请妹妹快开门，姐有话提。（白）妹妹开门。

娥（白）：呀。（唱）我正在小房内挑花绣朵。是何人在叫门？把花丢落。来只在小房门开言问过，是何人夜晚来却是为何？

雁（白）：妹妹开门。

娥（白）：原来是姐姐，待我开门，姐姐到此何事？

雁（白）：妹妹，爹爹为你招了个女婿，留在书房读书，我来邀妹妹一同去到书房看看。

娥（白）：那我是不会去的。

雁（白）：你陪我一同前去。

娥（白）：你要去你一人去，我是不会去的。

雁（白）：你当真不去。

娥（白）：我当真不去。

雁（白）：果然不去？

娥（白）：果然不去。

雁（白）：那你不要怪我。

娥（白）：我怪你什么？

雁（白）：那我就走了，我巴不得你不去哟。（下）

娥（白）：一个女儿家不知羞耻哟。（唱）姐姐说话太无聊，女儿家不知害羞。她不顾羞耻不紧要，爹爹知道定不轻饶。（下）

第九场 出逃

人物：程浦 穆居易 雪雁

雁（唱）：来只在书房门权且站定，叫声公子快开门，（白）公子开门来。

穆（唱）：正在书房读书文，耳听门外人叫门。来在门前开言问，是何人到此来叫门？（白）何人叫门？

雁（白）：（我学妹妹的声音）公子开门，我是雪娥呀。

穆（白）：你到此何事？

雁（白）：把门开开，你就知道哟。（开门，雁冲入）

穆（白）：你是什么人，你是妖还是怪？

雁（白）：公子，你莫要怕，听我说，我是小姐，四月初二是我们完婚的日期，我提前来陪陪你，怕你一个人孤单。

穆（白）：来来，你与我出去哟。（推出去。关门）

程（上。二人相望。白）：奴才，到此做什么？滚了下去。（雁急下）

程（白）：可恼呀，（唱）见此情不由人心头烦

恼。大骂奴才不成才。胡行乱为把人害。去与夫人说明了。（下）

穆（白）：哎呀，且住，刚才这一丑八怪，来到书房，活活把我吓坏，作为千金小姐，私奔书房。真是无有教养，难怪程世伯对我这么好，还是这样一个女儿，这叫我怎么处？这这——有了，我不免趁此无人，逃走了罢。（出门逃下）

第十场 接圣旨

人物：程浦 周公公 家院

程（上唱）：可恨丫头大不该，去到书房惹祸灾。四月初二日期到，已到婚期作安排。（白）：家院，去到书房，请穆公子前来。

院（白）：是。（下，返上。白）启禀老爷，穆公子昨夜不辞而别。

程（白）：这……（内白）圣旨到。

程（白）：摆香案接旨。

周（上白）圣旨，下跪。

程（白）：吾皇万岁万岁，万万岁。

周（白）：圣旨宣读，大明皇帝诏曰：今有南方草寇作乱，军中人手缺乏，今有洪

功元帅提出调兵部侍郎回营听用。圣旨读罢，望诏谢恩。

程（白）：吾皇万岁万岁万万岁。我有一件事想与公公商量一下。

周（白）：请讲。

程（白）：我的女儿定四月初二完婚，等办完事再去。

周（白）：此是私事，这是国家大事。恕周某不能作主，最好是即日动身，不可误事。

程（白）：既然如此，今日在此歇息一夜，明日一起动身便了。

（唱）：请公公后堂把酒饮，明天一同进军营。（下）

第十一场 路遇

人物：朱焕然 穆居易 书僮

朱（上唱）：自那日去拜寿把程府进，得见程府俏佳人。一见面把我的魂勾引，不由我朱焕然想只在心。书僮带路往前奔。

穆（上）：得见了朱千岁，忙把礼行。（白）请问朱千岁今向何往？

朱（白）：哎呀穆公子，你不是四月初二完婚的吗？怎么一个人出来了？

穆（白）：朱千岁有所不知，是我自幼许下了誓愿，如果功不成名不就，我是不会完婚的。

朱（白）：那公子，今往何去呢？

穆（白）：我要前去投军，求得一官半职，再完婚不迟。

朱（白）：我看公子出外身无盘费，我这包裹内有些银两，把与公子当作路费。

穆（白）：多谢公子了。

朱（白）：公子此去路途遥远，我这一匹青鬃马也赐予你了。

穆（白）：多谢公子，日后定当回报。告辞了。（唱）辞别千岁忙赶路途，日后定当把恩酬。

朱（白）：且住，眼见公子前去，不会回来了，我不免假扮穆公子，四月初二打发花轿去到程府迎亲便了。（唱）书僮带路回府进，打发花轿迎美人。（下）

第十二场 从军

人物：程浦 周公公 穆居易

穆（上唱）：昨日书房见妖怪，吓坏小生往外跑，得此良马跑得快。

程、周（内白）：穆公子，慢走。

穆（白）：呀。（唱）：程世伯是缘何追赶前来？（下马介。白）：见过二位大人。

程（白）：穆公子，已定于四月初二你与小女完婚，你为何一人出来了呢？

穆（白）：小人自幼许下誓愿，功不成名不就，是不会完婚的。

周（白）：年轻人说得有理，应该建功立业。

穆（白）：请问世伯，你是怎么出来的，这位大人是？

程（白）：有所不知，这位是周公公，前来下圣旨的，调我回兵部出征平南，你回去完婚后再来从军如何？

穆（白）：我要先从军，等建功立业之后再完婚。

周（白）：如此说来，随我们一同从军如何？

穆（白）：小人愿意，请两位大人一同上马便了。请。

周（白）：请。（同下）

第十三场 迎娶

人物：夫人 家院 雪雁 雪娥 丫头 轿夫

夫人（上唱）：今来是四月初二喜期到。老爷不在，由我代劳。我不免将大女儿把二女替代。做一个瞒天过海以李代桃。大女儿嫁到了穆家，生米煮成了熟饭，到那时木已成舟悔不转来。（白）家院——

院（白）：在，夫人有何吩咐？

夫人（白）：将大小姐打扮起来，少时花轿一到，就送大姑娘上轿。

丫头（上白）：启禀夫人，花轿已到。（轿到）（夫人、丫头扶小姐上轿。白）妈妈呀，是个小白脸吧。

夫人（白）：是的，我亲眼看见，还有假不成。

雁（白）：那天夜晚我也看见。

夫人（白）：是的，快快上轿，真是天生的一对（上轿抬下）。

夫人（白）：老爷，这回就由不得你哟。哈哈。（下）

雪娥（上唱）：程雪娥在小房心中害怕。埋怨了老娘亲做事太差。你不该太偏心，姐代妹嫁。明知道爹不在家将我欺压，实可叹亲生娘不能讲话。老爹尊知道了岂能饶她。这件事气得人珠泪双挂，倒叫我女儿家心乱如麻。我本当寻短见，死了也罢。又难舍穆公子奴的冤家。没办法我只把丫头叫下。

丫头（急上，唱）：急忙忙见小姐，忙把话答。（白）小姐，我有好话对你说。

娥（白）：还有什么好话哟？

丫头（白）：小姐，我去打听了一下，大小姐嫁去，不是穆家。

娥（白）：那是哪一家呀？

丫头（白）：是朱家。

娥（白）：那穆公子咧？

丫头（白）：听说穆公子不辞而别，回家去了。

娥（白）：这就好呀。（唱）这才是自搬石头把自己的脚打。倒叫我又气又恼，活活笑煞。此一段真乃是大笑话。这才是用心栽花花不发。丫头带路绣房踏，等候爹爹早回家。（下）

第十四场 洞房

人物：朱焕然 雪雁 家院 丫头 轿夫 傧相

朱（上唱）：这才是老天爷安排定，等花轿回来时迎接美人。将身且到门前等，等候美人到来临。

（白）：家院——

院（白）：在。

朱（白）：去请傧相前来呼礼。

院（白）：是。（下）

朱（白）：丫头——

丫头（白）：在。

朱（白）：安排牵轿娘。

院（白）：启禀千岁，花轿到。

朱（白）：赞礼上来。

傧相（白）：一根丝线抛江中，先钓鳌鱼后钓龙，好货配好货，臭虫配臭虫。（大乐）新官人出位。一拜天地，二拜高堂，夫妻对拜，转入洞房。

院（白）：请到后面饮酒。

傧相（白）：多谢了。（下）

（朱、雁二人入洞房，揭开盖头，二人对看）

朱（白）：妖怪，妖怪。

雁（白）：我明明看见是一个小白脸，怎么变成了猪八戒？

朱（白）：我明明看见的是一个大美人，怎么变成了妖怪？真是气死人呀。（唱）奇怪奇怪真奇怪，我明明看见的是大美人，怎么变成了活妖怪？

雁（唱）：我不怪你，你也莫要将我怪。这都是命中注定，老天安排。

朱（唱）：这件事莫要声张，传扬出外。问一问老岳母如何安排？

雁（白）：老公随我来哟。（下）

第十五场 推荐

人物：洪功 程浦 周公公 穆居易 兵卒

（兵引洪、周、程同上）

洪（引）：一口元帅印，本是镇国宝。若在本帅手，要把狼烟扫。本帅洪功是也，可恨南方草寇作乱，营中缺少战将，不知如何是好。

程（白）：元帅不要担忧，我二人向元帅推荐一人，不知元帅可愿否？

洪（白）：此人是谁，快快推荐上来。

周（白）：元帅有命，穆居易进帐。

穆（白）：元帅把令传，进帐把驾参。参见元帅！

洪（白）：免。

穆（白）：谢。

洪（白）：不知这位小将姓甚名谁，可当重任？

穆（白）：末将穆居易愿当此重任。

程（白）：他父亲就是与我同朝的穆建业大人。

洪（白）：原来是世弟了，世弟听令。

穆（白）：在。

洪（白）：本帅调你五千人马去南方剿灭草寇，论功受赏，不得有误。

穆（白）：得令，马来呀！（唱）末将领了元帅令，等候佳音转回营。（下）

洪（白）：二位大人请到后帐歇息去罢。

程（白）：元帅请。（三人下）

第十六场 遭劫

人物：刘鲁七 朱焕然 兵卒

朱（上唱）：自古常言把话论，运去金成铁，时来铁是金。那日里看见的明明是个大美人，讨回来却变成了猪婆精。一天要吃七八顿，好吃懒做不动身。

刘（白）：喽兵冲上，将他拿下。

兵（白）：是。

刘（白）：与我抢。（兵抢介，下）

朱（白）：救命呀。（下）

第十七场 劝女避难

人物：夫人 雪娥

夫人（唱）：错中错来巧中巧，不该不该悔不该。我只说将大女儿把妹妹来代，老天爷作弄人悔不转来。老爷夫知道了定将我怪，他怪我太偏心以李代桃。兵荒马乱把人害。怕是拿住我儿不好下台。叫雪娥到前来娘有交代。雪娥儿，到镐京去躲避祸灾。（白）女儿走来。

娥（唱）：我正在闺阁内文章学习，耳听老娘亲把我名提，将身而去只在前堂之内。问母亲唤女儿却是为谁？

夫（唱）：雪娥儿不知情一旁坐起，为娘的有言来细听端的。恨只恨那强人烟尘四起。怕的是抢到我家，我母女要吃亏。跟随娘到镐京前去躲避，等到了太平时再转回归。

娥（唱）：我本当随母亲镐京去避难，因此上路途远步履艰难。女儿家胡乱行多有不便。怕的是旁外人胡言乱谈，小妹行见姐夫更不方便。何况那朱千岁为人不端。自那日到我家将奴来骗，险些儿误中了母氏机关。若要是老爹尊回家内转，爹定要将女儿细问一番。程雪娥若有个三长两短，老娘亲去找姐把身来安。那强人得了财产如了心愿，也未必要我死，与人结怨。你女儿若要是遂了心愿，留一个青白的身在人间。老娘亲，你莫来劝，辞别了老娘亲女儿回房间。（下）

夫人（唱）：雪娥儿，她不听为娘相劝，到时候休怪我不肯管闲。无奈何我只得后堂内转。等老爷回来时细说一番。（下）

第十八场 寻父

人物：程雪娥

雪娥（内唱）：找爹爹哪顾得山遥路远，为找爹哪顾得万水千山。这几天，天下雨泥滑路难，走得我女儿家底落帮穿。一路上走得人未用茶饭，清早起走到了日落西山。在路上走得人两足酸软，想投店可怜我又无银钱。适才间在大街问过了老板，言说是我爹爹住在边关。强打精神，我跌跌惨惨，哪一天找到爹，我父女团圆。（下）

第十九场 居易回营

人物：洪功 周公公 程浦 穆居易 众兵卒

洪、周、程、兵（同上）：来也。（唱）世弟带兵去剿匪，数月之久未回归。将身打坐宝账内。

穆（上唱）：见了元帅说根源。（白）见过元帅。

洪（白）：免礼。

穆（白）：谢过元帅，启禀元帅，贼寇已平定，万岁见喜，封我为镇南大将军。

洪（白）：少年得志，可喜可贺。

程（白）：周公公、洪元帅，请过来，我有事相求。

洪、周（白）：程大人，有何事相求？

程（白）：只有我女雪娥已到营中来了，烦劳二位大人将女儿许配穆大人，请二位大人从中为媒。

洪、周（白）：我等情愿效劳。

周（白）：元帅，你去说来。

洪（白）：恭喜世弟，贺喜世弟。

穆（白）：不知喜从何来？

洪（白）：今有程大人的女儿已在营中，愿许大人足下为婚，我二人替你为媒。

穆（白）：二位大人有所不知，是我自幼发下誓愿，如功名不成，就不完婚。

周（白）：你已经是镇南大将军。还不算功成名就吗？

洪（白）：再不要推辞了，明日就是黄道吉日，你二人完婚便了。

穆（白）：真是多管闲事。

洪（白）：程大人，你准备喜酒了。

程（白）：请二位大人后面饮酒了。哈哈（同下）

第二十场 寻亲

人物：夫人 雪雁 朱焕然

朱（上白）：心想野鸡变凤凰，如今家财被抢光。想我朱焕然一生吃喝嫖赌，快乐逍遥。心想讨过美女却变成了丑婆娘。呕他不过，去找我的丈母娘。如今三个人吃饭，叫我怎么办，不免把他请了出来，想想办法。有请岳母大人。

夫人（同上。白）：门婿，叫出母女出来何事咧？

朱（白）：我请你老人家出来商量，眼看下午就不能开火了，闻听人言，二小姐找到岳父那里去了，穆公子做大官，他二人完了婚，我想一同去找他们，你看如何？

夫人（白）：你还好意思去找他们？

朱（白）：有么事不好意思？现在都是亲戚。何况穆公子出去时，我还赠了他盘缠，送了他马。

雁（白）：那好咧，我们去。

夫（白）：好，我们走。（把门锁上）（同下）

第二十一场 大团圆

人物：程浦 洪功 周公公 穆居易 雪雁 雪娥 夫人 朱千岁 丫头

（雪娥坐在幕后）（奏乐中）（穆上坐，苦闷不语，二丫头扶雪娥上，入罗帐内，丫头下）（洪功、周公公、程上坐一旁）

周（白）：三天无大小，我们去闹洞房。

洪（白）：穆大人（穆不理）。我们自己找个位子坐坐。

周（白）：这坐不住了。

洪（白）：穆大人，这就是你的不是了，我们进来，你连招呼不打一个，连座位也莫有，你只怕也太不近人情了。

穆（白）：哪个请了你？

周（白）：我二人是做媒的。

穆（白）：我又没有请你做媒。

周（白）：真是岂有此理，我们走。

洪（白）：慢点，我看定有蹊跷，把话问清楚再走。哎，穆世弟，你究竟有什么难言之隐，不妨对我们说说，话不说明，犹如暗刀杀人。

穆（白）：二位大人听了。（唱连台）周公公，婚姻事请你们不要多管。晚生我有言来细听根原。我自幼许下了一个誓愿，功不成名不就不配良缘。

周（唱）：你现在可算是功成圆满，论官职也算是一步登天。

洪（唱）：难道说你想当皇上？

穆（唱）：岂敢，岂敢。这个玩笑可开不得，罪有万千。

周（唱）：婚姻事你说一说，应该怎办？

洪（唱）：这件事你不要推四阻三。

穆（唱）：婚姻事大人成全，我心不愿，我宁可打单身，也不配此良缘。

周（唱）：这件事有蹊跷。

洪（唱）：我也要管。问一问程大人，有何良谋？

周（唱）：程大人，婚姻事有点难办。一定有什么隔阂。

洪（唱）：只管明言。

程（唱）：穆公子在我家是亲口如愿，他愿意做我的门婿，膝下承欢。莫不是建功立业名扬贵显，莫不是当了官将我弃嫌。你去问他，我的女儿是否看见？有什么不称心叫他明言。

周（唱）：这件事只好如此，再问一遍。洪元帅，你我一同前去。

洪（唱）：应该当然。你去问穆大人有何意见，有什么不快事当面说穿。

周（白）：穆大人，他的女儿，你是否看见。

穆（唱）：这件事说出来，大家面子难看。

周（唱）：不要紧，你直说，什么条件？

穆（唱）：请恕我说直话，大人要包涵。那一天，他女儿私闯我的书院，只吓得我倒退几步直倒颠。趁此时无有人我逃出外面。是这样不称心的姻缘，我实难成全。你去请程大人另行改变。你叫他另行择配，我不管闲。

周（唱）：难怪得穆大人，他不情愿。

洪（唱）：果然是有蹊跷，才吐实言。

周（唱）：程大人，这件事你无有主见？

洪（唱）：程大人你应该说出实言。

程（唱）：你去问他，在座的女儿，他可曾看见？看见了，不同意，我并无话言。

周（唱）：跑过来，跑过去，我两腿跑软。

洪（唱）：你去敲锣，我打边鼓，说合良缘。

周（唱）：穆大人，这位小姐，你可曾看见？

穆（唱）：是他的女儿，不看也罢，都是一般。

周（唱）：穆大人，你看一看。

穆（唱）：当真要看。

洪（唱）：穆大人看一看，便知根原。

穆（唱）：二位大人逼得我无法可办。无奈何我只得将她来观。走上前揭盖头，用目观看。呀！怎么会天仙女下了凡间。贤小姐我配你百般心愿。我情愿与小姐和好百年。

周（唱）：这只怪做媒的人把闲事来管。

穆（唱）：请大人原谅我，我跪到地皮穿。

周（唱）：穆大人，这是何意？

穆（唱）：赔礼道歉。

洪（唱）：做媒的人管闲事。

穆（唱）：我跪在你的跟前。

洪（唱）：穆大人快请起。

穆（唱）：我羞愧满面。

程（唱）：我不该养女儿，让人弃嫌。我不该养女儿，让人埋怨。

穆（唱）：走上前，见岳父忙把礼参。

程（唱）：快起来，你可要洗心革面。

穆（唱）：是，是，是，谢过了岳父泰山。

雪娥（唱）：洞房内气得人泪流满面，只气得程雪娥乱蹬金莲。平白地在此地让人作贱，平白地在此让人弃嫌。恨不得远离爹爹去寻短见，恨不得去红尘削发入宜庵。实难舍老爹尊年纪高迈，舍不得老爹尊膝下承欢。这件事倒叫我愁肠百转。

程（唱）：儿呀，要念在为父的膝下孤单。

穆（唱）：贤小姐，你莫要将我埋怨，我也是有苦说不出，实在难言。那一夜书房见的？

娥（唱）：是我姐姐雪雁。

穆（唱）：这件事到现在才算说穿。

（内白）：夫人到。

程（唱）：夫人到，开中门，奏乐相见。

娥（唱）：老娘亲，是缘何，来到此间？

雁（唱）：走上前，我只把爹爹来见。

朱（唱）：走上前，见岳父忙把礼参。

程（唱）：朱焕然，是怎样与我家结成亲眷？

朱（唱）：这是我用心良苦才配姻缘。

夫人（唱）：只怪我老糊涂心有偏见，这才是错中错，注定姻缘。

程（唱）：从前事莫要提，后面去用饭。

夫人（唱）：不到处望老爷体量包涵。（周起夹板）程大人，福不浅。

洪（唱）：两个女儿团了圆。

娥（唱）：我的官人。

穆（唱）：穆居易。

雁（唱）：我的老公。

朱（唱）：朱焕然。

夫人（唱）：两个门婿都满意。

程（唱）：一家团聚在一堆。

众：好—好—好，注定姻缘。

（剧终）

谢瑶环

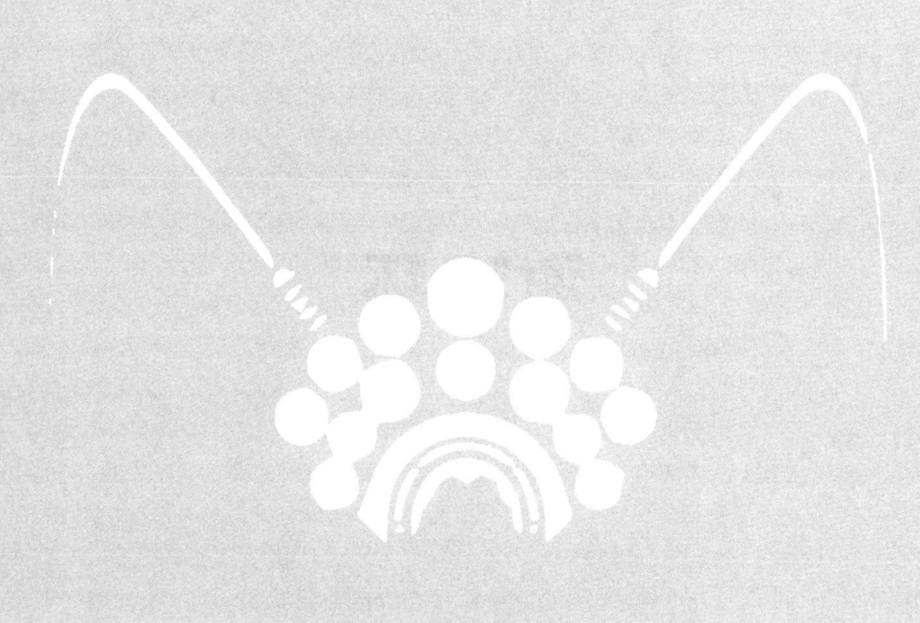

第一场 定计

人物：武宏 蔡少炳

武（上，唱）：日落西山放晚霞，老子天下第一家。爹爹在朝势力大，当今万岁是我祖姑妈。

（白）在下武宏，爹爹武三思，在朝官居梁王之位，大周天下乃是我武家的天下。家住在这苏州城内，百姓哪个见我不尊，哪个见我不怕。我最喜爱的就是斗鸡、斗狗、跑马、射箭。这方圆几十里，都是我的跑马场。还有一个最大的爱好，列位，你说什么呢，就是漂亮的花姑娘。我现在有了九个老婆，我还想弄一个凑成一桌。可恨，有些刁民不听我的话，老远见了我就跑去躲了，还有的人连田地房屋都不要了。跑至太湖聚众闹事。（蔡内白：蔡少爷到）有请。

蔡（上白）：仁兄。

武（白）：贤弟（见面笑介）哈……贤弟请坐。

蔡（白）：仁兄请坐。

二人（同白）：一同请坐。

武（白）：贤弟呀，我正为这些刁民发愁，找不到好的办法来治理他们。

蔡（白）：仁兄不要着急，我有个好办法。

武（白）：有什么办法，快快讲来。

蔡（白）：仁兄，你听了。（唱）你爹在朝为官宦，我舅父在朝掌大权。只要送去一书函，一定派兵惩刁蛮。

武（白）：贤弟是说写封书信送把老爹，叫他派兵前来镇压。

蔡（白）：正是。

武（白）：既然如此，待我修书可也。（修书介）。书已修好，贤弟速派人送往神都便了。

蔡（白）：告辞了。（唱）告辞兄长去送信，一定发兵征刁民。（下）

武（白）：好呀。（唱）一见贤弟去送信，到叫武宏喜在心，将身且把后堂进，单等大兵到来临。（下）

第二场 修书

人物：谢世凡 夫人

谢（上，引）：门外青山绿水，遍地野草鲜花。（诗）春观芳草地，夏赏绿荷池。秋饮黄花酒，冬迎白雪诗。

谢（白）：老夫谢世凡，老伴还好，膝下无儿，只有一女名唤谢瑶环，被选进宫当一宫女。老夫我是靠教书为生，只是这些权贵子弟，依仗势力，无恶不作，霸占田屋。老百姓无田耕种，无法生活，到处流浪，小孩子无法上学。老夫也就失去职业，思想起来好不忧闷人也。（唱）春夏秋冬四季天，风花雪白景相连。雁飞南北知寒暑，为人还要礼当先。叹只叹我膝下无有子，单生瑶环女衩裙。实可恨权贵之子心肠狠，横行霸道乱胡行。老百姓被逼无奈去逃命，我乃是年迈之人难生存。家中无粮难活命，叫天天不答应，叫地地又无门。无奈何我只把贤妻叫应，喊贤妻到前来谈谈心。（白）娘子快来。

夫人（上，唱）：有田不种仓内虚，有书不读子孙愚，仓内虚来岁月乏，子孙愚来礼义疏。夫君叫，去只在前堂内到，问夫君叫为妻所为何由。

谢（唱）：贤德妻不知情，堂前坐上，夫有言来听端详。权势之人无阻挡，百姓的田产被占光。百姓的生活无指望，子女们不能上学堂。为夫我是个教书匠，无书教，二老生活很渺茫。思来想去无法想。因此上，叫你出来同商量。

夫人（唱）：先生夫出此言，我明白了。家中无粮令人忧，自古常言道得有，凡百事，你要找亲骨肉。

谢（唱）：娘子妻你真是一言九鼎，提醒南柯梦中人。辞娘子去书房，抄写书信。

夫人（唱）：凡百事，理当让女人知情。（下）

第三场 商议

人物：武三思 来俊臣 二手下

武三思（上，引）：一片忠心，保主锦绣乾坤。（诗）老夫在朝终载，官居位列三台。吾儿书信送到，请求兵惩刁蛮。（白）老夫武三思，想我在朝官居梁王之位，可算得一人之下、万人之上，只是吾儿武宏，在江南修来书信，言说江南刁民在太湖聚众闹事，不服王法，这叫我如何处，这……（内白：来大人到）快快有请。来大人。

来（白）：武大人。

武（白）：请，哟哈……请坐。（二人一同坐。）

武（白）：不知来大人过府，有何事商议。

来（白）：适才我外甥蔡少炳来信，言说江南刁民在太湖聚众闹事，特来与大人商议，不知如何处才好。

武（白）：老夫适才也接到吾儿的来信，提起此事，依大人之见，应该如何处置？

来（白）：依在下之见，请大人在你姑皇跟前奏上一本，请旨发兵，前去征剿，你看如何？

武（白）：理当如此，好呀。（唱）请大人且把宽心放，明日上殿奏姑皇。

来（唱）：告辞大人回府往，全凭大人做主张。（下）

武（唱）：可恼刁民太狂妄，藐视王法罪难当。明日发兵去扫荡，管叫刁民刀下亡。（下）

第四场 廷争

人物：武则天 武三思 来俊臣 徐有功 谢瑶环 苏鸾仙 宫娥四人 太监二人

（内白：摆驾）

天（上唱西皮雅腔）：日出东方照珠沙，文武大臣保孤家。大唐李氏改为周天下，风调雨顺民服法。刀枪入库，南山来放马。龙行虎步草发芽。文有那徐有功阴阳和八卦，武有三思提刀上马把敌杀。还有那忠心赤胆的狄仁杰，一心一意保孤家。可恨那李显不服化，他不该视孤皇为冤家。自从盘古天地化，女王坐殿第一家。我要把天河来倒挂，扭转乾坤坐中华。身穿莽袍玉带挂，头戴王帽五朵花。足穿朝靴金阶踏，五湖四海出彩霞。内臣摆驾金殿踏。

武三思、徐有功（随乐声同上同唱）：品级台前奏皇家。（二人同白）臣见驾，吾皇万岁万岁万万岁。

天（白）：平身赐座。

武、徐（同白）：谢万岁。

天（白）：众位卿家，有本早奏，无本退班。

武（白）：臣有本奏。

天（白）：与孤奏来。

武（白）：今有江南刁民，在太湖聚众造反，请旨发兵前去征剿，望姑皇降旨。

徐（白）：且慢，臣有本奏。

天（白）：当面奏来。

徐（白）：万岁呀（唱）非是为臣来阻挡，突然发兵太荒唐。万岁思来想一想，查明事实再商量。

武（白）：臣启陛下，我朝来俊臣乃是江南人氏，他经常归家，宣他上殿一问便知。

天（白）：好，传旨宣来俊臣上殿。

太监（白）：万岁有旨，来俊臣上殿。

来（内白）：领旨。（上唱）万岁金殿传圣旨，倒叫俊臣作深思。此番出兵要刁民死，包管荒丘去抛尸。撩袍端带金殿至，品级台前跪丹池。（白）臣见驾，吾皇万岁万万岁。

天（白）：平身。

来（白）：谢万岁。

天（白）：来俊臣。

来（白）：臣在。

天（白）：你是江南人氏，百姓在太湖造反，可有此事？

来（白）：正有此事。

天（白）：你看如何处置？

来（白）：依臣之见，发大兵前去征剿。

徐（白）：臣启万岁，万万不可发兵，否则加重百姓的负担，恐怕一发不可收拾。适才听得梁王与宫人谢瑶环争论，依臣看来，瑶环之言甚为有理。

天（白）：就是那个宫人谢瑶环吧。

徐（白）：正是。

天（白）：好，传旨宣谢瑶环上殿。

太监（白）：万岁有旨，宣谢瑶环上殿呀。

谢（内白：领旨）：（上唱）万岁金殿把我宣，要与老贼作周旋。急急忙忙上金殿，品级台前奏龙颜。（白）臣见驾，吾皇万万岁。

天（白）：平身。

谢（白）：谢万岁。

天（白）：瑶环——

谢（白）：在。

天（白）：只因太湖之事，你与梁王争论，把你的想法当孤奏来。

谢（白）：臣启万岁，江南百姓并未造反，只因有权贵子弟，横行霸道，侵占民田，民不聊生，故而逃至太湖谋生。只要朝廷派人前去安抚即可。自古道，官逼民反，父逼子逃。如果派大兵前往，恐后果更加严重。

天（白）：瑶环，你是怎么知道的？

谢（白）：万岁呀。（唱）只因家父是教师，日前来信说我知。信中写来一万字，百姓的痛苦，无人知实。请万岁与百姓来作主，万民感恩，百姓深知。

武（白）：可恼呀。（唱）谢瑶环，此言真谬论，刁民不惩怎太平。

徐（唱）：听说江南好百姓，逼得无奈去逃生。有权臣横行霸道无人性，望万岁治病救人，天下太平。

天（唱）：你们不要争来不要吵，孤王作主来安排。瑶环上前听封号，孤封你为殿前御史台。孤赐你上方剑身旁带好，孤赐你蟒袍玉带和紫袍。无论是皇亲国戚不例外，法律条条不容宽。苏鸾仙，上金殿，孤有交代。

苏（上，唱）：急忙上殿跪金阶。（白）见驾吾皇，万岁万万岁。

天（白）：平身。

苏（白）：谢万岁。

天（白）：苏鸾仙，为御史台的书僮，一路侍候瑶环，不可怠慢。

苏（白）：遵旨，请驾

天（白）：摆驾回宫。（众下）

徐（白）：瑶环慢走。

谢（白）：不知大人有何教诲？

徐（白）：瑶环呀（唱）老夫我有言来对你交代，你看那武三思心怀鬼胎。怕的是到时候将你加害，处处小心要记牢。

谢（唱）：多蒙徐大人对我关爱。我把你当作我亲生的年高。我可以把生死置之度外，一心为民不辞劳。

徐（唱）：有什么为难处，将我来找，我一定与你当后台。（下）

谢（白）：鸾仙。

仙（白）：在。

谢（白）：你我要改扮成男子模样。

仙（白）：姐姐，想我们是女人，扮成男子不知像是不像，必须要演试一下。

谢（白）：来。

仙（白）：姐姐。

谢（白）：唉。

仙（白）：大人。

谢（白）：升堂。（先走一下女子路）

仙（白）：大人升堂。（再走男子路）

谢（白）：来。

仙（白）：有。

谢（白）：随我书房，更衣便了。

仙（白）：大人，请随我来。哟哈。（同下）

第五场 表白

人物：袁行健

袁（上，引）：英雄慷慨，韬略在怀。（诗）幼习雕翎箭，弯弓满上弦。单打飞禽鸟，英雄出少年。（白）小生袁行健是也，爹爹在朝为官，被奸臣所害，母亲早已亡故，只有我独自一人，闯荡江湖。好不悲伤也。（唱）豪杰生来不可夸，一箭能射两朵花。手

拿弯弓骑烈马，独自一人闯天涯。将身去到伍员庙踏，去到庙堂来观察。（下）

第六场 表白

人物：张氏 苏慧娘

张（上，唱）：清明时节雨纷纷，路上行人欲断魂。我女儿生来多孝顺，自幼许了龙府人。那龙家生来甚贫困，女婿儿求学未回程。听说是，伍员庙神灵显应。我心想，去庙堂抽签问神灵。在前面我只把女儿叫应，叫女儿到前来我有话明。

苏慧娘（上，唱）：今乃是三月天纺棉织绢，男女个个都不闲。母亲叫，去只在前堂内面，问母亲唤女儿所为那般。

张（唱）：慧娘儿，不知情，一旁坐上，娘有言来听端详。儿自幼许配了龙家大相，龙象乾在外求学未回乡。不知道女婿儿他是怎样，我心想到伍员庙问过吉祥。故此把女儿一同叫上。

慧（唱）：一切听从了儿的老娘。

张（唱）：如此说，儿带路，伍员庙往。母女俩进庙堂叩头烧香。（下）

第七场 私访

人物：谢瑶环 苏鸾仙

谢（内唱倒板：鸾仙开道）：（上唱西皮雅腔）为百姓，哪顾得披星戴月。为百姓，那顾得日夜辛劳。青的山绿的水，花花世界。抬头看，又只见雀鸟往来。无心观看路旁草，一心为民不辞劳。千山万水难不倒，哪怕兵山倒下来。去到江南除祸害，为了百姓消祸灾。但愿此去无阻碍，早日凯旋见龙台。一路访来一路拜，百姓呼声怀中揣。伍员庙内多热闹，何不前去走一遭。叫鸾仙与我把路带，伍员庙内巧安排。（下）

第八场 抢亲

人物：谢瑶环 苏鸾仙 袁行健 张氏 苏慧娘 武宏 蔡少炳 家奴四人

（武、蔡同上，张氏、慧娘二人同上，与二人碰面）

武（唱）：二人打马庙堂进，抬头得见美佳人。（白）我道是谁，原来是慧娘，真是有缘的遇着，来来，跟我回去做老婆。

张（白）：贼子呀。（唱）骂声贼子无人性，青天白日乱抢人。你家也有姐和妹，何不与你的姐妹配为婚。

武（白）：么事呀，你还敢骂老子？

蔡（白）：你知道他是什么人，他是武梁王之子武大少爷，当今皇上的侄孙子。你真是有眼不识泰山，他要你的女儿，是你的福气。

张（白）：我不管你是什么王八羔子，我的女儿已经有女婿了。

武（白）：看来你是不识抬举，来，与我抢。

奴（白）：是，抢（将慧娘拉了过来。武挡住张氏）。

袁（冲上，抓住武宏。白）：慢来。青天白日，强抢民女，不怕有损官声。

武（白）：你是什么人，管起老子的事来了。

袁（白）：此事我管定了。

蔡（白）：与我打（家奴涌上打介，武将慧娘拉过来，将家奴打翻在地，袁扯住武手）。

谢（上前，白）：二位慢来，你二人厮打，百姓看了观之不雅。现有巡按大人在苏州府歇马，何不前去告状。

武（白）：好，前去告状。

袁（白）：谁个怕你，告状就告状去，走。（下）

谢（白）：可恼。（嘹子）贼子做事太狂傲，强抢民女罪难逃。鸾仙带路都察院到，明日升堂惩强豪。（同下）

第九场 表白

人物：龙象乾

龙（上，唱）：在外求学数年整，今日归家得知情。（白）我乃龙象乾，是我在外求学，数年未归，今日归家，得知我妻苏慧娘被贼子武宏抢去，如何是好，这……有了，听说案院大人在苏州歇马，不免前去告状便了。（唱）苏州府前去告状，搭救我妻苏慧娘。（下）

第十场 斩蔡

人物：谢瑶环 苏鸾仙 袁行健 张氏 苏慧娘 龙象乾 武存厚 武宏 蔡少炳 武士四人

谢（上，引）：奉旨出朝，地动山摇。（诗）尚方宝剑一点红，上为朝廷要尽忠。不斩乱臣不服众，下为百姓不求功。（白）本院谢瑶环字仲举，今奉圣命，来至太湖安抚百姓，昨日伍员庙内遇见不法之徒，来。

众（白）：有。

谢（白）：将击鼓人带上堂来。

手下（白）：击鼓人上堂。众人上堂。

袁（白）：参见大人。

谢（白）：你们报上名来。

袁（白）：袁行健。

武（白）：武宏。

蔡（白）：蔡少炳。

谢（白）：武宏，你见了本院为何立而不跪？

武（白）：我跪你？那我见了我的爹，不是头朝下跪，不要爬着走？

武存厚（白）：他乃是梁王大臣之子，可以坐下。

谢（白）：好。念你是大臣之子，我就让你一个座位。

蔡（白）：我也是大臣的外甥。

谢（白）：站过一旁。

袁（白）：大人，这公堂平如水。

谢（白）：法律不容情。

袁（白）：哪有原告跪着、被告坐着的道理。

谢（白）：你们哪个是原告，那个是被告。

（二人争）我的原告，我的原告。

谢（白）：武宏，你告袁行健什么？

武（白）：我告他辱骂大臣之子。

谢（白）：袁行健，你是怎样骂他？

袁（白）：我是说你青天白日强抢民女，岂不怕有辱官声！

谢（白）：袁行健，是这样骂的吗？

武宏：差不多是这样。

谢（白）：这何为骂，这是劝你的话，江南百姓，可以作证。

众（白）：我们能作证。袁先生是这样讲的。

谢（白）：武宏，袁行健告你强抢民女，可有此事？

武（白）：没有此事，我是用银子买来当丫鬟的。

谢（白）：你花了多少银子？

武（白）：这……

谢（白）：撤座。（座位拉掉）

武（白）：撤座就撤座。

龙象乾（内白）：冤枉呀。

手下（白）：启禀大人，有人喊冤。

谢（白）：传喊冤人上堂。

龙（上白）：参见大人。

谢（白）：下跪何人？

龙（白）：龙象乾。

谢（白）：有何冤枉，当面诉来。

龙（白）：苏慧娘是我的妻子。

谢（白）：有何为证？

龙（白）：婚书为证。

谢（白）：呈了上来。

龙（白）：大人请看。

谢（白）：这就不错。

龙（白）：回禀大人，武宏贼子，依仗权势，霸占民田一千二百余亩，请大人做主。

谢（白）：武宏，人家告你霸占民田，可有此事？

武（白）：无有此事，我是用银子买来的。

谢（白）：永业田，是不准买卖的。

武（白）：那人家要卖，我也莫法。

谢（白）：你花了多少银子？

蔡（白）：大概有二百两吧。

谢（白）：二百两银子，就买一千二百亩良田，江南百姓是否可以作证？

众（白）：我们可以作证，确有此事。

蔡（白）：还有人田地房屋都不要银子，送给我们，他们都逃走了。

谢（白）：这是你做的好事。

武（白）：那又怎么样呢？

谢（白）：我不把你怎么样，我劝你还是和了罢。

武（白）：怎样一个和法？

谢（白）：放慧娘母女回家，袁行健无罪，也让他回家，你闭门思过，不准出外惹事，也就罢了。

武（白）：得了吧你，可我到手的美人你就放了，你小子帮谁说话，帮谁办事？我可不依。

蔡（白）：你问他，做谁家的官？

武（白）：你做谁家的官。

谢（白）：我做的是皇上的官，皇上赐我尚方宝剑，依法办事。

武（白）：那你能把我怎么样咧？

谢（白）：你强抢民女，霸占民田，你罪大恶极。

武（白）：我罪大恶极，你又能把我怎么样咧，我看你一个小小的官儿做的不耐烦了。

蔡（上前，白）：你与我滚了下来。

袁（上前抓住）。

谢（白）：大胆（唱）二贼子，真来胆大狂妄，竟敢在此闹公堂，叫鸾仙，将尚方剑与我呈上。

武（白）：谅你也不敢。

谢（白）：谅不敢？

武（白）：就不敢。

（白）：哈，哼……来呀。

众（白）：有。

谢（白）：将他绑了。

众（白）：绑了。

谢（唱）：蔡少炳，你将宝剑尝一尝。（白）来呀，将蔡少炳推出斩了。

（众将蔡推下，咚咚咚。）

众（白）：吃斩已毕。

谢（白）：好呀（唱）二贼做事太可恼，强抢民女罪难逃。

武（白）：哎呀，大人饶命呀。

谢（唱）：叫人来将武宏推出砍了。

武（白）：大人饶命呀，下次不敢了。

谢（唱）：将他的人头挂门楼。

武存厚（白）：刀下留人！（唱）武存厚走上前，急忙跪倒，尊声大人听从头。他本是皇亲国戚梁王后，请大人看我薄面，将他恕饶。

谢（白）：武大人，敢是与他讲情？

武存厚（白）：正是，望大人开恩。

谢（白）：看在大人的分上，饶他不死，死罪已免，活罪难容。来呀。

众（白）：有。

谢（白）：将他当堂棒击四十大板。

众（打介。白）：一十，二十，三十，四十。四十打完。

谢（白）：武宏，本院打你，服是不服？

武（白）：我服了，服……了。

谢（白）：下次再敢不敢？

武（白）：不敢了。不敢了。

谢（白）：滚了下去。

武（白）：这正是六月吃凉水，点点在心头。（下）

谢（白）：龙象乾。

龙（白）：在。

谢（白）：本院念你能大胆作证，偿你纹银一百两，回去娶妻安家便了。

龙（白）：多谢大人，小人告辞了。

谢（白）：转来，附耳上来。（耳语）

龙（白）：小人遵命，告辞了。（下）

袁（白）：多蒙大人执法严明，小人告辞了。

谢（白）：慢来，鸾仙，请袁先生去书房待茶。

袁（白）：小人恭敬不如从命。

谢（白）：先生呀。（唱）袁先生，可算得英雄胆量，今天多亏你，贼子不敢再猖狂。请先生跟随我书房内往，书房内不整洁，有些彷徨。

袁（唱）：袁行健进书房，一礼奉上。

谢（唱）：先生是客，礼太多，我不敢承当。书房内有椅子，袁兄请坐上，叫鸾仙，泡香茶来到书房。

仙（唱）：有香茶，我且把桌案放上，请先生和姐……这大人慢慢品尝。（仙示意介）

谢（唱）：今天，我二人别的不讲，我和你坐下来谈谈家常。问先生住何府，哪个县上，高堂上可有父母，足下可有妻房？

袁（唱）：表家乡住只在南京府上，问起了我的爹，令人悲伤。我的爹在朝中把朝政执掌，被奸贼来陷害，斩首在法场。只剩下我一人四处飘荡，喜爱打抱不平敢于担当。问大人住只在哪个府上，问大人青春几何，执掌朝纲？

谢（唱）：表家乡住只在苏州府上。苏州府谢家庄是我的家乡，我的爹他本是乡村教书匠，靠爹爹设书馆苦度时光。我今年十八岁文章中奖，万岁爷他封我御史皇堂。

袁（唱）：我今年二十岁。

谢（唱）：你为兄长，我情愿与兄长拜把拈香。

袁（唱）：说拜就拜，皇天在上，海誓山盟永不忘。

谢（唱）：袁兄哥，你若是中了龙虎榜，弟爱的凤冠霞帔、花花衣裳。

袁（唱）：贤弟说话像女子样，哪有的男子穿花衣裳？

谢（唱）：这是我开玩笑逗逗兄长。理应送与我弟的嫂娘。

袁（唱）：愚兄我独一人江湖闯荡，贫穷人哪有得儿女情长。

谢（唱）：袁兄哥，你莫悲伤，莫要惆怅，你一定配得上，容貌相当。怕的是我有后患，连累兄长。

袁（唱）：弟兄们，情如手足讲什么短长。贤弟你要我上刀山我也敢上，你要我下油锅我也敢尝。

谢（唱）：如此说带袁兄后堂内往。从今后弟兄们手足情长。（下）

第十一场 暗算

人物：武三思 来俊臣

（来、武上）。

武（白）：反了呀，反了！（唱）瑶环小儿胆不小，打了吾儿欺当朝。

来（唱）：蔡少炳人头已斩了，此仇不报恨难消。

（白）：武大人，此事可曾奏明圣上。

武（白）：现已奏明。

来（白）：万岁是怎样批复的。

武（白）：姑皇言道，待朕思之。

来（白）：待思之，哼，武大人，我倒有一计。

武（白）：你有什么计。

来（白）：我有一个偷天换日之计。

武（白）：什么偷天换日之计？

来（白）：你想，圣上不是说待朕思之，我来一个代朕诛之，你看怎么样？

武（白）：此计是不错，只是无有证据。

来（白）：证据吗，我们来一个屈打成招，仙人献果，美女登梯，猿猴献佛，她受刑不过自然会招。到那时有了口供，岂不是代朕诛之吗？圣上就是知道了，也是为时晚矣。

武（白）：好，老夫正要到江南监造行宫，就以监察行宫之名，我二人将她拿获。

二人（同白）：这正是，打虎要用牢笼计，管叫瑶环命难逃。（下）

第十二场 送信

人物：徐有功 龙象乾

龙（上，唱）：披星戴月京城奔，一心要找徐大人。来在徐府且站定，不知门上有何人。（白）门上哪位在？

家人：做什么的？

龙（白）：我是江南奉了谢大人之命，前来与徐大人送信。

家人（白）：好，稍站一时，启禀大人。

徐（上，白）：何事？

家人（白）：今有江南谢大人差人送信。

徐（白）：快快请他进来。

家人（白）：是。我家大人请你进来。

龙（白）：知道了，参见徐大人。

徐（白）：你是何人，起来讲话？

龙（白）：回大人，小人龙象乾，苏州人氏。只因我妻被贼人所抢，多亏了谢大人公断，使我夫妻团圆，感恩匪浅。今有谢大人所差，前来送信。书信在此，请大人过目。

徐（白）：待老夫一观可，啊，我知道了。你留在我家，等明日老夫带你上殿，奏明圣上。

龙（白）：小人从命。

徐（白）：随我来。（同下）

第十三场 见驾

人物：武则天 宫娥 太监 徐有功 龙象乾

天（上白）：摆驾。（唱原板）头戴王帽分五彩，身穿蟒袍海外来。腰中围着白玉带，足穿朝靴踏金阶。内臣摆驾金殿到，心惊肉跳为何来。

（内，白）：今有徐大人见驾，无旨不敢上殿。

太监（白）：启奏万岁，今有徐大人见驾，无旨不敢上殿。

天（白）：传旨，宣徐大人上殿。

太监（白）：万岁有旨，徐大人上殿。

徐（白）：领旨。万岁把旨传，上殿把驾参。臣见驾，吾皇万岁万万岁。

天（白）：卿家平身赐座。

徐（白）：谢万岁。

天（白）：不知卿家上殿，有何本奏，当孤奏来。

徐（白）：臣启万岁，只有江南谢瑶环，派龙象乾前来下书求救，请万岁定夺。

天（白）：传旨宣龙象乾上殿。

太监（白）：万岁有旨，龙象乾上殿。

龙（白）：领旨。（唱首板）万岁金殿把我传，不由象乾心胆寒。大着胆儿上金殿，见了万岁把驾参。

（白）：小人见驾，吾皇万万岁。

天（白）：平身。

龙（白）：谢万岁。

天（白）：龙象乾，你受何人所差？

龙（白）：谢大人所差，书信在此，请万岁御览。

天（白）：呈了上来，待孤一观。可恼呀（唱）观罢信来胆气炸，不由孤皇怒气发。大胆不听我的话，私设公堂犯王法。坐在金殿把旨下，孤王亲自把贼拿。（白）徐大人听旨。

徐（白）：臣在。

天（白）：有旨一道，速带人马随孤皇去至江南搭救谢仲举。

徐（白）：遵旨。请驾。

天（白）摆驾。（同下）

第十四场 订婚

人物：谢瑶环 苏鸾仙 袁行健

袁（上，唱四平）：八月十五月光明，信步来到花园门。将身只把花园进，一阵清风扑我身。（白）想我袁行健独闯江湖，多蒙谢御史不弃，与我结拜兄弟，真是令人高兴。

谢（内白）：鸾仙带路呀。

袁（白）：哎呀且住，这花园之内哪有女子的声音，如若被他人看见，如何是好，这……有了，我不妨躲在假山石后便了。（下）

谢（上，唱四平）：瑶环年方十八春，平白一步上青云。只说是深宫久围困，大鹏展翅出帝京。怕的是一旦遭不幸，岂不要连累袁兄好心人。我二人若能结成秦晋，藕断丝连一条心。

（苏暗上，拍谢肩）

谢（白）：哟，把我吓了一大跳。

苏（白）：姐姐，你背着我一人，在此定有心思。

谢（白）：我哪有心思呀。

苏（白）：姐姐，我真替你担心哟。

谢（白）：你替我担心什么？

苏（白）：姐姐你奉旨出京，就是为安抚太湖百姓，现在太湖之事还未办完。我看姐姐青春也不小了，袁兄对你一片真心，你也很爱他，何不将心思向袁兄表明呢，恐怕以后就没有机会了。

谢（白）：鸾仙，你哪里晓得，太湖之事，我本想派袁兄和武太守去安抚，我已杀了蔡少炳，打了武宏。武三思、来俊臣岂肯与我干休，一旦不幸，岂不连累了袁郎么！

苏（白）：这该如何处？

谢（白）：真是急死人哟。

袁（暗上，白）：贤弟不要着急，一切有我承担。

谢（白）：袁兄，你缘何在此呀？

袁（白）：是我见月光鲜明，出来散步，不觉来到了花园。听见有女子声，故而在假山后藏躲。

谢（白）：那我适才说的话，你都听见了？

袁（白）：我当然听清楚了。

谢（白）：哎呀，袁郎呀。

袁（唱四平）：摘一朵鲜花你头上戴，我情愿为你伴妆台，贤妹放开愁如海。

谢（唱）：怕的是狂风暴雨顷刻来。

袁（白）：贤妹不要着急，我就粉身碎骨，也要将此案办好。

谢（白）：袁郎一路小心。

袁（白）：知道。告辞了。（下）

谢（白）：好呀！（唱）一见袁郎去办案，倒把瑶环想心田。鸾仙带路回察院，怕的是狂风暴雨顷刻间。（下）

第十五场 结局

人物：武则天 武三思 来俊臣 徐有功 谢瑶环 苏鸾仙 袁行健 宫娥 太监

（武三思、来俊臣带兵上）

来（白）：一怒到苏州，来寻杀子仇。

武（白）：心狠下毒手，要他一命休。升堂，来大人，你来审。

来（白）：武大人，你来审吧。

武（白）：我审不合适。还是大人审合适。

来（白）：恭敬不如从命，我来审，来呀，带谢瑶环。（瑶环带占发上）

谢（上唱）：大堂之上将我唤，来了我铁铮之人谢瑶环。（白）忠臣不怕死，怕死不忠臣。（唱）贼子做事心太偏，打死瑶环欺了天。来在堂口且立站，问我一言答一番。

来（白）：谢瑶环，你可知罪？

谢（白）：我奉旨查办江南，何罪之有？

来（白）：你私通太湖盗匪之罪，只要你招认了，免受皮肉之苦。不然，仙人献果、美女占梯，要你吃不了兜着走。

谢（白）：呸！（唱）老贼做事心太黑，听我把话说明白。养子不教是祸首，私占民田怎么说。

武（白）：一派胡言，拖下去打。

（内白）：圣上到。

武、来（同白）：臣等接驾，有请。

（武则天、众人拥涌场上）

天（白）：来俊臣，谢瑶环哪里去了？

来、武（白）：这……

天（白）：前去搜来。

兵（白）：启奏万岁，谢瑶环被打得昏迷不醒。

天（白）：传太医救治。

兵（白）：是。（ 下）

天（白）：来俊臣，你私设公堂，拷打谢瑶环，你领了谁的旨意？

来（白）：乃是万岁的旨意。

天（白）：我是什么时候下的旨？

来（白）：万岁言说代朕诛之。

天（白）：胡说，我是说待朕思之，你乱改旨意，这还了得！来呀，将来俊臣推出斩了。

众（白）：走（将来推出，三声报鼓）启奏万岁，斩首已毕。

天（白）：斩者无亏。武三思。

武（白）：臣在。

天（白）：孤皇念你平日有功，罚俸一年，下降一级，回家好好教管你的儿子，再不要出外滋事，如有下次，定斩不赦。

武（白）：谢主隆恩。

天（白）：滚了下去。

武（白）：多谢姑皇。（下）

苏（上）：臣见驾吾皇万万岁。

天（白）：鸾仙平身，有何本奏？

苏（白）：臣启万岁，这是太湖安抚百姓的告捷文书，请万岁御览。

天（白）：待朕一观可，好呀。（唱）一见文书，龙心高兴，袁行健可算一贤臣。太湖百姓已安定，孤的江山得太平。（白）传孤旨意，宣袁行健、谢瑶环上殿。

太监（白）：万岁有旨，袁行健、谢瑶环上殿呀（瑶环女装上）。

袁（上唱）：万岁金殿把我传。

谢（唱）：来了行健和瑶环。

袁（唱）：我二人急忙上金殿。

谢（唱）：见了万岁把驾参。（白）臣袁行健、谢瑶环见驾，吾皇万岁万万岁。

天（白）：平身。

袁、谢（同白）：谢万岁。

天（白）：袁行健。

袁（白）：臣在。

天（白）：孤皇念你协助瑶环，安抚有功，赐你和瑶环完婚，赐你二人黄金千两、绸缎百匹，回家安居乐业，去罢。

袁、谢（同白）：臣等领旨谢恩，请驾回宫。

天（白）：众卿摆驾。

（剧终）

白蛇传

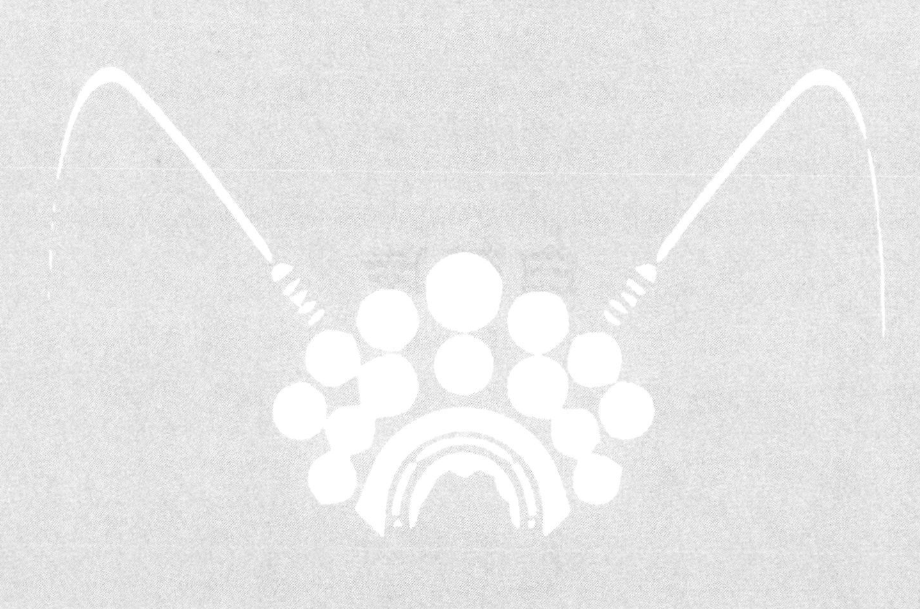

第一部 白素贞下凡

第一场 圣母表白

人物：金莲圣母

金莲（引）：修仙得道，快乐逍遥。（诗）洞门朝南开，芍药两旁栽。仙风来扫地，桃开杏也开。

（白）吾乃金莲圣母，在此修炼数千余年，已成正果。今日打坐洞中，心血来潮，待吾屈指一算。啊，今来王母娘娘的寿诞之期，九仙前去赴蟠桃大会，吾当前去，以表臣子的心意。理当前往呀。（嘹子）驾祥云与瑞彩，南天门到。往灵霄殿赴蟠桃，去祝贺王母娘娘。（下）

第二场 白素贞焚香

人物：白素贞 金莲圣母

白素贞（引）：修炼峨眉山，不知何日入仙班。（诗）苦心修炼峨眉山，夜以继日炼仙丹。但愿修得功果满，脱胎换骨见龙颜。

（白）我乃白素贞，在此修炼千年，能变人形。今日坐在洞中，为何心血来潮？待我掐指一算。啊，原来是王母娘娘生寿之期，各路神仙前去拜寿，我想前去拜寿，怎奈我身怀五毒不能前去，真是令人伤感也。

（唱）白素贞，坐洞中，自思自叹。终朝每日炼仙丹。为修炼，我受过了十磨九难。为修炼，我受过了许多饥寒。为修炼，只有那草木为伴。到晚来饮清泉，不可安眠。今乃是王母娘娘生辰寿诞，白素贞不能去也是枉然。我不免到洞外望空祝愿，表一表白素贞心诚意虔。想到此拿香盘走出洞外，来到了山崖前祝告一番。一炷香，焚金炉，望空一拜，千拜万拜也应该。但愿得王母娘娘福如东海，请恕我白素贞不能前来。二炷香，焚香炉，香烟接彩，愿玉皇和王母寿比天高。我只能在此地望空祝告。恕素贞身怀五毒不能前来。三炷香，焚金炉，千秋万代，白素贞苦修行，想早见龙台。白素贞有一日能归天界，也不枉苦修行，口吃长斋。焚罢了三炷香，香盘随带。

金莲（上唱）：见义妖在此，焚香所为何来？

贞（白）：白素贞叩拜大师。

莲（白）：站过一旁。

贞（白）：谢大师，请问仙师法名，今往何处？

莲（白）：吾乃金莲圣母，去灵霄殿赴蟠桃大会。不知你在此焚香则甚？

贞（白）：只为王母娘娘的寿诞。我身怀五毒不能前去，故而在此焚香祝告。

莲（白）：看来你是一义妖，你名叫什么，我情愿收你为徒，不知你意下如何？

贞（白）：我乃白素贞，师父在上，请受徒儿一拜。

莲（白）：白素贞你钻进我袖笼之内，我带你去赴蟠桃会。

贞（白）：徒儿遵命。（下）

莲（唱）：好呀，手持玉帚云端驾，见了王母娘娘奏根芽。（下）

第三场 八仙赴蟠桃

人物：八仙

（八人同上）

拐（唱）：人逢喜事精神爽。

姑（叹）：月到十五放霞光。（八仙报名）。

姑（白）：今乃王母娘娘的寿诞，我们前去拜寿，就此前往呀。

张果老（唱）：张果老倒骑驴，哈哈大笑。

铁（叹）：铁拐李，药融葫芦，放出火焚。

曹（叹）：曹国舅，云阳板，南腔北调。

韩（叹）：韩湘子，站云头，口吹玉箫。

吕（叹）：吕洞宾，背宝剑，降妖捉怪。

汉（叹）：汉钟离，芭蕉扇，扇断鹊桥。

何（叹）：何仙姑，身背着如意宝捞。

兰（叹）：蓝采和，提花篮去赴蟠桃。

同（叹）：弟兄同赴蟠桃，南天门到。

铁（唱）：好美酒，要喝得大醉飘飘。（下）

第四场 蟠桃会

人物：玉皇 王母 太白 金莲圣母 白素贞 金童 玉女 众八仙、太监

金童、玉女、太监、太白引玉皇、王母（上）

玉皇（引）：福禄似海，万寿无疆。

玉皇（诗）：淡月疏星绕建章。

王母（诗）：仙风吹动玉炉香。

玉皇（诗）：侍臣孤立通明殿。

王母（诗）：一颗红云奉玉皇。

玉（白）：孤，玉皇大帝。

王母（白）：哀家，王母娘娘。

玉（白）：今乃蟠桃大会。太白——

太（白）：臣在。

玉（白）：命午门侍候。

太（白）：遵旨。

莲（白）：今有金莲圣母，拜寿，无旨，不敢上殿。

太（白）：今有金莲圣母前来拜寿，无旨，不敢上殿。

玉（白）：传孤王旨意，宣金莲上殿。

太（白）：玉皇有旨，宣金莲上殿。

莲（白）：领旨呀。（唱）领旨拜寿蟠桃会上，愿玉皇、王母福寿绵长。（白）臣金莲叩见玉皇、王母，万寿无疆。

玉（白）：罢了，站过一旁。

莲（白）：谢过玉皇、王母。

王母（白）：金莲呀，今日进得殿来，为何一阵妖气？从实奏来。

莲（白）：启奏王母，是我前来拜寿，路过峨眉山得一义妖，名唤白素贞。我问她焚香则甚，她言说为了王母娘娘生寿之期，故而祷告。我见她很诚心，就收她为徒带到殿外。望玉皇、王母赐她瑶池洗澡，脱去五毒。

玉（白）：孤王准奏。

王母（白）：宣白素贞上殿。

太（白）：玉皇有旨，白素贞上殿。

贞（白）：遵旨（唱）玉皇、王母把旨传，不由素贞喜心田，将身去到灵霄殿。（白素贞双膝跪，叩见龙颜）（白）白素贞叩见玉皇、王母，万寿无疆。

王母（白）：金莲，将白素贞带到瑶池，脱去五毒。

莲（白）：遵旨呀！（唱）白素贞随我瑶池到。（下）

贞（唱）：白素贞今日能赴蟠桃宴。（下）。

八仙（内白）：众八仙拜寿无旨，不能上殿。

太（白）：启奏玉皇王母，今有众八仙，前来拜寿，无旨不敢上殿。

玉（白）：宣八仙上殿。

太（白）：玉皇有旨，八仙上殿呀。

八（内白）：领旨。（上，众白）玉皇把旨传，上殿把驾参。臣等拜见玉皇、王母，万寿无疆。

玉（白）：众位贤侄平身。

众：谢玉皇、王母。

王（白）：生寿之期年年有，何劳尔等费心头。

八（众白）：臣者尽忠，子者尽孝。何劳之有？

玉（白）：众位贤侄，是先拜寿，然后饮酒，还是先饮酒后拜呢？

八（白）：先拜寿，而后饮酒。

玉（白）：把拜毡散开。

金童、玉女（白）：遵旨。（撒毡条）（八仙拜寿介）

玉（白）：这正是寿酒年年醉。

王母（白）：寿花朵朵鲜。

八（内白）：寿山与寿海，福寿万万年。

太（白）：启奏玉皇王母，酒宴齐备。

玉（白）：好，金童、玉女上酒献歌舞。

众人（内唱）：正月是新春，王母娘娘生。大佛殿，蟠桃会，八仙出洞门。大佛殿蟠桃会，八仙出洞门。二月是花朝，孙猴去偷桃，仙桃不到手，功劳真不小，功劳真不小。三月是清明，出了个吕洞宾。身背着那宝剑，降妖又捉精，降妖又捉精。四月麦子枯，出了个何仙姑，身背如意捞，捞干洞庭湖。身背如意捞，捞干洞庭湖。

玉（白）：众位贤侄，在此多住几时。

八（白）：不必搅扰，告辞了！（唱）告辞王母回山洞。

拐（唱）：驾起祥云快如风。（下）

玉（白）：太白，你命金莲圣母带白素贞下凡去罢。

太（白）：遵旨，起驾回宫。（太白退场，下）

第五场 命徒下山

人物：金莲 素贞

金莲（上唱）：辞别了玉皇、王母回山下。白素贞到前来，我有话答。

贞（上，唱）：离却了天庭回山洞，不由素贞喜心中。多蒙王母娘娘恩情重，赐素贞脱毒在瑶池宫。师父叫，我且往前洞拢，见了师父忙打躬。

金莲（唱）：白素贞，休多礼，一旁站过。为师有言来，对你来说。师本当留你在此把道修，都只为你有宿世姻缘要下山坡。

贞（唱）：听师父一番言，我心中难过。不由素贞心揣摩。但不知我的恩人他是哪个。请师父把实情对我来说。

莲（唱）：前因事，我不说，你不知不觉。你受过了恩人三次恩多。此一番去到那鄱阳湖经过。青龙精在此地兴妖作恶。论道法，小青龙斗你不过。你好好收服他一起生活。你的恩人他生来人品不错，万人中人上人，是你的楷模。你见了那人上人不要错过，这本是实情话对你说。

贞（唱）：告辞了，师父下山坡。去找恩人配偕和。（下）

莲（唱）：一见白素贞下山去了，不由老身想心梢。将身且把后洞到。白素贞此一去在劫难逃。（下）

第六场 表白

人物：青龙大王 四手下

青龙（上场，起坝）（引）：霸战鄱阳，自立为王。（诗）独占鄱阳有数春，前前后后起乌云。若要咱家愁眉展，除非招配美佳人。本大王青龙是也。镇守鄱阳湖已有数载，鄱阳湖畔，百姓谁敢不尊？只因每年元月三日，要吃童男童女一对。今日不知是当年谁家。小的们。

兵（白）：有。

青龙（白）：今命你等下乡查看，是当年谁家，速报我知。

兵（白）：得令。（下）

青龙（白）：好呀！（唱）鄱阳湖畔我为首。家家户户献猪头。将身且把后府走。终日美酒解忧愁。（下）

第七场 投宿

人物：王员外 夫人 白素贞 家院

员外（上引）：门外青山绿水，遍地野草鲜花。（诗）春夏秋冬四季天，风花雪月景相连。雁飞南北知寒暑，为人还要礼当先。（白）老夫，王光祖，鄱阳湖人氏，妻子张氏，所生一男一女。可恨青龙大王，每年要吃童男童女。今年轮到我名下，看来一双儿女要被他吃掉。思想起来，好不伤心人也。（唱）有老夫坐客堂，心中悲愤。想起了儿和女，珠泪双淋。我本当带儿女出去逃命。怕的是连累了全村人民。这才是叫一声天，天不应，我叫一声地，实可叹地又无门。左思右想无计定，活活急坏了我年迈人。无奈何我只把贤妻请。请贤妻到前来，同把计生。（白）有请娘子。

张氏（唱）：有田不种仓内虚，有书不读子孙愚。仓内虚来岁月乏，子孙愚来礼仪疏。夫君叫，去只在前堂内走。问夫君，是缘何面带忧愁。

王（唱）：贤夫人不知情，客堂坐定。夫有言来泪双淋，都只为青龙大王心毒狠。每年要童男童女送他吞。今一年轮到了我的名分，眼见得一双儿女活不成。为夫的只急得无头奔，因此上请出贤妻同把计生。

张（唱）：听此言，急得人五雷轰顶，冷水淋头怀抱冰。此贼心肠毒的狠，劫数当头难脱身。自古常言把话论，吉人天相果是真？听得府门外鸦鸣雀论。叫过来叫过去自有好音。莫不是老天爷将我照应，送来了救苦救难的观世音。（白）家院快来——

院（上，白）：员外一声叫，急忙就来到，参见员外安人。

王（白）：罢了，站过一旁。

院（白）：谢员外，不知叫小人何事？

王（白）：命你门前侍候。

院（白）：遵命。

王（白）：一言吩咐你。

院（白）：怎敢不用心？

贞内（白）：走呀（唱嘹子），师父命我下山坡，抬头只见日西落。（白）来此已是鄱阳湖，见天色不早，不免找户人家借宿一晚，再作道理。啊，这位小哥请了，请了。

院（白）：请了，为了何事？

贞（白）：我想在你家借宿一晚，不知意下如何？

院（白）：请稍等。（入内）启禀员外安人。

王（白）：所禀何来？

院（白）：外面有一道姑前来借宿，请定夺。

王、张（白）：快快有请。

院（白）：是。这一道姑，我家员外有请。

贞（白）：有劳了，见过员外安人。

王张（白）：免礼。一旁请坐。不知道姑从何方而来，何方而去？

贞（白）：我从峨眉山而来，到此化斋来了。

王张（白）：哎呀！罢了。（哭介）

贞（白）：员外安人为何这般如此？能否对我一讲？

王（唱）：未曾开言咽喉哽，痛心言语难出声。

张氏（白）：实可叹一双儿女难活命。

贞（唱）：请员外和安人说出原因。

王（唱）：都为青龙大王心毒狠。

张氏（唱）：他要吃童男童女小娇生，今年间轮到了我的家境。我二老只有这两个姣生。

王（唱）：我本当带姣儿出外逃命，又恐怕连累了全村满门。

张氏（唱）：我夫妻只急得无处投奔，道姑你是否能搭救残生。

贞（唱）：你夫妻请不要珠泪滚，素贞言来你且听。哪怕青龙有本领，素贞也能将他擒。你们若是不相信，待等明天看分明。

张氏（唱）：只要能救我儿命，我夫妻情愿舍金银，修建庙宇将你孝敬。

王（唱）：一日三餐敬恩人。

贞（唱）：只要你积德行善多诚恳，不要金来不要银。为的是救苦救难救百姓，我本是峨眉山中修行人。

王（唱）：到后堂办酒宴，恩人有请。（内）请随我来。（贞同下）

张氏（唱）：从今后吃长斋念佛经。（下）

第八场 报信

人物：虾兵 蟹将 家院 员外

兵将（同上。念宾白）：当大莫当小。

将：做小不如狗。

兵（白）：你叫我站着不动。

将（白）：你就不敢走。伙计啊，今天大王叫我们去那王家要童男童女。

兵（白）：那我该去。

（内）：不去，我们就要挨打。

将（行行去去）。

兵:（去去行行）啊，到了。门上哪位在？

院（白）：做什么的？

兵（白）：叫你家员外出来。

院（白）：请稍等，有请员外。

王（白）：家院何事？

院（白）：两位差人找你。

王（白）：差哥何事？

兵（白）：我家大王命你明天早晨将童男童女带去祭奠我家大王。如若超过时辰，小心你的性命。（兵同下）

王（唱）：不好了，听此言魂飞魄荡，不由老夫泪汪汪。悲悲切切后堂往，去与恩人说端详。（下）

第九场 收服青龙

人物：青龙大王 白素贞 员外 丑女 美女 兵将

（众兵将上场。）

青（内叫倒板）：波浪滔滔水连天，（元板）鄱阳湖畔咱为先，鄱阳湖胜过阎罗殿。三面朝水，一面景朝天。上有那铜锣铁网，保住在上面；下有那水妖水怪埋伏在湖两边。哪怕官兵来捣蛋，就是那铜头罗汉也难逃俺跟前。小的们，带路盘龙殿。

兵将（上）：见了大王说根原。（参、免、谢）

青龙（白）：童男童女可曾带到？

兵（白）：王员外随后就到。

员外、贞（同上）（白）：走呀，（嚓）员外带路鄱阳湖，要将青龙来收服。

员外（白）：我进庙内打招呼，见了大王号啕哭。（白）参见大王。

青龙（白）：你的儿女可曾带到？

员外（白）：已在庙外。

青龙（白）：抓了进来。

兵（白）：喳。

贞（白）：员外且到旁边，暂避一时。

员外（白）：是。（下）

贞（白）：青龙呀，好孽畜，竟敢在此胡作非为，残害百姓，我劝你好好改邪归正。

青龙（白）：你便怎样？

贞（白）：要你性命难保。

青龙（白）：好大的口气，你姓甚名谁，敢在本大王面前出此狂言。

贞（白）：我乃白素贞是也。前来收服于你。

青龙（白）：白素贞呀……白素贞呀……好美人。你若能胜过于我，我情愿为你所用。你若败了，你就给我做夫人，好是不好？

贞（白）：好，一言既出，驷马难追。

青龙（白）：驷马难追。请，（青大开打。青被擒。）

贞（唱）:（唱）大战鄱阳湖（连台）。骂一声，青龙精作恶不浅。你吃多少童男童女，罪恶滔天。似这样作恶多端，该将你斩。

青（唱）：看在你我是同类，饶恕二三。从今后，我改邪归正，洗心革面。再不敢胡作非为，冒犯尊颜。你若是肯放我，重新修炼。到那时成正果，拜谢尊年。

贞（唱）：适才间，打赌时，有何言辩。你怎敢失前言！

青（唱）：我决不食言。白素贞，可算得，大人大面。我情愿，当佣人，侍奉跟前。

贞（唱）：你是男，我是女，多不方便。男和女，在一起，各有避嫌。怎么办？

青（唱）：我情愿改头换脸。

贞（唱）：既如此，变一个美貌的容颜。说变……

青（唱）：我就变。

丑（上。唱）：美女出现。见娘娘忙下跪。

白（唱）：我用手来牵。原来是丑八怪把我来骗。丑女子侍奉我，苦不堪言。我要你重新变。

青（唱）：我重新再变。变一个美女子，来到你的跟前，见娘娘忙下跪。

贞（唱）：随随便便。从今后我是主，你是红颜。

青（唱）：问娘娘，今往何处？

贞（唱）：西湖去游玩，那西湖可算得天上人间。（起夹板）既如此，把路赶。

青（唱）：你我同吃又同穿。

贞、青（同唱）：好！好！到西湖游玩一番。

第二部 许仙充军

第一场 许仙表白

人物：许仙 许氏

仙（引）：寒窗苦读，诗书冠斗牛。（诗）双双瓦雀行书案，点点杨花入砚池。闷坐小窗读周易，不知春去几多时。

（白）小生姓许名仙，草字汉文。可叹一双爹娘早年去世，多蒙姐姐、姐丈将我抚养成人，送往黉学攻读。只等大比之年，进京赴试。每日坐在书房，好不苦闷人也。

（唱）朝也思，夕也思，好不苦闷。想起了爹和娘，珠泪双淋。实可叹二爹娘早年丧命。丢下了许汉文，孤苦伶仃。多亏了我的姐，恩高义盛，含辛茹苦，抚养我成人。七岁时，入黉校苦读发奋，实指望大比年能考取功名。终日里苦读书，心中烦闷。我心想出外去，解闷散心。听人言杭州西湖好风景，近日来正好是三月清明。我心想去观景，又怕姐不准，必须要贤姐姐批准才行。在前面我只把姐姐有请。请姐姐到前来，弟有话明。（白）有请姐姐。

许氏（唱）：家有黄金用斗量，养子必须送学堂。黄金有价书无价，诗书更比黄金强。汉文弟他在请前堂上。汉文弟，请为姐所为哪桩？

仙（唱）：贤姐姐请上坐，一礼奉上。许汉文有言来，姐听端详。多蒙了贤姐姐将我抚养。抚养到七八岁送入学堂。读书人为的是名登金榜，但不知哪一天能入考场。近时日，攻四书心不快爽，弟心想出外去观赏风光。因此上，弟弟我把姐姐请上，但不知贤姐姐可愿赏光。

许氏（白）：汉文弟出此言，我心中明亮。姐有言来听端详。汉文弟要游玩，姐不阻挡，切不可浪费了大好时光。人面前必须要温良恭俭让，要谨慎少多口，免遭祸殃。讲话时要和气不可鲁莽，怕的是旁外人说短道长，为姐的金玉良言牢记心上，切不可忘记了诗书文章。

仙（唱）：既如此，辞姐姐出门外往。不等到三两天，弟就回乡。（下）

许氏（唱）：一见得汉文弟出门去了，倒叫我许氏想心头。将身且把后堂走。汉文弟回家来，免我担忧。

第二场 游湖

人物：白素贞 小青

（二人同上唱四平。）

贞（唱）：今乃是三月三清明节景。

青（唱）：路上行人熙熙攘攘，男男女女喜气盈盈。

贞（唱）：离却了鄱阳湖，杭州城进，做买做卖许多人。

青（唱）：百货店内生意盛，茶馆又对酒馆门。

贞（唱）：转身来，我只把青儿叫应。

青（唱）：问娘娘你叫我所为何情？

贞（白）：青儿呀，我想去西湖游玩，可愿去否？

青（白）：娘娘想去，哪有不去道理呢？

贞（唱）：小青青，你生来多么乖巧。白素贞有言来，细听根苗。自那日下山来，把鄱阳湖到，因此上见了你才把你收。从今后主仆们都在一路。你和我虽是主仆，如同手足。今一天去到那西湖行走，但愿得遇恩人好把情酬。

青（唱）：问娘娘你的恩人有什么记号，找着了你的恩人好配桃夭。到时候，我小青把媒来做，但愿你夫妻到老白头。但愿此一去，喝你的喜酒，也不枉主仆们空走一遭。

贞（唱）：好呀（唱嘹子）叫青儿，你与我前带路，主仆们到西湖前去一游。（下）

第三场 西湖

人物：白素贞 许仙 众游人 机器人 小青 地方保正 说书人

保正（上）：喂，各位父老乡亲，今天西湖热闹非凡，人山人海。请各位做生意的把摊子摆远些，注意安全，你看游西湖的人都来了哟。（下）

许仙（上）：来在西湖将身往，果然一片好风光。站在人群用目望，热闹气象不寻常。人山人海，我唉，挤不上，倒让许仙作了慌。（白）哎呀，少待，你看这人太多，看之不上，如何是好？这——啊，有了，你看那有一棵大树，我不免站在树上一观，自古道站得高望得远。就此去了。（下，站介。）

（贞、青同上）

贞（唱）：叫青儿，前带路往西湖拢，果然是天上人间大不同。

（白）青儿呀，你看此处人多，不免就在那旁观看便了。

说书人：来了来了，说书的来了。（唱）毛风细雨一天星，开水锅内起冷冰。老鼠咬了猫子的颈，地上的鸡子啄了天上的鹰。叫我来我就来，几根架子搭起台。云阳板好一似我的抓钱手，战鼓好似八斗脚，鼓架子似那擎天柱，鼓槌好似耕田牛。白天不带柴和米，晚上不带点灯油。人家说我是个好道路，四方八面任我游。本当在此多谈论，怕得观众不开心。说到此处停了顿，后面还有要来临。（做各样杂耍游戏，演出时自排）

贞（白）：青儿。

青（白）：在。

贞（白）：你看那位相公站在树上，在这万人当中最高者，岂不是人上之人吗？

青（白）：那正是人上之人呀。

贞（白）：你赶快施法降雨。

青（白）：遵命，天灵灵，风伯雨师何在？（降雨介）

众人（白）：天下雨了，快跑呀，许仙快跑呀。（下）

贞（白）：青儿，快跟上此人。（同下）

第四场 说婚

人物：许仙 船老板 白素贞 小青 傧相 二鬼

许仙（冲上。念）：这才是西湖比西子，值得游人醉一回。哎呀，船家快来呀。

船夫（白）：做什么的？

许仙（白）：船家渡我过河。

船（白）：去哪里？

许仙（白）：去钱塘门。

船（白）：好，与你搭上扶手。

许仙（白）：是（上船介）。开船哟。

贞、青（同上）：船家快来。

船（白）：我的船这位相公包了，不搭人。

许仙（白）：船家，岸上何人叫船？

船（白）：是两位青年女子。

许（白）：船家行个方便，就让她们上来吧。

船（白）：既然你答应了，好。喂，两位姑娘请上船。

青（白）：请搭上扶手。

船（白）：小心了。

青（白）：一同上船。

许仙（白）：那两位姑娘，在船头上有雨。我这有雨伞一把，你们拿去遮遮雨吧。

青（白）：多谢相公了。

船（白）：你们坐稳，我要开船了。开船哟。

贞（白）：呀，（唱连台）白素贞坐船头，眼看四下，见相公生得好面貌如花，我观他好似那韦驼变化，似潘安和宋玉也难及他。他与那吕奉先不分上下。观相公观得人两腿酸麻，他适才站在树上观看戏耍，可算得人上之人，半点不差。在山上我的师父说得有话，这就是我的恩人，姻缘配他。转面来叫青儿。

青（唱）：娘娘。

贞（唱）：我与你讲话。

青（唱）：问娘娘说什么？

贞（唱）：羞人答答。

青（唱）：有什么话只管讲。

贞（唱）：你去为媒作伐。

青（唱）：这件事，我情愿把桥来搭。

贞（唱）：既如此，你去问他，住在哪个家下。

青（唱）：转面叫相公。

仙（唱）：有何话搭？

青（唱）：我问你，哪里有家，姓啥叫啥？

仙（唱）：杭州城，钱塘县，有我的家。我姓许叫汉文，并不说假。

青（唱）：再问你，高堂上可有爹妈？

许仙（唱）：实可叹，二爹娘，早年归了驾，剩下我独一人，无有生涯。

青（唱）：再问相公你今年，年有多大？

仙（唱）：我今年二十岁。

青（唱）：正好娘娘一十八。再问你房中可曾婚嫁？

仙（唱）：贫穷人，怎么能够宜室宜家？

青（白）：我的娘娘许配你。

仙（白）：莫闹笑话。你本是官家女，我怎么配她？许汉文独一人尚且维持不下，我若是配了她……

贞（白）：铁树也能开花。这件事叫相公不要害怕，凡百事都由我，自有办法。我的爹白总兵一品官驾，到那时我二人……

船：一刀一叉。

贞（唱）：我家有良田万石，高楼大厦，任你吃任你住，好度年华。

青（唱）：我的娘娘人品好，你仔细斟酌一下。这件好事不要错过。

船（唱）：他心里，欠得只抓。

仙（唱）：怕的是多情女，我消受不下。

青（唱）：这样说你答应了。

仙（唱）：宜室宜家。

贞（起夹板）：既如此，准备一下。

青（唱）：日期就在三月初八。

仙（唱）：与我姐商量一下。

船（唱）：天鹅肉，我吃不到他。

同（唱）：好！好！准备回家。

船（白）：船已经拢岸了，大家上岸吧。

仙（白）：哎，我叫你送我到钱塘门，你怎么把送到北门来了。

船（白）：许相公你不知道。只因风势太大，我一人撑它不住，就随风飘到了北门。

贞（白）：许相公不要着急，我家就住在北门。不免就到我家躲躲雨，再走也不迟呀。

仙（白）：也只好如此。

贞（白）：青儿把船钱付了。

青（白）：这有银子你拿去。

船（白）：多谢了。（下）

贞（白）：青儿，将曹氏宗祠化为白府。

青（白）：遵命，天灵灵地灵灵，曹氏宗祠化为白府。许相公，你看几大一座白府。

仙（白）：真是好气派呀。

贞（白）：许相公请进。

仙（白）：二位大姐，请将雨伞还我，要回去了。

青（白）：许相公你说哪里话来，你已经同意了，选日不如撞日，你们就拜堂成亲了吧。

仙（白）：这怎么使得，莫有媒人。

青（白）：我还算不了媒人？

仙（白）：这——

青（白）：傧相走上。

傧（上）：见过青姐。

青（白）：不要多礼，呼你上来，你二人到后面换衣去。

傧（念）：一根丝线抛江中，先钓鳌鱼后钓龙。今日洞房花烛夜，睡到半夜乐无穷。新官人新娘出位。（二人同上）一拜天地，二拜高堂，夫妻对拜。转入洞房。

青（白）：你到后面饮酒去。

傧（白）：多谢青姐（傧二人同下）

仙（白）：金屋房中住二美。

贞（白）：银河天上渡双星。

仙（白）：娘子请。

贞（白）：官人请。哈哈。

贞（白）：官人呀（唱）花烛夜，美良辰，同房摆宴。你我夫妻肩并肩。鱼儿得水同作伴，游来游去在池间。十年修得同船渡，百年修来共枕眠。天荒地老永不变，夫妻偕老一百年。倘若一日风云变，许郎心诚志要坚。

仙（唱）：娘子待我恩情重，汉文深施打一躬。到后来，有什么风吹草动，三心二意天不容。我有言来对你讼，我想归家拜祖宗。姐姐盼我如泉涌，我不归家太不公。望娘子要把我心情懂，同情鄙人要依从。

贞（唱）：官人说话真中听，不由素贞喜在心。为人不可忘根本，忠孝节义要记清。官人回家把姐孝敬，难道说白素贞无有孝敬之心？我本当随官人回家进，怎奈我父不在家难以脱身。见官人你身上盘费用尽，难道说看姐姐空手回程？请官人在家将妻等，我与官人办盘缠。官人权且后堂进。

仙（唱）：多蒙娘子为我劳神。（下）

贞（唱）：一见得许官人后堂进，不由素贞想在心。转面来我只把青儿叫应，小青到前来我有话明。

青（唱嘹子）：娘娘前面叫一声，后面来了我小青青。去到前面娘娘问，问娘娘叫小青有何事情。（白）娘娘何事？

贞（白）：青儿哪曾知道，只因官人要回家，总不能空手回去。我想钱塘县狗贪官赃银甚多，你想办法去盗取三百两。

青（白）：知道了，娘娘请退。

贞（白）：有劳青儿了。（下）

青（白）：五鬼快来。

二鬼（上）见过青姐。何事？

青（白）：命你二人去钱塘县盗取库银三百两，速去速回。

鬼（白）：遵命。（下）

青（白）：好呀（唱）一见五鬼去盗银，倒把小青想在心。怕他二人出破绽，不免后面紧随跟。施展道法将身隐，惩罚贪官了不成。（下）

第五场 盗库银

人物：二更夫 二鬼

（二鬼上。盗银介。下）

二更夫（打锣上，白）：为人莫打更，打更受苦辛。白天蚊子咬，晚来跳蚤叮。小心火烛，谨防门户。去到库房看看，不好了。库房门大开一定是被盗了。赶快报官去哟。（下）

第六场 许仙辞行

人物：许仙 白素贞 小青

青（上，白）：有请娘娘、姑爷。

仙、贞（同上，唱嘹子）：青儿前面一声请。

仙（唱）：夫妻双双到前厅。

贞（叹）：开言便把青儿问。

仙（唱）：许汉文今日要辞行。

青（白）：娘娘，盘费银子在此。

贞（白）：官人，这是我爹在朝为官的官银，你拿回家去，一路小心。

仙（白）：告辞了！（唱）娘子待我情深，临行赠我雪花银。难舍娘子青姐回家奔。回家去与姐姐细说原因。（下）

贞（唱）：一见官人归家拢，不由素贞想心中。但愿官人心不摇动。（下）

青（唱）：他二人成双作对我落空。（下）

第七场 案发

人物：县官 更夫 衙役四人 陈彪

官（念占子）：为官好，为官妙，老爷头上戴纱帽。穿官衣，玉带套，足穿皂靴不能跳。我的太太也不省，每天问我把钱要，花露水，雪花膏。若问此钱哪里要，还是从百姓头上要。劝列位你听到，有理无钱莫把人告，有钱无理我包你的官司打得好。把银元仔细敲，把钞票仔细照，若是缺了个角，老爷我不得要，不得要。

二更人（白）：报——

官（白）：何事惊慌？

更（白）：库银被盗。

官（白）：失去多少？

更（白）：我也不知。

官（白）：快去查看。

兵（白）：是。（下，上）启禀老爷，失掉三百两。

官（白）：不好，（唱）库银失掉三百两。倒叫老爷心内焦。如果上司知道了，你叫老爷怎开销。（白）来呀，传陈彪上堂。

陈（上白）：身在公衙内，哪有片刻闲。参见老爷。

官（白）：罢了，站过一旁。

陈（白）：不知老爷唤出小人有哪方差遣？

官（白）：库银失去三百两，命你即日拿案。

陈（白）：老爷，这案情重大，多限几时。

官（白）：你说多少天？

陈（白）：三十天。

官（白）：顶多三天，否则要你全家的性命。

陈（白）：不好了！（嘹子）老爷要我三天把案拿，急得陈彪无办法。无奈何，暂且回家下，三天不破案要把头杀。（下）

官（白）：有事无事？

兵（白）：没得事

官（白）：站着打鬼，后面去吃饭。（下）

第八场 破案

人物：许氏 许仙 陈彪

许氏（上唱）：汉文弟出外游玩未回转，不由许氏眼望穿。将身打坐前堂转。汉文弟他回来，我心才安。

许仙（上白）：来到了自家门，将身进内。见了姐姐，忙问安。

许氏（唱）：得见了汉文弟回家转，倒叫为姐心喜欢。这些时是何人，照顾你的茶饭？是何人替弟弟换洗衣衫？是何人与弟弟问寒问暖？问弟弟这些时何处把身安？为姐我每朝每日把弟盼，白天盼到日落山，白天盼了夜晚盼，一直盼到五更天，盼到今天见弟面，姐姐我心才平安。得见弟弟烂衫换，不知何人缝来何人连。这些日，是何人将弟管？是何人供应你路费盘缠。请弟弟你与姐说长道短，几百事望弟弟细说一番。

许仙（唱）：自那日，别姐姐去西湖游玩，在船上遇见一位女婵娟。她名叫白素贞，人格体面，她的爹白总兵是一品的官员，她的家高楼大厦，良田万石。她本是富贵家，很难高攀。她将我请到家殷勤照看，愿意许配我，足下承欢。似这身新蓝衫把与我换，每日里读诗书，带把花观。因想念姐姐才回家转，这本是真情话对姐说穿。

许氏（上唱）：听弟弟一番言我心欢喜，倒叫老身换笑颜。看起来汉文弟艳福不浅，配了个好弟媳，接代香烟，等候了你姐丈回家转，将此事对你姐丈细说一番。

陈彪（上唱）：好苦呀（上，唱嘹子）来到门前心好惨。

许氏（上唱）：夫君为何泪不干？（白）夫君为何这样呀？

许仙（上，白）：姐丈回来了。

陈彪（白）：啊！贤弟回来了，哎呀，娘子呀，大事不好。

许氏（上，白）：何事惊慌？

陈彪（白）：只因钱库失掉库银三百两，命我三天拿案。如若不然，我全家性命不保呀。

许氏（上，白）：你在怎讲？

陈彪（白）：性命不保。

许氏：不好了（晕倒）。

许、陈（同白）：姐姐、娘子。（倒扳）

许氏（唱）：听得夫君说一声，冷水淋头怀抱冰。叫声天来天不应，叫声地来地无门。回头只把弟弟叫应，快与为姐把计生。

许仙（白）：姐姐、姐丈不用着急，我自有办法。

陈彪（白）：贤弟有何办法快快讲来。

许仙（白）：只因我在白府招亲，我的岳父白总兵在朝为官，银钱甚多，今天回家，我的娘子赠我的纹银，姐丈可以拿去抵案。

陈彪（白）：既然如此，赶快将银子拿来。

许仙（白）：姐姐请看。

陈彪（白）：这就好了，告辞了。（下）

许氏（唱）：夫君慌忙县衙往。

许仙（唱）：请姐姐放宽心，莫要惊慌。

许氏（唱）：姐弟二人后堂往。

许仙（唱）：等姐丈他回来，谈谈家常。（下）

第九场 闹公堂

人物：县官 陈彪 许仙 二差官 四衙役 白素贞 小青

陈彪：走呀。（唱嘹子）多亏了贤弟赠银两，前去交案免祸殃。来在公堂鼓敲响，有请老爷上公堂。（打鼓介）有请老爷上堂。

众衙役官（同上，白）：堂鼓一声响，公文紧急忙。犯了老爷令，本县坐大堂。是何人急动堂鼓？

兵（白）：是陈彪。

官（白）：传陈彪上堂。

兵（白）：陈彪上堂。

陈彪（白）：参见老爷交案。

官：呈了上来。站过一旁。（看介）果然是库银。

陈彪（白）：我内弟许仙，说是在白府招亲，人家送给他的银两。

官（白）：不管是送的还是偷的，你内弟姓甚名谁，人在哪里？

陈彪（白）：我内弟姓许名仙，在我家里。

官（白）：来呀，将许仙拿来问话。

兵（白）：是（圆场）。启禀老爷，许仙拿到。

许仙（白）：参见老爷。不知老爷为了何事？

官（白）：胆大许仙，你私通江洋大盗，偷去我的库银三百两，有何话讲？

许仙（白）：哎呀老爷，这是冤枉，这银子是我家娘子送把我的呀。

官（白）：你娘子是谁，姓甚名谁家住哪里？

许仙（白）：我娘子，名叫白素贞。岳父白总兵，家住北门以外。

官（白）：胡说，北门外只有曹氏宗祠，哪有白府，陈彪可曾见过？

陈彪（白）：小人未曾见过。

许仙（白）：你们前去，一看便知。

官（白）：好，陈彪带人，前去看来。

陈彪（白）：是（众出门。圆场）。

许仙（白）：到了，这就是白府。

众（白）：这蛮大的一座曹氏宗祠，怎说是什么白府？

陈彪（白）：这明明是一座白府嘛。

众（白）：好，不管是白府还是曹氏宗祠，进去看一下（众人入内）。

青:（手持扫帚上）许官人来了。

仙（白）：青姐，我娘子呢？

众：许仙在跟鬼说话。

许仙：哪来的鬼？这是我家仆人小青。

青（现出人形）。

众（白）：这是妖精。

陈彪（白）：赶快将妖精拿到县衙。

众（白）：是，拿妖。（圆场。进县衙，放下一把扫帚）

众（白）：参见老爷。

官（白）：你们前去，看得怎样？

众（白）：是个妖精，我们拿住了。请老爷定夺。

官（白）：妖在何处？

众（白）：在此。（放下一把帚子）

官（白）：真不会办事，待本县亲自去拿下。

（官带众人出门走。圆场）

许仙（白）：到了，请进。

贞（上）：官人来了。

许仙（白）：娘子，县太爷说我的银子是偷来的。

贞（白）：此银是我爹在朝为官的官银，怎说是偷来的呢？

官（白）：许仙，她是何人？

许仙：这是我的娘子白素贞。

官（白）：来呀，将她带回县衙（圆场），按在地下与我打（放下来一个死尸，在地下乱跳。官拿印将尸打倒。又打许仙，结果打的是老爷。以后由老爷亲自打，结果打的是县太太）。

官（白）：有办法，（下位跪在地上叫）许大爷、许太爹，你做点好事，受点罪，把他枷戴上。

许仙（白）：任凭老爷作主。

官（白）：来呀，将枷与许仙戴上。

兵（白）：是

许仙（白）：不好了。传解差上堂。

兵（白）：解差上堂。

差（上。白）：参见老爷，有何差遣？

官（白）：将许仙押解仁和县充军，不得有误。

许仙（白）：不好了，（唱）公堂之上上了锁，鳌鱼吞钩实难脱。解差带路从家过，回家去与姐姐细说明白。（下）

陈彪（白）：老爷，我要回家，与我的妻子把事说明白，请大人恩准。

官：好，批准就是。

陈彪：多谢老爷。（下）

官：有事无事。

众：无事。（退堂，下）

第十场 送信

人物：陈彪 许仙

陈彪（上，唱嘹子）：急急忙忙把家进。陈彪做了两难人。来在门前将身进，叫声娘子快来临。

许氏（白）：夫君何事惊慌？

陈彪（白）：娘子，大事不好，只因汉文弟的银子是钱塘县的库银，已经犯法，被充军到仁和县。快到路上见他一面。

许氏：不好了。（唱）听一言来心一惊，吓掉三魂少二魂。夫君带路出门奔，不由许氏两泪淋（下）。

第十一场 痛苦分别

人物：陈彪 许氏 许仙 二解差

许仙（内唱倒板）：许汉文遭受了无头的冤枉。（二差押上）不由许仙泪汪汪。这才是祸从天上降，埋怨了我的娘子不顾思量。读书人望的是名登金榜，到如今只落得空想一场。悔不该到西湖前去游荡，遇着了白素贞贤淑善良。实指望配夫妻妇随夫唱，都只为赠银两惹下祸殃。也只怪狗县官不把理讲，明明是一座白府偏说是祠堂。我的娘子，她赠我三百银两，只说是归家来安度时光，又谁知遇着了我的姐丈，他二人只急得魂飞魄扬。这是我碰上了活天的冤枉，这一回我的命要见无常，请差哥带我往前闯。

陈彪（内白）：贤弟慢走。

许仙（唱）：得见了我的姐姐，跑得慌忙。（白）姐姐。

许氏（白）：贤弟呀（唱倒板）见弟弟披枷戴锁，泪往下放，好似钢刀刺胸膛。好弟弟你受了无头冤枉，我怎么对得起死去的爹娘。许家接香火把弟来指望，哪晓得到今日如此下场。回头来我再对夫君讲，你赶快想办法拿个主张。

陈彪（白）：贤弟、娘子，不要着急。我这有书信一封。你到了仁和县，有一位王太和，是我的好友。他在县城开药铺，你去找他，一定会与你帮忙。书信你先收下。

许仙（白）：有劳姐丈。

陈彪：二位差官，请你念我都是一个衙门当差，这点银子你二位在路上喝杯茶，多少照看我的弟弟。

差：那自然。

仙：告辞了（唱）辞别姐姐把路赶，望姐姐多保重莫把心担（下）。

第十二场 凉亭会

人物：白素贞 许仙 小青 王太和 二差

白、青（同上）：心中只把钱塘县恨。

青（唱）：他不该将姑爷来充军。

贞：来到凉亭将身进。

青：等候他们到来临。

仙：走呀（嘹子）。一路上走得人两足疼痛，恼恨县官太昏庸。肚中饥饿走不动，口干舌燥手捶胸。来到了一凉亭将身拢。

贞：得见官人忙打恭。（白）解差哥，将我官人刑具打开吧。

差（白）：这是朝廷王法，岂能打开的？

青（白）：当真不打开？

差（白）：请恕我无能为力。

青（白）：不给点厉害，我看你是不会开的，去你的哟。

差（白）：我们回去交差便是了。

仙（白）：多蒙娘子搭救。

贞（白）：官人，我们现在何处安身？

仙（白）：娘子不用担心。临行之时，我姐丈有书信一封，去找王太和老板，他可以帮助我。

贞（白）：既然如此，我们一同前去找他便是了。（唱）请官人前带路，仁和县到。

青（唱）：来到了仁和县仔细观瞧。

仙（唱）：大街之上好好寻找。

贞（唱）：果然是一座太和楼。

仙（白）：正是。进去问一问便知（进门后）。老板，请了请了。

王太和（上。白）：前店人声语，上前看分明。两位客人做什么的？

仙（白）：请问老板，可是王太和老板。

王（白）：在下正是王太和。

仙（白）：果然是王老板，这厢有礼了。

王（白）：不必多礼。

仙（白）：我这有书信一封，王老板请看。

王（白）：待我一观。

王（白）：啊，原来是陈彪大哥的内弟到此，恕我未曾远迎，见谅一二，请到后面用饭便了。

仙：用饭就不必了，不知王老板作何安排？

王（白）：许相公莫急，正好此店我也不想开了，不免转让给你。

仙（白）：那要多少银两？

王（白）：估计二百两就有了。

仙（白）：这。

王（白）：可以分期付清。

贞（白）：既然如此，我这有银子一百两，请收下。下欠的日后定当奉还。

王（白）：好说。我多日来未曾回家，正好我想回家看看，告辞了。（唱）告辞了，许相公，回家了，祝贺你们开张大发。（下）

贞（白）：青儿，你到后去弄饭吧。

青（白）：好吧，知道了。（下）

贞（白）：官人，我们将招牌改一下，取名许仙大药房，将招牌挂了，明天开张。

仙（白）：好呀，娘子说得有理。

贞（唱）：官人开始来行医。

仙（唱）：你我二人后堂里。

贞（唱）：今天夜晚好好歇息。（下）

第十三场 开药店

人物：青儿 白素贞 许仙 店小二 抓药众人 瞎子 跛子 肚子疼者

小二（上，白）：老板命我挂牌，一年四季大发财。

仙（上，白）：生意兴隆通四海，财源茂盛达三江。在下许仙今日药店开张，等候了。

小二（白）：见过老板，招牌挂出了。

仙（白）：知道了，好好。打点事务。

小二（白）：知道了。（下）

（众人前来看病抓药。果然灵验，以后送牌子许半仙）。

第十四场 花园调情

人物：许仙 白素贞 青儿

仙（上唱）：人逢喜事精神爽，桃红柳绿分外香。将身且把花园往，花园内好风光，慢慢欣赏。将身打坐石凳上。

青（上唱）：青儿到此为哪桩？

青：许官人生来好福相，我想陪你做二娘？

仙（唱）：青儿不要胡乱讲，男女有别不相当。仆见主人要把礼讲，旁外人看见了说短道长。

青（唱）：说什么短来道什么长，你和我来正相当。我每天思来每天想，我与官人共牙床。

仙：小青青越说越不像样，你不能在此要流氓。

青：不管流氓不流氓，扯着官人脱衣裳。

仙：如此无礼，打你的巴掌。（白）招打（打介。内荷花。贞冲上）。

贞（白）：大胆！（唱）你二人在花园搞什么名堂，问官人是缘何这等模样？

仙（唱）：这件事倒叫我不好开腔。我只说到花园游玩一趟，那知道小青儿来在身旁。她不该在此地胡言乱讲，因此上我教训她，打她的耳光。

贞（唱）：许官人你不说，我心中明亮。这件事白素贞自有主张。你还是回店房，清理药账，有病人来找你要开处方。

仙（唱）：如此说我溜之大吉，店房内往，我不该到花园险招祸殃。

贞（唱）：转面来叫青儿，我有话讲。你不该到此来做事荒唐。许官人当着面我不好言讲，你若是做了此事要把人伤。曾记得鄱阳湖，说得明明白白，我是主你是仆。

青（唱）：侍候娘娘。

贞：既知道，你今天何必这样？

青（唱）：这是我一时性起发的癫狂。望娘娘你思来你要想，你二人同床眠一对鸳鸯，小青我在一旁是空空荡荡。哪一夜我不思情想到天光？自古常言把话讲，十八岁的姑娘怎守空房？

贞：听此言不由人恶气往上，骂声青儿发癫狂。鄱阳湖说的话，明明朗朗，调戏主人，欺了娘娘。自己思来自己想，你做的应当不应当。怒气不息打你的棍棒，你与我滚滚滚，滚出店房。

青（唱）：娘娘说话不恰当，不由青儿怒胸膛，不辞娘娘出门往，小青儿不死心，我要去凤求凰 （下）

贞（唱）：一见青儿出门往，不由素贞想心房。将身且把药房往，怕是此一去要惹祸殃。

第三部 水漫金山

第一场 小青自叹

人物：小青

青（上，唱）：适才间被娘娘赶出在外，不由青儿暗悲哀。似这样出外来自由自在，也免得单相思苦闷心怀。独一人在路上自思自揣，想起了那一天好不美哉。许多人都夸我是仙女下了凡界，有人说赛西施美貌裙衩。咱那日闲无事，街房内踩，那些人见了我喜笑颜开。小衙门见了我口叫奶奶，胡子大爹见了嘴巴斜歪，放牛伢见了我把臭泥巴来甩，青年人见了我两眼发呆，学生伢见了我口吹洋琴，哆来哆咪哪，爱玩的人见了我把彩票子来揣。正行走，抬起头观看世界，见前面有一花园，仙岛蓬莱。我不免去只在花园内踩，难道说找不着美貌郎才。（下）

第二场 花园遇妖

人物：小青 顾景文

文（上，唱）：读书人为的是名登金榜，一步青云美名扬。文章魁首，鹿鸣宴上，五凤楼前多荣光。（白）小生顾景文，可叹爹爹早年去世，母亲已在堂前。是我年方二八，文章得意，只是终身未曾如愿。思想起来好不烦闷人也。（唱）小生我坐客堂，心中不爽。想起了老爹尊，早把命伤。丢下我年幼，母亲扶养，家务事多亏了我的老娘。终身事不由我心中暗想，但愿得有人与我凤求凰。老娘亲请媒人来过数趟，找不着称心的美貌姑娘。思来想去心不爽，我不免到花园解闷愁肠，将身儿我且花园内往。

青（上）：来了我称心如意的美姣娘。

文（唱）：这小姐，是缘何花园内闯？但不知名和姓，谁家的姑娘？

青（唱）：贵公子，你不要多把话讲，我特地来陪你作对成双。我知道公子你心中荡漾，我和你今夜配成鸳鸯。请公子你和我回房内往。我二人今夜欢度时光。（下）

第三场 拿妖

人物：景文 夫人 青儿 书僮 徒弟 道士

夫人（上唱）：员外夫去世早，让我守寡。家中事，里里外外要我当家。为人在世莫当家，提起当家乱如麻。我的儿，他今年年纪长大，男大婚女大嫁半点不差。我也曾请媒人与儿作伐，东不成西不就，无有办法。眼见得，日出东方还未听儿子说话，莫不是在书房旧病复发。在前面只把书僮叫下，叫书僮到前来，我有话答。（白）书僮，走来。

书僮（白）：夫人一声叫，跑得我双脚跳。参见夫人，叫我有何吩咐？

夫人（白）：罢了，你去看公子，缘何这时候还未起床？

书僮：遵命（看介）。

景文（白）：（幕后，白）娘子，赶快起床呀。

青（白）：多睡一会吧。

书僮（白）：哎呀，夫人，大事不好。

夫人（白）：何事惊慌？

书僮（白）：公子房中有一女子讲话。

夫人（白）：莫瞎说。

书（白）：夫人不信，去听一听便知。

（幕后唱歌）正月里来是新春，家家户户喜盈盈。

夫人（白）：快叫门

书僮（白）：公子开门，夫人来了。

景文（白）：我不开门，走远些。

夫（白）：文儿，开门呀。

景文（白）：母亲来了，待我开门，母亲请进。哎呀，我的美人呀。

夫人（白）：文儿不要胡说。

景文（白）：你出去，你出去，我要和我的娘子说悄悄话。

夫（白）：哎呀，天呀，我的儿是疯了，这如何是好？

书僮（白）：夫人不要着急，街上有一个王道士能降妖捉怪，不免去请他医治，如何？

夫人（白）：也只好如此，快去请来。

书僮（白）：夫人请到后面歇息，我去请来就是。

夫人（白）：快去，快回！这怎生得了啊！（下）

书僮：（行行去去，去去行行）王道士在家吗？

王（白）：前店人声语，上前看分明，你是？

书僮：你是王道士吧？

王（白）：正是在下，你有何贵干？

书僮：我是顾府。奉夫人之命，前来接先生去与我家公子医治疯病。

王（白）：好，你先回去，准备一些灯油、香纸、爆竹一类的东西，我就来。

书僮（白）：那我先走。（下）

王（白）：徒弟快来。

徒弟（上）：师父何事？

王（白）：你马上收拾道具，去那顾府拿妖，你要拿点本事出来。

徒弟（白）：全仗师父。

王（白）：我叫你怎样做，你就怎么做。

徒弟（白）：遵命。

王（白）：好呀（唱）叫徒儿前带路顾府往，这一回拿妖怪，银子要赚几箩筐。（下）

第四场 赔灰面

人物：夫人 道士 徒弟 卖灰面人 景文

夫人（唱嘹子）：我命书僮去把道士请，这般时候未回程，将身打坐前堂等。

书（唱）：见了夫人说分明。

夫（白）：书僮，道士来了没有？

书（白）：先生说叫我先回来办些香纸、爆竹的东西，他随后就到。

夫（白）：你快去办理。

书僮（白）：是。

徒（白）：哟，到了，师父请进。

王（白）：见过夫人。

夫人（白）：你可是王道士？

王（白）：正是。

夫人（白）：请坐。书僮快来。

书僮（白）：来了，王道士，你要东西，我已经办齐了，开始吧。

王（白）：莫慌，将病人扶了出来，待我看一下。

夫人（白）：将公子扶了出来。（书僮扶公子上）

王（白）：哎呀，公子的病是被妖精所占，那我得过阴去请天兵到此，否则这个妖我拿他不住。

夫人（白）：那怎么办呢？

王（白）：那就要银子。

夫（白）：要多少银子？请开价。

王（白）：最少要五百两。

夫（白）：好，只要能治好我儿的病，银子分文不少。

王（白）：好。徒弟开始，把锣打起来。（念）天灵灵，地灵灵，天兵天将下凡尘。（青上。将扇子一扇。落幕。）

（师徒二人相撞，逃下。卖灰面人上，与师徒相撞，将灰面泼在道士身上，要赔银子。）

王：要赔多少银子？

灰：要五百两银子。

王（白）：这正是想讨荆州用苦心，赔了夫人又折了兵哟，你看我伤心不伤心哟。（哭介。下）

第五场 接许半仙

人物：许仙 素贞 夫人 景文 小青 书僮

夫人（唱）：可怕可怕真可怕，这妖精太厉害，把人吓傻。将身且把前堂踏。喊书僮你快来想办法。（白）书僮快来！

书（白）：夫人不要着急，闻听人言，大街上有一位许半仙，什么病都能治好，不免去请许半仙。夫人觉得怎样？

夫人（白）：快去请来。

书僮（白）：是！夫人请退。

夫人（白）：快去快回，真是急死人哟。（下）

书僮：（急急忙忙行。白）到了，待我进去，许半仙先生，可在家吗？

许（白）：做什么的？

书僮（白）：你可是许先生？

许（白）：正是。

书僮（白）：只因我家公子，被妖精所占，特请先生前去拿妖。

许（白）：莫瞎说，我只能用药治病，捉妖的事我不会，请另请高明。

贞（白）：官人大胆前去，你一定能拿到。

仙（白）：娘子莫开玩笑。

（贞与仙耳语）

许（白）：好。那你带路，我与你一同前去。

（二人行。圆场）

书（白）：先生请进。

许（白）：请。

书（白）：夫人快来。

夫人（白）：请问先生，治好我儿子的病要多少银子？

许（白）：只要药钱，其余分文不取。待我拿脉。

（拿脉后贞上，引青下）

许（白）：你家公子的病，只是劳神过度，没有什么大碍。我开个处方到我家去拿药，一吃便可痊愈。夫人，我告辞了。（下）

夫人（白）：先生慢走。

（文儿醒来）

文（倒板）：睡梦中晕沉沉，昏迷不醒。睁开眼得见了老娘亲。（白）参见母亲。

夫人：罢了。我儿一旁坐下。

文（白）：母亲，孩儿这几天，不知是怎么了。

夫人（白）：儿呀，你这几天病得很厉害，为娘活活急坏了，多亏许半仙先生将你治好，人家分文未取，我儿必须重重的酬谢人家。

文（白）：孩儿知道了，请母亲后面歇息去吧。书僮。

书僮（白）：在。

文（白）：准备礼物去谢许先生。

书（白）：遵命。（下）

文：好呀。（唱）多蒙了许先生将我治病，去他家，感谢恩人。（下）

第六场 争论

人物：许仙 素贞 景文 青儿

贞、青（上）：手带青儿把家进，骂声青儿罪不轻，手持家法将你训。

青（唱）：望娘娘饶恕我重新做人。（白）娘娘，我从今往后再也不敢了。

贞（白）：知错能改就好，到后面歇息去吧。

青（白）：遵命。（下）

许仙（上。白）：行来到自家门，将身内往。

文（跟上，唱）：见了先生道短长。（白）见过先生。

许仙（白）：你是？

文（白）：我是景文，是您将我的病治好了，分文未取，我特地前来酬谢先生。这是点小意思，不成敬意，望您收下。

仙（白）：公子太客气了。（文见桌上一个如意瓶，便问）

文（白）：请问许先生，此物是您家祖传的，还是现在置办的呢？

仙（白）：哎，此物吗？是我家娘子陪嫁来的。

文（白）：许先生话讲当面，您给我治好了病，我应该谢您。可是这个如意宝瓶是我家之物，我要拿回去。

仙（白）：这是我家之物，怎么是你家的？好不讲理。

文（白）：并非我不讲理，此乃我家传家之宝。

仙（白）：此乃是我家镇家之宝。

文（白）：许先生，此物你还给我，免得伤了和气，也就罢了，如若不然……

仙（白）：你便怎样？

文（白）：凭官断。

仙（白）：好咧，那就去凭官而断。

文（白）：走，走。（下）

第七场 二次充军

人物：官 众衙役 解差 许仙 景文

官（上白）：对面一座财神庙，保佑老爷大发财。（白）本县仁和县偏印。

兵（白）：正印老爷。

官（白）：啊，正印。今天是什么日子？

兵（白）：三六九日。

官（白）：将吃饭的东西挂了出去。

兵（白）：是。（放告牌出）

（内白）：冤枉呀。

兵（白）：启禀老爷，有人喊冤。

官（白）：你二人报上名来。

许（白）：我姓许名仙。

文（白）：我叫顾景文。

官（白）：你们哪个是原告，哪个是被告？

文、仙（白）：我的原告。我的原告。

官（白）：好。你们都是原告，本县我是被告。我且问你为了何事？

文（白）：为了个如意宝瓶——是我家传之宝。

仙（白）：是我家镇家之宝。

官（白）：我不管你传家宝也好，镇家宝也好，此瓶究竟是哪个的呢？

文（白）：是我的。

仙（白）：是我的。

官（白）：不必争论，瓶现在何处？

仙（白）：在我手上。

官（白）：拿来我看。

仙（白）：请老爷观看。

官（白）：果然是好文物，请问许先生此瓶有何特征？

仙（白）：无有特征。

官（白）：景文，你说瓶是你的，你有何特征呢？

文（白）：老爷请看，瓶底下有“顾天官”三个字。

官：（看）果然不错，真相大白。景文此瓶拿回去，下面由本县作主。

文（白）：多谢老爷。（下）

官（白）：许先生，这就是你的不对了。你还不跪下，你无故取闹，行医做贼这还了得？本县就判你个充军之罪。来呀。

兵（白）：有。

官（白）：传解差上堂。

差（白）：身在公衙内，哪有片刻闲？参见老爷。

官（白）：罢了，将许仙带往沧州充军去罢！

差（白）：遵命。（许仙刑具带上）

仙（白）：不好了，（唱）这才是祸从天上降，平白无故受冤枉。差哥带路出门往，这是我治病的好下场。（下）

官（白）：来，有事无事？

众（白）：无事退堂。（下）

第八场 路遇

人物：许仙 解差二人 素贞 青儿

贞、青（同上。唱）：听说是许官人被充军。

青（唱）：可恨狗官了不成。

贞（唱）：来在路旁，将官差等。

青（唱）：等候他们到来临。

仙（白）：苦呀！（唱）怪只怪，青儿做事太鲁莽，害得我许汉文身招祸殃，差哥带路往前闯。

贞（唱）：得见官人泪汪汪。

贞（白）：请求二位差官，将我的官人刑具打开，好是不好？

差（白）：此乃朝廷王法，我怎能打开？上司知道了，我们吃罪不起。

青（白）：你是敬酒不吃吃罚酒，去你的。（施法。二人逃跑下）。

仙（白）：多谢青姐。娘子，我们到何处安身呀？

贞（白）：官人不要如此，就在杭州城内找一店房。我们还是卖药行医，好是不好？

仙（白）：好。就到前面找门面去吧，娘子，请。

贞（白）：一行前往便了。（唱）叫青儿前带路大街上。

仙（唱）：我坐店房再开张（同下）。

第九场 教唆

人物：法海（表白） 许仙 白素贞

法（内）：走呀。（唱）千年修来好结果，为的降妖来除魔。（白）本禅师法海，眼见青白二妖扰乱民间，残害人民。现看许仙被妖精所缠，将来一定被他吃掉，不免去到杭州点化许仙，好收服二妖。就此下山。走，走（唱）手持禅杖下山坡，定要收服二妖魔。假装化缘来路过。（白）到了（唱）进得内面讨茶喝。（白）有请先生 / 施主。

仙（上白）：啊，原来是一位禅师，不知前来作甚？

法（白）：贫僧是化缘的，从此路过，想讨杯茶喝。

仙（白）：如此说来，禅师请坐。娘子，有客人到来，倒茶来。

贞（白）：来了，禅师请用茶。官人，站了过来。

仙（白）：娘子何事？

贞（白）：官人，这个和尚，你和他当讲就讲，不当讲的就不要讲。

仙（白）：那我知道。（贞下）

法（白）：请问施主，高名尚姓？

仙（白）：本人姓许名仙字汉文。

法（白）：啊，原来是许施主。请问许施主，你那位娘子是不是常年喜爱穿白色衣服？

仙（白）：正是。

法（白）：是不是还有一位仆人喜爱穿青的？

仙（白）：正是，禅师，你是怎么知道的？

法（白）：我当然知道，我看施主日后定有大难。

仙（白）：却是为何？

法（白）：施主已经被妖精所困，日后定被吞吃。

仙（白）：我那来的妖精？

法（白）：施主的娘子和仆人是两个蛇妖，穿白的是白蛇，穿青的是青蛇。

仙（白）：禅师不要胡说，我那娘子慈善，心肠好得很。

法（白）：施主若是不信，我这有雄黄一包，明日是五月五日，你将雄黄放下酒内，你要耐心劝她喝下，到时你就知道了。如若你有为难之处，到金山寺来找我，我一定相助于你。

仙（白）：多谢师父！

法（白）：告辞了。（唱）告辞施主回山去，到明日试一试你却便知。（下）

仙（白）：呀。（唱）听此言不由人心神不定，倒叫许仙起疑心。将身且把后堂进，等到明日午时辰。（下）

第十场 饮雄黄酒

人物：许仙 白素贞 青儿

贞（上唱）：今乃是五月五，家家庆贺，男女老少，饮酒欢乐。白素贞我自有九转功不怕什么，愁只愁小青儿道法浅薄。我不免叫青儿深山去藏躲，躲过了午时三刻免去风波。在前面我只把青儿叫过，叫青儿到前来我有话说。

青（唱）：娘娘叫去，只往前堂走过，问娘娘叫青儿却是为何。（白）娘娘何事？

贞（白）：青儿哪曾知道，今乃是五月五日，家家饮雄黄酒。我怕你支撑不住，到深山躲避一时再回。

青（白）：好一个仁慈的娘娘呀，（唱）五月五日真厉害，害得青儿躲起来。告辞娘娘深山内踩，躲过午时再回来。（下）

仙（上）：哈哈。（唱）今乃是五月五，人人欢庆，到叫许仙喜盈盈。来到堂前把娘子请，夫妻俩今天饮酒谈心。哈哈。

贞（白）：官人今天为何如此高兴啊？

仙（白）：娘子，今天来是端阳佳节，家家欢庆。我们的生意也很兴隆，夫妻之间难得欢乐一回，今日要多喝几杯呀。

贞（白）：官人，你妻今天身体不适，不想饮酒。

仙（白）：娘子说哪里话来，往日也饮酒，难道今天要扫鄙人的兴么？

贞（白）：如此说来，你妻我只得奉陪，只能少饮一点。

仙（白）：好，好，娘子饮上一杯，娘子请（仙暗暗放入雄黄）。

贞（白）：请。

仙（白）：娘子还要饮上一杯，饮过双喜临门，夫妻永不离分。

贞（白）：好，再饮一杯（饮介）。

仙（白）：娘子，我们要饮过三元及第。

贞（白）：官人，你妻身怀六甲，实在的不能饮了。

仙（白）：娘子看在本人的薄面，要饮上这一杯，再不喝了。

贞（白）：好呀（唱）官人要我把酒饮，素贞做了两难人。我若不把酒来饮，又怕官人不欢心。我强打精神把酒饮。（白）官人请。

许（白）：娘子请（饮介）。

贞（吐介。唱）：一刹那不由人昏昏沉沉。

仙（白）：娘子你醉了，我扶你上床打睡。我去与你调一碗醒酒汤来。（转身取茶，揭开罗帐见蛇，惊死介）

青（急急冲冲进来。白）：娘娘醒来，官人吓死了。

贞（叫）：官人，夫君，许郎呀。（唱）一见许郎丧了命，冷水淋头怀抱冰。千哭万哭哭不应，活活急坏白素贞。

青（白）：娘娘呀，娘娘呀，现在不是哭的时候。赶快想个办法，搭救官人的性命要紧。

贞（白）：青儿言之有理，我要去昆仑山寻取灵芝宝草搭救官人的性命。

青（白）：娘娘呀，一想那昆仑山把守甚严，你此去，恐怕凶多吉少呀。

贞（白）：就是刀山火海我也去闯一闯。青儿将官人尸首抬到床上，床头上点明灯一盏，倘若明灯已灭，那你就远走高飞，如果明灯未灭，你就在家等候于我。

青（白）：知道了。

贞（白）：告辞了。（唱）告辞了青儿，昆仑山上。（落幕）去寻灵芝草，救官人还阳。（下）

第十一场 盗仙草

人物：南极仙翁 白鹤童 绿鹤童 白素贞 许仙 店小二

白、绿（同上。唱）：领了师傅命，镇守在昆仑。（白）白鹤 / 绿鹤是也。师父命我弟兄二人镇守在此，看护灵芝宝草，防歹人偷盗。我二人侍候便了。请 / 请。（下）

贞（白）：走呀。（唱）急急忙忙昆仑山奔，来在山中寻宝珍。站立此地用目睁，得见宝草在山林。

白童（白）：白素贞，此乃昆仑山镇山之宝，岂能容你拿去？不必多言，快快离开去吧。

贞（白）：哎呀，仙兄呀，你乃修行之人，以慈悲为本，方便为门，望求行个方便罢。

绿童（白）：休得多言，快快走开，如若不然，休怪手下无情。

贞（白）：二位仙兄，做点好事吧。

二童（白）：休得啰嗦，看枪（打介。素贞败下）。（贞急上偷草介。二童赶上开打）

白童（白）：摆下雄黄阵（贞困阵。下）。

仙翁（手持云帚上。白）：且慢呀，白素贞身怀文曲星，不可伤她性命。饶她去吧。

二童：遵命。（下）

贞（倒板）：这一阵杀得人昏迷不醒，七魄悠悠又还魂。睁开了生死眼，用目观定，多亏了南极仙翁救我。若不是变鳅儿宝草含定，官人的性命难生存。惨惨跌跌把家进。（开幕）叫青儿快出来，救活官人。青儿，这有灵芝宝草，放在官人口内。

青（白）：是。（官人醒来）

仙（倒板）：这一下吓得人昏迷不醒，活活吓死许汉文。展开了生死眼，用目观定，得见娘子面前呈。（白）好大的一条蛇呀。

贞（白）：官人，那是害虫出现，地下潮湿，我们搬到楼上去住便了。

仙（白）：哎，娘子，青姐，想我自幼许了一个愿，我想今天要去还愿。

贞（白）：官人改日再去吧。

仙（白）：我今天非去不可。

贞（白）：既然如此，叫店小二跟你一同前去。

小二（走来）：见过娘娘。

贞（白）：小二，你备办祭礼，跟随官人一同前去，你要叫他一起回来。

小二（白）：遵命。

仙（白）：告辞了。（唱）小二带路出门往，此去还愿不回乡。（下）

贞（唱）：一见官人去还愿。

青（唱）：官人此去不一般，我二人暂且后堂蹭，等候官人往回转。

第十二场 许仙出家

人物：法海 许仙 小和尚 小二

法（上唱）：五月五日现已过，青白二妖难逃脱。将身且把禅堂坐，看看许仙他如何。

仙（与小二同上。唱）：来只在金山脚，用目观看，金山高峰入云端。小二带路往前赶，不觉来到庙门前，将身只把庙堂转，见了师父说还愿。

许（白）：参见师父。

法（白）：许仙免礼，一旁站过。

仙（白）：谢师傅。小二，将祭品献上。

法（白）：施主随我来。（圆场。到佛堂）小徒们，敲起钟鼓，让许施主还愿（上香介。许施主，昨日你娘子的事你也看见了。

仙（白）：看见了，好大一条蛇，活活把我吓死。

法（白）：日后还要将你吞吃腹内。

小二（白）：主人，我们赶快回去吧。

仙（白）：我晓得的。

法（白）：许仙听我相劝，就在此出家吧。

小二（白）：主人我们赶快回去吧，不要与这和尚讲话。

法（白）：你滚了下去。（小二跑下）

仙（白）：听从师父作主。

法（白）：许仙随我来呀，哈哈。（同下）

第十三场 小二报信

人物：白素贞 小青 小二

白、青（同上。唱）：许官人去还愿三天整。

青（唱）：至今无有信和音。

贞（唱）：且到堂前将他等。

小二（唱）：见了娘娘说原因。（白）见过娘娘、青姐。

贞（白）：你回来了。主人呢？

小二（白）：主人被那和尚强留出家了。

青（白）：你怎么不要他回来呢？

小二（白）：我拉他回来，那和尚打了我一棍，我就跑回来了。

贞（白）：这不怪你，到后面歇息去吧。

小二（白）：是。（下）

贞：呀（唱），听说是许官人出了家，不由素贞心乱如麻。许官人见此情心中害怕，那法海用言语搬弄于他。法海贼对官人说出真假，那法海拆散我夫妻该把头杀。

青（唱）：劝娘娘你不要眼泪巴巴，小青言来听根芽。我二人上金山与贼斗霸。他若是不放官人，就把金山来踏。

贞（唱）：小青你莫要喊大话，那海法他是你我的对头冤家。我只能与法海来说好话，哀求他发慈悲放我的冤家。叫青儿前带路金山寺踏，实指望放官人早早回家。（下）

第十四场 打赌

人物：法海 许仙 白素贞 小青 小和尚二人

法（上，唱）：可笑可笑真可笑，许仙被我收为徒。将身且把禅堂走，等候二妖到山头。

白、青（同上。唱）：来在山脚用目望。

青（唱）：金山寺上好风光。

贞（唱）：急急忙忙金山上。

青（唱）：来到庙门细端详。

贞（唱）：青儿带头庙内闯。见了禅师问安康。（白）禅师近来可好？

法（白）：不知你二人到此何事？

贞（白）：前来找寻我的官人。

法（白）：不知你的官人是谁？

贞（白）：姓许名仙字汉文。

法（白）：许仙已经出了家，我将他收为徒弟，不回家去了。

贞（白）：哎呀，禅师呀，你乃出家之人，慈悲为本，方便为门，将我官人放了出来，让他回家吧。

法（白）：白素贞，你也是修行之人，出家不认家，难道你忘记了？

青（白)：法海呀，秃驴，我家娘娘好言好语向你说了千千万万，你若不放出官人，休怪无情。

贞：青儿呀！（唱）叫青儿你不要动情性，望禅师莫见怪我赔情，望禅师做好事。哎，我的禅师呀，你莫动情性，你拆散姻缘罪不轻。

法：可恼呀！（唱）骂声青白二妖真大胆，竟敢在此胡乱敲。我不放许仙，你能怎么办？你要许仙回家且免谈。

青：可恼呀！（唱）可恨法海你不遵守三规五戒，你拆散婚姻罪难饶。你放出官人倒还罢了。

法（白）：怎么样？

青（白）：如若不然，我要水漫山头。

法：呸（唱）青白二妖你不知天高地厚，你敢出狂言怎罢休。你敢与我打赌，我要你死在山上无人把尸收。

贞（白）：法海呀，贼呀，我二人好言好语说了千千万万，你就是执迷不悟，你叫我忍无可忍。

法（白）：你便怎样？

贞（白）：刚才青儿一言既出，三日后我要水漫金山寺。

法（白）：你敢与我结掌？

贞（白）：谁个怕你？

法（白）：好，结掌。

贞、青：下山去罢。（唱）：叫青儿前带路下山走，三天后一定水漫山头。（下）

法：可恼呀！（唱）二妖精她生来太狂妄，竟敢在此发癫狂。怒气不息后殿往。三天后，一定要她一命亡。（下）

第十五场 搬兵

人物：白素贞 黑旋风 众虾兵 海将若干人

黑（上引）：修炼数千年为的能成仙。俺黑风仙是也。在此修炼千年，可叹我的师妹白素贞，不听相劝，偏偏要下山去到人间，许配了许仙受了多少磨难。哎，心血来潮，待我一算。啊，原来是师妹要来求我，就在洞中等候了。

贞（上唱）：心中只把法海恨，他不该拆散好婚姻。来只在仙兄洞府将身内进，见了师兄把礼行。

黑（白）：原来是师妹到此，未曾远迎，多有得罪。

贞（白）：师妹我来得急，师兄见谅。

黑（白）：好说了，不知师妹到此，有何贵干？

贞（白）：师兄呀，只因我的官人到金山寺还大愿，被法海强留金山寺。我和青儿百般哀求，他不但不准，反恶言恶语，伤害我们，与他决定三日后水漫金山寺，特地来搬请师兄去帮忙的呀。

黑（白）：师妹呀，想从前我劝你不要下山，你不听，如今惹下祸来，我是不得去的。

贞：师兄呀，（唱）白素贞在这里把师兄有请，素贞言来听分明。难道说你不念往日情分，就是那旁外人也要打抱不平。

黑（唱）：男子汉反被女子家问，问得风仙是哑人。慢说是我和他有兄妹情分，就是那旁外人也要打抱不平。你再一次上金山与法海谈论，看他准情不准情。倘若他把人情准，你带许仙回家门。倘若不把人情准，你就把为兄的名字说出唇。

贞（唱）：不提起师兄名倒还不论，提起师兄他火一盆。他骂你黑鱼精无有本领，有一日拿住你，剥皮带抽筋。

黑：可恼呀。（唱）听一言来心头恨，大骂法海，了不成便把虾兵海将来救应。

兵将（白）：有。

黑（白）：去到金山杀妖僧。师妹带路金山寺奔，不杀法海不收兵。（下）

第十六场 水漫金山寺

人物：白素贞 青儿 黑风仙 兵将 许仙 法海 小和尚 众神将

法（上）：青白二妖与我来争斗，今日要他一命休。手拿钵盂寺门口，等候二妖水漫山头。

贞、青、黑众人（同上）。

贞（唱）：心中只把法海恨，不该强留许官人。水漫金山淹百姓，上帝知道罪不轻。师兄随我金山寺奔，请暂忍耐，听我的号令行。（白）师兄，你们就在此等着，我和青儿上山说，请听我的指挥。

黑（白）：我等知道了。

法（白）：白素贞，你们来了，我奉陪到底。

贞（白）：法海呀，禅师呀，你可知道水漫金山是要淹死百姓的吗？你我都吃罪不起。

黑（白）：这是你自作自受，何必多言！

贞（白）：是你无情，休怪我了。师兄请水漫山头。（涌水介）

法（白）：紫金钵下。（打死黑风仙）

贞（唱倒板）：眼看师兄丧了命，好似狼牙箭穿心。狠着心肠青儿张应，青儿呀，拼着一死战妖僧。（大开起）

（法令众神将，白、青败，下。法海大笑。下）

第四部 火烧雷峰塔

第一场 断桥会

人物：素贞 许仙 小青

贞、青（同上。贞右青左。内倒板）：这一阵杀得人心惊胆破。（两边挖场）法海，秃驴，贼呀。

青（唱）：好似羊落虎口，方才得脱。

贞（唱）：若不是法道广，将身逃躲。（转头）青儿呀，险些儿一命付予阎罗。

贞（叫头）：青儿呀，青儿呀，你我被法海杀得狼狈大败，如何是好呀。

青（白）：娘娘不要着急，等我抬头一观，前面是断桥，不免去到断桥再作道理。

贞（白）：只好如此，青儿搀扶了（踩四门，过河拔鞋。换场）。贼呀。（唱）手指着金山寺，银牙咬破，转面来见青儿泪往下落。峨眉山苦修炼想成正果，悔不该贪红尘下了山坡。游西湖，爱许郎面如花朵。小青在中间婚姻说和，实指望配夫妻，终身有结果，恨法海他不该从中调唆，把你我对官人真情说破，似牛郎和织女隔断了银河。我也曾上金山好言哀过，他不准倒还罢了，反骂你我是妖魔。只骂得你和我心头起火，带虾兵和法海将水涌山坡。只战得天地昏日月相错。实可叹黑风兄命付阎罗，只战得你和我无处藏躲，你和我似孤雁落在山坡。

青（唱）：劝娘娘你不要泪往下落，小青我有言来你且听着。想从前我也曾对你说过，许仙贼人善心不善，腹中抱恶。到如今惹下了杀身大祸，上圣爷降下罪难以逃脱。若要是许仙贼，从此经过，与娘娘报冤仇，又待如何？

贞（唱）：小青儿你不要埋怨于我，你的娘娘有言来你且听着。在仙山我师父对我说过，受过了许官人三次恩多。受人恩理礼当报，古人言过，哪有恩未报反加仇恶？若要是许官人从此经过，二次里把婚姻说和。若要是许官人再害你我，那时节任凭青儿怎样发落。来来来，暂扶娘娘把断桥打坐。

许仙（内白）：走呀。

青（唱）：又只见许仙贼两足如梭。

许仙（上）：走呀，师父赐我紫金钵，命我下山收服二妖魔。（白）鄙人姓许名仙，草字汉文，师父法海，命我下山收服二妖。不知二妖去往何所，待我抬头一观。哎呀，二妖打坐断桥，怒气不息。此去难免凶多吉少，这，这有了，我不免假放悲声，哭上前去，谅他也难解真意，就此前往。（唱）急急忙忙往前奔，望娘娘和青姐饶恕鄙人。

青：呸，（亮架）贼呀。

贞（唱）：见许仙不由人心头恼恨，埋怨了许官人无义之人。可记得三月三西湖观景，天下雨借你的伞躲避风云。在船舱见官人面貌端正，小青青为月老说合婚姻。只说是配夫妻同床共枕，只说是夫妻俩恩爱情深。哪晓得许官人不走好运，受冤屈两次充军。在杭州开药店生意茂盛，不料想五月五，突起祸坑。许官人险些儿丧了性命。妻为你到深山去寻宝珍。妻为你受过了雄黄大阵。

青：呸。（拉仙走圆场。生气，一脚，仙空翻）贼呀，险些儿把性命化为灰尘，似这样好夫妻已成花品，倒不如在断桥两下离分。

青（唱）：见许仙，不由人心头恼恨。骂一声，许仙贼无义之人。我的娘娘，她待你何等情分，他把你当作了掌上宝珍。那秃驴，说的话你偏偏信以为真。为什么把主仆当作妖精？既是妖，是缘何不伤你的性命？既是妖，是缘何能变人形？越思越想不由人心头恼恨，恨不得将无义之人一口吃吞。（亮架）

仙（唱）：她二人在断桥，这般情性，我许仙想活命万难回头转身。哎呀。

青（白）：不要你哭。

仙（白）：我不哭。

青（白）：不要你号。

仙（白）：我就不号。

青（白）：青儿在此，哪个敢哭，哪个敢号呀！

仙、贞（同唱）：哎，我的娘子 / 官人呀，望娘娘 / 青姐饶恕鄙人 / 我的官人。

贞（唱）：你好比酒醉的人今天才醒，才知道小青青她是一个好人，转面来我只把青儿叫应，只看在娘娘的薄面，你饶恕他人。

小青（唱）：他二人在断桥还有夫妻情分，我小青在中间做什么恶人。转身来我只把娘娘叫应，看只在娘娘的面，我饶恕此人。

贞（白）：青儿呀，官人已经跪久了，叫他起去。

青（白）：起去。

仙（白）：唉。

青（白）：起去。

仙（白）：啊！

青（白）：起去。

仙（白）：多谢青姐。

贞（白）：官人呀，你我到何处安身？

仙（白）：娘子，前面不远是姐丈的家中，不免去到姐丈家中再作道理。

贞（白）：既然如此，青儿呀搀扶了。（走圆场。贞痛介）

仙（白）：青姐，我娘子他怎么了？

青（白）：你自己做的事还不明白，娘娘要分娩了。

贞（白）：官人随我来呀。

（贞下）（仙走）

青（白）：你为何不走？

仙（白）：我怕。

青（白）：你怕谁？

仙（白）：怕的是青。

青（白）：青什么？

仙（白）：青姐。

青（白）：我不狠，你不怕呀。（亮架）

贞（内，白）：青儿呀。

青（白）：哎。

贞（白）：你还是多事。

青（白）：来了（下）。

仙（白）：好险呀（下）。

第二场 回家

人物：许氏 许仙 白素贞 青儿

许氏（上，唱）：汉文弟，被充军数月整，不知他在外面怎样生存。将身打坐前堂等，汉文弟他回来我才放心。

（贞、青、仙同上）

仙（唱）：来到了姐姐的门前将身内往，见了姐姐问安康。（白）参见姐姐。

许氏（唱）：见弟弟回家来我心高兴，问弟弟这两位她是何人。

仙（唱）：姐问我忙告禀，她就是我的娘子白素贞。

贞（唱）：走得上前忙致敬，这是我的仆人叫小青。

青（唱）：走得上前把安问，贤姐姐身康健，是个福人。

仙（唱）：我的娘子，她已经身怀有孕。

贞（唱）：怕的是娇儿就要临盆。

许氏（唱）：听说是弟妹要降生，不由许氏喜在心。我且把许氏祖先来相请，保佑弟妹产麒麟。汉文弟搀扶弟妹后堂内进。（众同下）

许氏（唱）：许氏我谢天地谢神灵。（下）

第三场 下山

人物：法海 揭地神 伏法神 小和尚

（全场人同上）

法：（唱元板）千年修炼成正果，为了降妖来除魔。想起了白素贞，心头恼火。她不该将我的仙丹来吞没。我要把白素贞千刀万剐，千刀万剐我心才安乐。手持禅杖禅堂坐，今天一定收妖魔。（白）众神将！（有）随我一同下山去收服妖魔便是。（唱）众神将随我下山坡，白素贞我谅你难以逃脱。（下）

第四场 压塔

人物：许仙 青儿 伏法神 素贞 法海 地神

青、仙（扶贞上。唱四平）：贤娘子生下了小宝宝，愿娇儿身健康无病少灾。

贞（唱）：叫青儿搀扶我梳妆台到，但愿得母子们永不分开。

仙（唱）：劝娘子你莫要愁如海，鄙人与你伴妆台，插一朵鲜花头上戴。

贞（唱）：怕的是，狂风暴雨顷刻来。（白）青儿，看来法海是不会与我干休的，你赶快离开此地去外面，练习本领，将来好为我报仇。

青（白）：青儿遵命了（唱）辞别娘娘出门走，我一定与娘娘报冤仇。（下）

（法众人上）

法（白）：白素贞呀，你今天难逃我手，来呀。

贞（白）：官人，将娇儿抱了前去。

仙（白）：娘子呀。

法（白）：众神将。（有）将白素贞压入雷峰塔下。

众（白）：走。（推白素贞下）

仙（白）：娘子。（下）

第五场（八年后） 训子上学

人物：许氏 士林

许氏（上唱）：光阴似箭过得快，士林儿有八岁，成长起来，自古常言道得好，为人只有读书高。在前面我只把士林来叫，叫士林到前来，姑母有言交。

士（上念）：士林每日乐悠悠，只会玩耍与踢球。耳听姑妈把我叫，见了姑妈忙叩头。

许氏：罢了，儿呀！（唱）士林儿不知晓一旁站好，姑妈我有言来儿听根苗。儿今年已是八岁到，为人只有读书高。儿若是不读书什么不晓，玉不琢不成器，不值分毫，到明天我送你去到学校，到后来光宗耀祖换门楼。

士（唱）：老姑母一番言，儿我听到。儿情愿上学去手提羊毫。饱读诗书，才能够光宗耀祖，到学堂儿一定发奋攻读。老姑母说的话儿牢记就，决不让老姑母为儿发愁。

许氏（唱）：士林儿年纪小，志气不小，不由姑母喜心怀。手牵士林后堂到，等明天送娇儿去上书斋。（下）

第六场 闹学堂

人物：先生 士林 孙学生 李学生 淘气

先生（上念）：人人都说教书好，我说教书不值钱。（白）在下张先生，今年教了一堂馆，四个学生，只有那个许士林，读书呢，倒还好，唯有那个淘气呀，你教他读天，他偏读地，你教他上，他要说下。你看天到了这个时候，学生都未到，我在学堂等候了。

孙、李、许（同上。唱）：身背书包把学上。

孙（唱）：每天写字做文章。

李（唱）：有朝一日中皇榜

许（唱）：万古流传美名扬。

孙（白）：到了。（进去）

同（白）：参见先生。

先生（白）：你们上位读书。

同（白）：知道了。（上位）

内（白）：淘气呀，快上学读书去呀

淘（白）：一家人吃饭，要我一个人读书。

内（白）：你去是不去。

淘（白）：我去，我去，哟，到了。（进去了。过先生）

先生（白）：淘气呀，为何这时才来呀？

淘（白）：是我爹叫我来晚点。

先生（白）：那你令尊大人是怎样讲的？

淘（白）：我爹说，儿呀，读书不可太用心，用心过度伤精神。

先生（白）：这真是宠爱不明，朽木不可雕也。你们好好读书，先生我今天要出外去会文，时间到了，你们自己放学。我走了，不要玩耍。（下）

士（白）：各位同学，先生不在家，我们做点游戏玩一下。

孙（白）：做什么游戏？

李（白）：做皇帝玩。

淘（白）：哪个做皇帝？

士（白）：一人做一次，我来先做，好是不好？

淘（白）：么样，你还想做皇帝呀，你是个蛇精生的，只能做狗。

士（白）：胡说八道。

淘（白）：老子胡说八道，我还要揍你。（打介）

孙（白）：算了。先生不在家，明天再来，我们放学了。（同下）

第七场 教子

人物：许氏 士林

许氏（唱）：士林儿上学堂读书未回转，莫不是在路上与人贪玩。等士林回家来，我要好好教管。

士（上）：见了姑妈我泪不干。（白）姑妈，我不读书了。

许氏（白）：儿呀，有人欺你了？

士（白）：姑妈有人骂我是蛇生的，是真的吗？

许氏（白）：儿呀，这是人家故意造谣的。蛇怎么能生人咧？没有的事，好好用心读书。将来考上一官半职，这才是志气，随我到后面用饭去。（下）

第八场（十八年后）辞考

人物：许氏 士林

士（上唱）：日出东方满山红，公堂敲鼓庙敲钟。穷人莫被富人用，饥寒交迫腹内空。富人逍遥快乐把酒饮，穷人饥饿喝西风。自古道心儿思来口儿诵，十载寒窗苦用功。有朝一日文章用，才知道磨穿铁砚不会穷。只要科场能得中，帽插宫花多光荣。请姑妈到前来儿有言颂，儿去科场争雌雄。

许氏（上唱）：纯钢宝剑不用磨，厨房干柴休办多。炉中有火休添炭，后门不可靠山河。僧道二家少来往，堂前莫坐卖花婆。有人知道七个字，家和人和万事和。儿在请，去只在前堂走过，士林儿，请姑母却是为何？

士（唱）：老姑母不知情，上面打坐，走上前来把揖作。万岁爷开科选不能错过，儿一心辞姑母去赴考科。

许氏（唱）：听说是万岁爷科场开放，不由许氏喜心房。等候姑母与我儿备办银两，但愿得儿此去定把名扬。

士（唱）：接包裹辞姑姑儿出门走。

许氏（唱）：士林儿，且慢走恭贺你几句彩头。十载寒窗九载熬油，宗师大人面前把诗留。八月科场七篇锦绣，打马游街任你游。鹿鸣宴上，文章魁首，报马还乡换门楼。四根彩旗，三杯御酒，两朵金花，独占鳌头。日出东方早赶路，日落西山把店投。是非只因多开口，烦恼只为强出头。金玉良言儿牢记就，切莫让姑母我在家担忧。

士（唱）：贤姑母，吩咐言，儿牢记就。定有佳音报门楼。辞别了贤姑母出门走。姑母等候儿独占鳌头　（下）

许氏（唱）：一见得士林儿去赶考场，不由我许氏喜心房。将身且把后堂往，等候了士林儿报马还乡。（下）

第九场 科考

人物：主考官　门子　士林　举子四人

主（上引）：奉旨出朝，地动山摇。（诗）试院门前一点红，父母只望子成龙。若要子孙高得中，磨穿铁砚苦用功。

主考官（白）：老夫翰林院学士，今日主考。人来。

门子（白）：有。

主考官（白）：闪放龙门。

门子（白）：是。

主考官（白）：传话下去，今科不比往科，往科招取天下奇宝，今科招取天下奇才，不准夹带文卷。若有夹带者，查出论处，永世不能入考。是。下面听者。（原话）

门子（白）：启禀大人，宣布已毕。

主考官（白）：好。文卷在此，照题考试。

主考官（白）：时间已到，击鼓交卷。

门子（白）：启禀大人，交卷已毕

主（白）：好。（看介）天字号文卷许士林，文才甚好，不知口才如何，可愿接老夫一对？

士（白）：学生愿闻。

主（白）：天作棋盘星作子，密密麻麻谁个敢下？

士（白）：学生对就：地作琵琶路作弦，弯弯曲曲哪个敢弹？

主（白）：对得妙，对得妙。地字号学子。

举子甲（白）：在。

主考官（白）：你的文才可嘉，不知口才如何，可愿接对？

举子甲（白）：学生愿闻。

主考官（白）：双手推开窗前月，

举子甲（白）：一石击破水中天。

主考官（白）：对得好。人字号学子，接对。

举子乙（白）：学生愿闻。

主考官（白）：金弹丸射鸟百发百中，

举子乙（白）：玉石桥观鱼半浮半沉。

主考官（白）：对得不差。次字号学子，你的文才不好，人才也不佳。不知你的口才如何，接对。

举子丙（白）：学生愿武。

主考官（白）：你怎么武起来了？

举子丙（白）：有文必有武。

主考官（白）：接对，后花园中菊花香桂花香花香花香花花香。

举子丙（白）：对就：大街面上猪屎臭狗屎臭屎臭屎臭屎屎臭。

主考官（白）：你哪有这么多臭？

举子丙（白）：你有这多香，我就有这多臭。

主考官（白）：胡说。赶了。

举子丙：赶了就赶了。（转来介）

主考官（白）：你为何去而复返？

举子丙：请问主考大人，你的贡院门前什么喊叫？

主考官（白）：那是蟾蜍喊叫。（不用烦笔）来人。

门子（白）：有。

主考官（白）：掩门。（下）

第十场 表白

人物：遁地神

神（上）：今奉佛法，镇守雷峰塔。俺遁地神是也，奉法旨在此看守雷峰塔。今有白素贞的儿子许士林得中头名状元，前来祭拜。不免让他一祭。远望许士林来也，不免在此等候了。（下）

第十一场 大祭塔

人物：许士林　门子　白素贞　遁地神

手下（引士林上。引）：中状元名扬天下，琼林宴帽插宫花。（诗）十载寒窗苦用功，一举成名上九重。五湖四海山摇动，打马游街乐融融。（白）下官许士林，叩蒙圣恩钦点头名状元，万岁见喜，命我休假三日，回家祭祖，人来。

手下（白）：有。

士林（白）：祭礼可齐？

手下（白）：早已齐备。

士林（白）：开道雷峰塔（起幕）来呀，在此将祭礼摆开。

手下（白）：禀大人，祭礼已摆好。

士林（白）：母亲，老娘，娘呀！（唱倒板）见宝塔不见娘，我心好惨，不由士林哭号啕。娘生儿，为的是把恩报，是何人害我娘苦受煎熬。是何人害我娘，对儿言道，你的儿要将他万剐千刀。千哭万哭，娘不知道。我的娘呀，只哭得许士林晕倒。

神（上唱）：许士林只哭得天昏地倒，铁石人闻此言也觉悲哀。（转面来）我只把素贞叫道，叫一声，白素贞你且出来。（白素贞走来）

贞（白）：苦呀！（唱）悔不该贪红尘，忘却修炼，违佛旨遭天谴，惹祸上身。肩戴链手捧镣上神爷问，上神爷呀，上神爷，唤白云所为何情。（白）上神爷何事呀？

神（白）：你的儿子，许士林前来祭奠你了。

贞（白）：可容我母子一会。

神（白）：容你一会。

贞（白）：好呀，（唱）听说是士林前来祭奠，不由我白素贞喜在心田，来只在雷峰塔门朝外看，呀，只见士林儿昏倒塔前，（白）士林儿醒来。

士:（倒板）睡梦中是何人将我叫醒，抬头得见一夫人，你是何人？

贞：哎呀（唱）娇儿不要将娘问，我是你十八载受苦的娘亲。

士（唱）：你说是我的娘，我不相认，你肩带链手捧镣是何原因？你把那从前事说与儿听，哭一声，我的娘。

贞：哎（哭）我的儿（娘）呀，十八载见娇儿展开愁云。

士（白）：请你把十八年的前因后果说与儿一听。

贞（白）：这也难怪，我儿，塔外有一矮座，你且坐下，听为娘将十八年的苦愁对儿讲来。慢说是人，就是天呀地也寒心呀。（唱。大悲）未开言，不由娘珠泪垂掉。叫一声士林儿，细听从头。都只为王母娘娘蟠桃拜寿，众群仙一个个前去叩头。你的娘身有五毒不能去拜寿，因此上在山头焚香告祝。遇着了金莲圣母从此行走，她见我有情义收我为徒。她将我带到了南天门走，带到了蟠桃会庆王母圣寿。王母娘赐我到瑶池洗手，为娘我从此脱去五毒。老师傅回山头听我言诉，他要我了俗缘再回山头。黑风仙他是娘的道友，劝为娘苦修炼自有出头。峨眉山娘修炼数千年久，遵师命恋红尘下山一游。下山来，打从了鄱阳湖行走，偏遇着青龙精挡住娘的路途。青龙精他与娘施法来斗，胜不过为娘的收为丫头。三月三带青儿西湖行走，儿的父也在那西湖闲游。天下雨，与儿父同船过渡，借雨伞，结丝罗，才把情留。小青儿为月老许配佳偶，实指望与儿父到老白头。又谁知儿的父归家远走，为娘的无奈何用尽计谋。钱塘县失库银冲天大怒，将儿父发配充军作犯囚。将儿父充军到仁和县走，开一所小药店暂度春秋。开的是仁和堂生意广有，人送招牌许半仙扬名九州。恨只恨，法海贼与儿父漏，五月五端午节娘心担忧。五月五，佳节到，划拳饮酒。美酒内下雄黄，能解五毒。儿的父摆下了雄黄美酒。娘生计，假装病，难以抬头。酒饮三杯，晕倒在床，仙体暴露。儿的父送香茶吓死床头。小青儿避祸归家行走，叫一声为娘的快把身缩。儿的父死在地哭天无路，无奈何到仙山宝草来偷。灵芝草本是那白鹤童看守，偷不着灵芝草娘心忧愁。为娘我生一计宝草到手，白鹤童失了手赶下山头。论杀法他不是娘的对手，摆下了雄黄阵把娘来收。雄黄阵逼得娘无有出路，无奈何变鳅儿才躲过祸忧。多谢了南极仙翁朝拜老祖，搭救了为娘的带宝草回头。将宝草带归家放在儿父的口。儿的父醒转来追问情由。彼时间为娘的巧计算就，假说是精神不爽，叫他莫愁。儿的父要还愿，金山寺走。听信了法海言不想回头。（转板）为娘的在家中早已算就。无奈何上金山寺苦苦哀求。只望法海放儿父归家行走，反骂娘不是人白蛇来修。只骂得为娘我心头烦恼，小青儿只气得火上加油，恨不得与秃驴结掌打赌，水不漫金山寺誓不罢休。邀约了黑风仙与娘帮助，带虾兵和海将水漫山头。只战得天地昏日月不透。实可叹黑风兄命付荒坵。可叹虾兵海将俱已斩首，只战得为娘的汗流满头。实可恨法海贼下娘的毒手，紫金钵他要把为娘来收。若不是怀娇儿七星点斗，那能够与娇儿长叙苦愁。在断桥娘生娇儿蒙天保佑，送只在姑母家养儿出头。儿的父，心虽善，不如禽兽，就笼内藏金钵把娘来收。这只怪法海贼下娘的毒手，遁地神来看守十八春秋。娘在塔，受苦愁无处申诉，今日里，会娇儿解去忧愁。娘好比瓦上霜不能长久，娘好比东流水不能回头，娘好比人骑瞎马哭天无路，娘好比风前烛，点不到头。（转快）只望儿配夫妻天长地久，切莫学儿的父无义之徒。儿归家带一信对儿父诉，你只说为娘的不计前仇。娘本当施仙法与儿逃走，怒恼了上帝爷火上加油。我本当与娇儿长把话诉。

地神（白）：掩塔了，哎呀，上帝爷要掩塔了，两下分离。（叫头）

士林（白）：母亲。

贞（白）：娇儿。

士林（白）：娘呀。

贞（白）：哎……我的儿呀。

士林（白）：娘呀。

地神（白）：掩塔。

贞（白）：也罢（下）

士林（白）：手下。

手下（白）：在。

士林（白）：收拾祭品，开道回府。（同下）

第十二场 表白

人物：观世音

观（上。诗）：紫竹林内生下我，普察人间善与恶。南海莲花来净坐，口内一心念弥陀。（白）吾乃南海观音是也，只因白素贞功果已满，应该留在人间。小青她性情未改，她要火烧雷峰塔，我要前去点化于她，就此去也。（唱）驾祥云，催瑞彩，云端现，十磨九难见青天。（下）

第十三场 火烧雷峰塔

人物：观世音 白素贞 小青 法海

青（内，倒板）：学道法，为的是把仇报，可恨法海他不该，平白无故把娘娘害。拿住贼子用刀裁，怒气不息，雷峰塔到，火烧雷峰塔救娘娘出来。

观（内，白）：且慢呀，且慢呀，（唱，连弹）小青青慢动手听我指点。

青（唱）：老母到此忙叩头。

观（唱）：站立一边，雷峰塔本是古人修建，烧坏了岂不浪费百姓的银钱。似这样罪恶滔天，应招天谴。我本当将你严办，却又可怜。我劝你归山林。

青（唱）：我重新修炼，问老母我还要修炼几年？

观（唱）：只要你痛改前非，洗心革面，时候到我前来度你成仙。

青（唱）：请老母允许我与娘娘再见一面。

观（唱）：那是自然，不要多言，站立一边，传法旨，命法海前来参见。

法（唱）：见老母，忙下跪。

观（唱）：你罪有万千。你本已修成正果，法力无边，大不该为报怨过分管闲。白素贞受过了金莲圣母的指点，蟠桃会去了五毒见过龙颜。她为了报恩德与许仙爱恋，五月五，你不该挑拨离间。似这样罪恶无边无垠，吾问你，怎么办？

法（唱）：我谨听尊言。

观（唱）：你站起来。

法（唱）：是，是，是，请随尊便。那是我为报怨，悔恨从前。怪只怪我法海未长先眼，错怪了白素贞我无法无天。我应该怎么办请仙师指点。

观（唱）：你应该再修行磨炼几年，你赶快将素贞脱去锁链，白素贞功德圆满可留人间。

法（唱）：白素贞快出来，把观音老母来见。

贞（唱）：拜见观音老母。

观（唱）：你站起来言。

贞（唱）：白素贞我在此受了磨难，多蒙了观音老母放我出监。我心想与青儿重见一面，我情愿随青儿去住山间。

观（唱）：白素贞，你不要心不平生埋怨，你可以留在人间，全家团圆。

贞（起，夹板）：多蒙仙师来指点。

观（唱）：你功德圆满可成全。

青（唱）：去到深山苦修炼。

法（唱）：从今以后再造天。

同（唱）：好好好。不计前嫌。（下）

（大结局）

薛仁贵与薛丁山

（第一部）

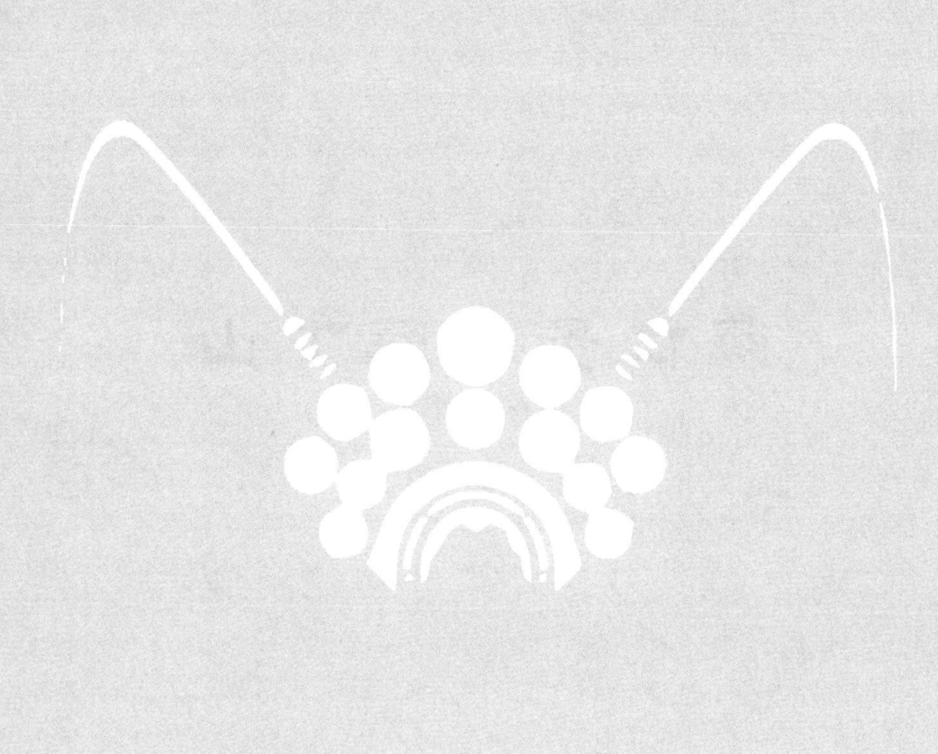

第一场 薛仁贵借银

人物：薛仁贵

仁（上引）：英雄慷慨，韬略在怀。（诗）幼习雕铃箭，弯弓满上弦。弹打飞禽鸟，英雄出少年。（白）俺姓薛名礼，字仁贵，山西绛州龙门县人氏。可叹父母早年亡故，丢下俺一人，自幼读书，喜爱拳棒，从师学艺，家中财产，全被卖光。眼看年关将近，思想起来好不忧闷人也。（唱）俺薛礼坐草堂，心中思想。想起了二爹娘，好不悲伤。实可叹，二爹娘早把命丧，丢下我薛仁贵难把家当。只怪我人年轻，喜爱飘荡，每日里学武艺又学文章。我只想到后来能造志向，好田产好庄院被我卖光。眼看着过新年，家家欢畅，可叹我家无钱粮，怎度时光。左思来右想去，无法可想。我不免找叔父借点钱粮。无奈何我只得出门外往，但愿得我叔父替我帮忙。（下）

第二场 赶侄

人物：薛雄 薛夫人

雄（上引）：门外青山绿水，遍地野草鲜花。（诗）春来芳草地，夏赏绿荷池，秋饮黄花酒，冬吟白雪诗。（白）老夫，薛雄，哥哥名唤薛英，哥嫂二人多年亡故，是我弟兄二人平分的家当。可恨仁贵那个奴才，不务正业，万贯的家财被他弄得家贫水洗一般。老夫我年过半百，安人身弱多病，无人照料，思想起来，好不焦虑人也。（唱）有老夫坐客堂，心中烦闷。想起了我薛门令人忧心。老爹尊在世时人人尊敬，到现在只落得冷冷清清。实可叹，我的安人体弱多病。家中的大小事靠我一人。在前堂我只把安人叫应，叫安人到前来夫有话陈。

夫人（上唱）：远望青山一朵云。富的富来贫的贫。穷在闹世少人问，富在深山有远亲。夫君叫去只在前堂内进。问夫君：叫你妻有何事情？

雄（唱）：安人休要问，客堂坐定。问安人，你的身体是否康宁。我心想请先生将你调诊。因此上叫你出来夫妻谈心。

仁（上白）：走呀。（唱）来只在叔父门将身内进。见了叔父母，儿问安宁。（白）侄儿仁贵参见叔父叔母。

雄、夫人（白）：侄儿少礼，站过一旁。

仁（白）：谢叔父叔母。

雄（白）：仁贵呀，你不在家读书，来到我家何事呀？

仁（白）：叔父母哪曾知道，只因孩儿一人不会治家，现在年关已到。家中百无一有。特来向叔父母借点银两，我日后归还。

雄（白）：想你父在世时，好好的家财都分给了你。如今你搞得一干二净，来找我借钱。你看你的婶母体弱多病，正要钱医治。你到别处去借吧。

仁（白）：叔父，难道你见死不救吗？

雄（白）：呸！（唱喙子）听罢言来怒气生，大骂奴才小畜牲。平时教育你不听，如今有脸来见人。小子与我快快滚，快快与我滚出门。

仁 （白）：气煞我也。（下）

夫 （白）：哎呀。（唱）员外莫生气。快快后堂去歇息。手牵员外后堂之内，气坏了身体自己吃亏。（下）

第三场 夫妻商议

人物：王茂生 毛氏

毛（上念）：嫁人嫁人穿金戴银，嫁汉嫁汉穿衣吃饭。我乃毛氏，夫君王茂生。我二人无儿无女，只靠做小生意为生。你看天到这般时候，还不见那口子出外谋生。（内白）咳。快来哟。

王（白）：来了哟。老婆叫我出来做么事？

毛（白）：天到什么时候，还不出去做生意。

王（白）：不是你提起，我倒忘记了呀。（白）忙挑货郎担，出外做买卖。

毛（白）：你早去早归，赚一大堆，我在家把饭弄熟等你。

王（白）：还是我老婆好。我走了。

毛（白）：好。你走，我等你。（下）

第四场 遇救结拜

人物：王茂生 薛仁贵

仁（内倒板）：心中只把叔父恨，不该做事太绝情。看来仁贵难活命，不如一死了残生。（白）想我薛仁贵出生以来，爹娘不在，再穷再苦也无人搭救。眼看那旁有一大树，不免就此一死罢了。（下）

王（上唱）：肩挑货担到处卖，走了东湾到西湾。正行走来用目看，得见一人寻短见，为哪般？（白）你看那一汉子在树吊颈。自古道救人一命，多活十春。我不免把他救了下来。（救介）这一汉子醒来。

仁（倒板）：只说一死魂飘荡，七魄悠悠又还阳。展开了生死眼抬头望，得见一位大哥站身旁。（白）哎，这位大哥何必救我。

王（白）：这位汉子，你是受了什么冤屈，不如对我一讲。

仁（白）：好心的大哥，我姓薛名仁贵。只因爹娘去世甚早，只有我一人不会管理，家业一贫如洗。你看年关已到，身无分文，难以活命。不如死了的好呀。

王（白）：啊。原来如此。不要着急。你今年多大年纪？

仁（白）：一十八岁。

王（白）：正好我大你两岁，那我们就结拜兄弟，我姓王叫茂生。

仁（白）：兄长请受兄弟一拜（拜介）。

王（白）：不消拜得，随我一起回家，家内还有一个嫂子，她姓毛。你要哄她一点。

仁（白）：是，大哥。我来挑担子。

王（白）：不用，还是我来。（唱）叫贤弟你随我回家往。

仁（唱）：去见嫂嫂说短长。（下）

第五场 游园

人物：柳迎春 丫头 乳妈

迎（上唱）：艳阳天春光好，花草茂盛。小女我名叫柳迎春。每日里在深闺以读书为本，又挑花又绣朵又要习文。这几天不由人心中烦闷，我心想到花园游玩散心。在深闺我只把丫头叫应，叫乳妈你二人快来深闺。（乳、丫同上）

乳（唱）：满天星斗攘熙熙。

丫（唱）：莫笑穷人穿破衣。

乳（唱）：山上树木有粗细。

丫（唱）：荷花出水有高低。

乳（唱）：小姐叫去只在深闺之内。

丫（白）：问小姐唤我却是为何？

迎（白）：你二人不知晓两旁站起，小姐言来听端详。每日里坐深闺，心中五味，我心想到花园，游玩一回。不知道你二人同不同意？

丫（唱）：贤小姐要游玩，我愿奉陪。

乳（唱）：贤小姐要游玩，我心欢喜。与小姐三个人同去同回。

迎（唱）：既如此前带路，花园走起。一个前一个后，小姐护维。在人前休管他人事，闭口少言少是非。行来到花园门，你们带路之内，得见了满园花样样都齐。桃花红李花白海棠玫瑰，嫩柳杨最怕的雨打风吹。藕荷池鹭鸶戏莲点点落水，葡架上鼠偷桃口含玉箕。屋檐下蝉扑莺作乐耍戏，低头看蝶戏花并翅于飞。叫丫头你与我扫净石椅，满园花报上来我改愁眉。

丫（唱）：未开言走上前先把礼见。

乳（唱）：尊一声贤小姐细听我言。

丫（唱）：正月里百样花一齐开放。

乳（唱）：二月里百草色铺满路旁。

丫（唱）：三月里桃花红红似火样。

乳（唱）：四月蔷薇花靠粉墙。

丫（唱）：五月栀子花白如玉。

乳（唱）：六月荷花满池塘。

丫（唱）：七月有个七姊妹。

乳（唱）：八月桂花香又香。

丫（唱）：九月菊花黄又黄。

乳（唱）：十月芙蓉赛海棠。

丫（唱）：冬月雪花飘荡荡。

乳（唱）：腊月又是腊梅香。墙内有棵雀不踏，墙外有棵刺梅花。

丫（唱）：好是好来那丹桂。

乳（唱）：苦似苦来向日葵。

丫（唱）：早向东来晚向西。

乳（唱）：午时三刻把头低。

丫、乳（唱）：之子于归摘一朵，宜其佳人戴起来。

迎（唱）：看起来你二人不痴不呆，满园花报得好，我把心开。你二人前带路深闺内到，今一天玩得好，下次再来。（下）

第六场 推荐

人物：毛氏 王茂生 薛仁贵

毛氏（上念）：稀奇稀奇真稀奇，你说我走运我又倒霉。结个兄弟薛仁贵，一天要吃一斗米，这是从何说起哟。我不免把我的男人叫了出来商量一下。（白）茂生快来哟。

王（上白）：老婆叫得急。害得我跑断腿。老婆何事？

毛（白）：还何事？你昨天带回来结拜兄弟，他的肚子这么大，我们怎么供应得起？

王（白）：究竟几大？

毛（白）：那我说得你听。我怕他没吃饭我就煮了两升米，小菜不算，准备过年的肉我也炖两斤，是准备我们三个人吃的。你出去了，我也没吃。一五一十添他一个人吃了，他说还未吃饱。我说兄弟你等一会，我又煮了三升米的饭，又煮三斤肉，他一个人又吃了。我没作声，看样子他还想吃。我说兄弟呀，你等到，我再去做。我怄他不过，我一下子煮了五升大米，那五斤肉也煮了，我看你吃得多少。他自己竟把一大锅饭都吃光了，肉水也喝了，一共吃了一斗大米十斤肉。你说我们过年的东西，他一餐就吃完了。这怎么得了啊。

王（白）：老婆莫着急，我昨天不是出去了。我知道我们家供应不起，我去找了个朋友，他给我说十里外有个柳家大湾，有户员外名叫柳文欣，说他家正要请人做工，不免将兄弟介绍到柳府去做工。你看如何？

毛（白）：你赶快把他叫出来问一下，看他愿不愿意？

王（白）：有请贤弟。

仁（上白）：大哥叫我何事？

王（白）：兄弟是这样的，我才将与你嫂子商量了一下。有道是家有黄金万两，怕的坐吃山空。我想把你介绍到柳员外家做工，不知你愿不愿去？

仁（白）：我愿意。眼看天色尚早，请大哥带我一同前去便是了。（唱嘹子）：大哥引我柳府去，到后来有好处，不忘你的大恩。（二人下）

毛（唱嘹子）：一见得他二人出外往，不由毛氏想心房。将身且把后面往，等候夫君转回乡。（下）

第七场 柳府接收

人物：王茂生 柳文欣 薛仁贵 家院

文（上引）：勤俭持家，不可浮夸。（诗）家有万石粮，前仓归后仓。人称我员外，不可逞富强。（白）老夫柳文欣，膝下一男一女，男名柳大洪，女儿柳迎春，年将二八，未曾许配，倒还不讲。我现在正要建设一层望月楼，需要很多民工。年关快到，正愁着无人看管材料。今日天气晴和，家院快来。

院上（白）：有福之人，有人侍奉。参见员外。

员外（白）：罢了，站过一旁。

院（白）：谢员外。不知唤出小人，有何吩咐？

员（白）：命你门前侍候。

院（白）：遵命。（王、仁同上）

王（唱）：来到门前用目看，得见小哥站门前。（白）贤弟你在外面站一会，待我说好了，再唤你进去。

仁（白）：知道了。

王（白）：这一小哥请了。

院（白）：请了，为了何事？

王（白）：我想求见员外，烦劳通禀。

院（白）：稍站一时。启禀员外，外面有一人求见。

员（白）：请他进来。

院（白）：是，这位客人，员外请你进去。

王（白）：有劳。见过员外。

员（白）：不必多礼。客人请坐。

王（白）：多谢员外。小的告坐了。

员（白）：不知这位客人到此何事？

王（白）：员外有所不知，小人姓王名茂生。有一个结拜的兄弟名叫薛仁贵，两膀有千斤之力，就是肚子大了点，想求员外将他收在你府中做雇工，不知是否愿意？

员（白）：此人现在何处？

王（白）：已在门外。

员（白）：叫他进来。

王（白）：是。贤弟快来。

仁（白）：大哥，可曾说妥？

王（白）：员外叫你进去。

仁（白）：大哥请。参见员外。

员（白）：罢了。

仁（白）：谢员外。

员（白）：薛仁贵。

仁（白）：在。

员（白）：适才你大哥说你肚子大，你一天能吃多少米？

仁（白）：小人一天要吃一斗米。

员（白）：好，你一天要吃一斗米，我不怕，但是你一人能顶多少人做事？

仁（白）：我一人能顶八个人。

员（白）：怎样一个顶法。

仁（白）：员外你的木材是两人抬一根，我一人能拿四根。

员（白）：好。你家里还有何人？

仁（白）：并无他人。

员（白）：从今日起你就留在我家。住在花园看管材料如何？

仁（白）：听从员外吩咐。

员（白）：家院——

院（白）：在。

员（白）：将薛仁贵带到厨房用饭。晚上安置在花园歇息，不可怠慢。

院（白）：小人遵命。仁贵随我来。

仁（白）：知道了。（下）

王（白）：小人告辞了。（唱嘹子）辞别员外我回家往，归家去与老婆说端详。（下）

员：好呀（唱嘹子）：这正是吉人自有天来相，不由老夫喜洋洋。（下）

第八场 迎春赠衣

人物：柳迎春

迎上（唱）：柳迎春坐深闺，自思自论，想起了青春事心不安宁。我不免到窗前观看雪景，窗外事看一看散散心。将身而来只在窗前站定，用手打开了外面窗门。打开了窗户用目观，见窗外好雪景令人开心。山上树木珍珠景，屋檐倒挂玉壶瓶。窗外好景观之不尽，低头看花园内睡的有人。天降大雪北风紧，见此人睡草棚令人寒心。见此情不由人心生恻隐，我不免拿件衣服与他遮身。转面来开箱笼衣衫拿定，把与他遮遮身。衣服往下来抛定，救人一命多活十春。（下）

第九场 仁贵被逐

人物：薛仁贵 柳员外 夫人 家院 柳迎春 媳张氏

（幕前）

仁（内倒板）：昨夜一觉如梦醒，缘何棚内暖如春。（白）想我薛礼睡在草棚之内，是缘何很温暖？早晨一看，是哪来的一件衣服？想是老天赐给我的，我不免穿在身上扫雪便了。

（家院引）员外（上唱）：叫家院前带路花园查看。

家院（白）：喏。

员外（唱）：薛仁贵，哪来的宝衣衫。（白）薛仁贵。

仁（白）：在。

员外（白）：你身上这件衣服是哪里来的？

仁（白）：启禀员外，昨夜晚是天赐给我的。

员外（白）：胡说！这是我家的衣服，分明是你偷来的。家院——

院（白）：在。

员外（白）：将衣服剥了下来，将他赶了出去。

院（白）：是。把衣脱下来，免我动手。

仁（白）：衣服我脱下来，我不是偷的。

院（白）：休得啰嗦。滚了出去哟。（推仁出外）

仁（白）：这真是祸从天降呀。（下）

（开幕）

员外（白）：家院带路回府。（嘹子）怒气不息回府进，此事败坏我家声。（白）家院——

院（白）：在。

员外（白）：请张氏和小姐出堂。

院（白）：是。夫人、小姐出堂。

迎、张（同上唱嘹子）：爹爹堂前怒气生。

迎（唱嘹子）：不知为了何事情？

张（白）：且到堂前把爹爹问。

迎（白）：见了爹尊儿问安宁。

张、迎（同白）：参见爹爹。

员外（白）：罢了，站过一旁。

张、迎（同白）：谢爹爹。

员外（白）：为父心中不爽。把我从国外带回的宝衣你们一人一件，拿来为父一观。

张、迎（同白）：儿等遵命。（下。张拿衣上）

张（白）：爹爹请看。

员外（白）：你且退下。

张（白）：是。（下）

员外（白）：夫人快来。

夫人（唱嘹子）：听外子在前堂叫得忙，不由老身心发慌。急忙去到客堂往，见了员外问端详。（白）见过员外。

员外（白）：罢了。

夫人（白）：不知员外唤出妾身有何吩咐？

员外（白）：你养的好女儿。你去叫他快来见我。

夫人（白）：迎春快来呀。

迎（唱嘹子）：老娘亲在堂前催得紧，迎春心中乱纷纷。忙到堂前把罪认，双膝下跪柳迎春。（白）爹爹，娘呀。你儿昨晚开窗观看雪景，见草棚之内有人冻得可怜，是儿心生恻隐之心。烛光被风吹灭，看之不清，拿错了衣服。把一件宝衣拿了出来，抛至草棚。孩儿该死，望爹娘饶了女儿吧。

员外（白）：可恼呀。（唱嘹子）小贱人做事大不该，私自赠衣罪难逃。你败坏门风我老脸何在，我的名声被你活活埋。手持家法，我要劈你几块。（白。打介）我看你这小贱人不是娘怀。家院——

院（白）：在。

员外（白）：将这贱人看管好，明天再打。气死我也。（下）

夫人（唱嘹子）：员外夫发雷霆，我心吓坏。这叫老身怎下台。我权且将女儿后堂带。

迎（唱）：生和死，死和生。凭爹爹安排。（下）

第十场 迎春出逃

人物：夫人 柳迎春 柳大洪 乳妈

夫人（上唱嘹子）：急得我年迈人无有主见，心中好似滚水熬煎。回头只把大洪儿叫喊，大洪儿快出来，娘有话谈。

大（唱）：心中只把妹妹怨，姑娘家你不该胡乱缠。母亲叫去只在堂前转，老娘亲你不要珠泪不干。（白）参见母亲。

夫人（白）：罢了，我儿快快想个办法搭救你妹妹吧。

大（白，母亲附耳上。耳语）：如此这般。孩儿告辞了。（唱）告辞母亲，儿我去办。此计可算一计两全。（下）

夫人（白）：女儿，乳妈，快来呀。

乳、迎（同上唱）：老夫人前面叫一声。

迎（唱）：吓掉三魂又二魂。

乳（唱）：请小姐一同堂前进。

迎（唱）：见了母亲泪双淋。

夫人（白）：女儿呀。（唱嘹子）叫女儿你不要珠泪滚，你兄方才把计行。我哭，哭一声迎春我的儿。

迎（唱）：我叫，叫一声我的老娘亲。

夫人（唱）：儿好比弓上箭，此去难转。

迎（唱）：儿不能侍奉在膝前。

夫人（唱）：叫乳妈一路上好好照看，女儿的终身事要你承担。

乳（唱）：请夫人莫担心，我会照看。老夫人你在家心放宽。

夫人（唱）：我哭一声。我的儿哎……我的儿呀（迎春：我的娘呀）难得见。

迎、乳（哭头）：母亲。女儿。也罢。（二人同下）

夫人（唱）：我再与员外把脸翻。（白）员外快来，大事不好呀，迎春我的儿呀。

员外（白）：夫人为何啼哭。

夫人（白）：你这老天煞的，还我女儿。

员外（白）：女儿哪里去了。

夫人（白）：女儿坠井而死呀。

员外（白）：死就死了，有什么好哭的。来人——

院（白）：在。

员外（白）：将古井淹埋，不准外传。

夫人（白）：迎春我的儿呀，你死得好苦呀。

员外（白）：夫人不要啼哭，随我来。（下）

第十一场 落庙

人物：薛仁贵

仁（内倒板）：薛仁贵遭冤枉，珠泪难忍。（白）好大的雪呀。（唱）薛仁贵真命苦，无亲无连。幼年间父早亡母又丧命，丢下我薛仁贵孤苦可怜。满怀着冲天志爬山越岭，无奈何叔父家前去借钱。狠心的叔父母他不肯，走投无路欲了残生。多亏了王大哥救我活命，带归家，我二人结拜昆仑。王大哥他对我情深义盛，介绍我柳家村去当工人。实只望在柳家勤劳苦奔，又谁知遭冤枉赶我出门。这是我薛仁贵实在苦命，到现在你叫我到何处安身？身寒冷，腹内饥，心中苦闷。叫天不应叫地不灵，哭地无门。正行走抬起头用目观定，见前面有座古庙问前程。没办法我只得庙堂进，先在此歇一时我再动身。（落幕）

第十二场 庙内许婚

人物：乳娘 柳迎春 薛仁贵

（幕前）

迎（内倒板）：大雪飘，身寒冷，好不凄惨。（白）好大的风呀。（唱大悲）出外来摸不着东北西南，自幼儿出娘怀未曾出外，走得我柳迎春实在难挨。走得我柳迎春足酸腿软，走得我柳迎春心似箭穿。实可恨老爹爹无有父爱，难道说柳迎春不是娘怀？实可叹老娘亲年纪高迈，儿不能在家中侍奉慈衰。但愿得老娘亲长生不老，但愿得老娘亲无病少灾。但愿得老娘亲福如东海。柳迎春我做错事悔不转来，千怪万怪将我怪，我不该连累乳妈受尽煎熬。

乳（唱）：贤小姐莫悲伤，听我相劝。乳妈我劝小姐莫要心酸。自古常言把话道，吉人天相自有安排。你本是千金体莫要急坏，到时候你一定时转运来。正行走，抬起头用目观看，得见了一座古庙女贞观，请小姐进庙堂歇息片段，歇一时再找地方且把身安。

迎（唱）：乳妈娘说的话我也心愿，进庙内求神保佑，问个平安。请乳妈前带路，庙堂转。

（开幕）

乳（唱）：请小姐莫急坏，心要放宽。

迎（白）：乳妈，你看，那里有一人在此打睡。

乳（白）：那位公子醒来。

仁（白）：你是什么人，到此何事？

乳（白）：我倒要问你。我看你年纪轻轻的，怎么一人在此打睡？你是行路的还是投亲靠友的？不妨对我一讲。

仁（白）：夫人，小姐（唱连台）见夫人问此话，我难以回避。问得我年轻人自把头低。我本是大英难无有用武之地，无奈何在柳府卖力求吃。今早晨在花园打扫雪地，身发热卷起衣大汗淋漓。老员外见了我大发脾气，他说我那件衣服是偷来的。因此上他将我赶出外地，无去处进庙来暂且歇息。这本是真情话对你来叙。

乳（白）：原来是薛仁贵。

仁（唱）：我真有点着急。你也是受冤屈来到此地？你二人什么相称却是为谁？这小姐我看她是千金之体，莫不是在家中被人来欺。薛仁贵走上前深施一礼，大雪飞来到此，定有难题。

乳（唱）：说出来这件事，为的是你。她是小姐，我是乳妈，惭愧至极。多只为老天爷北风起，我与小姐观雪景见义勇为。小姐见你睡草棚怕你冻坏了身体，黑夜晚赠寒衣错拿宝衣。

迎（唱）：叫乳妈，这件事何必将他提起，这也是天注定。

仁（唱）：我急忙屈膝。

乳（唱）：薛相公快请起。

迎（唱）：我不好过意。我见他两耳垂肩，手过膝。他顶平额宽定有贵，到后来他一定能穿朝衣。柳迎春出外来无立足之地，举目无亲何处把身栖，无靠无依。转面来叫乳妈。

乳（唱）：天生一对。这件事在中间与你为媒。问一声薛仁贵，你家住在哪里？高堂上可有父母，足下可有妻。

仁（唱）：乳妈娘问此话我实在惭愧，实可叹二爹娘早年归西。贫穷人怎能够成双作对，我现在可说是无家可归。

乳（唱）：我的小姐许配你，嫌不嫌弃。

仁（唱）：我只怕养不活她，无能为力。

乳（唱）：你现在住何处？

仁（唱）：寒窑之内。早无柴，晚无米，又无衣。

迎（唱）：你贫穷，我不怕，只要有志气。汉刘备卖草鞋也有出息，汉韩信出身低做了三齐王位，这本是前古人对你来提。柳迎春不怕苦来不怕累，再穷再苦我愿跟随。

乳（起夹板）：既如此，做准备。

仁（唱）：破瓦寒窑去歇息。

迎（唱）：乳妈娘回府内。

乳（唱）：与夫人去告密。

同（唱）：好……之子于归。（下）

第十三场 圆梦

人物：徐茂公 李世民 太监 王林军 张士贵

李（上引）：凤阁龙楼，万古千秋。（诗）金龙盘玉柱，凤凰吐九霄。孤皇登大宝，文武把孤朝。（白）孤李世民在位，自登基以来，风调雨顺，国泰民安。刀枪入库，马放南山。孤皇昨夜打睡龙床，偶得一梦，真是令人解之不透。内侍。

太监（白）：在。

李（白）：传孤皇旨意，宣徐先生上殿。

太监（白）：万岁有旨。徐先生上殿。

徐（内白）：领旨。（上白）万岁把旨传，上殿把驾参。臣徐茂公见驾，吾皇万岁。

李（白）：徐皇兄平身。赐座。

徐（白）：谢万岁，臣坐告。不知万岁宣臣上殿，有何国事议论？

李（白）：孤皇昨夜偶得一梦，特请先生圆梦。

徐（白）：请万岁将梦中情由说道其详。

李（白）：孤皇梦见有一青面獠牙的大汉将我追赶，赶至河边，我一拍马，马就跳入泥坑陷住了。当时那大汉要我写降书降表，让出唐朝江山。我大叫一声谁来救我，忽然有个白袍小将前来将那人赶走，将我救了上来。

徐（白）：万岁可曾问过穿白袍小将他的姓名？

李（白）：孤皇问过那一小将，言道日落西山一点红，飘飘四下影无踪。三岁孩童千两价，保主跨海去征东。听完之后孤皇就醒来了，请先生解说其详。

徐（白）：这个日落西山可能是山西，一点红是龙门县，龙门县是在绛州府。这是说山西绛州府龙门县。飘飘四下影无踪，此人一定姓薛。三岁孩童千两价，此人很贵。这个人一定叫薛仁贵。

李（白）：先生解释果然不差。不知先生作何打算？

徐（白）：臣有本奏。

李（白）：当孤奏来。

徐（白）：请万岁派人去山西绛州府龙门县，招十万大军。一定有应梦贤臣薛仁贵。

李（白）：不知派何人担当此任。

徐（白）：依臣之见，就派张士贵前去，可当此任。

李（白）：准奏。内臣——

太监（白）：在。

李（白）：传孤皇旨意，宣张士贵上殿。

士（白）：万岁有旨，宣张士贵上殿。

张（白）：领旨。（上白）万岁把旨传，上殿把驾参。臣张士贵见驾，吾皇万岁万万岁。

李（白）：平身。

张（白）：谢万岁。不知万岁宣臣，有何差遣。

李（白）：张士贵听旨。

张（白）：吾皇万岁。

李（白）：孤皇命你到山西绛州府龙门县去招军十万，要招应梦贤臣薛仁贵。

张（白）：臣领旨。谢恩。臣启奏万岁。臣不知应梦贤臣之故，请明言指点。

徐（白）：张士贵，听老夫与你解释。万岁在龙床上得一梦。梦中有诗一首，诗曰：日落西山一点红，飘飘四下影无踪。三岁孩童千两价，保主跨海去征东。

张（白）：臣知道了，领旨告退。

众（白）：请驾回宫。

李（白）：摆驾。（同下）

第十四场 表白

人物：周青 书僮

周（上引）：英雄慷慨，韬略在怀。（诗）英雄生来不可夸，一箭能射两朵花。手拿弯弓骑烈马，身入战场把敌杀。俺周青是也，师父李靖。有一师兄名叫薛仁贵，闻听人言圣上命张士贵在龙门县招军，我不免去邀请师兄一同前去投军。书僮。

书（白）：在。

周（白）：驯马。

书（白）：是。

周（白）：好呀。（唱嘹子）书僮把马驯，去找仁贵同投军。（下）

第十五场 遇友

人物：周青 薛仁贵

仁（上唱）：夫妻俩在寒窑受苦难，无柴无米无衣衫。无奈何我只得去打雁，度日如年实难熬。手持弓箭前去汾河湾。

周（内白）：马来——

仁（唱）：那厢来了一少年，仁贵权且一旁站。

周（上唱）：一马来到汾河湾，坐在马上用目看。得见兄长把路拦，翻身下了马雕鞍，再与兄长把话谈。

仁（白）：我道是谁？原来是周贤弟到此。贤弟今向何往？

周（白）：兄长缘何落得这般光景？

仁（白）：惭愧呀。

周（白）：兄长不必如此。现在朝廷在龙门县招军。何不去投军呢。

仁（白）：贤弟你看我这身的打扮，又无马匹怎能去投军。

周（白）：兄长，你随我去到我家，衣衫任选骏马任骑。嫂子在家的生活，由我出钱相助。你看如何？

仁（白）：如此多谢了。

周（唱嘹子）：请大哥跟随我归家转。

仁（唱）：兄弟二人把军参。（下）

第十六场 投军

人物：柳迎春 薛仁贵

迎春（上唱）：薛郎夫去打雁还未回转，不由迎春把心担。莫不是汾河湾无有雁，一天一夜怎安眠？怕的是在外面有什么长短，倒叫迎春眼望穿。无奈何我只得将夫盼，盼我夫平安无事转回还。

仁（白）：走呀（唱嘹子）贤弟待我情义厚，赠我马匹把军投。来在窑前高声叫，贤妻开门夫回头。

迎（白）：好呀。（唱嘹子）薛郎在外将我喊，不由迎春心喜欢。开窑门请薛郎进内面。

仁（白）：哈……

迎（唱）：薛郎哪来的新蓝衫。（白）薛郎，哪里去了，把妻我急坏了。

仁（白）：柳氏不要着急。你看我现在衣服也换了，马也有了，银子也有了。

迎（白）：薛郎，这是哪里来的呀？

仁（白）：我从你家偷来的哟。

迎（白）：胡说，你不讲实话。哎呀。（哭）。

仁（白）：不要啼哭，为夫与你开个玩笑的。

迎（白）：你知道我是害怕了的。

仁（白）：实话告诉与你。昨天我去打雁，遇见我结拜的兄弟周青，他邀我去投军。我说家有贤妻，又无衣服马匹，怎能投军？贤弟将我带到他家，衣服任选，骏马任骑，还把了银两给你在家生活。为夫今日回来，与贤妻告别的呀。

迎（白）：此话当真？

仁（白）：哪个哄你不成。

迎（白）：好呀。（唱）听说是薛郎夫去从军，到叫迎春喜又惊。喜的是夫此去能走好运，惊的是夫出外我独自一人。柳迎春有一言对夫告禀，妻有言来夫你听。柳迎春我已经身怀有孕，怕的娇儿要临盆。若要是娇儿降了生，你与娇儿留下名。

仁（唱）：若是娇儿降了生，取名丁山后代根。怕的是贤妻无人照应，你把那恩兄恩嫂请一声，辞别贤妻出窑境。

迎（唱）：你妻我还要送你几程。

仁（唱）：手带贤妻出窑门。

柳（唱）：夫妻难舍又难分。（白）薛郎。（仁）柳氏。（迎）我夫。

仁（白）：妻呀！（倒板）老天降下无情剑。

迎（唱）：斩断了夫妻俩天北地南，薛郎夫去投军山遥路远，一时半会怎能回还。望薛郎去从军莫把妻念，望薛郎在外面心要平安。薛郎夫去投军为国除患，愿我夫建功立业能做高官。夫在外要小心自已照管，妻不能与我夫缝缝连连，妻不能在身边问寒问暖，妻不能在身边把茶来端，妻不能在身边与夫做饭，妻不能与我夫同去边关。哭一声。

仁（唱）：我的妻呀。哎……

同（唱）：我的夫（我的妻）呀。（转仙嘹子）。

仁（唱）：这也是夫也难来（迎）妻也难。（仁）夫妻两难（迎）共一般。

仁（唱）：夫难，好似龙离海岸。（迎）妻难好似凤离山。

仁（唱）：夫难，好似失群孤雁。（迎）妻难好似马离鞍。

仁（唱）：这才是流泪眼观看流泪眼。

迎（唱）：苦命人儿送夫男。

同（唱）：夫妻哭得肝肠断，天北地南共一般。

仁（唱）：辞别娘子把马赶。

同（唱）：夫妻好似箭把心穿。

仁（唱）：贤妻。

迎（唱）：薛郎。也罢。（ 仁下）

迎（唱）：薛郎夫在马上遥遥走远，倒叫迎春想心间。望不见薛郎寒窑转，望夫君功成我名早回还。（下）

第十七场 遭拒

人物：薛仁贵 张士贵 兵卒 周青

张（上引）：奉旨出朝，地动山摇。（诗）威威烈烈上将台，大炮一响宝帐开。圣旨下到龙门县，十万大军我招来。（白）老夫张士贵，今奉圣命来龙门县招军，说什么应梦贤臣薛仁贵。来呀——

兵（白）：有。

张（白）：营门列开。

兵（白）：是。

张（白）：传话下去，如有投军者，速来报名。

兵（白）：下面听着，今来投军报名的，顺序而入，不得紊乱。

内（白）：走呀。

仁、周（同上唱）：来在门前忙下马。

仁（唱）：走得上前把话答。（白）请问这是投军报名处吧？

兵（白）：正是。

周（白）：烦劳通禀，我二人前来投军。

兵（白）：稍站。启禀大人。

张（白）：所禀何事。

兵（白）：外面有人前来投军。

张（白）：叫他自进。

兵（白）：是。两位壮士，叫你进去报名。

周、仁（同白）：参见老爷。

张（白）：你二人报上名来。

周（白）：小人姓周名清。

仁（白）：小人姓薛名仁贵。

张（白）：什么？再说一遍。

仁（白）：小人姓薛名仁贵。

张（白）：周青，收取听用。薛仁贵，赶了。

仁（白）：老爷为何赶我？

张（白）：老夫名讳呀。你偏要叫薛仁贵，你的贵犯了老夫的讳。

仁（白）：哎呀，老爷，小人不知张大人名讳。我不叫薛仁贵，我叫薛礼行不行？

张（白）：休得多言，来呀——

兵（白）：在。

张（白）：将他打二十军棍，赶出营门。

兵（白）：是。走。

仁（白）：哎呀，大人饶命呀。

兵（白）：五、一十、十五、二十呀。禀大人，二十打完。

张（白）：赶了出去。

兵（白）：走。

张（白）：掩门。

兵（白）：掩门。

仁（白）：苦呀。（唱嘹子）：二十棍，打的我心不服。我名字犯讳受委屈，投军不成反受苦。我的妻知道了一定痛哭。（下）

第十八场 喽兵下山

人物：姜兴霸（兵王） 喽兵

姜（上引）：据占山岗，自立为王。（诗）烽火山前瑞气飘，替天行道逞英豪。要想天天愁眉展，除非招配佳人骄。（白）本大王姜兴霸是也，弟姜兴本，一共七位大王，以我为首。山中缺少一个压寨夫人。喽啰们——

喽（白）：有

姜（白）：去两名喽兵下山打探。谁家有美丽的小姐，速报我知。

喽（白）：好呀。

姜（唱嘹子）：喽兵下山去打探，等候信音报根原。（下）

第十九场 上坟

人物：夫人 樊洪 小姐 丫头 喽兵二 家院

洪（上引）：门前一棵松，春夏与秋冬。（诗）为人在世如梦中，争名夺利一场空。世间唯有忠和孝，万古流传日月同。（白）老夫樊洪，膝下无子。只有一女。名唤樊秀英，年方十八，终身未曾许配。今乃三月清明佳节，我不免带着夫人、女儿一同前去上坟。家院——

家（白）：在。

洪（白）：有请夫人、小姐出堂。

院（白）：是。有请夫人、小姐。

（小姐、夫人上）

夫人（唱）：今乃是三月三，清明时分。

小姐（唱）：家家户户祭祖坟。

夫人（唱）：叫女儿随为娘前堂内进。

小姐（唱）：见了爹爹把礼行。（白）参见爹爹。

洪（白）：罢了。站过一旁。

夫（白）：不知员外唤出母女，为了何事？

洪（白）：夫人，今乃清明佳节，我想带你们到郊外去上坟，也好散散心呀。

夫（白）：如此甚好。

洪（白）：家院。

院（白）：在。

洪（白）：祭礼可齐？

院（白）：早已齐备。

洪（白）：好呀！（唱）叫家院前带路荒郊外，一家人到荒郊祭扫坟台。（ 下）

喽甲（上唱）：山上领了大王令，下山打探俏佳人。（白）兄弟，今乃清明时节，祭坟人很多，不免站在坟上一观，你看如何？正好。

喽乙（白）：请，请。（下）

（全家人上）

洪（唱）：清明时节雨纷纷。

夫人（唱）：路上行人欲断魂。

小姐（唱）：借问酒家何处有。

院（唱）：牧童遥指杏花村。

洪（唱）：行来到祖父坟且站定。

夫（唱）：摆开祭品拜先人。

洪（白）：家院。

院（白）：在。

洪（白）：将祭品摆好。

院（白）：是（摆介）。

洪（白）：夫人、女儿，我们一同跪拜（拜介）。（白）想我樊洪膝下无子，只有女儿一人，望祖先保佑我女儿能找到如意门婿。家院，将祭品收拾回家去罢。（唱嘹子）收拾祭品回家往，但愿全家多健康。（下）

第二十场 下书

人物：喽兵 姜兴霸

姜（白）：来也。（唱）我命喽兵去打探，这般时候未回还，将身打坐盘龙殿。

兵（上唱）：见了大王交令还。（白）交令。

姜（白）：打探如何？

兵（白）：今有樊家庄樊洪的女儿樊秀英生得十分美丽，未曾许配，请令定夺。

姜（白）：好，待我修书一封（修书介）。喽兵。

兵（白）：在。

姜（白）：这有书信一封，下到樊家庄，明日前去迎亲。

兵（白）：得令。

（姜掩门下）。

第二十一场 自叹

人物：薛仁贵

仁（内白）：苦呀（唱嘹子）中途路走得人莫展一筹，投军不成心发愁。（白）我薛礼怎么这样的苦命，骑马去投军，反被打了二十军棍，赶我出来，步行而归。思想起来，真是气煞人也。（唱）俺薛礼一路上自思自叹，可叹我命运苦好不惨然。夫妻俩在寒窑受尽苦难，周贤弟邀请我同把军参。实只望去投军如我心愿，实可恨张士贵将我欺瞒。说什么我仁贵犯了他的讳，打了我二十棍，心有不甘。我本当不投军回窑转，想起了我的妻吩咐一番。正行走抬起头，用目观看，又只见红太阳已落山间。苦命我只得把路赶，找户人家把身安。（下）

第二十二场 投宿

人物：夫人 樊员外 家院 薛仁贵 喽兵 下书人

兵（上白）：领了大王令，樊家下书信。门上哪位在？

院（白）：做什么的？

兵（白）：要见员外。

院（白）：有请员外。

洪（白）：何事？

院（白）：外面有人要见。

洪（白）：叫他进来。

院（白）：叫你自进。

兵（白）：小人见员外。

洪（白）：罢了。做什么的？

兵（白）：奉我家大王之命，前来下书，员外请看。

洪（白）：（看介）这是从何说起？

兵（白）：我告辞了。（下）

洪（白）：可恼呀！（唱嘹子）这才是祸从天上降，平白无故把祸招。叫夫人和女儿快来到。

（夫人、女同上）。

小姐（白）：爹爹，为何这样发焦？

洪（白）：夫人，大事不好。适才山大王令人下书前来，明天迎娶我们的女儿。

小姐（白）：你在怎讲？

洪（白）：明天要强娶女儿呀。

小姐（白）：不好了（晕倒）。

洪、夫人（白）：女儿醒来。

小姐（倒板）：听罢言来魂吓掉，好似狼牙箭穿心头。看起来你的儿羊落虎口，是何人能救儿性命一条。倘若有人将儿救，哎……我的爹娘呀，儿的终身愿许他到老白头。

夫人（唱）：我的儿，你不要痛哭泪掉。求夫君你赶快想出计谋。

洪（唱）：叫夫人搀女儿后堂走。（夫人、女下）

洪（唱）：吉人天相祸自消。（白）家院——

院（白）：在。

洪（白）：门口侍候。

家（白）：是（洪下）。

仁（上唱）：来只在一庄院且立站，再与院哥说根源。（白）院哥请来，这厢有礼。

院（白）：此礼为何？

仁（白）：我乃行路之人，天色已晚，我想在此借宿一宵，可好？

院（白）：这位好汉，你来得不凑巧。

仁（白）：却是为何？

院（白）：我家员外，乃是行善之人。可是这烽火山的大王要来抢我家小姐，怕连累你们，故而不能借宿。

仁（白）：看来我是来对了，请你通禀你家员外。

院（白）：稍站。启禀员外——

洪（白）：何事？

院（白）：门外有一汉子前来借宿。

洪（白）：请他进来。

院（白）：是。我家员外请你进去。

仁（白）：多谢了。见过员外。

洪（白）：罢了。这位客官姓甚名谁，到此何事？

仁（白）：实不相瞒。我是去投军的，姓薛名仁贵。因投军不成，归家路过。听你家人说烽火山大王要来抢亲，不知员外作何打算？

洪（白）：有何打算？只有一死，听天由命而已。

仁（白）：员外不要悲观，我能与你分担。

洪（白）：客官说哪里话来？那强盗共有七个大王，喽兵甚多。你一人怎是他的对手？

仁（白）：员外不用担心。我问你，你家有多少庄丁？都叫来由我使用。你家有什么兵器？

洪（白）：我家有兵器。

仁（白）：取来我看。

洪（白）：家院将兵器拿来。

院（白）：是。（拿大刀上）兵器在此。

仁（白）：此兵器太轻了。是否还有重的？

洪（白）：有，有。你们把重的兵器拿来。

院（白）：是（又拿一根）。

仁（白）：这还是不称手，还要重的。

洪（白）：哦……想起来了。我的先祖父樊蒯用的方天画戟在那屋梁上，你们去把他抬下来。看是否合用？

院（白）：小人遵命。（二人抬兵介）我两人抬不起，你能用吗？

仁（白）：此兵器正合我用。

洪（白）：壮士真乃神力。我女儿得救了。吩咐下面大摆宴席，招待客人。

仁（白）：员外不用客气。

洪（白）：好呀（唱）见壮士可算得天神下界。

仁（白）：你将庄丁交给我，由我安排。

洪（白）：那是自然。（唱）请壮士到后面，我把宴摆。

仁（唱）：等明天山大王他的到来。（下）

第二十三场 大闹樊家庄

人物：樊员外 薛仁贵 家院 姜兴霸等人 众庄丁

姜（内白）：来也。（唱元板）人逢喜事精神爽，月到十五放霞光。今日下山把亲抢，迎接新人拜花堂。将身打坐大厅上，众位儿郎听端详。（白）众位儿郎——

众（白）：有。

姜（白）：准备花轿、灯球、火把，下山迎亲去者。

众（白）：得令。

姜（白）：马来（驯马）。（唱）众儿郎跟随我下山奔，樊家庄上去迎亲。（走圆场）摆队。

（薛仁贵反场上。白）你是何人，敢挡住本大王的去路？

仁（白）：好大的口气，放马过来。

姜（白）：众位儿郎——

众（白）：有。

姜（白）：与我杀（大开打，姜被仁擒住）。

仁（白）：众家丁。

众（白）：有。

仁（白）：与我绑了，押回庄院。

众（白）：（将姜押回，圆场）。有请员外。（众人下）

洪（上白）：贼子。（起连台）见贼子，不由人心头恼恨，骂声贼子枉为人，老夫与你何仇恨？无故强行来抢亲。

仁（唱）：员外歇息我来问，请问英雄姓和名？

姜（唱）：我名叫姜兴霸是首领，结拜弟兄有七人。喽兵已有一百整，来自农村是穷人。

仁（唱）：要知道士农工商为根本，为何落草留骂名。

姜（唱）：只为家中很贫困，只习武来未学文。贸易经营又无本，务农无有田来耕。回头便把英雄问，不知英雄姓和名？

仁（唱）：我本是穷在闹市无人问，薛仁贵是我的姓名。

樊（唱）：你二人问来问去何足论，强抢民女是何因。

姜（唱）：这是我缺德无人性，我情愿悔过做好人。只要英雄饶我命，情愿与你拜昆仑。

仁（唱）：只要你改邪能归正，仁贵亲自来解绳。

姜（唱）：走得上前忙跪定，祝告上苍过往神。我若今后不改正，天打雷劈火烧身。

樊（唱）：要你改邪能归正，老夫出本你经营。

姜（唱）：员外感情我当领，无有经念做不成。只会弄枪来舞棍，我想报国又无门。

仁（唱）：贤弟可曾去打听，士贵龙门在招军。

姜（唱）：我想投军营盘进，怎奈无有引荐人。

仁（唱）：贤弟从军心肯定，仁贵愿做介绍人。

樊（唱）：老夫一旁来观定，仁贵一定有出身。他是时不来不走运，时来定是一贵人。回头便把仁贵请，老夫言来听分明。今日你救了我全家命，老夫当面谢恩人。我的女儿得活命，愿许仁贵你为婚。

仁（唱）：婚姻之事难从命，我已有了原配人。员外若是不肯信，她是柳府柳迎春。

樊（唱）：只要仁贵你应允，小女愿做二夫人。

姜（唱）：员外许婚多诚恳，兄长赶快拜丈人。

仁（唱）：仁贵上前忙跪定，拜一拜岳丈老大人。此时只能把婚定，投军之后再迎亲。

樊（白）：贤婿请起且站定，兴霸就是证婚人。

姜（夹板：既如此，把婚定。

仁（唱）：从军以后再迎亲。

樊（唱）：女儿愿意将你等，等你朝衣穿在身。

同（白）：好……明日去投军。（下）

第二十四场 二次投军

人物：张士贵 薛仁贵 姜兴霸 兴本 王心鹤 王心溪 李庆红 李庆先 薛贤图 众兵士

张（白）：来也。（唱）招军已有一月整，应梦贤臣果是真。我若收了薛仁贵，老夫大事量难成。我若不收薛仁贵，万岁知道了不成。左思右想无计定，老夫做了两难人。将身打坐营盘等，老夫等候投军人。

仁（同众人上，白）：走呀。（唱）众位贤弟跟我走，去到唐营把军投。不觉来到营门口，去请大人把我收。

众（白）：参见大人，我等前来投军。

张（白）：站立两旁，报上名来。

众（白）：姜兴霸、姜兴本、王心鹤、王心溪、李庆红、李庆先、薛贤图、薛仁贵。

张（白）：你等七人俱已收下。薛仁贵赶了。

众（白）：大人不收薛大哥，我等也不投军。

仁（白）：众位贤弟，不要如此。英雄正是用武之地，不要因我而失大事，日后还有见面之时。

众（白）：听从大哥吩咐。

张（白）：来呀，掩门。

仁（唱）：仁贵生来运不通，两次投军落了空。故意将我来作弄，好似沙滩困蛟龙。有朝一日风云动，扫尽狼烟立大功。怒气不息回窑垅，我身上寒冷腹内空。（白）想我的肚中饥饿走不动，不免在此石头上打睡一时再走。（下）

第二十五场 打虎赠令

人物：薛仁贵 程咬金

程（内倒板）：披星戴月催粮草，为国奔波不辞劳。曾记当年瓦岗寨，三十六人结拜来。李密不仁散了寨，弟兄一计洛阳来。秦二哥领兵挂了帅，徐三哥阴阳八卦巧安排。万岁爷龙床一梦真奇巧，应梦贤臣好将才。御驾亲征狼烟扫，咬金催粮四处跑。急忙打马往前踩。（虎啸声）（唱）猛虎来了，糟糕。（虎冲上，白）救命呀。

仁（冲上，白）：闪开，我来也。（将虎打死）

程（白）：谢谢英雄。你这好的本领，为何不去投军？

仁（白）：张士贵不收我。

程（白）：岂有此理。我乃兴唐鲁国公程咬金，赐你大令一支，张士贵不敢不收。告辞了。（下）

仁（白）：好呀！（唱）千岁赐我令一支，再去投军试一试。（下）

第二十六场 三次投军

人物：张士贵 薛仁贵 众兵士

张（白）：走呀！（唱）仁贵两次投军被我赶，倒叫老夫心不安。将身且把营盘转，看是何人把军参。

仁（白）：来也，（唱）仁贵从军不走运，两次投军赶出门。今日得了千岁令，任他不敢胡乱行。来到营盘将身进，见了大人交令行。（白）大人请看。

张（白）：这是程老千岁金批令箭，你是怎么得来的？

仁（白）：是我救了千岁的命，他赐令箭，让我前来投军。

张（白）：好呀！（唱）仁贵莫要将我怪，老夫言来听开怀。这是你自作自受把己害，反而道我不应该。（白）说是薛礼，我是为了救你，反而怪我。实话对你说罢，自那日万岁偶得一梦。诗曰：日落西山一点红，飘飘四下影无踪。三岁孩童千两价，生心必定做金龙。次日有徐先生将梦中的诗做一解释曰："落日西山一点红"，是山西省绛州府龙门县。“飘飘四下影无踪”，此人姓薛。“三岁孩童千两价”，说明此人叫薛仁贵。“生心必定做金龙”，说你做皇帝。故而命我到此招军。只要招到，马上解往京都问斩。

仁（白）：大人，你要救我呀。

张（白）：现在要我救你，不好办呀。我若不收你，程老千岁今后问起，我吃罪不起呀。现在再也不放你了。

仁（白）：哎呀，大人。总爷呀，只要你能救我一命，我一定知恩图报呀。

张（白）：要我救你，还有点办法。必须要听我的话。

仁（白）：大人请讲。

张（白）：第一，你的名字要改，只能叫薛礼。第二，将你安在火头军营内，不能走漏半点风声。第三，我叫你干什么你必须干什么。

仁（白）：小人一切由大人安排。

张（白）：好。来呀。

兵（白）：有。

张（白）：不准任何人叫他仁贵，只能叫薛礼。听清楚没有。

众（白）：听清了。（张掩门同下）

第二十七场 尉迟封帅

人物：徐茂公 李世民 张士贵 尉迟公 众士兵

李、内（白）：摆驾！（唱元板）头带皇帽分五彩，身穿龙袍海外来。腰中围着白玉带，足穿朝靴踏金阶。内臣摆驾金殿到，文武大臣两边排。

内（白）：今有张士贵见驾，无旨不敢上殿。

太监（白）：启万岁，今有张士贵见驾，无旨不敢上殿。

李（白）：传孤旨意，宣张士贵上殿。

太监（白）：万岁有旨，张士贵上殿。

张（上白）：臣领旨。（唱）万岁把旨传，上殿把驾参。（白）臣见驾，吾皇万岁万万岁。

李（白）：爱卿平身。

张（白）：谢万岁。臣交旨。

李（白）：张爱卿。可招到应梦贤臣没有？

张（白）：启奏万岁，臣并没有招到应梦贤臣薛仁贵。

李（白）：啊！（唱）张士贵把本奏当今，为何无有应梦贤臣。回头便把先生问，（白）先生呀。（唱）招不到薛仁贵，是何原因？

徐（白）：万岁不要将臣问，臣有本来奏当今。应梦贤臣换名姓，一定在内莫担心。

李（白）：先生奏本孤相信，哪位大臣是挂帅的人。

徐（白）：启奏万岁，秦二哥已经年老难当任，依臣看来只有尉迟将军了。

李（白）：孤皇准奏。内臣。（内白，在）

李（白）：传孤旨意，宣尉迟将军上殿。

（内白）：万岁有旨。宣尉迟将军上殿。

尉（内白）：领旨。（唱）万岁金殿宣老黑，到叫尉迟心明白。撩袍端带金殿走，品级台前把君朝。（白）臣见驾，吾皇万岁万万岁。

李（白）：王兄平身。

尉（白）：谢万岁。

李（白）：尉迟将军听旨。

尉（白）：臣在。

李（白）：孤皇封你为征东兵马大元帅，去往秦府求印去罢。

尉（白）：臣领旨。

李（白）：张士贵听旨。

张（白）：臣在。

李（白）：孤皇点你为前部先锋，带本部十万大军，逢山开道，遇水搭桥，不准扰害百姓。违令者斩。

张（白）：领旨谢恩。

同（白）：请驾。

李（白）：摆驾。（下）

第二十八场 求印

人物：秦叔宝 秦怀玉 尉迟公 家院

宝（上引）：一片忠心不改，保主驾升龙台。（诗）曾记当年反山东，兄弟人人好威风。杀得杨林人马倒，神机妙算徐茂公。（白）老夫秦琼字叔宝，可恨东辽作乱，御驾亲征。今派尉迟老黑挂帅，是我心中不服。现在帅印已在我手。怀玉——

玉（白）：在。

秦（白）：等老黑来了，看我眼色行事。门前侍候。

玉（白）：孩儿遵命。

尉（白）：领了万岁令。秦府去求印，来在已是秦府。门上哪位在？

玉（白）：做什么的？啊，原来是尉迟叔父到此，请进。

尉（白）：告进。

玉（白）：叔父请坐。

尉（白）：告坐（玉将座位拉掉，尉坐一跌）哎呀……

玉（白）：（将尉屁股揍了两拳）哎呀，叔父你怎跌倒了。

尉（白）：贤侄，你打得我好苦。

秦（白）：怀玉，你在与何人讲话？

尉（白）：啊，老元帅。我是老黑。您的病体好了没有？小弟特地来看您了。

秦（白）：老弟，你站上前来（咳。把涎水吐在黑的脸上）

尉（白）：哎呀，老元帅，我是领了万岁的旨意前来求印的呀。

秦（白）：怀玉，将帅印举起，让他拜印。

玉（白）：尉迟叔父，你来拜印吧。

尉（白）：待我拜印，可（拜印）。老元帅，您多保重，我告辞了。

秦（白）：怀玉掩门。

玉（白）：孩儿遵命。（幕落）

第二十九场 教场点兵

人物：李世民 徐茂公 尉迟公 薛仁贵 程咬金 张士贵 何忠宪 内侍 兵丁 众将

（全场人上）尉（引）：御驾征东辽，地动山摇。（诗）一口元帅印，本是镇国宝。落在本帅手，要把东辽扫。（白）本帅尉迟公。

李（白）：孤皇李世民。

尉（白）：张士贵听令。

张（白）：在。

尉（白）：命你为前部先锋。逢山开道，遇水架桥，不得有误。

张（白）：得令。马来。（下）

尉（白）：众将官。

众（白）：有。

尉（白）：兵发东辽。马来。（众下）。

第三十场 探地穴

人物：保忠宪 张士贵 周青 薛仁贵 众兵卒 火头军

（全场人走排场）

张（白）：众将军。

众（白）：有。

张（白）：缘何停道不走？

兵（白）：启禀先锋，路旁有一大洞穴。请令定夺。

张（白）：薛礼听令。

薛（白）：在。

张（白）：命你和周青二人在此，你下去探地穴情况，让周青等候于你。

薛（白）：得令。

张（白）：众将军。

众（白）：有。

张（白）：继续前进。

众（白）：遵命。（众下）

薛（白）：贤弟，你去乡村去买一箩筐和绳索前来。

周（白）：要他何用？

薛（白）：将我吊下去呀。到时候你要将我扯起来的。

周（白）：是。

第三十一场 表白

人物：九天玄女娘 童子

九（上引）：洞门朝南开，芍药两旁栽。仙风来扫地，佛开杏也开。（白）吾乃九天玄女娘娘，今日打坐洞中，心血来潮，待吾掐指一算。啊，原来是白虎星薛仁贵前去征东，我不免在此化作一座玄女庙。等他来时我也好指点于他。童儿。

童（白）：在。

九（白）：你去头佛殿安排好锅灶蒸笼，准备一龙二虎九牛等。仁贵到此，他要将他吃下，到了二佛殿，你带他前来见我。

童（白）：童儿遵命。娘娘请退。

九（白）：随我来。（下）

第三十二场 赠宝

人物：九天玄女娘 薛仁贵 童子

仁（内倒板）：俺薛礼听号令，把地穴来探。（上唱）进得洞来不一般，洞内黑乎乎不见手指，不由薛礼心胆寒。抬头见前有亮光出现，出洞来果然又是一重天。我这里抬头用目看，得见一古庙好不威严。这庙内一定多灵念，庙门上三个大字“玄女观”。大着胆进庙门四下里看，得见有锅灶火气冲天。揭开笼盖用目看，一条面龙多新鲜。（白）哎呀，且住，这有一条面龙已经成熟，正好腹中饥饿。我不免将他吞吃便了。还有一层两条面虎，我也吃了。再看一下，呀。九条面牛，也吃了。（吃介）好呀（唱）一龙二虎九条牛，肚内吃饱力气足。我再进二殿用目观就，见铁柱绑青龙眼泪流。我不免打开锁链将他放了，你看他飞上天多么自由。

童（上白）：见过薛仁贵。

仁（白）：你这道童，怎知道我的名号？

童（白）：娘娘在此等候多时。你随我来。

薛（白）：弟子薛仁贵，要见娘娘菩萨。

仁（白）：带路了。

（开幕）

童（白）：这就是我家娘娘菩萨。

仁（白）：叩见娘娘菩萨。

九（白）：罢了，站过一旁。

仁（白）：谢菩萨。

九（白）：薛仁贵，吾若不说，谅你不晓。吾是九天玄女娘娘，在此等候于你。吾来问你，进门时看见什么没有？

仁（白）：弟子进门时有一蒸笼，揭开一看，一龙二虎九条牛。弟子肚中饥饿，将它吞吃下了。望娘娘恕罪。

九（白）：你吃得好。你已经有了一龙二虎九牛之力了，还看见什么没有？

仁（白）：我进二殿，见一青龙望我流泪，我将他放了。

九（白）：仁贵呀！（唱）你不该将孽畜放走，平东辽他就是你的冤家对头。他违犯了天庭，现打入东土，因此上锁地狱将他来囚。你日后遇着他有一场恶斗，我赐你几件宝将他来收。吾赐你无字天书，身旁带就，遇着了危难处细观从头。吾赐你穿云箭，把飞刀破就；吾赐你白虎鞭，他一见就发愁；再赐你水火袍，能把命救，遇水火你莫怕莫急莫忧。这本是天机事，不可泄漏。平东辽你是要忠心保朝。此一番良言语你要记就，你出洞去随天子同征东辽。

白（白）：去罢。（落幕）

仁（白）：好呀。（唱）仙师将我来指点，跨海征东扫狼烟。（下）

第三十三场 咬金保驾

人物：李世民 程咬金 尉迟公 徐茂公 兵士 太监

李（上摆驾。唱）：孤皇御驾来征东，领兵元帅尉迟公。杀得东辽山摇动，神机妙算徐茂公。凤凰山国公把命送，秦怀玉大杀四门逞威风。曾记当年南柯梦，应梦贤臣影无踪。内臣摆驾金殿拢，孤皇日夜想英雄。（白）可恨界苏文无故兴兵犯境，自孤征东以来，一路上破关夺寨，势如破竹。孤皇久暮贤臣薛仁贵，不知何时得见。思想起来，好不苦闷人也。（唱）孤皇我坐城池，龙心纳闷。实可叹，一路上折将损兵。叹只叹凤凰山君臣围困，薛驸马搬救兵一命归阴。兵行到越虎城，被贼陷定，多亏了秦怀玉大杀四门。征东辽十余载，未见臣影，但不知孤的贤臣何处生存。曾记得卧龙床应梦臣醒，徐先生解此梦，应是贤臣。孤念臣终日里愁眉不定，孤想臣卧龙床心不安宁，思贤臣思得孤皇头晕恼闷，但愿得应梦臣早见寡人。（白）内臣。

（内白）：臣在。

李（白）：宣众卿上殿。

（内白）：遵旨。万岁有旨，众卿上殿。（咬金、茂敬内白）：领旨。（同上白）万岁把旨传，上殿把驾参。臣等见驾，吾皇万岁万万岁。

李（白）：众卿平身。

众（白）：谢万岁。不知陛下宣臣等，有何见谕？

李（唱）：今日宣臣无别论，龙心不惬少精神。孤想出外去观景，射猎游玩散龙心。孤传旨意众将帅，哪位贤臣保寡人？（白）哪位卿家保孤出外射猎散心？

咬（白）：臣愿保驾。

茂（白）：臣有本奏。

李（白）：先生有何本奏？当孤奏来。

茂（白）：启奏万岁，今日不能出城。

李（白）：先生是何理也？

茂（白）：万岁龙驾出城，要见应梦贤臣。

李（白）：先生此言当真？

茂（白）：当真。

李（白）：果然？

茂（白）：果然。

李（白）：哈……孤皇久仰应梦贤臣，今日能见，真是令孤大悦，先生为何去之不得？

茂（白）：臣启万岁。此人福薄命浅，早见万岁一日，有三年牢狱之灾。

李（白）：先生此本差矣。他有牢狱之灾，孤皇不降罪，谁能降罪于他？

茂（白）：蒙万岁赦旨，臣遵旨矣。

李（唱）：先生奏本龙心爽，程王兄在此保孤皇。众卿权且下殿往。

茂、尉（白）：遵旨。（下）

李（唱）：内臣带过金丝缰，程王兄同孤把马上。（带弓箭）

咬（唱）：我咬金出城去散闷愁肠。（下）

第三十四场 登场

人物：界苏文

文（内唱倒板）：可恨南蛮太厉害，杀得本帅无处逃。（白）本帅界苏文。可恨秦怀玉蛮子破去我飞刀，杀死我兵士无数。叫我如何复见郎主。这……有了。我不免回山去见师傅，练就飞刀再来报仇。就此去者。（唱）伏马按缰阴山到，去见师傅练飞刀。（下）

第三十五场 谢免

人物：太宗 咬金 白兔

李（内白）：摆驾（上唱）孤皇打马城门外，青山绿水把心开。程王兄摆驾往前踩，得见白兔好开怀。孤皇开弓忙射箭，白兔中箭倒尘埃。（白）程王兄——（咬）在。

李（白）：白兔被我射中，前去捉来。

咬（白）：遵旨。待臣前去捉来。（下马上前捉介，免跑下）万岁，白兔跑了。

李（白）：代孤赶上前去。（下）

咬（白）：哎呀，少待。万岁赶兔子去了，我不免也赶上前去。（上，再下）

第三十六场 仇人相遇

人物：李世民 程咬金 界苏文

文内（白）：来也。（上唱原板）闷闷沉沉回山界，练就飞刀逞英豪。哪怕南蛮再厉害，拿住他们个个用刀裁。来只在三岔路，眼观路外。

李（上唱）：白兔不见为何来。（白）程王兄，哪里走？

文（白）：李世民不要走，吃我一刀。（杀过场）（李逃下）哎呀，且住，李世民一人出外，真是羊落虎口。待我赶上前去。（下）

第三十七场 仁贵表白自叹

人物：薛仁贵

仁（持戟上唱）：自从投军到如今，汗马功劳如浮云。论文才做过平辽论，论武艺龙门阵上显奇能。凤凰山君臣被围困，我也曾追赶界苏文。三箭曾把天山定，东辽狼烟已扫平。独木关前身染病，我也曾月下叹念故乡人。三神庙内游魂整，万里恩情绕梦魂。张士贵奸贼冒功毒计定，天仙谷焚火头军。因祸得福留性命，藏军山养军洞里，弟兄九人把身存。弟兄们打猎山林进，我去做饭等他们。耳听洞外马声震，倒叫仁贵吃一惊。持画戟出洞外观动静，此马鸣叫有原因。（白）且住。此马为何鸣叫？想是未曾出战，不免骑上去跑他一阵便了。（骑马介）不要叫了，待我舞动兵器，要他一回。（马急跑介）（白）畜生站住……（急下）。

第三十八场 李世民遇险

人物：李世民 仁贵 界苏文

（李跑空场下。文追上赶下）

仁贵（跑上白）：此马不听话，我命休矣。（唱）此马为何拼命奔，仁贵难以收缰绳。来在山头用目望，（白）不好了。（唱）得见贼子赶唐君。（白）哎呀马呀马，你若有救主之意，你就飞奔而去，快走。（急下）

第三十九场 救主

人物：李世民 界苏文 薛仁贵

李（内白）：救命呀！（唱）快马加鞭来逃命，叫一声程王兄快救寡人，顾不得生死往前奔。

文（白）：哪里好走！

李（白）：孤命休矣。（唱）河塘挡道不能行，后面贼子追得紧。不见贤臣来救驾，拼着一死河塘奔。

文（唱）：量你今日难逃生。（白）李世民好南蛮，好好将江山献于本帅。若要有半字支吾，难免一刀。

李（白）：界皇兄呀，界卿家。只要你留我命在，情愿将江山献予你。

文（白）：口说无凭，要写下降书降表。

李（白）：界卿家，莫有文房四宝，如何得写？

文（白）：将你的袍服割掉一块，中指咬破，写下血书血表。

李（白）：卿家，容孤写来。（倒板）撕衣袍，咬指头，疼痛难忍。（白）罢了。（唱）无奈何坐马上，写下降文。上写着唐天子降书言论，孤愿把江山付予界苏文。为皇我今日里泥河围困，但不知是何臣来救寡人。若有人救了我唐天子，你为君来我为臣。有人救了李世民，唐朝江山平半分。若无贤臣来救应，孤的性命归了阴。哭一声，应梦贤臣何处藏隐，是缘何到此时不救寡人。千叫万叫无人应，我不免自刎人头落美名。

文（白）：哟！哈哈……

仁（内白）：界苏文。俺来也。（开打，文中鞭败下）罪臣见驾，吾皇万万岁。罪臣救驾来迟，罪该万死。

李（白）：爱卿平身。

仁（白）：谢万岁。

李（白）：卿家快将孤皇救了起来。

仁（白）：万岁，是文救还是武救？

李（白）：文救怎样，武救怎说？

仁（白）：文救，先救人后救马，武救连马一齐救。

李（白）：任卿所救。

仁（白）：万岁，马上坐稳。（救介）

李（白）：卿家姓甚名谁？

仁（白）：罪臣姓薛名仁贵，家住山西绛州府龙门县。

李（白）：哎呀，你就是应梦贤臣，把孤想坏了。此地不是言话之所，随孤皇回城再奏。

仁（白）：请驾。

李（白）：摆驾（同下）。

第四十场 封王

人物：徐茂公 尉迟公 李世民 薛仁贵 程咬金 张士贵 内侍 众兵卒

（众上）

尉（唱）：万岁打猎未回转，倒叫本帅心不安。将身打坐宝帐等。

（内白）：圣驾回营。

尉（白）：好呀（唱）臣等接驾忙打参。

李（唱）：臣等摆架金殿转，应梦贤臣上金銮。

众（白）：臣等见驾，吾皇万岁。

李（白）：众位爱卿平身。

众（白）：谢万岁。

李（白）：薛爱卿。

仁（白）：臣在。

李（白）：将你从投军至现在一切情由，对孤皇奏来。

仁（白）：启奏万岁，臣有表章一道。请万岁御览。

李（白）：呈了上来。代孤皇一观可（看介）。可恼。（唱）孤皇看了爱卿本，不由孤皇火一盆。张士贵贼子心太狠，欺骗孤皇斩满门。回头便把先生问，不杀士贵恨难平。

徐（唱）（白）：老臣有本奏当今，先要加封应梦臣。

李（白）：先生奏之有理。仁贵听封。

仁（白）：臣在。

李（白）：薛卿家，你这次救了孤皇的性命，功劳非小，孤皇封你一字并肩王。

仁（白）：谢主隆恩。

尉（白）：臣有本奏。

李（白）：卿家有本当孤奏来。

尉（白）：臣看薛仁贵自征东以来功劳浩大。老臣年老，难当重任。我愿收仁贵为义子，将帅印让于薛仁贵。

李（白）：尉迟王兄，你好不容易从秦府求得帅印，如今你真心想让吗？

尉（白）：老臣主意已定。

李（白）：孤皇准奏。薛王兄。

仁（白）：臣在。

李（白）：孤皇封你为征东兵马大元帅，请受印。

仁（白）：谢主隆恩。（拜印）

徐（白）：臣启奏万岁。请传旨一道宣张士贵晋见，臣自有安排。

李（白）：内侍。

内（白）：臣在。

李（白）：传孤皇旨意，宣张士贵晋见。

内（白）：万岁有旨，张士贵晋见。

张（白）：领旨上。万岁把旨降，上前把驾朝。臣见驾，吾皇万岁。

李（白）：平身。

张（白）：谢万岁。

李（白）：张士贵。

张（白）：臣在。

李（白）：孤皇念你平辽有功，也不怪罪于你。孤的应梦贤臣，昨日救驾有功，封他为一字并肩王。尉迟将军将他收为义子，让了帅印。你们一个是先行，一个是元帅。前面有两座关口，一是白玉关，二是摩天岭。你二人拈阄，谁拈到哪个关口就打哪个关口。徐先生，让他们拈阄吧。

（仁准备上）

徐（白）：慢。你虽是元帅，但你的功劳不多，年纪不大。张先锋功劳比你多，年纪比你大，应讲老幼尊卑。还是让张先锋先拈。张先行，请吧。

张（白）：遵命（拈介）。

李（白）：先行官打开一观

张（拆开看，白）：摩天岭。

徐（白）：元帅就不必拈了。先行官是摩天岭，你自然是白玉关了。先行听令。

张（白）：在。

徐（白）：命你带本部十万大军攻打摩天岭，不得有误。

张（白）：得令。（下）。

徐（白）：元帅听令。

仁（白）：在。

徐（白）：命你带五千人马去打白玉关。收了白玉关，那匹宝马可日行千里夜行八百，我赠你锦囊一件，打开一看，照书行事。

仁（白）：得令。马来。（下）

徐（白）：好呀（唱）应梦贤臣终于见。

李（白）：不由孤皇喜龙颜。

尉（唱）：请王随驾后宫转。

程（唱）：徐三哥神机妙算真周全。（下）

第四十一场 反间计

人物：张志龙 张士贵 何忠宪 众兵士

（众上）

张（唱）：当初不该把仁贵害，事到临头悔不转来。统领人马摩天岭到，怕只怕这摩天岭攻不下来。（白）何忠宪，听令。

何（白）：在。

张（白）：命你带领一万人马前去攻打摩天岭，不得有误。

何（白）：哎呀，岳父大人呀，小婿攻不下摩天岭，如果非去不可，定是有去无回。岳父大人详察呀。

张（白）：不打？难道要抗旨不成。

何（白）：小婿有一良策。

张（白）：门婿有何良策，快快讲来。

何（白）：我看去打是送死。山上的滚木檑石，你根本就上不去，你不去打是抗旨，也是死。依我之见，岳父手上有十万大军，将所有海船全部收起返回长安，长安城内还有你的大女婿李道宗，是当今的红人，他能替你帮忙。到时候岳父大人你登上龙位，我们保驾，岂不更好吗？

张（白）：门婿，反得的？

何（白）：反得的。

张（白）：哈哈……如此说来，列开旗门。（唱）这真是旁人说我心太奸，我说旁人心太偏。为人不奸用谋计，哪有荣华富贵全。（白）忠宪听令。

何（白）：在。

张（白）：令你带一万人马，为前先锋，兵抵长安十里，安营下塞。等老夫大军一到，再做定夺，不得有误。

何（白）：得令。（下）

张（白）：众将官。

众（白）：有。

张（白）：返回长安去者。马来。（下）

第四十二场 打白玉关

人物：薛仁贵 白玉关主 兵卒

关主（上引）：镇守白玉关，谁人敢侵犯。（上位）

兵（白）：报。

关主（白）：报者何来？

兵（白）：关外有人讨战。

关（白）：抬枪驯马。（唱）孩子们抬枪把马驯，不杀贼子不收兵。

仁（白）：看枪！（打介，关主败下）哎呀，且住。玉关已破，得了宝马，待我打开锦囊一观可。啊！原来是张士贵返回长安，叫我赶回长安救驾。就此马上加鞭去者！（唱）先生八卦算得准，张士贵果然是反臣。快马加鞭长安奔，捉拿张士贵用刀横。（下）

第四十三场 魏征奏本

人物：李治 内臣 魏征 张士贵 张志龙 何忠宪 兵士 薛仁贵

李治（摆驾，唱）：父皇御驾征东辽，至今数载未回朝。怕的东辽兵在后，倒叫本王心忧愁。侍臣摆驾金殿走，等候谁人把孤朝。（白）孤王李治，自从父王御驾亲征至今，不见班师回朝。内臣——

内（白）：臣在。

治（白）：午门伺候。

内（白）：遵旨。

内（白）：今有魏征丞相见驾。无旨不敢上殿。

治（白）：传孤旨意，宣魏老丞相上殿。

内（白）：千岁有旨，魏老丞相上殿哪。

魏（白）：领旨。千岁把旨传，上殿把驾参。臣魏征见驾吾主千岁千千岁。

治（白）：平身。

魏（白）：谢千岁。

治（白）：不知丞相上殿有何本奏，当孤奏来。

魏（白）：臣启千岁，臣昨夜偶得一梦。秦叔宝对老臣讲，现有人造反，要紧闭城门三天，不可擅开城门。请旨定夺。

治（白）：老丞相奏之无差。准奏。

魏（白）：请驾回宫。

治（白）：摆驾。（下）

魏（白）：好呀（唱嘹子）千岁准了臣的本。去到城楼看城门。将身且把城楼奔，（圆场上城头）（唱）看……是何人发来兵？

张（带众人上，唱）：君逼臣来臣要反，父逼子来子要逃。士贵被逼实无奈，十万大军反长安。来在城外用目看，城门紧闭为哪般？站在城外高声喊，城楼士兵听根原。我本是奉旨班师回朝转，快开城门，免得我把脸翻。（白）门上哪位在，快快开城。

魏（白）：来者可是先锋官张大人吗？

张（白）：啊。原来是魏老丞相。我是奉旨班师回朝的，请老丞相快开城门。

魏（白）：张大人呀。（唱嘹子）：叫声张大人莫要喊，老夫言来听根原。早晨千岁传旨道，请你在城外安营住几天。

张（白）：魏丞相，却是为何呀？

魏（白）：圣上有旨，城门紧闭三天，任何人不得进城。好自为之吧。

张（白）：丞相当真不开？

魏（白）：当真不开。

张（白）：果然不开？

魏（白）：果然不开。难道你要造反不成？

张（白）：丞相呀。（唱嘹子）：君欺来臣臣要反，父欺子来子要逃。

魏（唱嘹子）：臣欺君来就要斩，子欺父来罪滔天。

张（唱）（白）：你若不把城门开。

魏（白）：怎么样？

张（唱）：杀进城来不一般。

魏（白）：张大人呀，先锋爷呀，你要开城并不难，只要你能大叫三声，谁敢杀我，我就把城门打开。

张（白）：啊？漫说是三声，就是三十声、三百声我也能叫。你听着，谁敢杀我？谁敢杀我？

魏（白）：第二声了，还有第三声。（下）

张（白）：谁敢杀我？

仁（冲上，白）：看枪。（杀张士贵。与志龙、忠宪开打，绑志龙、忠宪。）

魏（上白）：这位将军，恕老朽接应来迟，望乞恕罪。

仁（白）：这位老先生，您是何人？

魏（白）：老夫魏征丞相。

仁（白）：啊，原来魏老丞相，失敬。

魏（白）：将军你是……

仁（白）：我姓薛名仁贵。因平辽有功，圣上封我为并肩王，兵马大元帅是也。

魏（白）：啊，原来是应梦贤臣薛元帅。有眼不识泰山，请进城。

仁（白）：进城就不必了，请大人将这十万大军好好部署一下。众位将士。

众（白）：有。

仁（白）：你们要听从魏丞相的安排，保护好皇城。等班师之日，论功行赏，不得有违。

众（白）：我等遵命。

仁（白）：丞相，我告辞了。（下）

魏（唱嘹子）：一见元帅把路上，紧闭城门保君王。（下）

第四十四场

人物：李世民 徐茂公 尉迟公 程咬金 薛仁贵 众士兵 内臣

李（白）：内臣摆驾。（上元板）仁贵攻打白玉关，这般时候未回还。张士贵果然造了反，倒叫孤皇心不安。内臣摆驾银安殿，等候仁贵把本参。

内（白）：今有平辽王见驾，无旨不敢见驾。

内（白）：启奏万岁，今有平辽王，无旨不敢见驾。

李（白）：传旨：平辽王见驾。

内（白）：圣上有旨：平辽见驾。

仁（白）：领旨。（上唱）金殿万岁传圣旨，仁贵有本奏与万岁知。撩袍端带金殿去，平叛之功奏丹墀。（白）臣见驾，吾皇万岁万万岁。

李（白）：爱卿平身。

仁（白）：谢万岁。臣有本启奏。

李（白）：当孤奏来。

仁（白）：那张士贵果然造反，他攻打长安城时，是我及时赶到，将老贼刺死，捉住他的儿子和女婿，打入天牢。臣特地赶来交旨定夺。

李（白）：好呀！（唱嘹子）薛王兄双救驾功劳大，你忠心耿耿保国家。徐先生神机妙算真不假，先生不亚于姜子牙。

徐（白）：万岁夸奖了。三军听令。

众（白）：在。

徐（白）：休兵一月，大破摩天岭，然后班师还朝。请驾。

李（白）：摆驾。（落幕）

此剧告一段落，摩天岭或明破或暗破。如果暗破，后面接演《汾河湾》。如果演明破，情节如下：摩天岭主帅是驸马红漫漫，主将是猩猩胆。此人雷公嘴，双翅能飞，善用双外锤。还有宁关的主将周文、周武弟兄二人，原籍大唐。薛仁贵拜过无字天书，曰：要想上山，必改扮为毛子贞的儿子，名叫毛二，解弓卖箭之人混上山。摩天岭与周氏兄弟相好，周氏办酒，仁贵喝醉，口吐真言，说哪位兄弟拿茶来给本帅解渴，被周氏识破。武要杀，文说我们是大唐人，不免投唐，与他结为兄弟。如此周氏二人装败，前面跑，仁贵后面追赶到山峰。三战二，终于破了摩天岭。

汾河湾

第一场 表白

人物：薛仁贵 四龙套

仁贵（唱倒板。龙套引仁上，唱）：跨海征东扫狼烟，（唱西迓）薛仁贵平东辽一十八年。百日里双救驾，功劳匪浅。摩天岭越虎城惊地动天。叹只叹，凤凰山英雄遇险，三十六位开国功臣一命归天。恨只恨张士贵，心肠毒狠。每次里害本帅所为那般。（转手板）曾记得当年投军别窑最凄惨，柳氏送我出门泪不干。我在东辽受苦难，她在寒窑把眼来望穿。催马加鞭往前赶，众儿郎跟随多不方圆。（白）众位儿郎。

众：（白）有。

仁（白）：今日本帅回窑探妻，不用你等跟随，两厢退下。

众（白）：是（下）。

仁（唱嘹子）：急急忙忙往前奔，一马来到柳家村。（下）

第二场 训子

人物：迎春 丁山

柳（上引）：雁杳鱼沉盼夫君，珠泪双淋。（诗）儿父去投军，杳无信和音。幸生丁山子，打雁度光阴。（白）奴乃柳迎春，配夫薛礼字仁贵，想他昔年去投军一十八载，杳无音信归家，幸喜我儿丁山打雁度日。哎，天到这般时候，是缘何不见我儿前去打雁，一言未尽，丁山哪路？

丁（上白）：忽听母亲唤，进前问根原。孩儿参见母亲。

柳（白）：罢了，我儿一旁坐下。

丁（白）：谢母亲，不知母亲唤出你儿有何吩咐？

柳（白）：儿呀，天到这般时候，缘何还不去打雁咧？

丁（白）：孩儿昨夜梦不祥，不去打雁了。

柳（白）：小小年纪讲什么夜梦不祥，为娘我有一言，儿且听之。

（唱）儿的父，去投军一十八春。全仗着儿打雁，侍奉娘亲。将弓弹和鱼镖付儿拿定，莫等到日落西，儿呀早些回程。

丁（唱）：母亲言命儿当领，汾河湾打雁（夹白：母亲）走一程。（下）

迎:（唱）一见丁山儿汾河湾进，不由迎春喜在心。望不见我儿寒窑进，待到日落西，望我儿回程。

第三场 打雁

人物：仁贵 丁山

丁（上。唱嘹子）：寒窑领了母亲命，汾何湾打雁走一程。弹打空中南来雁，枪挑鱼儿水浪分。（仁内白：马来 ）

丁（唱）：耳旁听得马铃震，那厢来了一军人。

仁（白）：马来。（上唱）一马来到汾河湾，得见玩童打弓弹。弹打空中南来雁，枪挑鱼儿水浪翻。翻身下了马鞍顿，再与玩童把话谈。（白）玩童请了，请了。

丁（白）：军爷请了何事?

仁（白）：你在此做甚?

丁（白）：在此打雁。

仁（白）：不知一弹能打几雁落地?

丁（白）：一弹能打双雁落地。

仁（白）：我却不信，你且打来。

丁（白）：站定了。（唱）对着空中打一弹，杀死双雁落平川。

仁（白）：你这玩童，不足为奇。

丁（白）：何足为奇?

仁（白）：我一弹能打三雁落地。

丁（白）：我却不信。

仁（白）：借你弓弹一用。

丁（白）：请用。

仁（白）：哎呀，且住。眼看南山来了一支猛虎，我不免抽出防袖箭射虎，玩童闪开，猛虎来了。不好呀，（唱）实只望射虎救他人，谁知伤了小残生。是非之地休久等，一马去到柳家村。

第四场 回窑

人物：仁贵 迎春

迎（内唱倒板）：丁山儿打鸟雁汾河湾下。（唱嘹子）是缘何这时候还未回家。莫不是与玩童河下戏耍。出窑来见山边放了晚霞。（白）丁山 我儿。你……怎么还不回来呀？（唱）怎知道慈母娘，肝肠牵挂。坐窑门盼子情，愁闷交加。

仁（内白：来也。上唱）：时才路过汾河进，一马来到柳家村。坐在马上用目睁，得见大嫂坐窑门。前面好似我妻样，后面好像我妻柳迎春。本当上前将妻认。怕只怕，失眼错认人。翻身下了马鞍蹬，再与大嫂把话云。（白）大嫂，请来这厢有礼。

迎（白）：还礼军爷，可是迷失路途。

仁（白）：正是。我且问你，但不知柳家村今在何处？

迎（白）：军爷你来看，上也是柳家村，下也是柳家村。不知军爷问的是哪家何人呀。

仁（白）：我问的是柳员外之女、仁贵之妻柳迎春。

迎（白）：军爷，你与她沾亲？

仁（白）：非亲。

迎（白）：带故？

仁（白）：少故。

迎（白）：你既与她非亲少故，你又问她则甚？

仁（白）：只因我与薛大哥同营吃粮。令我带回万金家书，故而动问。

迎（白）：将书信且把奴家。少时间我与你带转薛氏大嫂，与她同拆而观。好是不好？

仁（白）：书信必须面交本人。

迎（白）：倘若本人不在。

仁（白）：原书带转。

迎（白）：军爷告便。

仁（白）：请便。

迎（白）：哎呀。少待。我薛郎有书信回来。本当上前去接书。你看我衣衫褴褛，不去接书么，我十八载的夫妻连信上也不能相会。这个军爷可知有哑谜？

仁（白）：略知一二。

迎（白）：说是远。

仁（白）：远隔天边，不能相见。

迎（白）：这近？

仁（白）：近在眼前。你莫是薛氏大嫂？

迎（白）：不敢。仁贵之妻柳迎春呀。

仁（白）：大嫂请来，这厢有礼。

迎（白）：你适才不是见过了礼来的吗？

仁（白）：又道是礼多人不怪。

迎（白）：好一个礼多人不怪。你就拿得来。

仁（白）：拿什么来。

迎（白）：书信前来。

仁（白）：大嫂我也告便。

迎（白）：请便。

仁（白）：且住。窑前窑后并无一人。我不免耍他一番。说是大嫂，我实话对你讲。我与薛大哥同营吃粮。他欠我几十两纹银无钱归还。万般无奈将你卖与为军的了。

迎（白）：此话当真？

仁（白）：当真？

迎（白）：果然？

仁（白）：那个哄你不成。

迎（唱）：哎哎呀。我的薛郎呀。（嘹子）你去投军十余载，我苦难受尽。至今带回异外的音信。仓促间难分辨，虚实难定。（白）军爷这笔好事，偏偏来了人呢。

仁（白）：人在哪里。

迎（白）：人在那厢。（进门介）。（唱）急忙关上寒窑门。

仁（白）：妻呀。（唱）叫声我妻休害怕。夫本是仁贵转回家。适才试你真和假，快开窑门会结发。

迎（唱）：不对呀。适才说你是当军汉，如今又说是夫回还。你说得好来重见面。从前的事一字有假见面难。

仁（倒板）：提起了当年事，珠泪难忍。妻呀。（西皮迓腔）薛仁贵真命苦，无亲可怜。幼年间父早亡，母亲丧命，丢下我薛仁贵孤苦仃伶。满怀着冲天志，爬山越岭。勤习弓马，漫度光阴。王大哥他待俺情高义盛，介绍我柳家村当一工人。贤良妻赠寒衣事事照应，被逐赶，寒窑内结下患难婚姻。夫妻俩，在寒窑苦难受尽，万无奈汾河湾打雁为生。东辽国兴兵来犯境，领兵元帅界苏文。万岁爷见表章龙心怒，命士贵龙门县前去招军。为夫我三次投军，曾把大唐进。结拜弟兄共有九名。论文才做过了平辽论，论武艺压赛了众位功臣。瞒天过海生巧计，跨海征东把贼平。三箭曾把天山定，凤凰山追赶界苏文。独木关前身染病，我也曾月下探念柳迎春。三神庙内游魂整，万里恩情扰梦魂。张士贵贼子冒功毒计定，天仙谷火焚火头军。因祸成福留性命，污泥河救主才见唐主君。界苏文贼子丧了命，东辽狼烟一扫平，番王写下投降本，高唱凯歌回帝京。曾记得鸿雁寄书信，归心似箭探望柳迎春。我妻若是不肯信，来来来掐指算，连去带回一十八春。

迎（白）：好喜呀！（唱）查罢言来问真情。果然是儿的父转回程。忙开窑门夫请进。（开介。唱）夫妻好似枯木又逢春。（白）薛郎请坐。

仁（白）：柳氏请坐。

迎（白）：一同有坐。请问薛郎，你在外面可好呀。

仁（白）：柳氏你在家中可好呀？

迎（白）：薛郎，你的胡须飘过胸膛，不像当年的气象了呀。

仁（白）：柳氏，你也不如从前了呀。

迎（白）：彼此。

仁（白）：一样。

同（笑）：哈哈。

迎（白）：列位，你看我的薛郎回得窑来，这么大模大样的。大概是做了官的。不免去问他要官的才是。哎，薛郎。

仁（白）：柳氏。

迎（白）：你去投军之时说的话，可曾记得？

仁（白）：年深月久，倒还忘记了。

迎（白）：你忘记了。你妻我还记得。

仁（白）：那你记得就讲。

迎（白）：你不是说过，出外去不做官就不得回来。今天回来，大概是做官了是吧？

仁（白）：柳氏不提起做官之事则可，提起做官之事，早去三天也好，迟去三天也妙。

迎（白）：要是不迟不早，刚刚的凑巧咧。

仁（白）：凑巧倒凑巧，只是当了一名马头军。

迎（白）：那马头军有多大的前程呢。

仁（白）：哪怕有七八十品。

迎（白）：哎哟，谢天谢地。我的薛郎不做官便罢。一做官呀就有七八十品。哈哈哈，薛郎呀，这个马头军所管何物呀？

仁（白）：那附近的大户人家请的牧童，他们所管何物呀？

迎（白）：那是与人家看马的哟。

仁（白）：为夫的还不是与人家看马。

迎:（白）你还是与人看马，你有志气。

仁（白）：志气不小。

迎（白）：你有心胸。

仁（白）：心胸蛮大哟。

迎（白）：哎呀。天呀。我今天也望，明天也望。望他回来。他，他还是与人家看马。我柳迎春好苦的命呀，哎……

仁（白）：为夫没回，你今天也望明天也望。今天回来，你就这样吵吵闹闹的。看起来还是出外的好啊。

迎（白）：薛郎请坐，我来问你。

仁（白）：问我何来。

柳（白）：公婆去世之后，葬在什么山上。

仁（白）：葬在龙头山上。

迎（白）：依我看呀，不叫龙头山。

仁（白）：要叫什么山咧？

迎（白）：要叫马头山。

仁（白）：怎么叫马头山？

迎（白）：你在家是与人家看马，出外去一十八载回得家来，还是与人家看马。岂不叫马头山。

仁（白）：龙头山。

迎（白）：马头山。（争论介）

仁（白）：好，就依你的马头山。

迎（白）：本来是马头山。

仁（白）：那个争得你赢。哎，柳氏，我来问你。

柳（白）：问我何来？

仁（白）：不知岳父岳母大人去世之后葬在什么山上。

迎（白）：葬在凤凰山上。

仁（白）：依看我不叫凤凰山。

迎（白）：要叫什么山？

仁（白）：要叫穷苦山。

迎（白）：怎么要叫穷苦山？

仁（白）：你想我在家之时，你是受穷受苦，我出外这多余年，你还是受穷受苦，岂不叫穷苦山。

迎（白）：凤凰山（二人争介）我是受了穷苦的人，你不要说得气我。

仁（白）：我是受了风伤劳顿之人，你不要怄我。（二人争介。迎哭介）我不要长长气坏于他，我不免把实话对他讲了罢。哎，柳氏，为夫我在外面带一件宝贝回了。

迎（白）：你那宝贝不说，我也知道。

仁（白）：你知道什么？

迎（白）：你听。马鞍子、马刷子、马夹子、马铃子，还有一根马鞭子哟。

仁（白）：你怎么光在马身上打搅。

柳（白）：这是你家的好风水。

仁（白）：胡说，拿去看来。

迎（白）：不管什么宝贝看一看。唉，还是一块生黄铜，吃又吃不得，喝又喝不得。要它何用，待我甩了它。

仁（白）：拿了过来。这是为夫平辽有功，圣上见喜，封我为平辽王的虎头金印。像这样的生黄铜，你家有几块？真是乡下人不开眼。

迎（白）：当真是虎头金印？取来你妻我再看看。

仁（白）：生黄铜，没有什么看头。

迎（白）：我一定要看。

仁（白）：小心了。

迎（看介。白）哟，当真是一块虎头金印。薛郎，把他拿到街上多换银钱，多买柴米，少买鱼肉，你我要吃一个半辈子呀。

仁（白）：拿了过来哟，莫把整个平辽王吞在你腹内去了。

迎（白）：你妻我是饿怕了呀。

仁（白）：为夫的回来饿不死了。

迎（白）：饿不死了？薛郎请坐。

仁（白）：柳氏，为夫口中干渴，可有香茶无有。

迎（白）：哪来的香茶，我乃喝的银开水。

仁（白）：取来一用。

迎（白）：等候了。（唱）用手拿过了银开水一盏，把与薛郎解渴烦。

仁（唱）：拿着了银开水我来饮，一口烟气实难闻。（白）不用了，柳氏，为夫肚中饥饿，可有米饭吞吃？

迎（白）：哪有米饭，我乃吃的是鲜鱼羹呀。

仁（白）：何为鲜鱼羹？

迎（白）：用鱼熬成羹汁。

仁（白）：取来一用。

迎（白）：等候了。（唱）用手拿过了鲜鱼羹，把与薛郎尝尝新。

仁（唱）：拿过了鲜鱼羹腹内吞，一口腥气实难闻。（白）不用了。

迎（白）：我怕你莫有这个福气吃得。

仁（白）：哎。

迎（白）：薛郎，敢是鞍马劳顿疲倦了？

仁（白）：正是疲倦了。

迎（白）：等我去把后窑打扫干净，再去安眠吧。

仁（白）：你还有后窑？

迎（白）：阔气得很。

仁（白）：快去打扫。

迎（白）：等候了呀。（唱）儿的父去投军一十八春。

仁（白）：不觉一十八载了。

迎（唱）：妻在寒窑受苦辛。

仁（白）：这倒难为你了。

迎（唱）：我今天望来，明天将夫你来等。

仁（白）：等我回来作甚？

迎（唱）：等我的夫回，你妻我，做一个夫人。（下）

仁（唱）：一见柳氏脸上带淫情，其中一定有原因。出得窑去看动静，窑前窑后并无一个人。将马拉在柳林内，马鞍托在地埃尘。进得窑去观动静，哎，得见一支男鞋有原因。（白）这支男鞋我穿又小了，她穿又大了。他，是哪里来的。你这贱人，若无此事则可，若有此事，难免一刀，柳氏滚了出来。

迎（拿撮箕扫帚上，唱）：后窑未曾扫洁净。耳听薛郎叫连声。（白）薛郎何事？

仁（白）：贱人看剑。（杀介）

迎（白）：薛郎呀，将你妻叫到前窑，不问长短举剑就砍，难道你妻我有歹事不成？

仁（白）：你与我死……

迎（白）：薛郎，捉贼？

仁（白）：拿赃。

迎（白）：捉奸？

仁（白）：拿双。

迎（白）：薛郎，拿出赃证出来，你妻我死而无怨。

仁（白）：我劝你糊里糊涂地死了也好。

迎（白）：薛郎，你拿出赃证出来，你妻我立刻就死！

仁（白）：你敢是要赃证？

迎（白）：正是。

仁（白）：好，我与你赃证。这不是你的赃吗？这不是你的证吗？

迎（白）：（摸鞋介）唉，我怕为的么事，原来为的我儿子一只鞋子。好呀，你气了我半天，只怕我要气你一天。哎，薛郎，你可是为了这只鞋子吗？

仁（白）：不是为这鞋子，难道是为我这顶绿帽子不成！

迎（白）：你可是为这个穿鞋子的人吗？

仁（白）；不是为这个穿鞋子的人，难道是为我这个穿靴子的人不成？

迎（白）：他呀，现在比你长得漂亮得多。

仁（白）：我知道，为夫我有这个买卖了。（手指胡子）

迎（白）：你妻我还是靠他吃饭咧。

仁（白）：幸亏是靠他吃饭，要是靠我吃饭，岂不饿死了。

迎（白）：我白天与他同盆洗手同桌子吃饭，到晚来还有一桩有气之事。

仁（白）：你讲。

迎（白）：我与他怀抱而眠呀。

仁（白）：你这贱人，这种无味的话你就说出来了，你死是不死？你不死，等我来杀死你！

迎（白）：拿过来。是呀，我不要长长气坏于他，我不免把实话对他讲了吧。哎，薛郎，你去投军，你妻我送你到中途路上，是不是说过我身怀有孕的？

仁（白）：有的，有的。

迎（白）：那就好说了，你走不久，产生一子，取名丁山，现在有十七岁了，难道这一十七岁玩童就穿不得此鞋么？

仁（白）：十七岁的玩童吗，正穿此鞋。

迎（白）：拿过来，莫把我儿子的鞋弄坏了。

仁（白）：你看他，还摆起架子来了。

迎（白）：天呀，我柳迎春做出这种没得味的事情，不需要丈夫动手，待我自己来自刎了。

仁（白）：拿了过来，妇道之家动不动拿剑就砍，成何体统！

柳（白）：哎呀，天呀，天呀，我柳迎春养儿子都养坏了，我从今以后，再也不敢养儿子了呀。

仁（白）：薛礼，薛礼，得罪你的贤妻，上前赔得一礼。柳氏，为夫这厢与你赔礼，为夫这厢与你作揖，为夫的与你跪下了。

柳（白）：哎呀。

仁（白）：你这个奴才，一个平辽王都跪下了，你还不与我趴了下去。（双足跪下）

柳（白）：薛郎，请起。

柳（白）：呀，我是与你作耍的。

仁（白）：耍的我一头大汗。

柳（白）：薛郎请坐。

仁（白）：柳氏请坐。柳氏，叫我那儿子出来，见见我这个不成才的老子。

迎（白）：我儿子不在窑中。

仁（白）：哪里去了。

迎（白）：汾河湾打雁去了。

仁（白）：柳氏，我来问你，窑前窑后可有别家的儿子会打雁。

迎（白）：除了你我的儿子会打雁，并无别家的儿子会打雁了。

仁（白）：儿出门之时头戴？

迎（白）：鱼巾。

仁（白）：身穿？

迎（白）：蓝衫。

仁（白）：左手？

迎（白）：拿弓。

仁（白）：右手？

迎（白）：拿箭，还有一根鱼镖呀。

仁（白）：不好（丢盔，狗血）。

迎（白）：你看他，听说儿子会打雁，就喜倒睡着了，真是做老子人“开荤”了。（白）薛郎醒来。

仁（倒板，唱）：丧了命。（叫头）丁山，我儿。

迎（白）：我是他的娘。

仁：我晓得呀。（唱）冷水淋头怀抱冰。

迎（白）：薛郎为了么事？

仁（唱）：时才路过汾河湾，得见玩童打弓弹。弹打空中南来雁，枪挑鱼儿水浪翻。

迎（白）：那就是你我的儿子。

仁（白）：我知道呀。（唱）我本当实话对她论，怕只怕急坏了受苦的人。

迎（白）：薛郎你说了半天，究竟为了什么，你妻我不明白。

仁（白）：实实在在难瞒隐，咬定牙关说原因。（白）柳氏……大事不好。为夫刚才路过汾河湾，得见南山来了一支猛虎，为夫抽出防身箭射虎，不料一时失手，将玩童射死。

迎（白）：你在怎讲？

仁（白）：射死了呀。

迎（白）：不好。（狗血）（倒板）丧了命。（叫头）丁山，我儿。

仁（白）：我是他的老子。

迎（白）：我晓得呀，（唱）好似狼牙箭穿心，我儿与你有何仇恨？

仁（白）：并无仇恨。

迎（白）：为何把我儿命残害？

仁（白）：一时失手。

迎（唱）：狠着心肠咬你一口，看你心疼不心疼。（白）将儿射死，尸首已在何所。

仁（白）：已在汾河湾。

迎（白）：带路汾河湾（出门跑场）（内荷花挽手）（狗血　下）。

薛仁贵与薛丁山

（第二部）

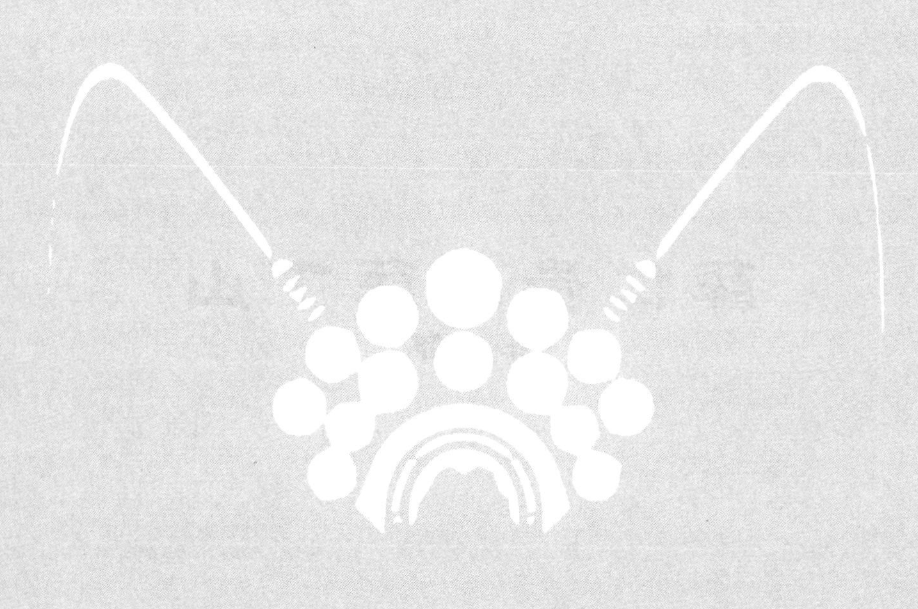

第一场 辞行

人物：程咬金 仁贵 柳迎春 手下

程咬金（上引）：一片忠心不改，保主锦绣龙台。（诗）当年征东十八载，得胜班师回朝来。金殿领旨把王府造，竣工落成把旨交。

（白）老夫程咬金，奉旨建造王府。现已落成，不免请出王爷夫人，我要上殿交旨。有请王爷夫人。

仁、柳（同上，嚓）：王爷前面一声请。

柳（唱）：后面来了柳迎春。

仁（唱）：去到前堂王爷问。

柳（唱）：问一声程千岁，所为何情？

程（白）：王爷夫人哪曾知道，只因我奉圣命建造王府，现已落成我要回朝交旨，告辞了。（唱）告辞王爷夫人回长安转，回长安上金殿叩见龙颜。（下）

仁（唱）：一见王爷出府门，倒叫仁贵想在心。将身打坐前堂定，我与夫人谈谈心。（白）夫人请坐。

柳（白）：老爷请坐。

仁（白）：一同有坐。

柳（白）：不知王爷所为何事，请王爷慢慢道来。

仁（白）：夫人听了。（唱）想当年别夫人去投军，我和周青进唐营。张士贵问我二人名和姓，我报名薛仁贵弟周青。张士贵此时间怒冲头顶，他说我犯了他的讳，将我赶出辕门，还打我二十大板。我疼痛难忍，无奈何我只得转回窑门。腹中饥饿路难奔，不觉来到樊家村。我想借宿，他满口答应。员外讲道今晚有祸事，怕连累我的身。风火山强盗无人性，当日夜晚要抢亲。听此言，不由我心气忿。我拿住了强盗有七人。员外见我救了他女儿命，将女儿与我定终身。完婚之事我不肯，我有贤妻柳迎春。万般无奈才应允。次日天，我弟兄八人去投军。弟兄八人把营门进，张士贵说我戴孝从军赶出门，又打我几十板。痛难忍，惨惨跌跌转回程，腹中饥饿山林进。程千岁遇猛虎赶进山林。当时我打死老虎救了千岁命，程千岁赐我令箭才进军营。征东辽已有十八年整，樊小姐等了我十八春。今日此事对你论，不知夫人怎样行。

柳（唱）：听得王爷说前因，不由迎春暗伤心。自古常言把话论，将心比心都是女人。我等你十八载有名分，如今我是一品夫人。樊小姐等你十八春，至今还未过薛门。王爷你要怎样我答应，决不拦阻，我是贤惠的人。

仁（白）：好呀。（唱嚓子）夫人言来我高兴，马上修书去到樊家村。（白）来人啊。

手（白）：有。

仁（白）：准备纹银千两，绸缎百匹。选好日期送往樊家村。

手（白）：遵命。（下）

仁（白）：夫人请。

柳（白）：王爷请。哈……（同笑下）

第二场 商议送礼

人物：毛氏 王茂生

王（上，唱嘹子）：适才大街得一信，不由茂生喜盈盈。将身且把草棚进，叫一声老婆快来临。（白）老婆快来。

毛（上唱）：我正在后面把饭煮，耳听前面有人声。走得向前用目定，原来是茂生转回程。一见他坐在那里好高兴，莫不是今天赚了许多银。拿把凳子一旁坐定，问我一言答一声。

王（白）：老婆，今天我是又高兴又着急。

毛（白）：这是个么话。着急就着急，高兴就高兴。怎么叫又高兴又着急呢。

王（白）：你听我说呀。我那个结拜的兄弟薛仁贵，你还记不记得呀？

毛（白）：我怕有一二十年了，又没有回来。哎呀，他一定死了，我的好兄弟哟。（哭介）

王（白）：你哭么事呢。听我说来，我的贤弟已经回来了。

毛（白）：回来了？

王（白）：回来了。做了蛮大的官。

毛（白）：那有几大官咧？

王（白）：听人说跟皇帝老子平起平坐。叫什么来着？啊……叫平辽王。

毛（白）：那真是谢天谢地呀，真高兴呀。

王（白）：咳，真高兴。等会你真着急。

毛（白）：么样？

王（白）：当今万岁命程咬金在绛州府与贤弟造了一座王府。明天各府州县地方官员都去贺屋，那我们去是不去呢？

毛（白）：那当然要去。

王（白）：去是要去。拿什么东西去送礼呢？难道空手去。

毛（白）：你这个苕杂种。我们穷人要什么东西送礼。

王（白）：那空手我是不得去的。

毛（白）：杂种，我有个办法。

王（白）：你有什么办法，说来我听听。

毛（白）：我们家不是有个榨菜坛子，内面装一坛子水，用泥巴将口封好，把一块红布一盖，说是一坛子好酒。你说要不要得？

王（白）：要得倒是要得，要是我兄弟要喝怎么办呀？

毛（白）：跟你兄弟背面说一声，叫他莫喝，面子不就盖过了。

王（白）：还是我老婆聪明，就是这个办法，后面去准备。（下）

第三场 准备嫁女

人物：樊洪 秀英夫人 家院 下书人

樊洪（上唱）：自那年，薛仁贵救了女儿的命，女儿情愿许终身。至今算来十八年整，我儿女已有三十六春。仁贵现在无音信，误了女儿美青春。多次派人去打听，都说军营没有这个人。思来想去心烦闷，耳听乌鸦叫连声。无奈何我只把夫人请，请出了贤夫人我说原因。

夫人（上唱）：纯钢宝剑不用磨，厨房干柴休办多。炉中有火休添炭，后门不可靠河坡。僧道二家少来往，堂前莫坐卖花婆。有人知道七个字，家和人和万事和。员外叫去只在客堂走过，员外叫你妻却是为何。

员外（唱）：贤夫人不知晓，客堂坐上。夫有言来听端详。自那天强盗要将女儿抢，多亏仁贵来抵挡。至今仁贵未回家往，不知生死与存亡。我女儿如今有三十六岁上，女儿终身太渺茫。思来想去心不爽，因此上请夫人前来商量。

夫人（唱）：听得员外把话讲，倒叫老身想胸膛。自古常言把话讲，吉人天相莫慌忙。耳听得府门外鸦鸣鹊嚷，叫过来叫过去定有吉祥。在前面我只把家院叫上，叫院家到前来侍候门墙。（白）家院走来。

院（白）：员外、夫人，何事？

员外（白）：命你门前侍候。

院（白）：小的遵命。（下）

下书人（上白）：来到樊家庄门上，请了。

院（白）：请了何事。

下书人（白）：我是奉了薛王爷之命前来下书的。

院（白）：稍站。启禀员外夫人，门外有一人说是奉了薛王爷之命前来下书的。

员外（白）：快快请他进来。

院（白）：是。员外请你进去。

下书人（白）：多谢了。参见员外、夫人，这有书信，请员外过目。

员外（白）：待我观书可。上写：岳父大人，今有纹银千两，绸缎百匹。因公务繁忙不能前来迎亲，望大人送亲过府。平辽王薛仁贵。家院，将来人带到后堂好好款待。

院（白）：请随我来。

下书人（白）：打搅了。（下）

员外（白）：夫人，赶快告知女儿，叫她好好梳妆。薛仁贵做了平辽王。我女儿就是一品夫人了。真是可喜呀。哈哈……（同下）

第四场 游园

人物：樊秀英 二丫头 家人

秀英（内唱）：花开花放多茂盛，小女我叫樊秀英，今年已有三十六岁整。自幼许配仁贵足下为婚。那薛郎到如今无有音信，不知在外面怎样生存。思终身想得人心中苦闷，我不免到花园游玩散心。在前面我只把丫头叫应。二丫头到前来陪我散心。

丫头（上唱）：满天星斗攘熙熙，莫笑穷人穿破衣。山上树木有粗有细，荷花出水有高有低。小姐叫去只在深闺之内，问小姐叫我二人却是为谁。

秀英（唱）：你小姐这几天心情不好，想到花园游玩一遭。因此上叫你们与我同走。

丫头（唱）：请小姐随我走，到花园一游。

秀英（唱）：既如此前带路花园内走。走进了花园内用目瞧。桃花红李花白海棠玫瑰。嫩杨柳，最怕的雨打风吹。藕荷池鹭鸶戏莲点点落水。葡架上鼠偷桃口含玉箕。阶檐下蝉扑莺作乐耍戏。低头看蝶戏花并翅双飞。叫丫头你与我扫尽石椅。

院（上唱）：恭喜小姐，贺喜小姐，你喜得出奇。

秀英（白）：院哥到此何事？

院 （白）：恭喜小姐，贺喜小姐。

秀英（白）：喜从何来呀？

院 （白）：小姐不知，适才薛府姑爷令人下书前来，纹银千两，绸缎百匹。让员外送小姐过府成亲。

秀英（白）：哪有送女儿的道理。

院 （白）：小姐不知，只因姑爷已经封了一字并肩王，公务繁忙不能前来。你现在是王爷夫人了呀。

秀英（白）：此话当真？

院 （白）：当真。

秀英（白）：果然？

院 （白）：果然。

秀英（白）：好喜呀。（唱四平）听此言不由人喜出望外，不由我樊秀英异想天开。原以为我此生苦命难挨，今一天也算是运转时来。

院 （白）：夫人请小姐速速回楼梳妆打扮。

秀英（白）：知道了。（唱）叫丫头前带路回房往，回到闺房巧梳妆。（下）

第五场 贺王府

人物：薛仁贵 柳迎春 王茂生 毛氏 樊洪 秀英 轿夫 家院

（仁贵、夫人同上）

仁（白）：人逢喜事精神爽，月到十五放霞光。夫人请。

柳（白）：王爷请。

院（白）：王茂生、毛氏二人到。

仁（白）：恩兄恩嫂来了。打开中门迎接。动乐有请。

仁、王（同白）：恩兄。贤弟。

仁、毛（同白）：恩嫂。贤弟。

仁（白）：哥嫂请坐。

毛（白）：我晓得坐。

仁（白）：兄嫂一向可好？你是从哪里弄来这一坛子好酒呀。来人，拿碗来。我要尝尝我哥嫂的美酒。

王（白）：贤弟，那喝不得。

仁（白）：却是为何？

毛（白）：贤弟，我……这……是凉水呀。

仁（白）：自古常言讲道，人要好水也甜。水也要吃三大碗。（王、毛二人不过意）恩兄恩嫂，当年不是你俩相救，我薛仁贵哪有今天。恩嫂你就是我王府的内务总管，恩兄就是我府的内外事务总管，我养老送终。

王、毛（同白）：恭敬不如从命。

院（白）：樊员外送亲过府。

仁（白）：动乐有请。（樊洪、秀英等同上。仁贵扶下）

王（白）：请岳丈大人转东廊入席。贤妹请。

柳（白）：伯父大人请。（同下）

第六场 设计

人物：李道宗 张氏 张仁

张氏（上唱）：一轮明月往上升，星移斗转到如今。想起我张氏珠泪滚，可叹爹爹命归阴。老爹爹为国家忠心耿耿，征战东辽是先行。实可恨薛仁贵心肠狠，要害我爹是何原因。害死我爹爹还不忍，要害张家一满门，我张家与你何仇恨。想起了杀父仇咬紧牙根，越思越想心头恨，此仇不报枉为人。在前面我只把王爷有请。请出了王爷夫，我有话明。

李（上唱）：日暮西山彩霞红，公堂敲鼓庙敲钟。如今世事看不懂，有功之臣血染红。将身且把前堂拢，问夫人是缘何泪洒前胸。

张氏（唱）：老王爷不要将我问，请王爷你坐下且听原因。想起了我张家珠泪滚滚，骂一声薛仁贵是畜生。杀了我爹心不忍，又杀我张家一满门。提起此仇心头恨，此仇不报枉为人。请王爷与我把计定，要替为妻杀仇人。

李（白）：爱妃，不必伤心。现在薛仁贵是朝中重臣，我一时也想不出好的办法。我看张仁足智多谋，不免叫他想想办法。我现在有公务在身，还要上朝办事。告辞了。（唱）告辞了爱妃出府门，等到下午才回程。（下）

张氏（白）：老天杀死的，在外面不要回来。张仁快来。

张仁（白）：夫人一声叫，急忙就来到。见过夫人。

张氏（白）：不要客气。坐下。

张仁（白）：夫人在此。哪有我的座位。

张氏（白）：我叫你坐下你就坐下。

张仁（白）：那我就坐下了。

张氏（白）：坐拢来。

张仁（白）：那要是王爷看见了。不……不要怪罪于我。

张氏（白）：不怕。有我担待。他今天不会回来的。

张仁（白）：那我就坐近些。（坐拢）

张氏（白）：你来到府上我待你如何呢？

张仁（白）：那还用说。你把我当作亲人一样。

张氏（白）：既然如此，我今天要你想个办法，将薛仁贵害死。

张仁（白）：要害死薛仁贵不难，只怕你下不了手。

张氏（白）：有什么办法快快讲来。

张仁（白）：附耳上来。（耳语）

（同白）：这正是打虎要用牢笼套，要害仁贵命难逃。

张仁（白）：夫人请。

张氏（白）：张仁随我来哟。（下）

第七场 下圣旨

人物：王茂生 张仁 薛仁贵

王茂生（上白）喜鹊当头叫，必有贵客到。

张仁（内白）：圣旨到。

王（白）：有请王爷。

仁（上白）：何事？

王（白）：圣旨到。

仁（白）：摆香案，接旨。

张仁（捧旨上）：圣旨来，下跪。

仁（白）：吾皇万万岁。

张仁（白）：今有大唐皇帝诏曰，自征东归来，孤皇思念应梦贤臣，今宣平辽王上殿议事。圣旨读罢，望诏谢恩。

仁（白）：谢吾皇万万岁。请大人后衙留宴。

张仁（白）：圣命在身，不可留。告辞了。（下）

仁（白）：恩兄请转告二位夫人，说我进京去了。告辞了。（唱嘹）辞别恩兄长安转，不过数日即回还。（下）

王茂生（唱）：一见贤弟出门去了，不由茂生想心头。将身且把后堂走，去与弟妹说从头。（下）

第八场 陷害

人物：李道宗 薛仁贵 家院

李道宗（上唱）：将身且把大街往，抬头得见平辽王。（白）平辽王，今向何往？

仁（白）：今有圣谕宣我上殿见驾。

李（白）：哎呀，平辽王，真是有缘遇着。请到寒舍饮上一杯，我陪你一同上殿。

仁（白）：圣命在身，不可耽误。

李（白）：平辽王是瞧不起老朽不成？

仁（白）：皇叔言重了。那就恭敬不如从命。皇叔请。

李（白）：平辽王请呀。（唱）平辽王跟随我到府堂上。

仁（唱）：皇叔礼多不敢当。

李（白）：来人。摆酒上来（早预备好的蒙汗药酒）。平辽王真是有功之臣，淤泥河救了万岁的性命。我要好好感谢平辽王来，喝上一杯。

仁（白）：皇叔请。（仁贵一杯酒晕倒）

李（白）：来人，拿绳索将他绑好，抬进公主房内。将衣脱光，任何人不许声张。（手下将仁贵衣服脱下，抬进房内，下）薛仁贵呀，薛仁贵，你也有今天。明日上殿奏本，要你的人头落地。哈……（下）

第九场 仁贵入监

人物：李世民 程咬金 太监 李道宗 秦怀玉

李世民（内白）：人来，摆驾。（上唱元板）重重叠叠上瑶台，几度呼童扫不开。刚被太阳收拾去，却教明月送将来。内臣摆驾金殿到，哪位大臣把孤朝。

程咬金（内白）：今有程老千岁回朝交旨，无旨不敢上殿。

太监 （白）：启奏万岁，今有程老千岁，无旨不敢上殿。

李世民（白）：传孤皇旨意，宣程王兄上殿。

太监（白）：万岁有旨，程老千岁上殿。

程（白）：领旨。（唱）万岁把旨传，上殿把驾参。（白）臣见驾，吾皇万万岁。臣交旨。

李世民（白）：圣旨落台。皇兄平身。

程（白）：谢万岁。

李（内白）：今有皇叔李道宗见驾。无旨不敢上殿。

太监（白）：启奏万岁，今有皇叔李道宗，无旨不敢上殿。

李世民（白）：传孤皇旨意，宣皇叔上殿。

太监（白）：万岁有旨。皇叔上殿。

李（白）：领旨呀。（唱）可恨仁贵大不该，私闯王府罪难逃。上得金殿把本奏，臣见万岁奏龙台。（白）臣见驾万万岁。

李世民（白）：皇叔有何本，当孤奏来。

李（白）：臣启万岁，今有薛仁贵私进长安，闯入王府。吃醉美酒，强迫御妹，御妹不从，自缢身亡。请旨定夺。

李世民（白）：仁贵，人在哪里？

李（白）：已在殿外。

李世民（白）：带了进来。

李（白）：将仁贵带上殿来。（手下将仁推上殿站立）

李世民（白）：平辽王，薛仁贵。咳，皇叔，薛仁贵怎么不讲话？

李（白）：臣启万岁，薛仁贵酒醉如泥，如死一般不能讲话。

李世民（白）：皇叔所奏属实？

李（白）：并无半点虚假。

李世民（白）：将薛仁贵打入天牢，一月后处斩。

李（白）：全凭万岁作主。

李世民（白）：皇叔下殿去吧。

李（白）：遵旨。（下）

程（白）：臣启万岁，平辽王犯罪理应处斩。要念在他平辽有功，又救了万岁的性命。他的义父尉迟将军也不在家，望万岁宽限，一年后处斩。

李世民（白）：准奏，摆驾。

程、秦（同白）：请驾回宫。

程（白）：秦驸马。

秦（白）：程伯父。

程（白）：我看此事一定有蹊跷。

秦（白）：我看也是如此，必须从长计议。请。

程（白）：请。（二人下）

第十场 道宗看狱

人物：李道宗

李（上唱）：可恨程咬金，保本奏当今。先限一月取性命，现限一年怎能行。（白）哎呀少待，可恨程咬金，保本一年。恐怕夜长梦多。如何是好。这……这……有了。我不免亲自去看守牢门。绝他的伙食，饿也要将他饿死。就是这个办法呀。（唱）不怕咬金再保本，我要他饿死在牢门。（下）

第十一场 商议救仁贵

人物：程咬金 秦怀玉 小秦梦

程（上唱）：可恨，可恨，真可恨。李道宗老儿太绝情，他亲去把牢门来管定，要饿死仁贵在牢门。（白）且往，李道宗老儿要饿死薛仁贵。这便如何是好。这……有了，我不免去到秦府，找怀玉商议一番，再作道理。（咳）来此已是秦府，待我自进。（进内介）驸马在家吗？

秦怀玉（上白）：程伯父到此，快快请坐。不知伯父到此，有何指教？

程（白）：指教谈不上，现在李道宗老儿看守牢门，要饿死仁贵。这便如何是好？

怀玉（白）：这倒确实有些为难。这……

梦（上白）：我有办法。

怀玉（白）：咳……大人讲话，小孩休得多口。下去！

梦（白）：下去就下去。

程（白）：咳，有志不在年高。他说有办法一定有办法，叫他出来问问他。

怀玉（白）：听从伯父。小梦出来，见过老祖爷。

梦（白）：见过老祖爷。

程（白）：好了好了。你适才说你有办法。说出来听听。

梦（白）：我去邀请一伙小兄弟去到牢门打球。将球踢进牢内，假装进去捡球。身上藏着干粮和水，这岂不是送进去了。

程（白）：好办法！不愧是将门之子，足智多谋。

怀玉（白）：伯父不要夸他。也只有这个办法。

程（白）：告辞了。（唱）告辞驸马归家拢，小孙孙你的办法定能成功。（下）

第十二场 踢球

人物：秦梦 程千忠 罗章

秦（上白）：弟兄们快来呀。

千忠、罗章（同上）：来了呀。秦梦，秦梦，我程千忠。我罗章。

秦（白）：兄弟们，你的干粮带来了没有？

千忠（白）：你看，来了！

梦（白）：你的水带在身上没有。

罗章（白）：你看一大壶水。

梦（白）：好呀。弟兄们一起大街进！

千忠（唱）：我们去踢球。

章（唱）：为救人。（同下）

第十三场 打道宗

人物：李道宗 秦梦 程千忠 罗章

李（上白）：亲自看牢门，我要仁贵命归阴。

秦、程、罗（三人同上）梦（白）：弟兄们踢球呀。

（此场随演随排。最后秦梦用石头把自己的头打破。哭泣说是皇叔打的）

第十四场 带子上殿

人物：银平公主 秦梦

银平（上唱）：小娇儿与众友去把球耍，是缘何这时候还未回家。怕的是在外面与人打架。又怕他年幼小，被人欺压。打坐府堂上放心不下，闷忧忧我只得等儿回家。

梦（哭上）：哎呀妈呀，我被人打了。我头也打破了，望妈妈作主。

银（白）：是何人打了我儿？

梦（白）：是外祖公李道宗。

银（白）：他为什么要打我儿。

梦（白）：我和小兄弟在街上踢球，不小心将球踢进天牢内去了。我要去捡球他不让我捡，故而打我。

银（唱）：可恼呀。听一言来气往上，以大欺小不应当。手带我儿金殿上，去到金殿见父皇。（下）

第十五场 金殿评理

人物：李道宗 李世民 银平公主 秦梦 太监

李世民（内白）：摆驾。（上唱）平辽王做事大不该，私自进京为何来。闯王府你不该把御妹害，论王法理应把刀开。孤念平辽功劳在，一年以后再重裁。内臣摆驾金殿到，看是何臣奏龙台。

李（内白）：今有皇叔，无旨不敢上殿。

太（白）：启奏万岁，皇叔无旨不敢上殿。

李世民（白）：传孤的旨意。皇叔上殿。

太（白）：万岁有旨。皇叔上殿。

李（内白）：领旨。（上，白）哎呀万岁。老臣打坏了呀。

李世民（唱）：老皇叔上金殿把本启奏。是何人好大胆，敢打孤的皇叔。打皇叔欺了天，其罪不小。打皇叔孤岂能与他干休。是何人胆大包天，奏于孤皇知晓。

李（唱）：谢万岁与臣作主。

李世民（白）：您细说原委。

李（唱）：老臣我闲无事大街行走，大街上走来一群小牛。小秦梦他就是罪魁祸首，只打得老臣我跪地求饶。

李世民（白）：传圣旨带秦梦。

银平（白）：我母子来了，见父皇忙下跪。

梦（白）：我急忙叩头。

李世民（白）：小秦梦打了皇叔，其罪非小。

银平（白）：请父皇要查明事实。

李世民（白）：你细说情由。

梦（唱）：小秦梦在金殿把本启奏。弟兄们闲无事在街上打球，不料想小皮球踢进了牢门口。弟兄们一同上前去捡皮球。似这样拉拉扯扯，就动了手。他一拳打得我头破血流。这本是实情由对外公启奏，他一脚踢得我屁滚尿流。

银（白）：老皇祖，你不该以大欺小。我只有小秦梦一根独苗。请父皇与儿作主。

李（白）：你反咬一口。打了我还倒打一耙。气的我胡子揪。

李世民（白）：这件事孤皇我心中有数。这一边是皇外孙，这边是皇叔。孤皇我坐江山言出算数。有道是手掌是肉，手背也是肉。小秦梦念你是初犯，念你年幼，且不追究。从今后要好好习武。

梦（白）：我发奋攻读。

李世民（白）：秦甘罗十二岁升为太守。小周郎掌东吴水军都督。这件事到此结束再不提了。回头来叫一声孤的皇叔，无圣旨谁叫你牢门看守？

李（白）：请万岁原谅我。

李世民（白）：要罚你的俸禄。

李（起甲板）：挨了打。要罚俸禄。

银（白）：你不该这样做。

梦（白）：你打得我头破血流。

（同唱）：罢了……一笔勾销。（同下）

第十六场 鸡毛信

人物：程咬金 手下

程（上白）：来也。（唱元板）：心中可恨李道宗，要害仁贵血染红。曾记当年去征东，龙门阵上显威风。仁贵的功劳泰山重，瞒天过海立大功。万岁龙床得一梦，应梦贤臣影无踪。养军山来藏军洞，淤泥河救主才相逢。将身且把府堂拢，不由老夫气冲冲。（白）来人。

手下（白）：有

程（白）：这有鸡毛文书。速速下到福建尉迟老将军那里，不得有误。

手下（白）：小人遵命。告辞了。（下）

程（白）：可恼呀。（唱嘹子）可恨老贼太不该，要害仁贵命一条。怒气不息后堂走，等候老黑早回朝。（下）

第十七场 回朝

人物：尉迟恭 手下 下书人

尉迟（上，唱元板）：曾记领旨离帝京，为了百姓整乾坤。将身府堂来坐定，心惊肉跳为何情。

（内白）：今有程老千岁差人前来求见。

手下（白）：启禀大人。今有程老千岁差人前来求见。

尉（白）：快快传他进来。

手下（白）：我家大人叫你进去。

下书人（白）：知道了。（进内）参见大人，这有程老千岁的鸡毛信在此。薛仁贵已打入天牢，请将军速速回朝保本。

尉（白）：知道了。（唱）听罢言来怒气生，大骂奸贼了不成。人来与我把马驯，回朝去见老昏君。（下）

第十八场 保本

人物：李世民 尉迟恭 程咬金 太监 李道宗

李世民（内白）：摆驾。（上，唱元板）仁贵坐牢一年整，期满应该问斩刑。内臣摆驾金殿等，皇叔权当监斩人。（白）皇叔听旨。

道（白）：在。

李（白）：命你为监斩官，处斩薛仁贵。

道（白）：遵旨。

（内白）；且慢呀且慢呀，今有尉迟公回朝，无旨不敢上殿。

太（白）：启奏万岁。今有尉迟公回朝。无旨不敢上殿。

李（白）：传旨。宣尉迟公上殿。

太（白）：万岁有旨，尉迟公上殿呀。

尉迟（白）：领旨。（唱嘹子）万岁金殿把我传，急忙上殿把驾参。（白）臣见吾皇万岁万万岁。

李（白）：平身。

尉（白）：谢万岁。

李（白）：卿家回朝有何本奏？当孤奏来。

尉迟（白）：臣启万岁，薛仁贵身犯何罪，为何要斩？

李（白）：薛仁贵私自进京，闯进王府强迫御妹。御妹不从，自缢而亡。当斩不当斩？

尉（白）：臣奏万岁。仁贵强迫御妹，何人为证。

道（白）：老臣作证。

李（白）：是呀，皇叔作证。

尉（白）：可有仁贵的口供？

李（白）：这……

李（白）：他当时吃醉了酒，酒醉如泥不能讲话。

尉（白）：既是酒醉不能讲话，又怎能强奸御妹。

李（白）：这……

尉（白）：这分明是你这老贼诬陷薛仁贵。招打！（上前举鞭打李道宗。咬金拦住。李跑下）

李（白）：老黑大胆。（唱嘹子）你敢金殿来行凶，你打皇叔罪不容。在金殿你胡言乱语罪孽重，孤皇传旨要斩尉迟恭。

尉迟（白）：咳，哼！（唱）先皇赐我打王鞭，上打昏君下打奸。手举钢鞭要打殿。（李世民见不妙。跑下。尉迟在后追赶。众随之下）

第十九场 碰宫门

人物：李世民 尉迟恭 程咬金 太监

李世民（白）：哎呀。（唱嘹子）尉恭金殿发了性，手举钢鞭打寡人。来到宫门将身进。

尉迟（上唱下句）：抬头得见紫禁门。（白）昏君哪里走。看鞭！（三鞭鞭断）。（白）不好了。（唱）一见钢鞭已折断，不由老黑心胆寒。（白）且住。钢鞭已断，曾记师父对我讲道，鞭在人在。鞭断人亡。来此已是紫禁门，已犯了死罪。为了救仁贵一命。我不免碰宫一死。唉唉（对宫门撞去。一命呜呼死了）

程咬金、众人（赶上，见状死了）（白）：请万岁。大事不好了。

李世民（白）：程王兄怎么样。

程（白）：老黑死了。

李世民（白）：不好了。（唱）一见将军丧了命，不由孤皇吃一惊。你今天不该来保本，为保仁贵你丧了身。御果园你救了孤皇命，你是孤的大恩人。哭一声老将军。哎……

我的老将军呀，尔今一死不打紧，孤皇做了有罪人。人来将尸首往下送，好好安葬有功臣。（白）传孤皇的旨意，用金顶玉葬。好好安抚家属，子袭父职。去罢。

程（白）：臣启万岁。老将军，薛仁贵是他干儿子，应该守孝三年，守孝了再处斩。

李世民（白）：准奏。摆驾。

众（白）：请驾回宫。（同下）

第二十场 下战书

人物：苏宝同 兵卒四人

苏（上引）：今奉狼主令，镇守锁阳城。（诗）可恨南蛮无道理，年年进贡把人欺。扭转乾坤雄兵起，打进长安夺社稷。（白）本帅苏宝同，今奉狼主之令，带兵二十万杀上长安。一来替父报仇，二来夺取唐朝江山。来呀。

兵（白）：有。

苏（白）：这有战书战表。速速送到唐朝李世民手上。不得有误。

兵（白）：得令。马来哟。（唱）元帅令我大唐进，大唐去会李世民。（下）

苏（白）：好呀。（唱）统领雄兵二十万，要夺唐朝美江山。哪怕南蛮再有胆，我要南蛮心胆寒。（下）

第二十一场 徐茂公回朝

人物：徐茂公 手下

徐（上唱）：接到了程老千岁鸡毛信，言说薛仁贵入了监门。这件事我徐某早已算定，算定了平辽王三年灾星。实可叹，尉迟将军丧了命，倒叫老夫吃一惊。曾记得三江越虎城，万岁赦旨我记得清。万岁准了臣的本，淤泥河得见贤梦臣，万岁为何失了信，为何要斩应梦臣。我今回朝去保本，何愁万岁不放行。人来与我把马驯，速回长安见当今。（下）

第二十二场 茂公保本

人物：李世民 程咬金 徐茂公 太监

李（内白）：摆驾。（唱元板）内臣摆驾金殿到，仁贵已坐三年牢。

徐（内白）：今有徐茂公见驾。无旨不敢上殿。

太监（白）：启奏万岁，徐先生无旨不敢上殿。

李（白）：传旨。宣徐先生上殿。

太监（白）：万岁有旨。徐先生上殿呀。

徐（白）：领旨。（上唱）万岁金殿传旨一道。急忙上殿奏当朝。撩袍端带金殿到。见了万岁俯金阶。（白）臣见驾，吾皇万岁万万岁。

李（白）：平身。

徐（白）：谢万岁。

李（白）：不知先生回朝有何本奏。当孤奏来。

徐（白）：臣启万岁，平辽王身犯何罪？

李（白）：先生呀。（唱）先生休将此事问，提起此事恼王心。尉迟公为他丧了命，仁贵定斩不容情。

徐（白）：万岁呀。（唱快板）万岁莫要龙心忿，臣将此本奏当今。当年为臣奏过本，万岁赦旨在我身。（白）万岁可曾记得三江越虎城之故事？

李（白）：年深月久，孤皇忘怀了。

徐（白）：臣启万岁，三江越虎城，万岁要出城射猎，老臣阻止。万岁当时问我为何阻止，臣奏道万岁今日出城，要见应梦贤臣。万岁言道孤皇正要见应梦贤臣。臣奏道此人福薄命浅，如果早见一日，有三年牢狱之灾。万岁降下赦旨，孤皇不降罪谁敢降罪。

李（白）：哎呀，先生呀。（唱）多亏先生来提醒，险些误了大事情。（白）程王兄听旨。

程（白）：臣在。

外使臣（内白）：今有西辽使臣觐见，无旨不敢上殿。

太监（白）：启奏万岁，今有西辽使臣觐见万岁，无旨不敢上殿。

李（白）：孤皇有旨，宣西辽使臣觐见。

太监（白）：万岁有旨，宣西辽使臣觐见。

外使（白）：领旨呀。（上唱）万岁金殿把我传，倒叫小人心胆寒。急急忙忙上金殿，品级台前奏龙颜。（白）小人西辽使臣，见驾万岁万万岁。

李（白）：西辽使臣来到大唐，有何本奏。

外使（白）：今奉狼主之命前来下书，书信呈上。

李（白）：呈了上来，待孤一观。（看介）呸！（唱）一见书信龙心怒，大骂西辽小狂徒。人来，将他推出斩了。

徐（白）：且慢。

李（白）：为何阻止？

徐（白）：自古道两国相争，不杀来使。

李（白）：转来。（唱）割耳游行不恕饶。（白）将耳割掉赶了。（将外使赶下）可恼呀。（唱）番邦小子无人性，竟敢起兵欺寡人。回头便把先生问，何臣领兵挂帅人。（白）众位卿家何人挂帅，何人领兵呀。（唱）连问数声无人应，难道说我朝无能人。

徐（白）：臣有本呀。（唱）万岁勿忧心莫惊，老臣有本奏当今。苏宝同本领大得很，征西还要征东人。

李（白）：先生奏本孤皇准奏。程王兄。

程（白）：在。

李（白）：传旨。薛仁贵死罪改为活罪，活罪改为无罪，传他速来见朕。

程（白）：遵旨。请驾回宫。

李（白）：摆驾。（同下）

第二十三场 咬金传旨

人物：程咬金 薛仁贵 禁子

程（上白）：走呀。（唱）：万岁金殿传旨道，老臣领旨到天牢。来到牢门且站好，快将仁贵放出来。（白）来呀，快将仁贵放了出来。

禁（白）：是，仁贵走动呀。

仁（上白）：苦呀。（唱）可恨李道宗老奸贼，仁贵与你何仇冤。将身去到牢门口，见了千岁忙叩头。（白）仁贵见过老千岁。

程（白）：圣旨到，下跪。

仁（白）：吾皇万岁万万岁。

程（白）：皇帝诏曰：薛仁贵死罪改为活罪，活罪改为无罪，速速进宫面圣。钦此！

仁（白）：臣谢主隆恩，不知何时动身？

程（白）：你还想就此出去呀？

仁（白）：当然想出去。

程（白）：莫忙，你的仇未报，我晓得安排。禁子。

禁（白）：小人在。

程（白）：你好好服侍平辽王。若有半点错差，小心狗命！

禁（白）：小人知道。

程（白）：好好搀扶下去。

禁（白）：小人遵命。（扶仁下）

程（白）：好呀。（唱）仁贵今已得活命，李道宗老贼了不成。明日金殿奏一本，我要老贼命归阴。（下）

第二十四场 咬金用计

人物：李世民 徐茂公 程咬金 太监

李世民（内白）：摆驾。（上唱元板）程王兄去请薛仁贵，这般时候未回归。内臣摆驾金殿内。

程（上，接下句）：臣启万岁奏端倪（白）。臣见驾吾皇万岁万万岁。

李（白）：皇兄，平辽王怎么不来朝见孤皇。

程（白）：臣启万岁，仁贵讲道坐牢已久，身体不适，征西之事难当此任。望万岁另派别臣。

李（白）：徐先生，我朝还有何人能挂帅。

徐（白）：除了薛仁贵，无他人挂帅。请万岁定夺。

李（白）：皇兄。

程（白）：在。

李（白）：这有圣旨一道，你速去招薛仁贵，他有什么条件，孤皇都准奏。

程（白）：领旨呀。（唱）辞王别驾下殿来，我要老贼命难逃。

徐（白）：请驾。

李（白）：摆驾。（下）

第二十五场 道宗中计

人物：李道宗 程咬金

道宗（上白）：走呀。（唱）错中错来错中错，薛仁贵死罪已免又复活。万岁知道我罪过，当今降罪我难逃脱。无奈何我只得大街走过。

程（上，碰头，程白）：皇叔呀。

道（白）：王兄呀。

程（唱）：老皇叔你慌慌张张却是为何？老皇叔你满头大汗为什么？莫不是请老程去把酒喝？

道（唱）：程王兄莫开玩笑，你要救我。只要我老命在，一定请你把酒喝。（白）程王兄呀，老千岁呀。你……要救我呀。

程（白）：皇叔莫要着急，只要你听我的话，一定保你无事。

道（白）：请皇兄多多指点。

程（白）：你附耳上来。（耳语）

道（白）：还是程王兄的点子多。我一定照你的办。告辞了。（唱）告辞程王兄天齐庙走过，天齐庙去藏躲准能逃脱。（下）

程（唱）：老奸贼你做的事，令人恼火。这一回我要你吃点苦药。迈开大步天牢过，去见仁贵把话说。（下）

第二十六场 定计

人物：薛仁贵 程咬金 禁子

禁子（上唱）：老千岁说的话怎敢怠慢，有酒有肉还有鱼丸。平辽王你出来赶快用饭。

程（上唱）：老臣来了我有话谈。

仁（白）：程老千岁来了。

程（白）：来了。你们下去。

禁子（白）：遵命。（下）

程（白）：平辽王我对你实话讲了，西辽国苏宝同打下战表。要夺大唐江山，万岁降旨要你挂帅。李道宗老贼害你，我要他死无葬身之地。等你挂帅发兵之日，去天齐庙祭旗。你看我眼色行事，要把老贼活活烧死。

仁（白）：一切听从千岁安排。

程（白）：好呀。（唱）平辽王你随我金殿进，去见万岁奏原因。（下）

第二十七场 金殿挂帅

人物：李世民 程咬金 徐茂公 薛仁贵 太监 武士

李（内白）：摆驾。（上，唱元板）可恨西辽下战表，倒叫孤皇心发愁。我朝无人来挂帅，只有仁贵来平辽。内臣摆驾金殿走。

程、仁（同上，白）：品级台前把万岁来朝。（同白）臣见驾，吾皇万岁万万岁。

李（白）：二卿平身赐座。

程、仁（同白）：谢万岁。

李（白）：平辽王上前听封。

仁（白）：臣在。

李（白）：孤皇今日封你为两辽王之职。赐你宝剑一口，龙袍玉带龙靴一双，钦此。下殿去罢。

仁（白）：遵旨。（下）

李（白）：程王兄，徐先生。你二人随从孤皇御驾亲征。

程、徐（同白）：遵旨，请驾。

李（白）：摆驾回宫。（同下）

第二十八场 点兵

人物：李世民 徐茂公 程咬金 薛仁贵 张妃 张仁 太监 武士二人 兵卒

（全场人先上，皇、仁同上，引）

仁（白）：奉旨出朝。

李（白）：孤皇御驾平西辽。

仁（诗）：威威烈烈上将台，炮响三声龙帐开。

李（白）：孤皇御驾西辽扫，好似兵山倒下来。孤皇李世民。

仁（白）：本帅薛仁贵。今天是黄道吉日，起兵征西，请驾万岁。先至天齐庙祭旗发兵。

李（白）：打道天齐庙。（走圆场归位）

仁（白）：臣有本启奏。

李（白）：卿家有本，当孤奏来。

仁（白）：万岁呀。（唱连台）薛仁贵在教场，向万岁启诉。请万岁为臣申冤报仇。

李（唱）：两辽王有何冤仇，对孤皇来表。我一定与你明察秋毫。

仁（唱）：万岁爷下圣旨，龙门县到。命微臣进京都，有国事商酬。微臣我接圣旨长安城到，到长安遇皇叔，将我相邀。老皇叔办美酒盛情侍候。三杯酒下了喉，我魂飞魄消。那时节朦胧胧什么也不晓，望万岁要主持公道。害忠臣岂不是欺了当朝，似这样祸国臣其罪不小。

程（唱）：此奸贼不查办，怎征西辽。

李（唱）：这件事要问皇叔才明了。

徐（唱）：娘娘一定知道。请万岁传旨意把娘娘来召。

李（唱）：传圣旨，宣娘娘。

娘（唱）：见万岁，忙下跪。

李（唱）：娘娘免朝。

娘（唱）：谢万岁。

李（唱）：站一旁。

徐（唱）：把实言相告。

娘（唱）：我本是妇道家，诸事不知道。

程（唱）：问娘娘假传圣旨，你可知晓。

李（唱）：到此时不讲实话，难免一刀。

娘（唱）：这件事要问皇叔，我不知晓。

程（唱）：老皇叔到今日逃之夭夭，看起来不用大刑你不晓得厉害。

李（唱）：叫人来，动大刑。

娘（唱）：我招我招。只为薛仁贵将我爹砍了，那是我想报仇出此一招。这也是小张仁作古作怪，这一切都是他出的计谋。我不该不该不该万不该。反害了我女儿性命一条。（下）

李（唱）：传圣旨，将张仁即刻拿到。

张仁（唱）：战兢兢见万岁急叩头。这件事不能将我怪咎。我也是为主分忧，才出此计谋。这本是实情话对你们倾诉，要杀要剐我无有理由。

李（唱）：叫人来。将张仁推出砍了。薛元帅这件事到此罢休。

程（唱）：天齐庙久无人住，有妖有怪。你们听这钟内有妖怪在敲。

徐（唱）：程王兄奏此本，老臣明了。请万岁传圣旨放火来烧。

李（唱）：孤皇准本，将此钟放火烧了。程王兄生毒计，孤皇明了，孤皇我御驾亲征把西辽来剿。平定了西辽国班师回朝。

徐（起夹板）：薛元帅气消了。

仁（唱）：出了气，征西辽。

程（唱）：我老臣生计巧。

李（唱）：同心协力来保朝。

（同唱）：好……好……好……同征西辽。

薛仁贵与薛丁山
（第三部）

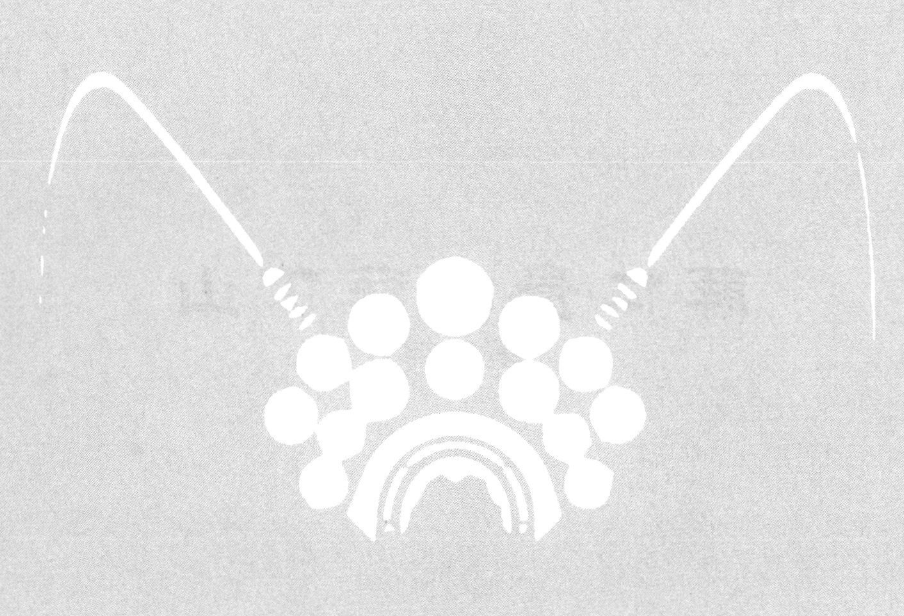

第一场 发兵

人物：李世明 薛仁贵 程咬金 徐茂公 秦怀玉 柳迎春 兵 将等若干人

李、薛（同上，引）：御驾亲征。
仁（白）：统领雄兵。（诗）头带玉帽一点红，身穿铠甲扣玲珑。
李（白）：大令一出山摇动。
仁（白）：扫平西辽立大功。
李（白）：孤皇李世明。
薛（白）：两辽王薛仁贵。
李（白）：今乃黄道吉日，秦怀玉听令。
秦（白）：在。
仁（白）：令你为前部先锋，逢山开道，遇水架桥。不得有误。
秦（白）：得令。（马来，下）
仁（白）：程老千岁听令。
程（白）：在。
仁（白）：命你押解粮草不得有违。
程（白）：得令。（马来，下）
仁（白）：众将官——
众（白）：有。
仁（白）：兵发西辽。（马来，下）

第二场 埋伏

人物：苏宝同 兵士 众人 探子

苏（上白）：今奉狼主命，镇守锁阳城，本帅苏宝同。
探（上白）：报……
苏（白）：报者何来。
探（白）：今有大唐人马，兵抵锁阳城。
苏（白）：再报再探。
探（白）：得令。（下）
苏（白）：可恼呀。（唱）听一言来火一盆，骂声唐贼狗畜生。今日敢把西辽进，要你有来无回无葬身。(白) 来呀。

众(白):有。

苏(白):所有人马,退出城外埋伏。听号炮一响,四面杀出,不得有误。

众(白):得令。

苏(白):后帐歇息。

众(白):遵命。(全下)

第三场 中计

人物:唐营全场人 西辽全场人

仁(内,唱倒板):平西辽哪顾得披星戴月。(西皮雅腔)一路上,势如破竹不畏疲劳,西辽国才知道大唐厉害。只杀得男和女东奔西跑,儿喊娘来娘吓坏,尸骨堆山无处埋。青的山绿的水,花花世界,抬头见空中雀鸟往来。快马加鞭往前踩,停道不走为何来。(白)众将官。

众(白):有。

仁(白):为何不走?

报(白):启禀元帅,前面就是锁阳城,乃是一座空城,请命定夺。

仁(白):旗门列开。(诗)一口元帅印,本是镇国宝。已在本帅手,要把西凉扫。(白)本帅薛仁贵,启奏万岁,此乃空城请定夺。

李(叹):听得元帅说一声,一座空城有原因。回头便把先生问,此乃空城定有因。

徐(白):万岁呀。(唱)万岁不要将臣问,此座空城定有因。且将人马来安顿,休兵三天再进城。

程(白):骚道呀。(叹)骚道不要胡言论,休什么兵来不进城。连夺三关威风震,西辽北部吓掉魂,大胆且把城门进。老程的仙花斧,谁不吃惊。(白)万岁,不要害怕。想我大唐人马连夺三关,他们闻风丧胆,都吓跑了,大胆进去做饭吃。

李(白):程王兄说的也有点道理,先生你看如何。

徐(白):此乃天数已定,那就进城吧。

仁(白):众将官,兵进锁阳城。

(进城后,四面炮声如雷,苏带全场人过场,下)

探子(上白):报。

仁(白):报者何来。

探(白):苏宝同将锁阳城围得水泄不通。

仁(白):怎么讲?

探(白):水泄不通。

仁（白）：可恼呀。（唱）听得探子报一声，倒叫本帅火一盆。人来抬枪把马驯，不杀苏贼不休兵。（仁持戟上马，下）

李（白）：好呀，一见元帅出了兵，倒叫孤皇想在心。但愿此去将贼来拿定，要将西辽一扫平。内臣摆驾后面进，等候元帅得胜归程。（众人同下）

第四场 开打中镖

人物：薛仁贵 苏宝同 兵

（仁从左上，苏从右上，二人各通名姓，两边兵压阵下，二人开打，仁中飞镖。兵扶仁下）

苏（白）：众将官。

兵（白）：有。

苏（白）：收兵回营。（下）

第五场 回朝搬兵

人物；唐全场人上 班兵

李（内白）：摆驾。（上唱元板）元帅今日出了阵，倒叫孤皇挂在心。担心苏贼本领狠，但愿元帅将贼擒。人来，摆驾龙棚等。

（兵扶仁上）

李（唱）：元帅为何变了形。（白）元帅怎么样？

兵（白）：元帅中了飞镖。

李（白）：不好了。（唱嘹子）听说元帅中飞镖，倒叫孤皇心内焦。回头只把先生叫，快快拿出良计谋。

徐（白）：万岁呀。（唱嘹子）万岁不要龙心惊，老臣言来听分明。赶快将元帅来调整，派人回朝搬救兵。

李（白）：先生言之有理。将元帅扶至后营，请御医诊治。不知派何人回朝搬兵？

徐（白）：依臣之见，只有程老千岁可担当此任。

程（白）：我把你这牛鼻子骚道呀。（唱）牛鼻子，你不要胡言论。老臣不是当年的程咬金，苏贼本领大得很，我年老力衰打不赢。我老臣死了不要紧，怕的是贼子来攻城。

李（白）：程王兄言之有理，先生还是另想他人。

徐（白）：万岁不要听他的，其他人都不是苏宝同的对手。只有老千岁一人不带一兵一卒不骑马，曾不记得三国的孔明舌战群儒吗？

李（白）：先生言之有理，来呀，紧闭四门，高挂免战牌。程王兄听旨。

程（白）：在。

李（白）：这有圣旨一道，命你一人回朝搬兵，不得有误。

程（白）：领旨呀，万岁下旨我当领。拼着一死搬救兵。辞王别驾出城奔，这次只怕命难存。（下）

李（白）：好呀。（唱）程王兄出城搬救兵，倒叫为王想在心。先生摆驾后营进，等候王兄搬来兵。（下）

第六场 咬金三讨令

人物：苏宝同 程咬金 兵四人

苏（上，唱嗏子）：可笑唐营无能将，仁贵已被我打伤。众将与我把城围上，定将唐朝来灭光。（白）孩儿们——

众（白）：有！

苏（白）：好好巡查营哨，若有情况速报我知。

众（白）：得令！（苏下）

程（上，唱元板）：万岁命我搬救兵，唐营来了程咬金。来在贼营用目睁，贼子营盘杀气腾。观罢了贼营心恼恨，拿住苏贼用刀横。

苏兵（冲上，白）：何方奸细？绑了！（将程绑了）

兵（白）：有请元帅。

苏（白）：何事？

兵（白）：拿住了奸细。

苏（白）：绑了上来。

兵（白）：是。（将程推上）这是我家元帅。

苏（白）：胆大奸细，见了本帅为何立而不跪？

程（白）：我乃大唐兴唐鲁国公程咬金，岂跪你番邦元帅！

苏（白）：你出此狂言到此做甚？

程（白）：我实话对你说，我是回朝搬救兵的。你若是英雄好汉，就等我万夫不挡之勇的孙子程千忠前来与你较量！你若是怕死之辈，就将我杀了。

苏（白）：好，我不杀你，放你回去叫你的孙子什么千忠前来与我比试。我杀你这个老儿，算什么英雄，快走！

程（白）：慢来，无有令箭，如何出关？苏宝同，你还是把我杀了吧。

苏（白）：我杀你何用。

程（白）：你不杀我，到前面关口我没令箭，你的小兵把我杀了，倒不如死在你手上，我还有点名望。

苏（白）：好，赐他令箭一支。

程（白）:（得令）多谢。（转面，白）慢来，我的肚子饿了，不免要顿饭吃饱了再走。

苏（白）：你转来做甚？

程（白）：我的肚子饿了走不动，你还是把我杀了痛快些。

苏（白）：好，赏你一顿饭。孩儿们。

兵（白）：有！

苏（白）：赏他一顿酒饭。

兵（白）：是。随我来。（下）

程（又上，独白）：且慢，饭也吃饱了，酒也喝够了，靠我两条腿何时回得去，不免要匹马。（白）饭倒是吃饱了，你还是把我杀了。

苏（白）：你这老儿又要怎样？

程（白）：你想，我从西辽回到中原，路上要走几个月，几时能到？请你借我良马一匹。

苏（白）：真乃啰嗦。来，赐他快马一骑。

程（白）：多谢了。（下）

苏（白）：孩儿们。

兵（白）：有。

苏（白）：将四门围困，要他们饿死在城内，歇息去吧。（下）

第七场 命徒下山

人物：王敖老祖 薛丁山

王（上引）：修仙得道，快乐逍遥。（诗）洞门朝南开，芍药两旁栽。仙风来扫地，桃开杏也开。（白）吾乃王敖老祖是也，今日打坐洞中，心血来潮，待我掐指一算。哦，原来是文曲星和白虎星有难。我不免命徒儿下山前去救驾。一言未尽，徒儿走来。

丁（内白）：来也。（唱手板）曾记当年汾河湾，枪挑鱼儿水浪翻。忽然来了当军汉，二人在此打雁玩。射死双雁还不算，他能射死三雁落平川。霎时丁山遭了难。后来是师父老祖将我带上山，教授武艺十八般，拐子流星不平凡。师父叫我前洞转，见了师父忙打参。（白）徒儿参拜师父。

王（白）：罢了，一旁坐下。

丁（白）：谢师父。不知师父唤出徒儿有何教训。

王（白）：徒儿打坐洞府，听为师道来呀。（唱迓腔）叫一声小徒儿，一旁坐上。为师的有言来细听端详。你的家，住只在山西府上，山西府龙门县，有你的家乡。你的父薛仁贵武曲星下降，你的母柳迎春王府山庄。你的父随御驾西辽扫荡，偶遇着苏宝同武艺高强。皆因是你的父灾星下降，苏宝同用飞镖把他来伤。君臣们困锁阳别无法想，外无救兵内无粮。因此上命你下山前去扫荡。为师赐法宝带在身旁，白虎鞭穿云箭随身带上，还赐你灵丹妙药把身藏。你赶快到长安前去揭榜，领人马挂帅印救驾还乡。救了驾见你父王把丹药敷上，灵丹药救你父即刻还阳。这本是真情话对你来讲，希望你救圣驾早日还乡。

丁（唱）：多蒙了老师父将我指点，老师父吩咐言牢记心间。辞别了老师父去到龙门县，龙门县见老娘骨肉团圆。（下）

王（唱）：一见得小徒儿下山去了，倒叫为师想心头。望不见徒儿后洞走。但愿他此一去救驾还朝。（下）

第八场 双下山

人物：薛丁山 金莲

莲（内，唱倒板）：在仙山，遵师命，下山往。（遛马介）（白）俺薛金莲是也。自那年师父雷山老母将我带上山学习十八般武艺，于今已有数岁，今日命我下山去到龙门县，拜见母亲，去西辽救驾。就此马上加鞭便了。（唱）去到王府会老娘。（走圆场）

丁山（上，唱）：急急忙忙往前闯。

（二人跑圆场，内荷花碰面）

丁（白）：大胆。（唱）问姑娘是缘何这样慌忙。（白）请问姑娘为何与我抢道？

莲（白）：大路朝天，各走各边，谁个与你抢道。站过一旁。

丁（白）：你这丫头好无礼，我好言与你讲话，你敢恶言顶撞。

莲（白）：一派胡言，招打。

（二人打介。丁架住问道）

丁（白）：且慢。我们要打，也该互道名姓再打。

莲（白）：你姓甚名谁。

丁（白）：俺姓薛名丁山。

莲（白）：薛丁山，你哪里人氏。

丁（白）：山西龙门人氏。

莲（白）：那我也姓薛，山西龙门人氏。

丁（白）：那你父母叫什么。

莲（白）：我父薛仁贵，母亲柳迎春。

丁（白）：那你是我妹妹。

莲（白）：你是哥哥？

丁（白）：正是。

莲（白）：哥哥缘何到此？

丁（白）：说来话长，我们一同回家拜见母亲再说。

莲（白）：哥哥请。

丁（白）：妹妹，请了呀。（唱）请妹妹一同归家往。

莲（唱）：回王府，去拜见白发老娘。（下）

第九场 会母

人物：柳迎春 薛青 丁山 金莲

柳（上引）：双眉愁锁，思夫想子泪往下落。（诗）儿夫去征西，至今还未归。思夫又想子，血泪洒湿衣。（白）老身柳迎春，我夫薛仁贵，官封两辽王之职，随从万岁领兵征西。一去数月有余，不见音信回来。思想起来好不忧闷人也。（唱）老身我坐王府，心中纳闷，思想起从前的事珠泪双淋。恨爹爹他无有骨肉情分，他不该把女儿赶出家门，跟随了薛郎夫寒窑受困。万无奈夫只能打雁为生。东辽国他不该兴兵犯境。夫投军妻在寒窑产下两个娇生。金莲女那一日风吹无影，只剩下丁山儿陪伴娘身。那一天儿打雁汾河湾进，遇夫帅射虎救儿丧残生。我也曾随夫帅找儿的身影。找不着儿的身首何处存。薛郎夫挂帅印西辽进，至今没有信和音。怕的是夫在外被围困，朝中无人救驾难回程。思夫君想儿女，珠泪滚。耳听喜鹊叫连声，莫不是夫在外遭不幸，难道说有贵客要临门。坐府堂我只把薛青叫应，叫薛青到前来我有话明。（白）薛青走来。

青（白）：夫人叫一声，上前问分明。参见夫人，不知唤出小人为了何事？

柳（白）：命你门前侍候，若有人到此，速报与我知。

青（白）：小人遵命。

（丁山、莲同上，唱嘹子）

丁（唱）：来到府门一旁站。

莲（唱）：见了小哥问根源。

丁（白）：请问小哥，此地可是薛王府。

青（白）：正是。

丁（白）：烦劳通禀一声，就说丁山和金莲回来了。

青（白）：你可是丁山少爷？

丁（白）：正是。

青（白）：待我与你通传。（进门）恭喜夫人，贺喜夫人。

柳（白）：喜从何来呀？

青（白）：现有丁山少爷和金莲小姐回来了。

柳（白）：人在哪里？

青（白）：已在门外。

柳（白）：快快叫他进来。

青（白）：遵命。（出门）夫人传话出来，请少爷和小姐自进。

丁、莲（同白）：知道了。（进门）孩儿丁山／金莲参见母亲。

柳（白）：你是我儿丁山，你是金莲。

丁、莲（同白）：正是。

柳（白）：哎呀。（倒板）只说今生不能见，谁知相会在今天。（白）（叫头）丁山、金莲。

丁、莲（同白）：母亲。

柳（白）：儿呀。（唱）见丁山和金莲，娘心欢喜。你二人是缘何一路回归？这几年你二人身居何地？把前因和后果对娘来提。

丁（唱）：老娘亲请保重，堂前坐起，你的儿走上前磕头作揖。表一表，这几载儿在外地，你的儿将此事对娘来提。自那天打雁汾河湾地，偶遇着我的父得胜回归。我二人不相识从未相会，于是乎打鸟雁来比高低。此时间猛虎下山，儿难回避，霎时你的儿一命归西。王敖老祖将儿收为徒弟，教授儿十八般武艺，件件出奇。我师父命我下山母子相会，揭榜文挂帅印前去征西。这本是实情话对娘提起，请妹妹讲一讲你的来历。

莲（唱）：薛金莲走上前一礼奉就，尊一声老娘亲，细听从头。那一天是我师父将儿来救，雷山老母她将儿收为门徒。她教儿习武艺件件皆有，学会了六丁六甲，飞猛迅速。儿能够撒豆成兵无千万数，儿能够呼风唤雨，神鬼皆愁。昨日里我师父对我来诉，她叫我下山来救驾还朝。因此上奉师命下山行走，中途路遇兄长同见白头。这本是实情话对娘来表，请母亲跟随儿去征西辽。

柳（起甲板）：叫薛青准备好。

青（唱）：大小东西来背包。

柳（唱）：儿女回来娘有靠。

莲（唱）：请母亲莫焦躁。

丁（唱）：请母亲快快走。长安揭榜救当朝。

（同唱）：好，好，好。长安揭榜，救驾还朝。（同下）

第十场 示榜文

人物：李治 程咬金 太监

李治（内白）：摆驾。（上，唱元板）父皇领兵把西辽扫，至今无有信回来。莫不是西辽太厉害，又怕父皇有病灾。心惊肉跳金殿到，但愿得胜早回来。

太（白）：启禀殿下，今有程老千岁回朝，无旨不敢上殿。

李（白）：传旨程皇伯上殿。

太（白）：千岁传旨，程老千岁上殿。

程（内白）：领旨。（上，白）千岁把旨传，上殿把驾参。臣程咬金见驾，千岁千岁千千岁。

李（白）：皇伯平身赐座。

程（白）：谢千岁。臣告坐。

李（白）：不知皇伯回朝有何国事议论？我父皇身体如何？

程（白）：启奏千岁，现在君臣围困锁阳城，特命老臣回朝搬兵。

李（白）：皇伯怎么讲？

程（白）：回朝搬兵。

李（白）：不好了。（唱）听得皇伯说一声，不由本王心大惊。回头便把皇伯问，拿何良谋救当今？

程（白）：千岁不要着急，依老臣之见，速速写下榜文，四门悬挂招揽天下能人。如有领兵挂帅者，赏金万两，官封万户侯，妻封一品夫人。

李（白）：皇伯言之有理，待孤写可。（写介）今有圣谕，若有人领兵挂帅者，赏金万两，官封万户侯，妻封一品夫人。有劳皇伯，与我代劳。

程（白）：领旨。（下）

李（白）：摆驾。（下）

第十一场 揭榜

人物：程咬金 丁山

程（上，白）：今奉圣谕在此看榜文。

丁（上，白）：来此已是午朝门。榜文在此，待我揭榜。（揭介）

程（白）：这一小将你前来揭榜，不知姓甚名谁？

丁（白）：我乃两辽王之子薛丁山。

程（白）：哦，原来是薛贤侄，随我上殿。

丁（白）：不知老大人姓甚名谁？

程（白）：我不说料你不晓。我乃兴唐鲁国公程咬金，随从万岁和你父帅去征西辽。不料被苏宝同小子设下空城之计，你父中了飞镖。是我杀出一条血路回朝搬救兵，要知道救兵如救火，快快上殿见过千岁。

丁（白）：老千岁请。

程（白）：好呀。（唱）薛贤侄你随我金殿进。

丁（唱）：去见千岁奏分明。（下）

第十二场 丁山挂帅

人物：李治 程咬金 丁山 太监

李（内，白）：摆驾。（上，叹元板）程皇伯午门去监榜，至今无有信和音。怕的是朝中无人敢担任，不由本王心忧惊。内臣摆驾金殿等。

程（上，唱）：见了千岁把本奏。（白）臣见驾千千岁。

李（白）：皇伯平身赐座。

程（白）：老臣告坐。

李（白）：请问皇伯，可有人揭榜？

程（白）：恭喜千岁，今有两辽王之子薛丁山前来揭榜。已在殿外，无旨不敢上殿。

李（白）：传旨薛王兄上殿。

太（白）：千岁有旨，薛丁山上殿。

丁（白）：领旨。（上，白）千岁把旨传，上殿把驾参。臣丁山见驾千岁千千岁。

李（白）：薛卿家平身。

丁（白）：谢千岁。

李（白）：薛卿家，榜文你知晓，点你为二路元帅，罗通为先行，明日教场点兵去罢。

丁（白）：领旨请驾。

李（白）：摆驾。（同下）

第十三场 点兵

人物：程咬金 丁山 罗通 迎春 金莲 兵将众人

丁（上引）：一口元帅印，本是镇国宝。今在本帅手，要把西辽扫。（白）本帅薛丁山，罗通听令。

罗（白）：在。

丁（白）：命你为开路先锋，逢山开道，遇水搭桥，不得有误。

罗（白）：得令。马来。（下）

丁（白）：程老千岁听令。

程（白）：在。

丁（白）：命你一路上押解粮草，不得有误。

程（白）：得令。马来。（下）

丁（白）：妹妹听令。

莲（白）：在。

丁（白）：命你一路侍奉母亲，不可怠慢。

莲（白）：得令。马来。（迎春坐车同下）

丁（白）：众将官。

众（白）：有。

丁（白）：兵发西辽。马来——（同下）

第十四场 棋盘山

人物：窦一虎 窦仙童 喽兵四人

虎（上引）：霸占山冈，自立为王。（诗）棋盘山上瑞气飘，替天行道逞英豪。有朝一日回朝转，杀奸救主不恕饶。（白）本大王窦一虎是也，妹妹窦仙童。爹爹被奸臣所害，是我兄妹二人逃到棋盘山落草为王。劫富救贫，招兵买马。喽啰们——

众（白）：有。

窦（白）：为何不下山？

兵（白）：无有大王的令箭。

窦（白）：好，站在两厢，听我传令。（唱）站在高山传令号，大小喽兵听根苗。会拿刀的刀一把，会拿枪的枪一条。忠臣孝子我也保，贪官污吏杀一刀。有人违了我令号，割耳游行不恕饶。一支大箭你拿好呀。

兵（唱）：打着肥羊上山来。（下）

虎（唱）：喽兵下山如虎豹，好似兵山往下倒。妹妹带路后寨到，等候喽兵回山来。（下）

第十五场 走排场

人物：咬金 丁山 罗通 迎春 金莲 兵4人

（全场人上走排场。）

丁（白）：众将官。

众（白）：有。

丁（白）：缘何停道不走？

兵（白）：前面是棋盘山挡道。

丁（白）：旗门列开。（诗）头戴帅盔一点红，身穿铠甲扣玲珑。将令一出山摇动，扫平西辽立大功。（白）本帅薛丁山。罗通听令。

罗（白）：在。

丁（白）：命你带五千人马前去攻打棋盘山，不得有误。

罗（白）：得令，抬枪。（下）

丁（白）：好呀。（唱）一见先行出了阵，倒叫本帅想在心。众将权且后营进，等候先行得胜回程。（下）

第十六场 报军情

人物：窦一虎 仙童

虎（内，白）：来也。（白）喽兵下山去打掳，这般时候未回头。莫不是山下遇对手，怕的喽兵他难收。打坐前寨来等候。

兵（上，白）：见了大王说来由。交令。

窦（白）：打着何物？

兵（白）：启禀大王，大唐人马到此前来讨战，请令定夺。

虎（白）：可恼。（唱）听得喽兵说一声，不由一虎火一盆。人来与我抬大棍，不败唐营不收兵。（下）

童（唱）：一见兄长下了山，不由仙童把心担。喽兵带路后寨转，等候兄长转回还。（下）

第十七场 开打

人物：罗通 窦一虎

二人通名，开打。虎败下。

第十八场 仙童出马

人物：窦一虎 仙童

仙（上唱）：来也。兄长下山去打仗，倒叫仙童想胸膛。怕的唐兵太强壮，又怕兄长受了伤。喽兵带路前寨往。

虎（上唱）：见了妹妹说短长。

仙（白）：兄长缘何这等模样？

虎（白）：妹妹哪曾知道，只因唐朝先行罗通杀伐厉害，兄长不是他的对手，故而大败而归。

仙（白）：兄长请到后寨歇息，待为妹前去擒他。

虎（白）：有劳妹妹了。

仙（白）：可恼呀。（嘹子）唐朝罗通可凶猛，他能胜我窦仙童？喽兵抬枪下山拢，下山会一会小罗通。（下）

第十九场 罗通被捆

人物：窦仙童 罗通 两边押住阵脚

（二人开打，仙童先败下）

仙（白）：哎呀，且住，罗通杀法厉害，我不免用捆仙索将他捆了。

罗（白）：哪里走？

仙（白）：看枪！将罗通打捆了，喽兵们。

众（白）：在！

仙（白）：将罗通带上山寨。（兵将罗推下）

仙（白）：好呀。（唱嘹子）唐朝先行不中用，这点本事当什么先锋。看看他是何人敢出动，要他个个血染红。权且收兵回山拢，有人前来决不容。（下）

第二十场 金莲出马

人物：唐营全场

丁山（内白）：来也。（上，唱元板）我命先行出了阵，这般时候未回程。莫不是山贼本领狠，先行上阵型打不赢。将身打坐宝帐等。

兵（上唱）：见了元帅报原因。（白）启禀元帅，先行被擒。

丁（白）：怎么讲？

兵（白）：先行官被一女子捉上山去了。

丁（白）：不好呀。（唱）听说先行他被捉，倒叫本帅心刀割。小小山贼敢作恶，我要踏平小山窝。回头只把老千岁问过，请老千岁与我把主作。

程（叹）：元帅不要心难过，老臣言来你听着。兵对兵来将对将，丫头要用丫头摸。（白）依老臣之见，派金莲小姐前去对阵。

丁（白）：千岁言之有理，妹妹听令。

莲（白）：在。

丁（白）：这有大令一支，命你带女兵前去对阵，小心为妙。

莲（白）：得令，抬枪。（上马，下）

丁（白）：可恼呀。（唱）一见妹妹去把仗打，不由丁山咬银牙。众将权且后帐踏，但愿妹妹将贼拿。（下）

第二十一场 对阵

人物：窦仙童 薛金莲

（二人两边上，架枪）

童（白）：来将通名，本小姐不杀无名之鬼。

莲（白）：马上坐稳，我乃辽王之女、丁山元帅的妹妹，薛金莲是也。

童（白）：哎呀，原来是位小姐。我劝你不要打，与我哥做个压寨夫人好是不好？

莲（白）：一派胡言，看枪，开打。（莲败下）

第二十二场 丁山出马

人物：唐全场人

丁（内白）来也。（叹元板）妹妹适才出了阵，这般时候未回程。莫不是丫头本领狠，怕只怕妹妹打不赢。将身打坐宝帐等。

莲（上唱）：见了哥哥交令行。（白）交令。

丁（白）：将令落台，胜负如何？

莲（白）：那丫头杀伐厉害，大败而归。

丁（白）：可恼呀。（唱）听一言来胆气炸，大骂丫头不知法。本帅亲自来出马。（白）抬枪驯马。（上马。唱）此番前去将贼拿。（下）

程（唱）：可恼呀。可恨小小棋盘山，不该在此把路拦。众将权且后营转，单等元帅凯歌还。（下）

第二十三场 丁山被捉

人物：窦仙童 薛丁山

（二人上场驾枪，两边兵压住阵脚。）

仙（白）：来将通名。

丁（白）：二路元帅薛丁山。

仙（白）：哦。

（薛丁山一二三枪，亮架）

仙（唱倒板）：两军阵杀出了一员小将。（唱四平调）见将军生得好，相貌优雅，好似那潘安，变化无差赛韦陀，赛韦陀。他手内缺少龙杵赛吕布，赛吕布。他手里缺少画戟，我爱你我爱你，情愿与你结连理。（仙口含红球下）

丁（白）：呀，且住。丫头戏弄我，不免赶上前去结果了她。（下）

仙（上白）：稍待。薛丁山杀伐厉害，我不免抛出捆仙神索将他擒上山。

丁（内白）：哪里好走。

（二人开打，仙将丁绑了）

仙（白）：喽兵们。

众（白）：有。

仙（白）：将丁山绑回山寨。

兵（白）：得令。

（将丁推下）

第二十四场 咬金出阵

人物：唐全场

咬金（内白）：来也。（元板）元帅出阵把仗打，这般时候未回家。莫不是元帅难招架，怕的是元帅被他拿。前营打坐来等下，等候探子报根芽。

探（白）：报……

程（白）：报者何来？

探（白）：元帅被女子捉上山去了。

柳（白）：怎么讲？

探（白）：元帅被捉上山去了。

柳（白）：不好了。（唱）听得探子报一声，不由老身心大惊。回头便把千岁问，拿何良策救儿回程。

程（唱）：夫人不要将我问，老臣亲自走一程。你们在营寨将我等，老夫上山说婚姻。

（全场下）

第二十五场 咬金上山说媒

人物：窦一虎　窦仙童　薛丁山　丫头　程咬金　柳夫人　薛金莲　罗通

虎（内白）：来也。（上唱元板）妹妹下山去打仗，这般时候未回乡。怕的妹妹上了当，又怕妹妹受了伤。喽兵带路前寨往。

仙（上唱）：见了兄长说端详。（白）交令。

虎（白）：妹妹此番胜负如何？

仙（白）：大获全胜，二路元帅薛丁山被我捉住。

虎（白）：人在哪里？

仙（白）：已在山脚。

虎（白）：来呀，将丁山带了上来。

兵（白）：是。

（仙与丫头耳语，下）

丁（内白）：来也。（上唱元板）适才山下被人绑，真叫英雄脸无光。来到山脚抬头望，刀枪剑戟摆两旁。英雄生来胆气壮，见了山贼心不慌。大丈夫，生和死，死和生，哪放心上。龙潭虎穴走一场，大摇大摆山寨往。山贼不要太猖狂。

虎（白）：胆大薛丁山，见了本大王，为何立而不跪。

丁（白）：我乃唐营二路元帅，岂肯跪你草寇面前。

虎（白）：呸。（唱连台）听此言，不由人心头起火。你小子好比网内之鱼，笼中之雀。

丁（唱）：降不降，战不战，什么结果。薛老子喜的快爽，不喜啰嗦。杀了我，棋盘山非平不可。唐营的将官，个个文韬武略。薛丁山，好比那泰山一座。

虎（唱）：说什么。

丁（唱）：要你妈与我做个老婆。

虎（唱）：一句话，骂得老子心头起火。骂了我，非杀你刀起头落。

丫头（白）：小姐快来，大王要杀肥羊。

仙（唱）：兄传令要杀他，完全办错，急得我窦仙童慌了手脚。叫将军莫害怕，百事有我。问兄长要杀他，却是为何？

虎（唱）：骂了我，非杀他。

仙（唱）：人家并未骂我。

虎（唱）：他骂我的娘，你可听见？

仙（唱）：怪只怪你的话多。这件事请兄长休要管，我自己的事自打算盘。

虎（唱）：急得我跳脚。

丁（唱）：杀不杀，放不放，为了什么？急得我薛丁山……

丫头（唱）：有鬼，踩了我的脚。

仙（唱）：叫丫头，你莫走，跟随于我。

丫头（唱）：问小姐，你叫我，却是为何？问小姐，你不杀他，留他做什么？

仙（唱）：你小姐，我想留他，做一个哥哥。

丫头（唱）：要哥哥，那上面现存的有一个。

仙（唱）：鬼丫头，猜不到信口乱说。这件事猜不到，你真是一个苕货。

丫头（唱）：啊，明白了。

仙（唱）：是什么？

丫头（唱）：想他与你窝脚。

仙（唱）：你既知道，上前去问他，可是不可？

丫头（唱）：那猴子不上树，我多打几下锣。近前来见将军，恭喜道贺。

丁（唱）：又不是生儿子，又未讨老婆。

丫头（唱）：要老婆，你开口，看要几个？我的小姐许配你。

丁（唱）：你饶命，把汤喝。山寨女，配本帅，到八卦炉去回火。

丫头（唱）：我的小姐好看。

丁（唱）：丫头再说，老子踢你一脚。

丫头（唱）：禀小姐，他不要你。杂种还要打我。

仙（唱）：只愧得窦仙童，脸似血泼。怒冲冲拿椅子一旁打坐。小狂徒只想死，不想求活。

丫头（起甲板）：叫将军，快允可。

虎（唱）：大炮一响人头落。

仙（唱）：问将军可不可？

丁（唱）：你休想，少啰嗦。

虎、仙（同唱）：好好好，刀响头落。

程（内白）：且慢呀，且慢呀，我兴唐鲁国公程咬金，要面见大王。

虎（唱）：是何人叫本王？

丫头（唱）：启禀大王，是唐朝鲁国公程咬金要见大王。

虎（唱）：不见。

仙（唱）：我见，有请。

程（上白）：小姐。

仙（唱）：千岁请坐。

程（唱）：告坐。

仙（唱）：不知千岁驾到，有何事相商？

程（唱）：老臣是为了小姐和我家元帅婚姻之事而来，不知小姐是否愿意？

仙（唱）：小女愿意，但还要家兄作主。

程（唱）：那就请令兄出来一见。

虎（唱）：我来也。

程（唱）：将军真神人也，令妹之事，不知将军意下如何？

虎（唱）：此事我早听见，舍妹同意，我也无话可说。

程（唱）：既然如此，将军同意，那就派人下山迎接夫人、小姐上山观看花烛。请将罗先行放出。

虎（唱）：将罗先行放出。

罗（上白）：见过老千岁。

程（唱）：罢了，现在我们是家人了。

（内白）：夫人小姐到。

众（唱）：有请。

柳、莲（同上白）：见过老千岁。

程（唱）：夫人请坐。

柳（唱）：一同有坐。

程（唱）：选日不如撞日，就是今日，小姐和元帅举行婚礼。罗先行，命你备礼上来。

罗（唱）：遵命。一根丝线抛江中，先钓鳌鱼后钓龙。龙配龙凤配凤，夫妻二人乐无穷。请官人新娘出位。（丫头扶仙上）一拜天地，二拜高堂，夫妻对拜，转入洞房。

程（唱）：众将军休兵三日，兵发锁阳城。后面饮酒。（同下）

第二十六场 发兵

人物：唐全场人

柳（内白）：走呀。（上，唱嘹子）我儿喜事三天整，不由老身喜在心。前面只把千岁请。

程（上唱）：夫人，请我何事？

夫人（白）：千岁呀，歇兵三日，还是发兵救驾要紧。

程（白）：不是夫人提起，我险些忘记了。

程（白）：众将官。

众（白）：有。

程（白）：请元帅升帐呀，众人齐上排两边。

（丁山升帐上位）

丁山（诗）：威威烈烈上将台，炮响三声宝帐开。我今挂了二路帅，杀贼救驾立功劳。（白）本帅薛丁山，众将官兵发锁阳城。马来。（众人骑马，夫人上车，同下）

第二十七场 界牌关

人物：王卜招 兵

王（上引）：今奉狼主命，镇守界牌关。（诗）镇守界牌有数春，关前关后起乌云。若有贼兵来犯境，杀得天昏地也昏。（白）老夫王卜招，现年八十三岁。狼主驾前为臣，命我镇守界牌关。单听探子一报。

探子（白）：报……

王（白）：报者何来？

探（白）：今有唐朝兵马，已抵界牌关，请令定夺。

王（白）：可恼呀。（唱）听得探子报一声，不由老夫火一盆。人来抬枪把马驯，不杀唐贼不收兵。（下）

第二十八场 攻界牌关

人物：唐营全场人

（唐全场人同上，走排场）

丁（白）：众将缘何停步不走？

兵（白）：前面就是界牌关。

丁（白）：列开旗门。罗先行听令。

罗（白）：在。

丁（白）：命你前去攻打界牌关，不得有误。

罗（白）：得令。抬枪驯马。（下）

丁（白）：众将后营歇息。

第二十九场 勇罗通盘肠大战

人物：王卜招 罗通 兵

（王卜招、罗通两边冲上，架枪）

王（白）：来将通名。

罗（白）：俺乃大唐天子驾下、二路元帅麾下先行罗通是也。老头儿报上名来。

王（白）：俺乃界牌关主将王卜招。

罗（白）：你多大年纪？

王（白）：八十三岁。

罗（白）：八十三岁的老儿也能上阵交锋？看枪。

（二人开打，王败下）

罗（白）：哪里走？

王（上白）：哎呀，且住。罗通杀伐厉害，如何是好？这——有了。前边有一座桥，不免去桥边藏躲。等他到此，结果他的性命便了。（王躲介）

罗通（赶上）（白）：哎呀，且住。老儿不知去向，待我赶上前去。

（罗过桥马不走，罗加鞭过桥，被王一枪杀出肠子，故而盘肠大战。二人再战，罗终于杀了王卜招，将人头割下回营交令。全下）

第三十场 罗通提头交令

人物：唐营全场人

丁（内白）：来也。（上唱元板）我命先行出了阵，这般时候未回程。莫不是贼兵有本领，又怕先行打不赢，心惊肉跳宝帐进。

罗通（提头上，唱）：见了元帅交令行。（罗倒下，全场人见状围拢先行）

丁（唱倒板）：一见先行丧了命，倒叫本帅两泪淋。回头便把千岁请，再叫何人当先行。

程（唱）：元帅不要心纳闷，老臣言来听分明。且将尸首后面送，就点罗章为先行。

丁（白）：罗章听令。

罗章（白）：在。

丁（白）：命你子顶父职，为马前先行。

罗章（白）：得令。

丁（白）：众将官。

众（白）：有。

丁（白）：休兵三日，兵发锁阳城。

众（白）：是。（同下）

第三十一场 敌楼观阵

人物：李世民 太监 徐茂公 太监 薛丁山 窦一虎 仙童 柳迎春 金莲

李世民（内白）：摆驾。（上唱元板）程王兄回朝搬救兵，至今无有信和音。莫不是路上有伤损，怕的是朝中无能人，至今无人来救应。内无粮草外无援兵，似这样长期来待等，怕只怕君臣活不成。耳听城外鼓声震，莫不是程王兄搬来救兵。先生排驾城楼进，只见苏宝同出了兵。苏贼出兵威风凛，枪刀剑戟好惊人。观罢了苏贼兵，龙心恼恨，又见程王兄搬来救兵。程王兄前面把路引，领兵的元帅不知是何人，二路无帅威风凛，兵将个个都年轻。观罢了众将士，龙心高兴。单等他二路元帅定输赢。

（苏、丁开打，丁用白虎鞭打伤苏，下）

李（白）：好呀。（唱）一见苏宝同败下阵，孤皇不觉喜在心。内臣摆驾龙棚等，等候程王兄来见寡人。

程（上唱嘹子）：适才一仗打得好，杀得苏贼无处逃。将身且把龙棚进，见了万岁奏龙台。（白）臣见驾，吾皇万岁万万岁。

李（白）：王兄平身，赐座。不知二路元帅是何人？

程（白）：启奏陛下，此人是两辽王之子薛丁山，夫人小姐都来了。

李（白）：快传旨宣薛丁山、夫人、小姐，前来见朕。

程（白）：遵旨。万岁有旨，薛丁山、夫人、小姐前来见驾。

丁、柳、莲（同上，白）：万岁把旨传，上殿把驾参。臣等见驾，吾皇万万岁。

李（白）：平身。

丁（白）：谢万岁。

李（白）：薛丁山救驾有功，孤皇定有封赏。只是你父王现在伤得很重，你们速去看来。

丁（白）：多谢万岁，告辞了。（唱）辞皇移驾父王看。

柳（唱）：不由老身把心担。（下）

李（白）：好呀。（唱）我朝有了薛丁山，真叫孤皇心喜欢。众将且把后帐转，休兵几日惩凶残。（下）

第三十二场 仁贵斩子

人物：薛仁贵 李世民 徐茂公 程咬金 薛丁山 柳迎春 窦一虎 窦仙童

丁（内白）：走呀。（唱嘹子）去到后帐把父亲看望。

（众人扶仁贵上坐）

丁（唱）：我与父帅来疗伤。（白）我下山时，师父赐我丹药，待我与父帅敷上，父帅醒来。

仁（唱倒板）：这一阵，痛得人昏迷不醒，七魄悠悠又还魂。展开了生死眼用目观定，得见夫人面前陈。（白）夫人缘何到此？这些都是何人呀？

柳（白）：夫帅何曾知道，这是你儿丁山奉师父之命，前来救驾。这是你女儿金莲，这是你媳妇窦仙童。

仁（白）：我哪里来的媳妇，快快讲来。你们都退下。

仙（唱）：未开言走上前，双膝跪倒。尊一声我的公帅，驾听根苗。我家住在山西半岛，我的父被贼害命赴阳台。七十二路烟尘窦建德，是祖父的名号。兄长一虎，奴名仙童，手足同胞。我的祖父为造反被人杀了，我兄妹闻此信往外奔逃。逃到了棋盘山，兄妹落草，为的是劫富救贫，把兵来招。那一天薛丁山山前来到，那是我想投唐才把亲招。招亲事有千岁从中作保。不到处，望公帅你要恕饶。这本是奴的实言，对公公来表。望公帅念我夫妻救驾功劳。

仁（白）：好，你且下去。

仙（白）：遵命。（下）

仁（白）：丁山站上前来。

丁（白）：父亲有何教训？

仁（白）：奴才大胆呀。（起连台）见愚子不由人火往上冒，骂一声薛丁山不孝的奴才。要知道临阵招亲其罪不小，犯军令犯王法，岂肯恕饶？叫人来将丁山与我绑了。只等时辰一到，将他开刀。

一虎（唱）：急得我窦一虎一旁乱跳，叫妹妹快点来。

仙（唱）：事为哪条？问兄长是缘何这样急躁？

虎（唱）：薛元帅要杀他的儿子。

仙（唱）：魂魄到了九霄，进帐来见公公，急忙跪倒求公公，免了我夫项上一刀。这件事不怪我夫，是我不好。那时我想投唐逼他把亲招。这是我实情话对公公来表。求公公，要杀我夫，将我一起开刀。

仁（唱）：窦仙童你站起来，管他不了。两军对阵私招亲，藐视当朝。为帅人军令不严岂不反了。叫人来推去斩。

柳（唱）：且慢开刀，我夫帅要杀我儿，如何得了。进帐去求我夫将儿恕饶。曾记得夫回朝，汾河湾到，那时节多亏了老祖王敖。我的儿在仙山随师学道。都只为救万岁，与你把病疗。要念在我的儿年纪还小，杀了他岂不绝了薛门的根苗。我的儿救万岁功劳不小，看只在我的份上将儿恕饶。

仁(唱)：贤夫人，军法大事休要管了。如万岁爷降下罪，谁个承招。叫人来推去斩。

程（唱）：老臣来问元帅，斩丁山是为哪条？

仁（唱）：斩丁山私招亲。

程（唱）：令人好笑。这件事是老臣一手操劳。你接媳妇理应该谢我才好，莫不是想爬灰乱七八糟。

仁（唱）：犯军令，犯王法，谁敢讨保。

程（唱）：恨薛礼无情面，越盘越毛。转面来叫一声牛鼻子骚道。

茂（唱）：问老臣，是缘何这样心焦。

程（唱）：薛元帅要杀他儿子。

茂（唱）：我不知晓。

程（唱）：你赶快进帐去讨保求饶。

茂（唱）：这个人情我只怕求之不了，进帐去试一试，怎样开消。进帐来见元帅。

仁（唱）：我早已明白了，你可是为丁山讨保求饶。两军阵私招亲，其罪不小，为帅人令不严，岂不兵败瓦消。

茂（唱）：请万岁。

李（唱）：孤皇到此。

（同唱）万岁来了。万岁到此臣接驾。

李（唱）：卿家免朝。问元帅斩何人把罪犯了？

仁（唱）：这件事请万岁作何开销？薛丁山私招亲。

李（唱）：有孤皇作保。锁阳城救了孤皇，大有功劳，救了你、救了我其功不小，看只在孤皇面将他恕饶。

仁（唱）：快松绑。

丁（唱）：死去复生，中军帐到。谢父帅不斩恩。

仁（唱）：快谢当朝。

丁（唱）：谢万岁不斩恩。

李（唱）：你的功劳非小，从今后为国家好好保朝。

茂（起甲板）：薛元帅情准了。

仁（唱）：免了奴才项上一刀。

柳（唱）：薛氏门中祖先佑保。

丁（唱）：险些一命付阴朝。

一虎（唱）：斩了他，妹妹不得了。

仙（唱）：多亏大家来救饶。

（大家同唱）：好，好，好，将他恕饶。

（剧终）

夜诉奇冤

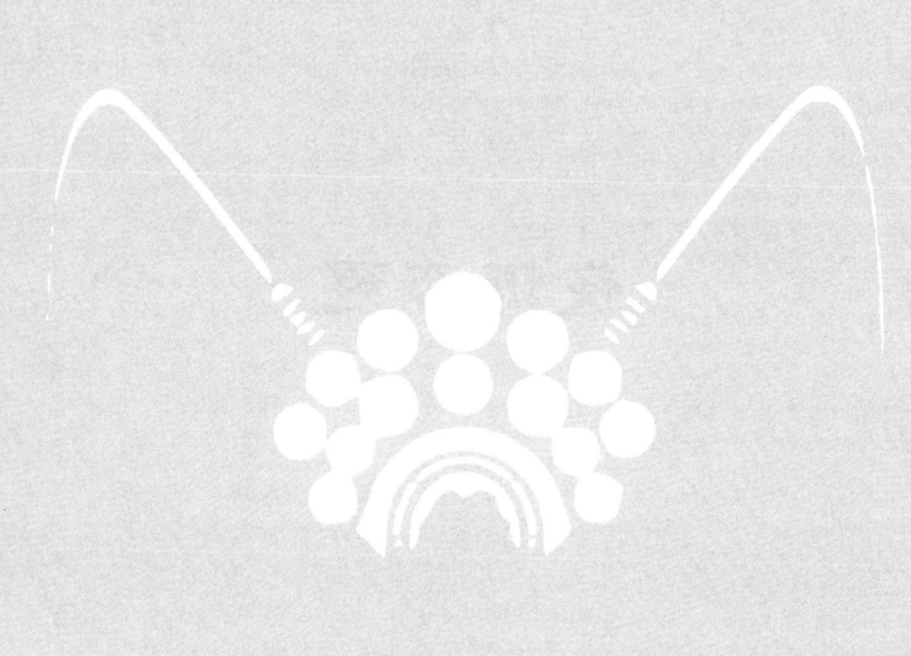

第一场 玩笑丧命

人物：尤胡芦 秦古心 苏绒娟 娄阿鼠 邻人甲、乙、丙、丁

尤胡芦（背钱袋上，白）：啊哟，好重啊。（嘹子）吃酒愈多心愉快，本钱缺少店难开。停业多时心焦燥，为借债我只得东奔西跑。（白）想我尤胡芦自从肉店停业以来，专靠借当过活，终日愁眉不展。幸喜我那死去的妻子，有个姐姐住在皋桥，为人热心快肠。今朝请我吃了两壶酒，又借了本钱三十串，给我做生意。好不快活也。（唱嘹子）借来铜钱三十串，一路行来更已敲。（白）我往日买猪是全靠秦老伯帮忙，明天买猪也只好去请他帮助。这里已是他家门口，秦老伯在家吗？秦老伯。

秦（上白）：外面是哪一个？

尤（白）：是我（学女人声，做鬼状介）。

秦（出门看）：啊，原来是你。尤二叔，你就是喜欢开玩笑。你看天这么晚了，你叫我有什么事？

尤（高兴地指着钱袋，白）：老伯你看。

秦（白）：你这么多钱铜钱，是从哪里来的？

尤（白）：路上捡来的。

秦（白）：你又开玩笑了。

尤（笑白）：不瞒你说。这三十串钱呀，是皋桥姨姐借给我做本钱的。

秦（白）：好，好，有了本钱，你老店重开，可以吃用不愁了。我这里卖酒卖油的生意也要沾光兴旺了。明天买猪，还是你我一同前去吧。

尤（白）：多谢老伯。

秦（白）：明早会。（下）

尤（念）：离却秦家油盐店，又到自己肉铺前。开门，女儿开门。

苏绒娟（上白）：来了来了。（开门）爹爹回来了。

尤（白）：回来了。（进门放钱）

苏（白）：爹爹哪来这么多铜钱呢？

尤（白）：女儿，你猜一猜看是从哪里来的。

苏（白）：是借来的么？

尤（白）：哪有这样好的人，肯借这多钱给我？

苏（白）：那是从哪来的咧？

尤（白）：唉。事到如今，瞒你也无用。我今日出门，正遇着张媒婆。他说王员外的小姐出嫁，缺少一个陪嫁的丫头。我收了他三十串铜钱，把你卖去了。

苏（白）：此话当真。

尤（白）：明天一早就过去，你快快收拾收拾去罢。

苏（白）：哎呀。亲生的妈妈呀（哭下）。

尤（白）：一句笑话，她却信以为真。且骗她一夜，明天再与她说明白，倒也有趣哟。我将铜钱收拾好，痛快地睡他一觉。（上床睡介）

苏（擦泪上唱。大悲）：用手捧出茶一盏，送与爹爹解渴烦。珠泪泉涌心悲惨，我好似海中一只船。女儿我守贫困心甘情愿。（转悲迓）求爹爹退还了卖身的钱。实可叹老娘亲不该命短，丢下了女儿我好不惨然。儿好比放风筝线被扯断，儿好比大海中失舵的舟船。儿好比弦上箭难以回转，儿好比凤去羽毛不如鸠斑。儿不愿当丫鬟被人作贱，儿心愿跟随爹膝下承欢。千哭万哭无法办，倒不如碰死爹的跟前。（白）爹爹，爹爹呀。他已经睡熟了啊。（唱嘹子）我和他非亲生彼此疏远，母亲去世又多年。他既有意将我卖，继父怎会将我怜？无奈何只得将娘喊，等候你儿归阴班。（哭头）哭一声死后的娘。哎……我亲生的爹娘呀。（嘹子）好似一狼牙箭把我心穿。（四周看）见案上有肉斧顿萌死念。（白）爹爹，娘呀。（唱）倒不如自刎，免去难关。（正欲自刎，忽想起姨妈）哎呀，且住。曾记得皋桥姨妈对我讲过，如若有事前去找她。如今事已危急不如投她去吧。（唱嘹子）趁他酒醉还未醒，赶快逃生莫迟延。但愿姨妈将我念，免当奴婢受颠连。（出门逃下）（回头。白）爹爹，爹爹呀。休怪儿不孝了。（下）

娄阿鼠（上念）：两粒骰子盘内装，先卖田地后卖房。有人学会轻巧艺，子子孙孙不还粮。想我娄阿鼠，一不经商，二不种田，专靠赌博为生。不管是工农商学，不管三教九流，只要见到有钱能骗即骗，能偷便偷。虽说我的名誉不好，只因赌场的兄弟甚多，衙门内外的朋友多，街坊邻舍对我倒也敬重。昨日骗来一笔钱，可恨运气不好，统统输光。虽说有这灌铅的骰子，只因赌场内光是行家难以下手。想翻转又没有本钱，我要快些找个财神菩萨才是（东张西望）咳。尤胡芦家，缘何大门未关，灯光未熄。想是又在杀猪了。不免去赊几斤肉，饱吃一顿。（入内。白）尤二叔，尤大姐。看他浓睡未醒，想必是老酒吃醉了，忘记关门，又忘记吹灯。啊。看他枕头下面有许多铜钱，这却料想不到。（看案上肉斧。干念）财星高照，眉开眼笑。心想偷，又害怕。心惊肉又跳。咳。方才正愁着没有本钱，如今又有本钱了。不妨到赌场抹大牌押大宝，我要赢了钱，去到酒馆吃个大饱，再到妓院走一遭。（娄偷钱，尤醒来）

尤（白）：哪一个？不好了。有贼（抱住鼠）。原来是你！你欠我肉债未还，又来偷钱（二人相打夺钱，娄用斧杀死尤）。

鼠（白）：尤胡芦，尤胡芦。休怪我手下无情。要是我不杀你，你与我传扬出去，叫我娄阿鼠怎样做人。我是一不做，二不休，拔倒胡芦泼掉油，拿起铜钱快快溜。（鼠出门，见打更人。急转室内，吹灯躲床后。铜钱部分脱落。听更声渐远，偷看门外，无人，急出门逃下。落骰子。下）

秦古心（上白）：亲帮亲，邻帮邻。富帮富，贫帮贫。大门已开，想必起早走了。（进门）尤二叔，尤二叔。啊呀，地下什么东西，绊了我一跤。（细看介）原来是尤二叔。喂，尤二叔醒来。好好的床不睡，为何睡在地下？（推尤）哎呀，不好了，满身都是血，已被人杀死了。大姐，大姐，也不见了。（出门）众位街坊，不好了，快起来呀。

鼠、邻甲、乙、丙、丁（同上白）：老伯为何喊叫？

秦（白）：不好了，出人命了。

邻乙、丁（白）：哪家出了人命了？

秦（白）：尤胡芦被人杀死了。

众（白）：啊！

鼠（白）：我不相信。

秦（白）：不相信就进去看吧。（众进门，见尤大惊。呀。众唱卜灯蛾）一见胡芦被杀害，捉拿凶手报冤仇。喉咙断气面色惨，身体僵硬倒尘埃。

秦（白）：看呐，那肉斧上的鲜血淋淋。

众（白）：鲜血淋淋怕人得狠。秦老伯，你是怎样知道的？

鼠（白）：对呀。你是怎样知道的呢？

秦（白）：昨夜他来找我，说是皋桥亲戚借来三十串铜钱，邀我相帮。今早一同去买猪。今早我来喊他，不料他已死了。

乙（白）：那三十串钱呢？

秦（白）：糟了。钱也不见了。

丙（白）：那女儿呢？

秦（白）：也不见了。

众（白）：好奇怪呀。（唱嘹子）

秦（唱）：父亲已死，女儿不在，这件事情，令人难猜。

丁（唱）：这是那三十串钱惹下祸害，只落得穷运未退，杀身祸又来。

秦（唱）：依我看，贼强头谋财把命害，又把女儿拐带跑。

乙（唱）：苏绒娟杀父盗财把命害，因此怕祸往外逃。

甲（唱）：苏绒娟不会谋财把命害，依我看，她是忠厚老实的女裙衩。

鼠（唱）：常言道，女大难留谈恋爱，通奸杀父又盗财。

秦、乙（唱）：有谁看见他与男人来往？

甲、丙、丁（唱）：有谁看见他与人有情爱？

鼠（唱）：女儿人大孤身难挨，与人私通自然是暗中往来，你看肉斧伤人，定不是别人所害。 她假装正经，心怀鬼胎，凶手一定是她，不必再猜疑了。

秦（白）：是贼子杀的也罢，是他女儿也罢，我想也许不曾逃远，我们分头办事，你们且将尸首安顿一下，速去报官。

乙（白）：是。（下）

秦（对甲、鼠白）：我们追赶凶手去吧。

鼠（白）：我也去……（同下）

第二场 误良为奸

人物：熊友兰 绒娟 秦古心 娄阿鼠 差甲、乙 众甲、乙

熊（背钱袋上赶路，唱嘹子）：缺衣少食家贫困，贫寒难养二双亲。（白）小生熊友兰，堂前椿萱还在，因家庭贫困，缺衣少食，是我与人帮工买卖，日夜忙碌，身背铜钱，急忙赶路呀。（唱嘹子）帮人做事需谨慎，为主人做买卖，受尽苦辛。（下）

苏绒娟（疲劳上。唱嘹子）：怕追赶拼命往前奔。（跌了一跤）两腿酸痛路难行，行到中途迷路境，不知皋桥多少路程。（白）啊呀，好苦呀。（唱）我孤苦伶仃有谁问，好似黄叶任飘零。眼前只有一线路，去跟姨妈诉衷情。（下。追赶人过场。下）

熊（上唱）：做牛做马力用尽，终日不能侍双亲。不知何日归家境？

绒（内喊）：前面客官慢走呀。

熊（唱）：大姐呼唤为何情？（白）呀，原来是一位大姐，不知大姐唤我为了何事？

苏（白）：请问到皋桥，往哪条路走？

熊（白）：大姐如此匆忙赶路，为了何事？

苏（白）：前往皋桥探亲。

熊（白）：缘何没有亲人做伴？

苏（白）：只因（唱）父母家中忙得很，贫女一人走出门。请问皋桥往哪奔？姨妈家中去探亲。

熊（白）：如此大姐要到皋桥探亲，鄙人正便道，你我同行便是了。

苏（白）：多谢了。（唱）客官前面把路引。

熊（唱）：后行友兰陌路人。

苏（唱）：二人姓名不曾问。

熊（唱）：陌路人又何必问姓名。

（在内白：前面二人不知可是凶手。快追呀）

苏（唱）：忽听后面喊声震。

（内白：前面二人慢走）

熊（唱）：望见奔来一群人。

（苏惊跌倒。熊正欲扶起。秦、甲、乙、丙、鼠上）

众（唱）：这真是知人知面不知心。

鼠（唱）：果然他是行凶的人。

秦（白）：大姐，你干的好事呀。

苏（白）：秦老伯，我想念姨母，前去探望，有什么不可呢。

众（白）：你父亲被人杀死了。

苏（白）：怎么（大惊），爹爹死了？

众（白）：自然是死了。

苏（白）：待我回去看看。

众（白）：哪里去？

苏（白）：回家看望爹爹。

众（白）：哼！你装模作样谁相信。

苏（白）：爹爹既是被害，为何不让我回去看望呢？

众（唱）：你勾结奸夫害父命，盗取钱财想逃生。如今双奸被拿定，你想逃脱万不能。

熊（白）：怪不得他这样匆忙，原来如此。（欲行）

众：哎。走不得。

熊（白）：为何走不得？

秦（白）：你要是走了，那个替你抵罪。

鼠（白）：对呀，你要走了，难道叫我娄阿鼠替你抵罪不成。

熊（白）：这就奇了。这与我有什么相干咧？

丙（白）：不用多说，且看他的铜钱是不是三十串。

（众去拿熊的钱。熊不肯。众奇）

熊（白）：这钱是我的。

众（白）：数数看。

秦（白）：让我来数。一十，二十，三十。一串也不少，半串也不多。整整三十串，你还想抵赖吗？

众（唱）：这正是谋财害命拐女人，狼心狗肺是衩裙。

鼠（唱）：胆大万分，竟敢杀死人。

熊（白）：哎呀，列位我叫熊友兰。是商客陶复朱的伙计，这三十串钱是人给我前往常州购买木梳的。我与这女子彼此并不相识，怎么把我认作凶犯呢？

苏（白）：我与这客官素不相识，不可冤屈好人。

众（白）：你们这些话是真是假，哪个相信？

熊（白）：我那主人陶复朱，现住苏州玄妙观前悦来客栈，列位不信，请派人查问便知。

鼠（白）：人在赃在，尤胡芦不是你杀的，难道是别人杀的？难道是我杀的不成？

邻人乙、甲、丁（白）：众位大哥，凶手在这里，你们快带走吧。（差役锁熊友兰、苏）

差甲、乙（同白）：杀人应偿命，放火自烧身。走。

秦（白）：慢来，慢来，还是再问清楚吧。

差甲（白）：不管是与不是，到了衙门，自然明白。

差乙（白）：走走，你们一同去。

众（白）：是。（下。鼠随下）

第三场 定死罪

人物：过于执 娄阿鼠 苏绒娟 熊友兰 秦古心 差役甲、乙、丙、丁

过（上白）：可恨民间太凶恶，泼妇刁男讼事多。定国安邦刑为号，威严不至起风波。（白）本知县过于执，自从到任无锡县以来，屡逢疑难案件，幸亏我善于察言观色，揣摩推测，虽然民性狡猾，一经审问十有八九，不出我之所断。上自巡抚，下至黎民，哪个不知我过于执的英明果断。今有尤胡芦被杀一案，据说凶手已经拿到，不免升堂来。升堂。

差丙、丁（白）：喳。

过（白）：带街坊人上堂。

差丙（白）：是，众街坊上堂。

众（上白）：忙将凶手事，报与老爷知。参见老爷。

过（白）：你们全是尤胡芦的街坊吗？

众（白）：正是。

过（白）：尤胡芦被害，你们是怎样知道的？这两名凶手，你们又是怎样拿到的？

秦（白）：回禀大人，尤胡芦昨夜在皋桥亲戚家里借了三十串铜钱，前来邀我相帮一同买猪，我怕他酒醉误事，起早喊他，不料被人害了。他女儿苏绒娟也不知去向，小人就一面报官一面追赶凶犯，追到皋桥处，忽见苏绒娟与男子同行，那男子身上正带三十串铜钱。

过（白）：那熊友兰身上带的钱，也是三十串吗？

众（白）：也是三十串。

过（白）：由此可见，熊友兰与苏绒娟定是通奸谋杀无疑了。

秦（白）：这……不敢乱说。

鼠（白）：老爷说是通奸谋杀，就是通奸谋杀。

过（白）：唔，下去。（众下）

鼠（白）：大老爷真是英明果断啊，英明果断。（下）

过（白）：来，传苏绒娟上堂。

差丙（白）：是，带苏绒娟上堂。

差甲（白）：这三十串铜钱在此。

苏（白）：参见大人。

过（白）：抬起头来。

苏（白）：不敢抬头。

过（白）：叫你抬头你就抬头。

苏（白）：谢大人（抬头）。

过（白）：看她面如桃李，岂不惹人勾引！年正青春，正是深闺难熬，她与情夫情投意合，自然就生比翼双飞之意。父亲阻拦，固杀之且盗其财，此乃人之常情。这案情就是不问，我已明白十有八九了。苏绒娟，你为何私通奸夫，偷盗三十串钱杀父而逃？

苏（白）：大老爷所问之事，小女子一件未曾见过。

过（白）：嘿嘿，推得倒也干净，我再问你，你父亲姓尤，你为何姓苏？

苏（白）：我父早死，吾母改嫁，带我同来仍跟父姓，故而姓苏。

过（白）：这就是了。你们既非亲生女儿，他见你招蜂引蝶，伤风败俗，自然要来管教。于是你就怀恨在心，起了凶杀之意，是与不是？

苏（白）：小女并无此事。

过（白）：岂有此理，常言讲道，拿贼拿赃，捉奸拿双。如今你与奸夫双双被捉，三十串赃款在此，又有邻人为证，人证物证俱全，难道本县还会冤枉你不成？

苏（白）：小女实在是冤枉的呀。（唱悲嚓）含双泪，悲切切，跪地求拜。贫小女将情由禀诉上来。家贫穷，我爹爹要将奴卖，我不愿当奴婢才逃出来。中途路，烦客官将我引带，平地里起风波，被人疑猜。女儿岂将父杀害，望老爷将冤枉详情查来。

过（白）：一派胡言，方才邻人言讲，这三十串钱乃是你父亲从亲戚家借来的，你却加一个卖你的罪名，分明是血口喷人。看你年纪虽轻，竟然如此恶毒，不愧凶手本色。想本县无头案不知审清多少，何况你这桩案件，不管你如何狡猾，还能骗过老爷不成？

苏（白）：哎呀，天啦。

过（白）：可恼呀。（唱嚓子）你杀父盗财胆不小，还不低头把罪招。不受刑罚你不知厉害，我劝你好好从实招。（白）有招无招？

差（白）：无招。

过（白）：来呀，将她拖下去打。（二差拖苏下）

差甲上（白）：这女子受刑不过，晕过去了。

过（白）：松刑带上来。

差（白）：松刑。（差役拖苏上，晕倒在地）

过（白）：叫她招供。

差甲（白）：画供。（苏两手被松，差夺手盖印）

过（白）：将他带下去收监。（差甲带苏下又上）带奸夫上堂。

差甲、乙（白）：带奸夫上堂。（差甲、乙拖熊上）

熊（白）：参见老爷。

过（白）：熊友兰，你与苏绒娟私通，偷盗三十串钱，杀死尤胡芦，还不快快招来。

熊（白）：老爷容禀。（唱）草民杭州把货卖，前天打从苏州来。大姐迷路我顺带，平生数未会裙衩。三十串铜钱是买货款，望老爷施恻隐免我祸灾。

过（白）：伶牙俐齿会说话，可是谁相信你？你说你从苏州而来，往常州而去，不迟不早，正好与苏绒娟相遇。你说与她素不相识，为何她不与别人行走，偏偏就与你同行。你说三十串钱是货款，为何与尤胡芦失的钱分文不差呢。苏绒娟已招供了，你与我快快招来。

熊（白）：冤枉，难招呀。

过（白）：拖他下去，重打四十。（差欲动刑）

熊（白）：打死小人，也是无招。

过（白）：呸！（唱）叫你招来你不招，拿棍打狗狗也逃。你谋财害命罪不小，不用大刑你不招。（白）有招无招？

熊（白）：冤枉呀。

过（白）：来呀，大刑侍候。

差（白）：是。（差拖熊下，动刑）

差甲上（白）：犯人晕倒。

过（白）：带上堂来。

差（白）：松刑。（下。二差拖熊上，倒在地下）

过（白）：将他唤醒。

差（白）：醒来。

熊（唱倒板）：无情棍打得人昏迷不醒，天呀，天呀。（唱）这真是无头冤枉临我身，糊涂官打得我疼痛难忍。

过（白）：叫他画押。

差役（白）：画供。（强迫画了供）

熊（气愤，拿笔唱）：可叹我冤枉似海洋深。

过（白）：来呀，将他带下去，押入监牢。

差（白）：是。（拖熊下）

过（白）：哈哈。这样一桩人命重案，不消三言两语，被我判得清清楚楚，明明白白，正是胸中无宏才，怎会将案改。退堂。（众同下）

第四场 夜审奇冤

人物：况钟 熊友兰 苏绒娟 禁子 刽子手

刽子手甲、乙上（白）：手提鬼头刀。

乙（白）：专斩犯法人（来至牢门外。白）开门，开门。

禁（白）：来了。（开门）原来是二位大哥，有什么事吗？

刽（白）：都爷要本府况太爷通夜处决常州府无锡县充解囚犯二名，我们奉命前来提起熊友兰绑赴法场。

禁（白）：二位稍等。（刽子手下）

熊（内白）：啊呀，好苦呀。（嘹子）道遇奇冤心悲愤，可恨台官乱定罪名。

禁（白）：熊友兰，恭喜你了。

熊（惊介。唱）：闻此言猛一震，莫非……

禁（白）：人活百岁，难免一死。不用难过了。

熊（白）：哎呀。（唱）这真是冤枉死，双目难瞑。

禁（白）：事到如今，无锡的原审，都爷的重朝审，都已过去了。三审定案，木已成舟。你就是真有冤枉，也难以挽回了。

熊（白）：天呀。（唱）想不到，平白风波送性命，难奉白发苍苍二老双亲。

禁（白）：你这官司，要是落在我苏州府况老爷手中，那就不会冤枉了。我们况老爷是有名的爱民如子，包公再世，今日监斩的就是他。

熊（白）：是况老爷监斩？

禁（白）：正是。

熊（白）：但愿他查究详情，起死回生。

禁子（白）：他只是奉命监斩，无权审问，就是知道你们有冤枉，也无能为力呀。

刽子手（内白）：快走……呀。

熊（唱）：禁大哥带路出监走，不料想我熊友兰一命罢休。（下。小军门子引况上）

况（白）：执法严明，德威并行。（诗）忠心耿耿行清正，为民苦查冤案情。平生愿做清廉事，不受百姓半毫分。（白）本府况钟，自任苏州府以来五谷丰登，百姓安乐，今奉上台之命，连夜监斩囚犯二名。来，差刽子手。

刽（白）：有。

况（白）：带囚犯。

刽（白）：是。（带熊、苏）

熊、苏（同白）：大人救命呀，大人冤枉呀。

况（念）：杀人者理当偿命，律条上字字分明。（目犯人相面，刽子手扶二人抬头）（白）大胆！（唱嘹子）你无法无天伤害命，盗财拐女罪不轻。我今奉了上台命，送你二人命归阴。可叹你贪色刀下死，可笑你贪财丧残生。（白）来呀。

众（白）：有。

况（白）：脱衣受绑。

众（白）：是。（将熊、苏二人五花大绑）

熊（白）：大人呀，小人冤枉呀。

苏（白）：大人呀，小人冤枉呀。

况（白）：请讲。

众（白）：请讲。

况（唱）：苦冤枉是缘何，有人证、物证？苦冤枉却为何，条条有罪情。（白）刽子手。

众（白）：有。

况（唱）：只等谯楼五更响，速将犯人正法场。（刽子手将斩旗呈，况钟提笔欲判）

熊（白）：大人呀。

众（白）：不要多喊。

熊（白）：大人呀，都说你爱民如子，包公再世，难道你就不分青红皂白，看小人含冤而死吗？

苏（白）：大人呀，你要是屈斩小民，还算什么清官，还算什么爱民如子。

众（喝止）：不得胡说。

况（白）：啊。（唱）听得囚犯说一声，倒把本府难几分。若是真有冤枉证，岂不误斩善良民。（白）你们二人口口声声叫冤枉，本府无有听证，也难相信，既是冤枉，你有何词申诉。

熊（白）：大人呀，小人被判与这女子通奸谋杀，罪证不实呀。

况（白）：怎见得不实？

熊（白）：回禀大人，我家住在淮安，她家住在无锡，两处路隔千里，二人素不相识。只因她迷路失途，顺便指引同行，哪有什么奸情？我本是陪客商陶复朱为伴，终年往来各地贩卖土产货物，我所带的三十串铜钱，是主人给我去常州贩卖木梳的。哪里是什么盗窃而来呢？

况（白）：你主人陶复朱现在何处？

熊（白）：我动身之时，他住在本城玄妙观悦来客栈之中，等我办货归来，同往福建销售。大人不信，请派人查问便知。（况钟思索）

苏（白）：禀大人，我与这位客官素不相识。只因我赴皋桥投亲，迷失路途，求他指引，被人猜疑，害得含冤而死，岂不是我将他连累。大人若能查清这位客官的来历，就知道我与他通奸的罪名是冤枉的呀。

况（白）：来

众（白）：有。

况（白）：拿火签速去查来。

众（白）：是。（门子拿火签下。况拿起案卷研究）

况（白）：呀。（唱　西皮迓腔）戴罪人诉冤情，条条有理，细推敲这案卷定然有疑。男淮安女住无锡，路隔千里，他二人素不相识怎说通私。熊友兰贩货钱言之有据，三十串数目同，难料曲直。这案情来由去脉未查详细，怎能够判死刑把好人冤屈。

门子上（白）：启禀老爷，小人前去查问，却有此事，如今陶复朱已往福建经商去了，据客栈主人言讲，熊友兰的确是陶复朱的伙计，陶复朱确曾给他三十串货款，这是悦来客栈的主人记录，请大人查看。

况（看记载簿。熊友兰、陶复朱对账。白）：熊友兰，你是何时来苏州的？

熊（白）：四月初八而来。

况（白）：你几时动身赴杭州？

熊（白）：四月十五。

况（白）:（自语）如此看来，这熊友兰是冤枉。

苏（白）：大人查出这位客官的根底，就该替我昭雪了吧。

况（白）：苏绒娟，你与熊友兰是否通奸谋，自可再行追查。只是你父被杀，为何你偏偏出门呢。

苏（白）：大人呀，那天晚上继父回家，带上三十串铜钱，明明是说卖我的身价钱，可我不愿为奴婢，故而深夜私逃投亲。若说我偷了钱财杀了继父，又有什么确切实据呢？

况（白）：若说他不曾杀人，就要捉到真正的凶手。若说他确曾杀人，也要找到真凭实据，岂能捕风捉影，轻易判成死罪！斩不得，斩不得，刽子手。

刽（白）：有。

况（白）：将这两名囚犯带进牢房，听后行事。

刽（白）：哎呀，大人呀，你乃奉命斩囚犯，停留不得呀。

况（白）：这……我乃奉命斩囚，无权理案，这样还是应当斩？

刽（白）：应当斩。

况（白）：斩……（唱嘹子）提起羊毫定斩标，执行命令难恕饶。

熊、苏（白）：大人冤枉呀。

况（唱倒板）：朱笔一落丧二命。（转西皮迓腔）犯人不住喊冤情，是留是判难决定。手中朱笔重千斤，决策难下心潮滚。刑场威风严肃静，两边刽手喊声震。若不申诉重复审，斩标插上难挽回刀下人。我本当为犯人雪冤查证，怎奈我管不了常州案情，更何况经过了三审六问，都察院新批阅颁下布文，倘若是自作主违抗上命，轻则罚重则惩，难保前程。左思右想心不定。

熊、苏（同白）：大人，小人含冤而死，死不瞑目呀。

刽（白）：五更不斩，吃罪不起。

况（白）：啊（唱）樵楼上催命鼓三更逼近（打二更鼓），特别紧迫动斩刑。我若违了上台令，延误斩期大祸临。五更处斩已规定，若想翻案也难成。屈斩良民心何忍，抗命不斩又不行。真叫我斩也难，不斩也难，判也难，不判也难，左也难，右也难，进也难，退也难，左难，右难，进难，退难，难……坏了我。

熊、苏（同白）：大人呀。

况（白）：刽子手将犯人带下。（唱）实实难做监斩人，错杀良民逆天命，残害百姓丧人伦。怎样为官要清正，怎样为官把冤申，明知百姓有冤枉，就得秉公判断明。讲什么铁案难更正，怕什么无权理案情，纵然革职丢官品，（转嘹子）为黎民踏火海，去见都堂大人呀（亮相。下）

第五场 请命复查

人物：况钟 周忱 巡官 门子 中军

况（上，接唱嘹子）：喊门子与爷把路引，不觉来到都府门。（白）来，你在辕门侍候。

门子（白）：是。（下）

况（白）：门上哪位在？

巡官（上，白）：什么人

况（白）：本府在此。

巡（白）：啊，原来是况老爷，监斩辛苦了。

况（白）：本府正为监斩一事，特来面见都爷，相烦通报。

巡（白）：大人安寐，不便通报，明日早堂相见。

况（白）：事情紧急，公务延迟不得。

巡（白）：小人前程要紧，不敢通报。

况（白）：倘若误了大事，你可担当得起？

巡（白）：这个……况太爷与别官不同，待小官通报便了。（下）

况（白）：嘿，此人胆小如鼠，却是好笑。（巡上）

巡（上，白）：老爷呢。

况（白）：在。

巡（白）：小官进去通报，大人十分着恼，传出话来说老爷请回，明日早堂相见。

况（白）：生死之关，说什么早堂相见，再烦通报。

巡（白）：小人生命要紧。（急下）

况：哎呀，这便如何是好。（见鼓）事出无奈，待我击鼓便了。（急鼓介）

（内声：来呀，都爷有令，问是何人鲁莽，小民乱急鼓，若有状子，重责四十，若无状子加倍重打，赶出辕门。众应答）

中军（上，故意问）：何人急鼓？

况（白）：是本府。本府无有状子，如何是好？

中军（白）：太爷说哪里话来，待小官去禀明都爷。

况（白）：有劳了。（待中军下）狐假虎威，可恶可恨。

中军（上，白）：都爷请太爷客厅相见。

况（白）：有劳了。（下。幕开。周忱门客引况上）

中军（白）：请稍等候。（入内，况坐下。久等不见周忱出来，焦急，中军自内出，况以为周忱出来起立，中军进场。下）

（中军内喊：下面听了，都爷命旗牌，客厅侍候。况以为周忱将出来，急入位等候，仍良久无动静，稍停。中军进场，入内，况又不见周忱出，谯楼打更三点。）

况（念）：急在心间，坐立不安呀。（唱）更鼓敲得心烦乱，急似烧眉在心间。五更要把人犯斩，他身如磐石坐泰山。哪知百姓有苦难，生死就在顷刻间。侯门住的都察院，欲见贵人如此难。

（中军内白：都爷到。旗牌上，中军上。周忱上，况打躬，周不悦，坐）

况（白）：参见大人。

周（白）：请坐。

况（白）：告坐。

周（白）：况大人，奉命决囚，已经借重贵府法场监斩，夜深急鼓，却是为何？

况（白）：只因这两名囚犯，罪证不实，因此连夜禀见大人，欲求大人恩准暂停行刑，以查明真相。

周（白）：怎见得罪证不实？

况（白）：苏绒娟虽与熊友兰同路行走，熊友兰所带钱数虽与尤胡芦失去钱数相同，但经本府查问，其中疑点尚多，不可据此草率判定二人通奸谋杀，老大人呀，（唱嘹子）同行怎能定有据，无凭无证断是非。此案可疑有虚伪，必须谨慎细查追。

周（白）：三审六问不知经过多少官了，贵府不必问了。

况（白）：大人呀，（唱）三审六问未必对，问官再多欠思维。负屈害民成冤鬼，轻易判定心有亏。

周（白）：无锡县和常州府都是朝廷命官，广见多闻，审理此案，绝无过错，何况本院朝审已过，有冤早已昭雪，贵府不要多问了。

况（白）：老大人既经朝审，不知那熊友兰可是客商陶复朱的伙计？三十串钱的真实来处可曾查明？熊友兰家住淮安，苏绒娟家住无锡，不知他们怎样相识？二人私通又有何为证？据本府派人往玄妙观悦来客栈……

周（白）：本院巡抚江苏所辖州县，什么国家大事尚且无暇料理，这小小案件难道还要本院亲自详细查问不成？本院审理此案，有常州府卷文可查，岂是捕风捉影的吗？

况（白）：不过人命关天，非同小可，而依卑职看来，此案还需慎重处理。

周（白）：本院有事不明，请贵府指教。

况（白）：不知有何事下问？

周（白）：监斩官职责如何？

况（白）：验明正身，准时斩犯回报。

周（白）：不在其位呢？

况（白）：不谋其政。

周（白）：本院既委贵府监斩，本应当谨守职责，为何擅离职守，越级包庇？

况（白）：老大人，那律典上载着一款，凡死囚监刑时喊冤者再勘问呈奏，如今只求老大人做主，那被冤者就可得生矣。

周（白）：如今都文已下，本院哪里还做得主？贵府呀，（唱西皮迓腔）贵府不要强占理，节外生枝惹是非。三审六问来定罪，王法如山谁敢违？周某不是当今帝，不敢斗胆胡乱为。

况（唱）：君为轻来民为贵，法律条条众目睽。为官不为民作主，扪心自问情理亏。

周（唱）：谯楼四更鼓紧催，时刻急迫事燃眉。事关重大我难作主，奉劝贵府速去回。（周忧欲回内，况阻住介）

况（白）：大人呀，（唱）卑府蒙圣上赐权位，处事也可酌情为。多请大人探实际。

周（唱）：气得老夫把胸捶。你既奉印能行事，何费唇舌把我追。本院一生守谨慎，处事从不越常规。

况（白）：老大人且请息怒，本府无非为民请命。

周（白）：决不能从命。

况（白）：老大人执意不准也罢，卑职将此金印押在老大人这里，请大人宽限数日，待卑职亲自到无锡查明回报，务请大人准允。（周冷笑）

周（白）：好一个怜民的知府，却也难得！这印么，请收回，本院就准你前去。

况（白）：多谢老大人，还求令箭一支。

周（白）：要令箭何用？

况（白）：常州、无锡，非本府管辖，有了大人的令箭，才好行事。

周（白）：取令箭过来。

中军（白）：是（取令箭），令箭在此。

况（白）：多谢大人（欲下）。

周（白）：慢。贵府在此只限半月为期。

况（白）：半月吗？……

周（白）：半月之内，不能查得水落石出，本院我奏明圣上，哼，哼，提参来辨。（拂袖下）

第六场 疑　鼠

人物：况钟 过于执 夏总甲 娄阿鼠 众邻人 皂隶

夏（上念）：为人切莫做地方，日日夜夜奔波忙。若是出了人命案，内内外外跑断肠。有请众位街邻。

众邻人（上白）：夏大叔，何事呼唤？

夏（白）：只因尤胡芦被杀一案，苏州府况太爷前来查勘，即刻就到。特请众位等候问话。

邻人甲（白）：他乃是苏州府，怎能管这常州府案件呢？

夏（白）：况太爷是请了都爷之命前来的。

邻人甲（白）：真凶实犯俱已拿到，怎么还要查勘？

众邻人（白）：是呀。

夏（白）：况太爷是清官，说冤枉了。众位随我来。（众人下，只有娄阿鼠一人在场）

鼠（白）：哎哟，我只说熊友兰、苏绒娟做了刀下之鬼，如今况钟又来查勘，莫不是我娄阿鼠的案情发了？不会的，不会的。我干这事情，一无人看见，二无人知道。既无人证，又无赃证，怕些什么？待我混在街坊之中，假装好人，以看风转舵，见机行事。哎呀，做不得，那况钟是有名的包公再世，足智多谋，厉害无比。若是我露了马脚，被他识破，到那时想逃也来不及了。俗语说得好，三十六策走为上策，待我到乡下躲过十天半月，等风平浪静之后再回来不迟。说得有理，拔脚走了。（下）

况（上念）：为民不怕跋涉苦。

过（白）：官司最怕遇阔人。（夏总甲上）地方迎接二位大人。

况（白）：起来，尤胡芦家住哪里？

夏（白）：就在前面。

况（白）：带路。

夏（白）：是。（众行至尤胡芦门口）这里就是尤胡芦的房屋。

况（白）：将门打开。

夏（白）：是（开封条打开门）。

况（白）：请进。

过（白）：大人请进。

况（白）：同进（入内。此屋无人住灰多，众袖拂身）一同查勘，地方——

夏（白）：在。

况（白）：尤胡芦死在哪里？

夏（白）：死在这里的（指地上）。

况（白）：凶器是放在哪里的？

夏（白）：放在这里的？

况（白）：几时验尸埋葬的？

夏（白）：死后三天。

况（白）：凶器呢？

夏（白）：已被邻人带去存案了。

况（白）：哼，贵县当时可曾查勘？

过（白）：真凶实犯俱已拿到，何必多此一举。

（况钟仔细地查看大门，研究凶手是从外而入，还是在屋内？打门环，听之是否有声，关门，看门上是否有刀痕。看门无问题，继续寻找可疑之处，注意内案板，况钟又查看墙壁，未查出可疑之处，推门时灰尘飞扬，众拂衣，又查看地上血迹，一面看，一面研究）

过（装腔作势地，白）：呀，这是血迹。

况（白）：自然不是凶手的血迹。

过（白）：这血迹与凶手密切相连，倒要仔细查看。

况（白）：自然要仔细查看。

过（白）：啊呀，这血迹看来看去，也不知凶手是哪一个呀。

况（白）：依贵县之见呢？

过（白）：依卑职之见么（笑）？

况（白）：是哪一个呢 ？

过（白）：（笑）不过大人说，他是冤枉嘛。

况（白）：苏绒娟住在哪里？

夏（白）：就住在这里。

况（白）：平日为人如何？

夏（白）：平日为人稳重。

过（白）：未嫁之人，私通自然要假装稳重，掩人耳目。（况钟看了过于执一眼，又入内查看。

过（唱）：赃证俱在要查访，罪情真实他说冤枉。错把凶手当善良，笑他无知太荒唐。（况钟上）大人，你曾见过可疑之处？

况（白）：贵县，你呢？

过（白）：啊，处处可疑。

况（白）：哪里可疑，因何可疑？

过（白）：若不可疑，大人又何必前来查勘呢？

况（白）：如此说来，是我多管闲事了。

过（白）：说哪里话来，大人为民请命。

况（白）：贵县你呢？

过（白）：卑职才疏学浅，审理此案，虽然凭赃凭证，据理所断。既是大人说有差错，想必另有高见。

况（白）：只怕空来一场，徒劳往返。

过（白）：大人胸有成竹，怎会徒劳往返（笑）。请查。

况（白）：查，咦，这地上有一枚钱。

皂隶：这里也有一枚铜钱。（交给况钟）

过（白）：这两枚铜钱难道有什么道理在内不成？

况（未答，对皂白）：再查寻（众人四处寻找）。

皂（白）：太爷，床后有铜钱半串之多。

况（急忙去看，思索。白）：这半串多钱，好不令人奇怪？

过（白）：尤胡芦卖肉为业，说将铜钱抛落地上也是有的，不足为奇。

况（白）：请街坊上来。

夏（白）：请众位街坊。

过（独白）：众位街坊都是此案见证，对本县审理此案，人人心悦诚服，问也如此，不问也如此。

众邻上（白）：参见大人。

况（白）：起来，尤胡芦平日家计如何？

秦古心（白）：尤胡芦停业多日，借当过活。

众人（白）：家无隔夜之粮。

况（白）：啊！（唱）听得众人把话讲，尤胡芦家内无余粮。哪有铜钱落地上，如今令人细思量。

过（白）：尤胡芦酒醉糊涂，这些铜钱是停业之前遗忘在那里的。

况（白）：咳，三五枚铜钱倒可言讲，半串铜钱决不会遗忘。（众人去看钱，互相议论）

过（白）：依大人之见，这钱是从何而来呢？

况（白）：我也正在纳闷，这半串钱是从何而来？

秦（白）：依小人之见，这半串钱也许是三十串之内的。

邻人甲（白）：怎会掉下半串钱呢？

邻乙（白）：也许是凶手杀人时手忙足乱，把钱失落也未可知。

邻人甲（白）：可是凶手身上三十串钱，分文不少呀。

秦（白）：那熊友兰只怕是……

过（白）：那熊友兰只怕是不知道床后有钱，若是知道，也就顺手带走了。

况（对皂隶白）：将钱拾起存案。

皂甲（白）：是（拾钱后发现一木盒）太爷，小的又发现一个小木盒。

况（白）：拿来。（开盒）原来内面放得一对赌博的骰子，分量如何这样重呢？

皂（白）：也许是灌了铅的。

况（白）：唔，好像是灌了铅的（众人议论）。

过（白）：本县民风浇薄，赌风极盛，这骰子么，家藏户有，不足为奇。

况（白）：贵县呀。（唱）见骰子不由人心中思量，骰里面灌了铅并非寻常。

过（白）：尤胡芦喜爱喝酒，一定也爱赌博，这骰子一定是他的。

况（白）：众位街邻，尤胡芦是好赌的人吗？

众人（白）：尤胡芦经常喝酒，从不赌博。

过（白）：定是尤胡芦的朋友失落这里的。

况（白）：他可有好赌的朋友常来常往吗？

邻人（白）：他的朋友，我们都相认，没有一个好赌的。

况（白）：众位暂且退下（众邻人下）。夏总甲，这街坊之中，可有好赌的么？

过（白）：自然有的。

夏（白）：这几位当中，没有好赌的。

况（白）：除这几位之外呢？

过（白）：他已说过没有好赌的人。

夏（白）：咳，有是有一个。

况（白）：叫什么名字？

夏（白）：叫娄阿鼠。

况（白）：他与尤胡芦可经常来往？

过（白）：自然经常来往，若不往来，怎会将骰子掉在这里。

夏（白）：只因他经常赊欠尤胡芦的猪肉不给铜钱，二人素不来往。

过（白）：大人呀。（唱）深究此物心肠丧，想要破案细端详。

况（唱）：深究为的断冤枉。为民众讲什么费心肠。若是贵府有别想……

过（白）：并无别想。

况（唱）：你先走，留我在此也无妨。

过、况（同白）：请。（同下）

第七场 私访

人物：秦古心 门子 娄阿鼠 况钟 皂隶甲

（门子改扮货郎模样，与秦古心同上）

秦、门子（白）：走哇。（上唱）为了破案深打听。

门子（唱）：我今改扮货郎人。

秦（白）：我乃秦古心，东打听，西打听，打听了十多天，如今才打听得娄阿鼠在这间茅屋内（指与门子看）。

门子（白）：老伯，那娄阿鼠是个什么样的人呀？（秦不回答，注视前方）唉，里面那个人，好像是娄阿鼠。

秦（白）；是的，正是他。不要被他看见，待我躲在一旁。（下）

（娄阿鼠与门子相遇，门子敲货郎鼓，阿鼠惊吓。门子下）

鼠（白）：是谁……哪一个……唉，为人不做亏心事，半夜敲门心不惊。自从那个短命的况钟，来到无锡，害得我心惊肉跳，坐立不安。十多天来，躲在乡下，实在闷人。前面东岳庙老道与我相识，他时常到城内去买香纸，不免再去向他打听城内风声如何，顺便求个签，问问吉凶祸福。（念）乡下躲藏，气闷难当。况钟入相，我再出将。（下。秦古心与门子上）

秦（白）：就是他，我先回去了。

门子（白）：辛苦你了。

秦（白）：好说了。（下）（门子看娄阿鼠走进庙门）

门子（白）：我家太爷每日改扮，东查西访正为期限将满，心中焦急，如今有了娄阿鼠的下落，他定然欢喜。（皂隶甲改装上）

皂隶甲：事情怎样了？

门子（白）：娄阿鼠，现在东岳庙内，你快去禀报老爷。

皂（白）：待我进得庙去将他拿住。

门子（白）：老爷吩咐，娄阿鼠虽然嫌疑重大，尚难断定就是杀人的凶手，不可鲁莽行事，我在这里守望，你到船上去禀老爷，再做道理。（下。皂甲下）

（东岳庙大殿内娄阿鼠自内出）

鼠（白）：老道进城买香烛，佛殿上面把签求。师傅不曾回来，待我求上一签，等他一等。啊呀，东岳大帝，若是无事，赏个上上签。（抽签，况钟扮测字先生上）

况（白）：老兄。

鼠（白）：吓了我一跳，什么事？

况（白）：可要测字么？

鼠（白）：我在这里求个签，测字？不要，不要。

况（白）：求签不如测字的好。

鼠（白）：求签不如测字的好？

况（白）：你心中有什么疑难不安，问流年吉凶祸福，只要测个字，便能知道得清清楚楚，明明白白。若是想逢凶化吉，遇难呈祥，找人能逢，谋事能成，赌钱能赢。测个字便知分晓，万万灵念。

鼠（白）：啊，测字好。（放下签筒）请教这是什么数？

况（念）：观枚测字卜气象，大有名声遍四方。

鼠（白）：测字就叫测字，怎么又叫观枚？

况（白）：你若有什么心事，只要随手写一个字来，便可断定吉凶。

鼠（白）：测不成，测不成。

况（白）：为何测不成。

鼠（白）：我一字不识，一字不会写，故此测不成。

况（白）：随口说一个字也好。

鼠（白）：随口说一个字也好？

况（白）：是呀。

鼠（白）：先生，小弟贱名叫娄阿鼠，这个老鼠的鼠字，你可测得出？

况（白）：测得出。

鼠（白）：待我拿条凳子你坐。

况（白）：呀，（唱）借测字慢慢探真相，但愿今朝定短长。

鼠（白）：先生请坐。

况（白）：你测这个字，想做什么用？

鼠（左右回顾，轻声）：官司。

况（白）：啊，官司。（鼠堵住况嘴，暗示不要大声）测字，鼠乃是一会溜之物，数目成双，乃属阴中之阴，晦气之象。若占官司，切不能明白。

鼠（白）：明白是不曾明白，日后不知是否会连累？

况（白）：这字是你自测，还是代别人测的？

鼠（白）：啊……代别人测的。

况（白）：依字上来看吧，恐怕不是代别人测。（鼠吃惊，况故作吃惊状）啊，鼠是为祸之首呢。

鼠（白）：水内行舟。

况（白）：不是水内行舟，乃是罪魁祸首。（鼠大惊）

况（白）：鼠乃是生肖之首，岂不是造祸之端吗？依字理而断呢，一定是偷了人家的东西，造成了这桩祸事来了，老兄是吗？

鼠（白）：老兄，你码头跑，我赌场混，自家人没用那一套呀。人家偷东西，你怎么测得出来呢。

况（白）：鼠善于偷盗。

鼠（白）：老鼠就是喜欢偷东摸西的，有道理，有道理，所以才有这样断法。

况（白）：那家人家可是姓尤？（鼠心惊，跌倒在地）啊呀，请当心，起来，起来。

鼠（白）：哎……叫你不要用江湖诀，又用起来了。我不曾想你把别人的姓也测出来了。别人的姓，你怎么测得出呢？

况（白）：有个道理在内。

鼠（白）：什么道理？

况（白）：那老鼠不是最喜欢偷油吃吗？

鼠（白）：对，对，有道理。（做偷油状）老鼠偷油，偷油，老鼠不要管他，油也罢，盐也罢。你看往后是否有是非口舌连累得着？

况（白）：怎说连累不着，目下就要暴露。

鼠（白）：怎样说？

况（白）：喏，你的鼠字目下正交子月，是当今之时，只怕这官司就要明白了。

鼠（白）：哎呀，明白是明白不得的。（惊慌失措）

况（白）：老兄，你要如实讲，你究竟是你自己测的，还是代替别人测的。你要说得清，我才指引得明。

鼠（白）：先生，你等一等。（走到一旁思考，四面望）哎呀。（唱）我这里瞧来那里望，让我娄阿鼠心发慌。（白）先生，我是代……

况（白）：唔，老兄，四海之内皆朋友也。你有什么为难之事说了出来，我或可以帮你分忧。

鼠（白）：不瞒你说，我是自测。

况（白）：啊，自测，自测，自测。我早就知道你是自测。（鼠止住他，暗示不可高声）

鼠（白）：先生你看这灾星我可躲得过么？

况（白）：啊，你若是自测，本身就不落空了。

鼠（白）：怎么讲？

况（白）：“空”字头加一“鼠”字，岂不是一个“竄”子？

鼠（白）：什么“竄”？

况（白）：逃“竄”的“竄”。

鼠（白）：先生可能“竄”得出？

况（白）：要窜么，一定能窜得出的。只是老鼠生性多疑，若是东猜西想，疑神疑鬼的，只怕弄得进退两难，到那时就窜不出了。

鼠（佩服地白）：先生的神测，真是灵验。我一向喜欢疑神疑鬼，要依先生的测字判断，那我几时动身最好？

况（白）：鼠字头上一个臼字，两个半日合为一日之意，若到明日就逃不掉了。哎，鼠乃夜行之物，连夜逃去那是最好的了。

鼠（白）：先生费心，看看往哪里走太平无事。

况（白）：待我算算看，鼠属昜，昜属东，东南方去最好。

鼠（白）：东南方……？先生再费心看看，是水路太平，还是陆路无事？

况（白）：待我再算算看。鼠属子，子属水，水路去好。

鼠（白）：东南方水路去无锡，船停渡口是苏州……（吃惊）

况（白）：嘉兴、杭州，杭州可是好地方。

鼠（白）：咳，要是有只便船往东方去，我扑通一跳他立即就开，那多好啊。

况（白）：老汉倒有一只便船，正好今晚开船，往杭州一带，赶趁新年生意。

鼠（白）：求先生行过方便，带我同去好吗？我一定多给你船钱。

况（白）：说哪里话来，钱财如粪土，仁义值千金。只是船行太慢，老兄若不嫌弃，与老汉同舟便是。

鼠（白）：哎呀，你不是测字先生？

况（白）：怎么？

鼠（白）：你是我娄阿鼠的救命菩萨，我的性命就交给你了。

况（白）：你放心，准保你一路平安。

鼠（唱）：我好比鱼儿逃漏网，性急匆匆入海洋。

况（唱）：愿只愿遇难呈祥少祸殃，从今以后稳走安康。

鼠（白）：先生，你船在哪里？

况（白）：（接鼠出门）就在前面河下。

鼠（白）：我就住在对河那间茅屋内面，这是测字钱，这是乘船钱，请你收下。让我去拿些衣服银钱，即刻就来。

况（白）：速去速来，我在船上等你。

鼠（白）：是。（下。皂隶甲、门子上）

况（向皂、甲白）：快快跟上去。

皂（白）：是。（下）

况（向门子白）：你快回到城里，带差役，邀集街坊，速到娄阿鼠家中查抄。若有可疑物件，连夜带回苏州，不得有误。

门子（白）：遵命。（下）

况（白）：这正是若要人不知，除非己莫为。（下）

第八场 大结局

人物：况钟 娄阿鼠 秦古心 熊友兰 苏绒娟 门子 皂隶丙 中军

门子（上唱嘹子）：奉了大人命去查抄，趁此顺风早归来。现有物证随身带，去到后堂把令交。（白）昨日前往娄阿鼠家中查抄，在他床底下查出地窖一个，内藏各种开锁的钥匙，各种骗人的赌具，内中并有钱袋一个，这钱袋乃是尤胡芦之物，娄阿鼠家中藏有尤胡芦的钱袋，凶手不是他还有哪个？只因怕娄阿鼠狡猾，秦古心情愿做证。

（门内喊：秦老伯快来）

秦（上白）：是。（二人同下）

（幕后苏州府大堂，皂隶引况上）

况（唱西皮嘹子）：且喜真凶已擒到，水落石出疑云消。大堂面前去担保，我不畏前程救出命两条。（白）来，升堂。（众：是）带苏绒娟上堂。

皂（白）：带苏绒娟上堂。

苏（上白）：参见大人。

况（白）：罢了，站过一旁。苏绒娟，你可认识这钱袋吗？

苏（白）：这钱袋是我爹爹的，怎么不认得？

况（白）：既然是你爹爹的，可有什么记号为凭？

苏（白）：爹爹，曾将钱袋烧了个圆洞，是我用线缝补并绣成花朵模样。老爷请看。

况（白）：你暂且退下。

苏（白）：遵命。（皂带苏下）

皂隶丙（上，白）：启禀老爷，都爷派人前来要面见老爷。

况（白）：有请。

皂隶丙（白）：是。（下）

中军（上白）：忙将都爷话，禀与大人知。老爷在上，小官拜见。

况（白）：不知前来有何贵干？

中军（白）：只因老爷前往无锡查勘案情，都爷言明限期半月，今日已经期满，未见回报，不知何故？都爷讲道，尤胡芦被杀一案，人赃俱获，已经三审六问，老爷却依仗圣上印信，胡作非为，包庇死囚，延误斩期，蔑视上司，违抗上命。都爷有令命你即刻晋见。若查明，确有冤枉，将功赎罪；若未查明，交上印信，听候提参。

况（白）：请稍等。（向皂隶）看座位。

皂（白）：是。（拿椅与中坐）

况（白）：来，来，带娄阿鼠。（皂隶押娄阿鼠上）

皂（白）：娄阿鼠带到。

况（白）：娄阿鼠——

鼠（白）：大老爷。

况（白）：你干的好事。

鼠（白）：小人不曾干什么坏事。

况（白）：你杀了尤胡芦，盗了三十串钱，你还想抵赖。

鼠（白）：小人冤枉。

况（白）：还说冤枉。（指骰子对皂隶）拿与他看。

皂（白）：这可是你的？

鼠（惊，白）：不是我的。

况（白）：抬起头来，你可认得东岳庙的那个测字先生么？（鼠看况，大惊变色）狗才，你还不快快招来。

鼠（白）：老爷一无赃证，二无人证，老爷不能冤枉人。

况（指钱袋对皂白）：拿与他看来。（鼠浑身发抖）这是哪里来的？你家地窖里的东西，你不认得了？

鼠（白）：这是小人自己的东西。

况（白）：既是你自己的，可有什么记号为凭？

鼠（白）：记号小人记不清楚了。

况（白）：传秦古心上堂。

皂（白）：是，秦古心上堂。

秦（上白）：为了人命事，前去作证明。参见大老爷。

况（白）：起来回话。秦古心，这个钱袋，娄阿鼠说是他的东西，你可认识？

秦（白）：娄阿鼠胡说乱道，这个钱袋分明是尤胡芦的，小人与尤胡芦是多年的街坊，常帮他一同卖猪，对这钱袋甚是熟悉。他女儿苏绒娟在圆洞内织了一朵花，大老爷请看。

况（白）：狗才，事到此刻，你还有什么话说？

鼠（白）：咳 想赖也赖不掉了，招供就是。大人呀。（唱）那日夜静更已深……输得我身上无半文。尤家的肉铺门未紧，为了赊肉闯进门。叫声大姐无人应，胡芦大睡梦沉沉。为了谋财才害命，害得他爹命归阴。我将罪行别人喷，所供口供句句真。

况（白）：可有同谋之人？

鼠（白）：只有小人一个。

况（白）：你这狗才，因赌为盗，因盗杀人，律有明条，订上枷锁，押入死囚牢内，秦古心你且下去。（差钉枷押鼠下。秦下）

况（对中军白）：虽然三审定案，可是直到如今方才人赃俱获，你道怪也不怪？（中军默然）带熊友兰、苏绒娟上堂。

皂（白）：是。（带熊、苏上）

况（白）：将他二人刑具打开。熊友兰、苏绒娟，真凶娄阿鼠已被定罪，你二人的冤情，已经平反昭雪了。（熊、苏惊喜交集）

苏、熊（同白）：谢青天大人。

况（白）：熊友兰本府与你三十串铜钱，拿得去吧。（皂隶交钱与熊友兰，熊感激忘记接钱）苏绒娟，本府与你十两纹银，皋桥投亲去吧。（苏激动得也忘记接钱）拿呀，回去罢。

熊、苏（同白）：多谢大人救命之恩。（欲走）

苏（白）：客官，连累你了。

熊（白）：大姐说哪里话来，都是过于执昏官之错，我怎会怪你呢，走罢。

中军（白）：慢，来，未曾禀报都爷，不得擅自释放。

况（白）：咳，放走两个假凶手，还他一个真凶手，怕些什么。（对熊、苏）你们去吧。

熊、苏（白）：谢大人。（二人出门同下）

中军（白）：这样的知府真是少见。

况（白）：少见多怪，虽然我胆大妄为，包庇死囚，延误斩期，总算案情已破。虽半月已满，但未逾期。走吧，我和你一同前去禀报，请。

中军（白）：请，请。（同下）

（剧终）

真假包公

第一场 借银

人物：张贞 张母 家院

贞（上引）：闷坐书房，懒看文章。（诗）一十年前一秀才，一颗明珠土内埋。怀抱一棵桑槐树，行遍天下无处栽。（白）小生张贞，爹爹当年在朝为官，忠心保主，被奸臣所害，午门斩首，抛下母子二人，家败如同水洗一般。自幼儿与金家定过亲事，心想去岳父家中投靠，先需与母亲商议，看行是不行，就是此计了。（唱迓腔）有小生坐寒窑，珠泪垂吊。想起了家计事，长把心操。想从前，爹在朝把君来保。到如今只落得兵败瓦消。我心想，到金府前去投靠，凡百事要商量，母亲年高。在前窑我只把母亲请叫。请一声老娘亲，快来前窑。（白）家院，请来。

院（白）：有福之人人侍奉，无福之人侍奉人。参见公子。

贞（白）：一旁站好。

院（白）：谢公子，不知唤出小人，有何吩咐？

贞（白）：你去请老夫人出来。

院（白）：有请夫人。

母（上，迓腔）：远望西山起白毫，近望杨柳折断腰。老爷夫在朝中把君来保，被奸党参假本午门开刀。丢下了母子俩无有依靠。儿不能上京都去把名捞，耳旁边又听得家院请叫，问娇儿请为娘有何言交。

贞（唱）：老娘亲请上坐，儿把礼见。你的儿有言来，娘听心间。儿每天在寒窑把文章习练，却不能进京都前去求官。儿心想，到金府岳父来看。一投靠，二借银，再去求官。为此事请娘亲前窑见面。问母亲，准不准，细说根源。

母（唱）：我的儿到底是官家后宦。为娘的决不能将儿阻拦。十载寒窑你独伴，九载熬油石砚磨穿，八月科场儿去把考赶，七篇锦绣件件全还，六门宴上人人称赞，五经魁首儿成端，四根彩旗纱帽点，三杯御酒龙心欢，两朵金花后宫娘娘办，一把黄伞儿回还。为愿儿早进京早把君见。早得中，早修书，免娘把心担。办起了盘缠银，儿把路赶。多半月，少十天，修书回还。

贞（唱嘹子）：告辞了老娘亲，家院把路带。到岳父家，儿一定修书回还。（下）

母（唱嘹子）：我的儿到金府，前去投靠。为娘我，再不把儿的心操。望不见我的儿，后窑走到。等只等我的儿修书回窑。（下）

第二场 投靠

人物：金南俊 安人 牡丹 张贞 张家院 金家院

金南俊（上引）：家有万担粮，养子送学堂。（诗）春来百草齐发，夏来满池荷花。春夏秋冬四季，人需勤俭持家。（白）老夫金南俊，有一股家财，二老年方半百，膝下无儿，单生一女，取名牡丹，许配张贞为婚。两家开亲时，是家财万贯，可叹张家被奸臣所害，家败凋零，小婿未来过门。思想起来，好不忧闷人也。（唱）老夫我坐客堂，喜鹊喳喳叫。喜鹊当门叫，所为那条？莫不是有贵客，我家来到？怕的是有大祸要我承招。坐客堂，我只把安人来叫，叫安人到前来，我有言交。

安人（上唱）：纯钢宝剑不用磨，厨房干樵休办多。炉中有火休添炭，后门不可靠山河。僧道两家休搭伙，堂前莫坐卖花婆。有人知道七个字，家和人和万事和。员外叫，去只在前堂走过。问员外，叫你妻却是为何。

金南俊（唱）：贤安人不知情，客堂坐起。为夫的有一言，要告贤妻。清早起，喜鹊当头叫，是为何意？难道说我金家要招惹是非？因此故请安人一同商议，问安人或是忧来或是吉。

安人（唱）：原来是为喜鹊前来道贺。我金家清白门户莫有急着。女儿伶俐乖巧挑花绣朵。叫我儿圆此兆，快出绣阁。叫家院，请小姐客堂走过。叫小姐到前堂我有商磋。

院（白）：安人有命，小姐下楼。

牡丹（唱）：西梅山掩蔷薇，金花银碎。梧桐树，桂花叠，雉凤云催。西厢月照檐前，紫玉一对。东厢琴弹苏月，燕北南飞。绣牡丹和芍药、海棠玫瑰，嫩杨柳最怕的雨洒风吹。家院请了，前头带路堂之内。二爹娘请上坐。孩子出膝。（白）爹娘在上，孩儿这厢有礼。

安（白）：罢了，我儿一旁坐下。

牡（白）：谢过爹娘，不知爹娘唤出你女儿，有何教训。

金员外（白）：我儿可知道清早起来，有喜鹊当头喳叫，不知主何吉兆。

牡（白）：爹娘呀。（唱）二爹娘请上坐，儿把头叩。善良人家不招惹事，娘莫担忧。你的儿在闺阁习学刺绣。常言道，得罢休来且罢休。这几天坐绣楼心不爽透，手拿着绒丝线懒把针抽。耳旁边常听得有人咳嗽。请爹娘莫将此事，长挂心头。

张家院（白）：启禀员外，张贞公子要见岳丈大人。

金员外（白）：张家公子到了吗？

安人（白）：我儿回避去吧。（牡丹下）

员外（白）：家院传话出去，大不迎小，叫他自进。

金家院（白）：张家公子，你的岳父讲道大不迎小，叫你自进。

贞（白）：是，岳父岳母在上，请受小婿一拜。

金员外（白）：罢了，我儿一旁坐下。

贞（白）：谢岳父大人。

安人（白）：儿的令堂，在家中可好？

贞（白）：家母在家康健，有劳岳父岳母大人动问。

员外（白）：儿的诗书如何？

贞（白）：儿家贫寒，俱都荒废了。

员外（白）：万里鹏程中有道，何必太过谦逊。张贞，就在我家读书。家院，打扫书房，姑爷就在我家读书。

贞（白）：多谢岳父岳母。

金家院（白）：姑爷随我来。

张家院（白）：这回好了，我的饭票子也找到了。（张、金、贞同下）

员外（唱嘹子）：门婿儿他本是官家后代。

安人（唱）：希望他进京都官封起来。（同下）

第三场 游花园

人物：金牡丹 金丫头 鱼精 鱼妖

鱼精（上，唱扑蛾）：洞中修来数千年，不知何日能成仙。亚赛如来一洞仙，一洞仙。（白）吾乃鲤鱼大仙是也。修炼数千余年难成正果，听人言讲金家鱼池好玩，心想去到金家鱼池游玩，妹妹可愿跟随。

鱼妖（白）：姐姐愿去，小妹愿随。

鱼精（白）：请。

鱼妖（白）：请。（下）

牡（上唱）：这几天坐绣楼心中烦闷，我心想到花园游玩散心。叫丫头前带路花园走进。满园花开得好，色色鲜明。桃花红李花白，花开花盛。栀子花，开的白，亚赛于银。有牡丹和芍药争强比胜，玉盏花落池中无影无形。风吹动金银花，随风飘定。小枝梅庭园中斗富赢贫。叫丫头前带路，忙往前进。不觉地来到了，公子书房。我本当大作胆书房走进。怕外人知道了，败奴名声。将身在石鼓坐定，一吹风，二乘凉，三散精神。我的丫头，她也是大家之后，打几个花谜子细猜从头。什么王子去求仙，什么开花丹成入九天，什么开花洞中方七日，什么花开世上几千年。

金丫头（唱）：贤小姐请上坐，忙把礼见。有什么不到处，小姐包涵。牡丹花开，王子去求仙。芍药花开，丹成入九天。莲花洞中方七日，松柏世上几千年。

牡丹（唱）：什么花开细蒙蒙，什么花开一口钟，什么花开朝下抱，什么花开扯满蓬。

丫头（唱）：枣子花开细蒙蒙。石榴花开一口钟。茄子花开朝下抱，丝瓜花开扯满蓬。

鱼精（上唱）：吾本是池中的鱼仙。清闲自在到花园。姐妹俩到花园将花，去到池中戏牡丹。什么花开举上天，什么花开就地眠，什么花开跟姐走，什么花开落郎肩。

鱼妖（唱）：高粱花开举上天，地菜花开就地眠。绣鞋花开跟姐走，枕头花开落郎肩。

鱼精（唱）：什么花开金对金，什么花开银对银，什么花开打夹板，什么花开扯胡琴。

鱼妖（唱）：南瓜花开金对金，葫芦花开银对银。刀豆花开打夹板，钢豆花开扯胡琴。

鱼精（唱）：什么花开唐僧丈，什么花开李老君，什么花开杨宗保，什么花开穆桂英。

鱼妖（唱）：樟树开花唐僧丈，李树花开李老君，杨树花开杨宗保，木树花开穆桂英。

牡丹（唱）：我的丫头，你生来真不蠢。满园花报得好，不差毫分。倘若是到后来走了好运，我一定要将你提拔起身。叫丫头前带路，鱼池内进。主仆们在鱼池，游玩散心。

金丫头（白）：小姐你看，这鱼池的鱼是多么欢乐呀，待我来吐痰喂他。噫，我吐的痰它怎么不吃呀。

牡（白）：你吐的痰，他不吃，待我来吐他吃。（唱嘹子）无意中是缘何，头昏一阵。头昏胸闷为何情。叫丫头搀扶我绣楼走进。你赶快去禀告二老双亲。（同下）

鱼精（上白）：哎呀，少待，胆大牡丹！胆敢在池中毁唾吾神，不免变作牡丹模样，闹得全府不安，妹妹你可愿意。

鱼妖（白）：小妹遵从姐姐之命，替姐姐报仇。

鱼精（白）：请。（同下）

第四场　书房定终身

人物：张贞　鱼精

贞（上白）：书房苦读，诗书冠斗牛。（诗）孝子效王祥，烈女效孟姜。在家孝父母，何必要烧香。（白）自从来到岳父家中，蒙岳父岳母恩典，将我母亲接到府堂同享荣华。思想起来，好不喜煞人也。

（唱四平）家有黄金用斗量，感谢岳父好风光。牡丹小姐多贤惠，聪明伶俐女红装。倘若夫妻归罗帐，一家老幼乐安康。若是京师开皇榜，做几篇锦绣文朝见君王。

鱼精（上，唱四平）：袖内机关安停当，去到书房戏张郎。正行走来用目望，不觉眼前是书房。书房外面高声嚷，叫声张郎开书房。来的不是别一个，不是书僮是梅香。

张贞（唱四平）：正在书房看文章，来了梅香送茶汤。

鱼精（接唱）：含羞带愧见张郎。

贞（白）：你是何方小姐至此？

鱼（白）：公子不要明知故问。除了牡丹，还有何人前来看你。

贞（白）：我道是谁，原来是金小姐。张贞请来这厢有礼。

鱼（白）：这厢还礼。张家公子，来至我家一月有余，未到书房看望，当面谢罪。

贞（白）：小姐，你来是千金体面，我本是贫窑书生，你不要言重了。

鱼（白）：只要公子发奋读书，我情愿瞒着爹娘来与你陪伴，你说怎样？

贞（白）：小姐，我们俩是未婚夫妻，男婚女嫁古之常有，就是有人知道了，又怎奈我何？

鱼（白）：公子呀。（唱看亲家调）张公子出此言，正合我意。夫妻到老长相随。爹妈知道了一对好夫妻，相公呀，夫妻不得两分离。

贞（唱）：小姐说话正合我意。我们是一对未婚夫妻。爹娘知道了，与他来讲理。牡丹呀，谁个能够来扯皮。

鱼（唱）：牛郎织女来相会。

贞（唱）：今天好比七月七。

鱼（唱）：我爱相公呀。

贞（唱）：我也爱你。

鱼（白）：相公。

贞（同白）：小姐。

（同唱）：夫妻和好，永不分离。（二人下）

第五场 真假牡丹

人物：鱼精 鱼妖 牡丹 丫头 安人

（牡丹、鱼精同上）

牡（唱）：牡丹女坐绣楼习学刺绣。手拿绒线伴金钩。绣一朵荷花出水四季景，绣一对金鱼水面游。奴是闺阁一锦绣，抬头见人脸含羞。精神不爽懒刺绣，昏昏沉沉自低头。

鱼精（唱）：绣牡丹和芍药，麒麟狮象。金牡丹坐绣楼，巧绣鸳鸯。实可叹，无有弟弟无兄长。实可叹，爹和娘绝了慈香。我这里假意儿悲声大放，惊醒了牡丹女大闹一场。

牡丹（唱）：牡丹女，绣花纹，心头纳闷。抬头看得见了贵体千金。这位小姐生得好，人品端正。她与我牡丹女毫厘不分。开言便把佳人问，来到楼台为何情。

鱼精（唱）：小姐不要将我问。我是牡丹女衩裙。上无兄来下无弟，单生牡丹独一人。你问我来，我问你。你是金家什么人。一一从头对我论，你可是我家的骨肉情？

牡丹（白）：我是金家牡丹，你是何人？

鱼精（白）：我是金家牡丹，你不要胡言乱语。

牡丹（白）：来了妖怪了，丫头与我打。

鱼精（白）：来了妖怪了，丫头与我打。

金丫头（白）：你是妖怪……

牡丹（同白）：至亲快来。

安人（问）：你们吵吵闹闹，为了何事？

牡丹（同白）：见过母亲。

鱼、牡（同白）：你是我母亲。

安人（奇怪介，唱嘹子）：这才是金家大不顺。两个牡丹认不清。叫丫头你与我把左牡丹押下。儿把你姓甚名谁，细说原因。说得好来是牡丹女，半字有假赶出门。

牡（唱迓腔）：母亲不要细叮咛。家中事情记得清。爹爹名叫金南俊，母亲吴氏老安人。爹爹在朝官一品，母亲也受过皇恩封赠。上无兄来下无弟，单生牡丹独一人。我的终身自幼儿凭过媒证，许配公子叫张贞。甲午年前生爹爹命，乙未年前母降生。壬戌年前生牡丹，五月初五日子时辰。这是你儿八个字。请母亲速将妖怪赶出门。

安人（唱）：这是金家大不顺。自己的女儿认不清。叫丫头你与我把右牡丹押下，提出来左牡丹细问原因。（白）将左牡丹提上。

鱼（白）：参见母亲。

安人（曰）：我儿不用多礼，牡丹既是为娘生养，儿的生辰八字，说得一字不假就是真牡丹。

鱼（白）：母亲呀。（唱）母亲不要细叮咛，家中事情记得清。爹爹名叫金南俊，母亲吴氏老安人。爹爹在朝官一品，母亲也受过皇恩封赠。上无兄来下无弟，单生牡丹独一人。我的终身自幼儿凭过媒证，许配公子叫张贞。甲午年前生爹爹命，乙未年前母降生。壬戌年前生牡丹，五月初五日子时辰。这是你儿八个字。请母亲速将妖怪赶出门。

安人（唱嘹子）：听罢言来怒气生。两个女儿一样把话明。两个牡丹来带定，堂前去见儿的爹尊。（下）

第六场 审牡丹

人物：金南俊 安人 牡丹 鱼精 鱼妖 丫头

南俊（上，唱嘹子）：门婿儿进府堂，一家兴旺。

安人（接唱）：见了员外说端详。（白）员外呀，员外呀。不料想楼台之上，有两个牡丹出现呀。

俊（白）：果有此事？将两个牡丹与我带了上来。

鱼、牡（同上，白）：见过爹尊。

俊（白）：罢了，两旁站过。你们谁是真牡丹，谁是假牡丹？

鱼、牡（同白）：我是真的，我是真的。

俊（叫嘹子）：真来奇怪了。（唱）这件事情真奇巧，自己的女儿认不明。两个牡丹跟我走，去到南衙见老包。（同下）

安人（唱）：气坏人呀。何方妖魔来搅混，去南衙见包大人。望不见员外客堂进，等员外回来才放心。（下）

第七场 变包公

人物：鱼精 鱼妖 乌龟精 螃蟹精 虾子精

鱼精（拥场上白）：哎呀，慢来。金员外将我带到南衙听审，依我看来，包文拯铁面无私，倘若查出我的原形，他岂肯善罢甘休。待我想个办法。这……有了，我不免遣动虾兵海将要闹得南衙不安。就是此计了。（唱小灯蛾）恼恨牡丹下绝情，不该在鱼池戏吾神。吾神我把牡丹变，我与张贞配为婚，配为婚。金员外他把南衙进，仙兄仙妹到来临，到来临。

鱼妖（上，唱小灯蛾）：修精神来养精神。

蟹精（唱）：修养精神保自身。

虾精（唱扑地蛾）：耳听仙姐一声请。

三人（同唱）：去到南衙走一程。（同白）参见仙姐。

鱼（白）：罢了，两旁站过。

龟（白）：仙姐，将我们叫了出来，有何事商议。

鱼（叫头）：仙兄呀，仙妹呀，你们可知道金家牡丹与我结怨。为姐变做牡丹与张贞配为百年之好，今天要到南衙听审，希望你们变做王朝、马汉、包公的模样，大闹南衙，带着尚方宝剑照妖镜。

龟（白）：仙姐言命，我们依从。

蟹（白）：事不宜迟，我们就此一别，变了。（同下）

第八场 真假包公

人物：真王朝马汉 假王朝马汉 真包公 假包公（龟） 鱼精 真牡丹 金南俊 张贞

（内白）：王朝、马汉开道。

真包（上，唱两皮迓腔）：大宋驾前保皇上，忠心一片在朝纲。初上任无头案七十二样。黑狗上堂，审过了冤枉。我也曾斩了小包勉，断乌盆，审双丁，件件比人强。打銮驾在御街，受过冤枉。多亏了王恩师，险把命伤。到如今，官封龙图阁相。今来是三六九领事升堂。叫王朝和马汉，南衙内往。放出了告牌，再作主张。（白）王朝、马汉，今三六九日，放告牌出。

南俊（内，白）：冤枉呀。

王朝（白）：启禀大人，衙外有人申冤。

包（白）：王朝，将申冤人带上堂来。

王（白）：申冤人上堂。

俊（白）：参见青天大人。

包（白）：下跪何人。

俊（白）：我乃金南俊。

包（白）：金南俊，立地言话。

俊（白）：谢大人。

包（白）：金南俊，从前在朝为官，可是你？

俊（白）：启禀大人，从前在朝为官，性情骄傲，被皇上谪贬回家为庶民，膝下无儿，单生一女娶名牡丹，许配张贞为婚。张贞家计贫寒，来到我家投靠。哪晓得如今有两个牡丹出现，难分真假，请大人做主。

包（白）：金南俊，所讲之言，可句句是实？

俊（白）：大人台前，焉敢吊谎。

包（白）：王朝、马汉，这有火千火票，去到金家将两个牡丹一起提到。

龟（白）：且慢呀。且慢。什么包文拯。你敢胆大胡为，我真包文拯来也。

真包（白）：你是什么人？

龟（白）：我乃包三字文拯。

真包（白）：家住哪里，姓甚名谁？

龟（白）：家住庐州合肥县包家庄前。

包（白）：怎么讲法，哎呀。（喙子）这是老包大不顺，今天遇着怪妖精。回头便把妖精问。有何物件作证凭。

龟（白）：你有什么证凭。

包（白）：我有尚方宝剑照妖镜。

龟（白）：我有尚方宝剑照妖镜。

包（白）：王朝、马汉，尚方剑、照妖镜取来一观。

龟（白）：王朝、马汉，尚方剑、照妖镜取来一观。

包（白）：蹊跷，真蹊跷呀。（喙子）照妖镜、尚方剑一点不错，急得老包无有主做。你为何南衙来会我，来到南衙却为何。

龟（唱）：黑头呀。黑头不要将我问。来得南衙审妖精。

包（白）：王朝、马汉，速将两个牡丹提到。

鱼、牡（同上，白）：参见青天大人。

包（白）：你们哪个是真牡丹，哪个是假牡丹？

龟（白）：你们哪个是真牡丹，哪个是假牡丹？

牡、鱼（同白）：我是真牡丹。我是真牡丹呀。

包（白）：两个牡丹纷纷争论，将你家中之事和年庚八字，讲得一字不异，就是真牡丹。若半字有假，晓得尚方剑的厉害。

鱼、牡（同白）：大人呀。（唱迓腔）大人不要细叮咛，家中事情记得清。爹爹名叫金南俊，母亲吴氏老安人。爹爹在朝官一品，母亲也受过皇上封增。上无兄来下无弟，单生牡丹独一人。我的终身自幼儿凭过媒证，许配公子叫张贞。甲午前生爹爹命，乙未年前母降生。壬戌年前生牡丹，五月初五日子时辰。这是牡丹八个字。望大人高悬明镜，禄位高升。

包、龟（同嚓子）：这桩事真出奇，两个牡丹一样把话提。低下头来生巧计。这个……有了。（唱）带出张贞问虚实。

包、龟（同白）：王朝、马汉，带张贞。

贞（白）：参见大人

包、龟（同白）：下跪何人？

贞（白）：小人张贞。

包、龟（同白）：下面有真假牡丹，前去认来。

贞（白）：小人遵命。你是的？

牡、鱼（同白）：我是的，我是的呀。

贞（白）：真奇怪了。（唱嚓子）大人要我把牡丹认，南衙内难坏了小张贞。回头便把大人请，张贞难辨假和真。

包、龟（同白）：张贞可认出真假出来没有？

贞（白）：回禀大人，两个牡丹难认真假，望大人恕罪。

包、龟（同白）：王朝、马汉，将张贞拖下去打。

鱼精（哭头）：哎呀，哎呀，我的张郎呀。

包（白）：王朝、马汉，这哭的是妖精，你与我将他收服起来。

真王朝（白）：大刑到。

龟（白）：且慢呀且慢。胆大黑头你是怎样审法？

包（白）：就是这样审法。

龟（白）：你是怎样的问法？

包（白）：就是这样的问法。

龟（白）：怎么见得他是假的。

包（白）：拷打张贞时她在一旁啼哭，一定是她与张贞婚配。这个哭的是假的，不哭的是真的。

龟（白）：依我看来哭的是真的，不哭的是假的。

包（白）：胡说呀。（唱西皮迓腔）黑头不要胡言乱语。敢在南衙辱我名。劝你与我赶快走，宝剑一下岂容情。我在朝阁官职正，从不把妖孽记在心。两个牡丹齐押下。张贞回家读书文。（下位）再叫金南俊。老包言来听分明。（白）金南俊，两个牡丹在你家中，你好生将她看待。张贞依旧读书。稍后老包自有发落。

龟（白）：金南俊，日后老包自有发落。

包（白）：你是什么老包？

龟（白）：你是什么老包，你是草包。

包公、龟公（白）：王朝、马汉开道。（同下）

第九场 观音表白收妖

人物：观音 善财童子 童男童女

观音（上唱）：紫竹林，生瑞气，霞光万彩。吾本是慈航星降下瑶台。自幼儿在皇宫内长把佛拜。我的父皇命皇姐劝吾开斋。效法台，把吾的肝胆吓坏。多亏了唐哪佛救我出来。将吾党救出了白雀地界。我的父王，命王震火烧庙台。烧死了五百僧人，八字所载。那唐佛，二次里，救吾出来。将吾党救只在香山内踩。托去了白皮郎驾坐莲台。父王命三番两次将我来害。皆因是，我的命不该死，逃出乱巢。曾记得，我的父王把病来害，要亲人手和眼才能解开。我大姐和二姐假孝敬年迈，只有我割下手，才救活慈衰。我的父王和母后到香山把佛拜。施仙法，教化她，才知道我是裙衩。父烧香，得见我的神像手眼不在，才封我千脚千手打坐莲台。老娘亲难割舍母女情爱。玉印不掌，她情愿口吃长斋。老爹尊他情愿王帽不戴，辞别了文武大臣龙袍脱下来。爹说他也愿把五荤来戒。望妙善，将为父坐上莲台。有吾党坐莲台，八卦来摆。算就了文曲星官有乱灾。又算就鲤鱼精把牡丹来害。马上要下玉旨，派兵前来。吾不救解谁救解，吾不救解等谁来。驾坐莲台，唤一声童儿何在？叫童男和童女请出你的恩兄善财。（白）童男童女叫出你的恩兄善财童子。

善财（内唱倒板）：听得师父来呼唤。（唱占板）参师驾来问师安。在南海，跟师傅，长把武来练。学的是拐子流星乌纱鞭，又能移山倒海把兵遣。又能够呼风唤雨到云间、到云间。（白）俺善财童子跟随老母来到了南海紫竹林中，学了十八般武艺，件件精通。师傅呼唤去到莲台问安。徒儿参见师傅。

观音（白）：徒儿不必多礼，立地言话。

善财（白）：不知师傅唤出徒儿，有哪方使用？

观（白）：叫你出来非为别事。只因鲤鱼精作乱，带你前去收服他。

善财（白）：徒儿愿遵法旨。

观（白）：带路了。（嘹子）叫徒儿前带路下山麓，师徒们下山去把妖魔来收。（下）

第十场 降妖

人物：玉帝 杨戬 李天王 哪吒 揭地神 包公 太白金星

玉帝（上引）：金钟戏岁月，云空吐九霄。（白）孤，玉皇大帝。天兵天将走上。

（哪吒、天王、杨戬、揭地神同上）

四神（同白）：玉皇把旨传。殿前把驾参。臣等李天王 / 杨戬 / 哪吒 / 揭地神参见玉皇大帝。

玉（白）：众天兵天将，两旁归班。

四神（同白）：谢玉皇。

太白（白）：玉皇，文曲星官到。

玉（白）：既是文曲星官到，众兵摆队相迎。

（包公上）

众人（同白）：不知文曲星到，未曾远迎，多有得罪。

包公（白）：来得鲁莽，望乞见谅，参见玉皇。

玉（白）：文曲星，免礼赐座。

包（白）：谢坐。

玉（白）：文曲星不在凡间，来到天空何事？

包（白）：启禀玉皇大帝，凡间金家鱼池，牡丹游玩，在无意中有两个牡丹出现，我在南衙定审，不知什么妖孽变化老包的模样，正为此事不明，特上天空，望玉皇作主。

玉（唱嘹子）：文曲星官说一言，倒叫孤王想心间。坐只在灵霄来查算，原来是鲤鱼精闹凡间。（白）文曲星官不要着急，原来是鲤鱼精扰乱凡间。天兵听旨，这有御旨一道，你等速去人间捉拿鲤鱼精，违者斩。

众人（同白）：请驾。

玉（白）：摆驾。（同下）

第十一场 鱼精安慰

人物：张贞 鱼精

鱼精（上，唱探亲家调）：今乃是五月五，龙船节在，我和张郎配和谐。夫妻永和谐，再也不分开。张相公呀，唯愿你一生到老无乱灾。

张贞（唱）：小姐是一个多情人，海枯石烂不变心。海角天涯外，我也愿同行。金小姐呀，生离死别，我也愿随跟。

鱼精（唱）：官人既关关雎鸠，在河之洲。你我两个人，窈窕淑女人人爱，公子呀，君子好逑，就是怕难拢身。

张贞（唱）：端阳佳节一年一度。我和小姐玩龙舟。永世不拆散，天长地又久。牡丹呀，花对花来柳对柳。

鱼精（唱）：两足如梭走忙忙，前面不远一祠堂。耳听天鼓响，剑戟摆两厢。张郎呀，前面来了一道杀神光。（白）张郎……公子呀……前面来了刀枪剑戟，恐怕爹尊派了家丁前来捉拿你我。你赶快转到书房躲避去罢。

张贞（白）：小姐，这怕什么，他来了，我与他讲理，男婚女嫁，他岂奈我何呢。

鱼精（白）：公子，家丁不是讲理的人，你赶快走罢。

张贞（白）：来来来，我与你一同回书房去。（同下）

第十二场 追赶

人物：天兵 天将 童男女 善财童子 观世音

全场人物追赶跑过场 （下）

第十三场 痛苦分别

人物：鱼精 张贞

（贞、鱼同上）

贞（白）：小姐，我看你这几天惊惊慌慌，神魂不定，一定有什么心事，小姐赶快对我一讲。

鱼（白）：公子呀。（唱）事到此，对张郎不该隐瞒。你的妻吐实言，夫听开怀。不是金牡丹与你恩爱。妻本是，鲤……

贞（白）：你讲罢。

鱼（唱）：鲤鱼精变化脱胎。与张郎配夫妻，恩深似海。担心怕与张郎马上离开。此一去，望张郎头顶官戴。切莫把苦命妻放在心怀。怪只怪，妻不该把张郎坑害。妻就是死在九泉下也悔不转来。临一死，欠下了冤债。一回见面连理开。妻望张郎行孝道。想和妻再见面，转世再来。实难舍夫妻情百般恩爱。你的妻别张郎，一去永不来。

张贞（唱）：贤妻只哭得天昏地暗。为夫的，怎舍得别妻孤单。你就是鲤鱼精为夫也心愿。夫愿与贤良妻共度百年。此一去可舍得夫妻情感。为夫的，只哭得灯熄油干。

为我妻，受过了岳父埋怨。为贤妻，只打得皮肉相连。望贤妻带为夫一同修炼。修一个功成果满早见龙颜。

鱼（唱嘹子）：张郎夫你不要时常想望，府门外又来了剑戟刀枪。玉皇爷发来了天兵天将。观音老母带徒儿要妻的命亡。（哭头）实难舍……张郎夫……哎……我的张郎……妻逃罗网。

贞（接下白）：生同罗帐死同亡。

（鱼下）

贞（白）：贤妻慢走，论你逃出天涯海角，为夫赶得来了。

第十四场 求助

人物：鱼精 天兵将 杨戬 哪吒 龟 虾 螃

鱼（拥场上）：哎呀，且住，观音老母带着天兵天将前来捉我，我不免遣动虾兵海将助我一臂之力。天灵灵，地灵灵，仙兄仙妹何在？

（龟虾螃同上）

龟（白）：仙姐何事？

鱼（白）：众位仙姐仙妹，观音老母带着天兵天将前来捉拿于我。你我到了生死关头，不要离开左右。

龟（白）：好仙姐，你不要着急，哪怕天兵天将到此。就是将我碎尸万段，也要保你和张公子美满夫妻。

（杨戬等四将上）

哪吒（白）：鱼精……妖孽……谁叫你打扰红尘去，我叫你自受其绑。如若不然，要做枪头之鬼。

鱼（白）：哎呀……哪吒佛呀……好真神……我和张郎，美满夫妻，你何必将我拆散，哀求你成就我们吧。

天兵天将（白）：哪有闲心与他讲话，与我团团围住。开打。（打介）

杨（白）：众神将与我追。（鱼败下）

第十五场 包公走过场

人物：包公 王朝 马汉

包（内，白）：开道。（上，唱西皮手板）在天空玉皇爷传旨一道。他命我下凡来

收服鱼妖。天兵天将早已下凡到。他与妖孽枪对刀。弓上弦来刀出鞘，捉拿鱼妖付阴朝。（下）

第十六场 结局

人物：李天王 杨戬 哪吒 揭地神 包公 王朝 马汉 观音 童男童女 鱼精妖 龟 虾 螃

（开打介）

哪吒（白）：众天兵天将，鱼精与我一网打尽。

（观音、包公上）

观（白）：且慢呀……且慢……大家且慢动手。胆大鲤鱼，敢闹得金府不安，应该将你判入一死地。

鱼（白）：观音呀……大师呀……我与张郎是美满夫妻，哀求大师，我要死与张郎死在一起。

观（白）：念你是义妖，成就你的姻缘。脱下鱼鳞三颗，愿成就你们的婚姻，将鱼鳞脱下。

鱼（白）：哎呀。（脱鳞介）

观音（唱扭丝调）：天兵天将且停战。童男童女站两边。文曲星官一声喧，脱下鱼鳞带上天。玉帝灵霄把旨传。险险断送并头莲，不是吾党来得快，险险拆散美良缘。吾党驾云豪光闪。你们夫妻成配我归天。

（同白）：送过观音大师。

（剧终）

真假王富刚

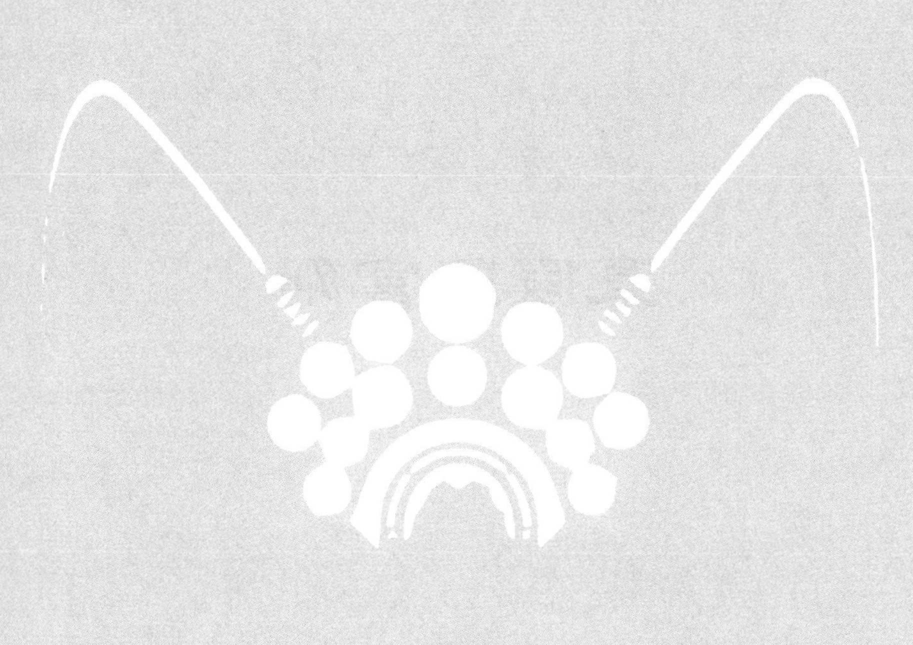

第一场 表白

人物：匡忠

匡忠（上引）：英雄慷慨，韬略在怀。

（诗）英雄生来不可夸，一箭能射两朵花。

手拿弯弓骑烈马，步入战场把敌杀。

匡忠（白）：俺，匡忠是也，可叹父母双亡自幼学得有武艺，现投靠山西太原石须龙帐下听差，思想起来好不郁闷人也。（唱）匡忠生来命运低，思想爹娘泪悲啼。虽然学得有武艺，人穷行路把头低。我今年已有一十好几，可是无能把婚提。坐在家中生闲气，不免出外散心扉。将身只出门地，出外来散散心，吐气扬眉。（下）

第二场 石伦表白

人物：石伦 教师头 众打手

石伦（上念）：牛种田，马吃谷，爹爹做官我享福。（白）在下石伦。爹爹石须龙，是山西太原总督，家财万贯，姨太成群，想我今年一十八岁了，如今却连老婆没有一个，像这样下去，那不要绝子绝孙。这……有了，不免把教师头喊了出来，多带些家奴，去至大市长街，遇见了美貌的姑娘，抢两回来。就是这个办法，一言未尽，教师头走来。

教头（上白）：教师头，教师头，十人见我九人愁。打不休，骂不休，见了恶人忙开溜，忙开溜。见过大公爷。

石伦（白）：罢了，站过一旁。

教头（白）：谢过，不知唤出小人有何吩咐？

石伦（白）：我叫你，并无别事，我叫你多带几个家奴，随我去至大市长街，遇见了美女，与我抢两个回来，重重有赏。

教头（白）：小人遵命，伙计们，快来哟。

（众家奴上）

石伦（白）：带路了。（唱嘹子）叫家奴前带路大街往，但愿找得花姑娘。（下）

第三场 开弓定亲

人物：陈母 陈秀英 匡忠 石伦 教师头 众家奴

陈母（上：唱）（探亲家调）老身今年五十多，老伴早年过了河。生活实难过。哎呀，列位呀，开一坐小茶馆度生活。哎……我的姑娘真不错，文武双全赛嫦娥。心想选一个朋友哟，选个女婿赛韦佗。哎……（白）老身陈妈，丈夫早年去世，膝下无子，只有一个女儿，名叫秀英，年方一十六岁了，还未曾定亲。老伴临终之前，将我叫到床前，说道："老伴呀，别的没有什么牵挂，只是女儿，只是女儿终身大事未定就。凭这张弓，我在世，我拉得开。我死后，我女儿拉得开。若还有人能拉得开的，那就是我的娇客了。话是这么说，现在娘儿俩的生活也过不来，那能操那份心呀。你看日上三竿了，还不出来。我说小妞，你快出来呀，将店房收拾收拾，将招牌挂出去，等会有客人来。

秀英（内白）：来了，来了。（上白）小女生来武艺大，压赛一枝花。爹爹早年去世罢，哭坏老妈妈。心想将我嫁，怕只怕找不着好婆家，好婆家。（白）妈呀，你叫我做甚呀。

陈母（白）：我叫你将招牌挂了出去，将店房收拾收拾，等会有客人来。

秀英（白）：是的，妈，我知道。妈，你到后面去烧茶，待我来收拾。（陈母下。秀英打水擦桌、抹椅、抹弓、抹棒槌，做完后将水送往后面。白：）妈妈，我都收拾好了。（陈母暗流泪介）妈妈，你缘何流泪呀，是不是想我爹爹了。

陈母（白）：傻丫头，妈是见你这大个人了，还没有婆家，故而落泪的。

秀英（白）：妈，你不要为我伤心，我已经长大了，我自己的事情自己做主。如果我嫁出去了，妈妈你一个人在家，更孤单，更伤心，倒不如先给你找一个老伴，我再找婆家，你看怎样？

陈母（白）：傻丫头，妈这大年纪了，我要什么老伴。好了不说了，你去烧茶，等会有客人来了，我叫你就是。

秀英（白）：妈，我知道了。

陈母（白）：快去。（秀英下）

石伦（内白）：小子们带路呀。（众上）

石伦（唱）：家奴带路大街走，不觉到了一茶楼。

教师头（白）：大公爷到了。

石伦（白）：这是什么地方。

教头（白）：这是一座茶馆，里面有个漂亮的花姑娘。

石伦（白）：既然如此，进去一观。（入内）

陈母（白）：哟，你们都是来喝茶的。

石伦（白）：是的，都是来喝茶的。

陈母（白）：那要四把茶壶，四个杯子。

石伦（白）：只要一把茶壶，一个杯子。

陈母（白）：四个人只要一把壶，一个杯子？

石伦（白）：是的。

陈母（白）：其余的人是做什么的呢？

石伦（白）：他们是看茶的。

陈母（白）：哟，一个人喝茶，三个人看茶，真新鲜。

石伦（白）：休啰唆，快拿茶来。

陈母（白）：是，小妞，客人来了，快上茶来。

秀英内（白）：来了来了。（提茶壶、杯子高兴上来，看见是一个丑货急转身，换了旧壶旧杯子上来。将茶放在桌上，急回身下去了）

（石伦连人带桌子赶上去看）

石伦（白）：咳，人倒是漂亮，不知这茶的味道如何？我尝上一口，味道不错。教头，叫茶婆子过来坐。

教头（白）：茶婆子，我家大公爷叫你过来。

陈母（白）：大公爷有何吩咐？

石伦（白）：老妈妈请坐下讲话。

陈母（白）：大公爷在此，哪有我的座位。

石伦（白）：但坐无妨。

陈母（白）：那我就坐下，有话请讲。

石伦（白）：这是我的茶钱，请收下。

陈母（白）：一个人喝茶，要不了这多银子。

石伦（白）：你收下，我有话问你。

陈母（白）：请问。

石伦（白）：刚才上茶的那位姑娘是你什么人？

陈母（白）：那是我的姑娘。

石伦（白）：妈妈你好福气，这么好的姑娘。老妈妈你呀以后不用卖茶了。

陈母（白）：那做什么呢？

石伦（白）：请到我家，有享不尽荣华富贵，享不尽的福呀。

陈母（白）：那敢情你是看上我的小妞了。

石伦（白）：当然是看上了。

陈母（白）：那你知道我小妞看不看得上你呢？。

教头（白）：老妈妈你不要有眼无珠，你知道他是什么人？

陈母（白）：他是什么人？

教头（白）：他是山西太原总督石须龙的公子，大公爷。

陈母（白）：我不管他是什么公爷母爷，我姑娘是不会嫁你这种人的，你死了这条心吧。

石伦（白）：妈妈，我好话给你讲了许多，你不听，那我只怕就要……

陈母（白）：你要怎样？

石伦（白）：我要抢。

陈母（白）：你要抢，那好咧，那你就等一会，等我女儿打扮一下，你来抢（拿起棒槌），你来抢。

（教头、家奴都跑了，逼着石伦把衣服、帽子都脱光了，石伦往外跑，老妈在后追赶，正要举槌就打，匡忠迎面上来）。

匡忠（白）：妈妈为何生这大的气呀？

陈母（白）：你是来帮他打架的吧？

匡忠（白）：我不是，我是路过的。妈妈你要到哪里去呀？

陈母（白）：我要赶到他家去，叫他父母好好教训他。

匡忠（白）：妈妈，我叫你就不要去了。他的父母不为他的儿子说话，难道替你说话不成吗？

陈母（白）：这倒也是。看起来你是好人，那就在我家喝茶。请坐。

匡忠（白）：告坐。

陈母（白）：小妞，客人来了，快上茶来。

秀英（内白）：来了来了。

（拿一把旧壶上来，一看，见是一个美貌少年，急转身拿出新杯子，急忙与公子倒茶。）

秀英（白）：公子请用茶。

（头一抬，二人对望了一眼，秀英美极了）

秀英（白）：妈妈，你到后面去，待我招待客人。

陈母（白）：莫瞎说，他是个男的，你是女娃子，不害臊，你到后面去，由我来招呼。

秀英（白）：是。（回头看了看匡忠，才高兴地下去）

匡忠（白）：妈妈，你家中还有这么一张弓，能否与我观赏一下？

陈母（白）：公子既然想看，待我拿来你看。（取弓介）公子请看。

匡忠（白）：（接到手）果然是一张好弓。请问妈妈，你家是何人用此弓？

陈母（白）：我老头子在世时，是他拉的开，

匡忠（白）：那现在呢？

陈母（白）我老头子去世后，现在我小妞拉的开。

匡忠（白）：老妈妈请你小妞拉给一看，让我开开眼界，不知是否赏光？

陈母（白）：小妞，快来。

秀英:（上白）妈妈何事？

陈母（白）：这位公子，想让你将弓拉给他看。

秀项（白）我怕拉得不好，让人见笑，还是不拉的好。

匡忠（白）：小姐，不管你拉得好与不好，我不会见笑的。我还要讨教于你。

秀英（白）：既然公子一定要看，那我就献丑了。公子，如果我开得好，你也不要夸奖我，开得不好，请公子不要见笑。

匡忠（白）：君子一言为定。请开。

秀英（白）：请看。（拿弓走过园场。白）一开杜边射月，二开童子拜观音，三开黄忠射盔缨。

匡忠（白）：开得好。不愧是巾帼不让须眉，是否能让我开上一开？

秀英（白）：公子请开。

匡忠（白）：得罪了。（唱嘹子）忙将宝弓拿在手，不由匡忠喜心头。自古常言道得有：窈窕淑女，君子好逑。（连开三弓）见笑了。

秀英（白）：妈妈，你过来。

陈母（白）：小妞何事？

秀英（白）：妈，我爹在世说的话，你可曾记得吗？

陈母（白）：哟，年深月久，妈我还忘记了。

秀英（白）：妈，我还记得。

陈母（白）：你记得你讲。

秀英（白）：我爹临终前不是说过了，这张弓我在世我拉得开，我死后只有我小妞拉得开。如若再有外人拉得开，那就是我家姑爷了吧。

陈母（白）：哟，你还记得很清楚。你去对他说。

秀英（白）：妈，我怎么好意思开口呢（耍娇介）。妈，你去对他讲吵，你去问他还会不会别的武艺，我要与他比试比试。

陈母（白）：好，我去问他。请问公子，你还会不会别的武艺，我姑娘要与你比试比试，你可愿否。

匡忠（白）：老妈妈，不是我夸口，十八般武艺件件精通。愿与小姐比划比划。拿兵器来。（二人比画）小姐请（开打，匡胜）。

秀英（白）：比拳头。

匡忠（白）：请，开始。

（二人比拳，匡先将秀英脸上摸了一下，秀英将匡忠的脸揪了一下。拉萝卜，匡上了位，秀英在旁边叫好热）

匡忠（白）：天气炎热，这把扇子小姐拿去用吧。

（秀英接过扇子，被妈看见）

陈母（白）：丫头，你过来。

秀英（白）：妈，什么事。

陈母（白）：丫头，你怎么能要人家的东西呢？

秀英（白）：我没有要人家的东西。

陈母（白）：你没有要，你把手伸给我看。

秀英（白）：你看

陈母（白）：这只手。

秀英（白）：你看。

陈母（白）：两只手一齐看。

秀英（白）：你看（扇子被发现了）。

陈母（白）：这是什么？是不是你向人家要的。

秀英（白）：不是我要的，是人家愿意把我的。

陈母（白）：好，我去问他，要是人家愿意把的，那就罢了。你到后面去。

秀英（白）：你要对他讲（回头看了看匡忠，下）。

陈母（白）：妈我知道。请问公子，那把扇子是她向你要的，还是你自愿把她的？

匡忠（白）：是我自愿把她的。

陈母（白）：请问公子，你姓什么？叫什么名字？

匡忠（白）：我姓匡名忠。

陈母（白）：匡公子，老身有句话，不知当讲不当讲。

匡（白）：老妈妈有话请讲。

陈母（白）：这张弓，我老头子在世时，我老头子拉得开。我老头子去世后，只有我小妞拉得开。再如若有人拉得开……

匡忠（白）：那便怎样？

陈母（白）：那就是我家的娇客到了。

匡忠（白）：如此说来，岳母在上，请受小婿一拜可。（唱喙子）告辞了老岳母回家进，三天以后定来迎亲。（下）

秀英：（急上白）妈妈，他人呢？

陈母（白）：人走了。

秀英（白）：那话呢。

陈母（白）：话风吹了。

秀英（白）：怎么会这样，我去问他。

陈母（白）：哪里去？

秀英（白）：我要找他去。

陈母（白）：不要去，人家答应了，三天后来迎亲。

秀英（白）：当真？

陈母（白）：那还有假。人家叫我岳母娘了。

秀英（白）：多谢妈妈。（顽皮地高兴）我有婆家了呀。

陈母（白）：快去张罗张罗。

秀英（白）：遵命。（下）

陈母（白）：我也做了丈母娘。哈……（下）

第四场 逼父说婚

人物：石须龙 石伦 教头 家奴

石须龙:（上，唱嘹子）实可恨，太行山贼造反，倒叫老夫心不安。将身打坐客堂转，坚决消灭太行山。

（石伦、教头、家奴上）

石伦（白）：哎呀，我不活了，啊……

石须龙（白）：你起来讲话，为父与你作主就是。

石伦（白）：爹，你这大年纪了，今年抬一个，明年抬一个，你儿子我也老大不小了，到现在一个也不个，像我这样岂不要断子绝孙？

石须龙（白）：你看上谁家姑娘，为父与你作主就是。

石伦（白）：就是那个大杰居茶馆内的姑娘，我看上了他，他妈妈不肯。

石须龙（白）：你既然看上了，那就命人找个媒婆前去与你说媒就是了，家奴。

家奴（白）：在

石须龙（白）：你去找一个会说的，前去说媒，多把银两就是。

家奴（白）：小人遵命。（下）

石须龙（白）：将公子带后面书房读书去罢。

石伦（白）：儿子遵命。（下）

石须龙（白）：这正是愚子不可教也，唉。（下）

第五场 说婚

人物：媒婆 家奴 陈母 石伦 秀英

媒婆:（上念）奴家本姓王，人称我王媒婆。王媒婆就是我。我是山西太原有名的王媒娘。提起做媒真快爽，我百事不会做，只会与人带马拉纤说媒娘。我与列位说一场，东边去说一个癞子姐，西边去说一个癞痢郎。日期看的腊月八，两个癞痢来拜堂，外加一对癞痢牵娘。洞房点的红蜡烛，照得满堂放霞光。列位你看见了笑破肚子肠，肚子肠。（白）在下王大娘，只因丈夫早年去世，我又无儿无女，光靠做媒为生。今日天气晴和，不免在家等候了。

家奴（内：走呀。上唱）：在家中领过了老爷命，命我找个说媒的人。来在门前将身进，见了王大娘把礼行。

王媒婆（白）：这位小哥，你是无事不登三宝殿。

家奴（白）：有事才到贵府来。

王媒婆（白）：敢是说媒的。

家奴（白）：正是。

王媒婆（白）：但不知是哪家才郎，哪家千金？

家奴（白）：你听着，就是山西太原总督石须龙的公子，名叫石伦，看上了大杰居茶馆内的一个小姑娘。他妈不同意，只要你说成了的话，银子要多少有多少。

王媒婆（白）：那不是吹牛的话，那个陈妈与我是两姨，只要我去一说，保准成功。不过要先带我去你家，见你的大公爷再说。

家奴（白）：那好，随我一同前去了。

王媒婆（白）：那你就前头带路了。（唱嘹子）叫小哥你前路朝家往，看一看他家是否大方。

家奴（白）：到了。随我进去有请大公爷。

石伦（上白）：媒婆请到了？

家奴（白）：这是我家大公爷。

王媒婆（白）：见过大公爷。

石伦（白）：不必多礼。请坐。与媒娘上茶。王媒娘，大概我的家人对你讲明，只要你能把婚事说成，我是重重有赏。

王媒婆（白）：那要看大公爷出手如何？

石伦（白）：这有纹银十两，把与你吃茶，只要成功了，要多少给多少。

王媒婆（白）：告辞了。（唱）告辞了大公爷，去把媒做。（出门介。石伦、家奴同下）倒把我王媒娘喜在心头。来到了陈府门将身内走，请一声姨妈，君子好逑。（白）有请姨妈。

陈母（上白）：前店人声语，上前看分明。哟，原来是王大娘到了，真是稀客。请坐。小妞，有客人来了，快上茶来。

秀英（上白）：妈妈请用茶。

王媒婆（白）：（接茶介）哎呀，真漂亮的姑娘，真是人见人爱。哎，姨妈，这大的姑娘说人家没有？

陈母（白）：已经有了姑爷了。

王媒婆（白）：不知是哪一家。

陈母（白）：我的姑爷文武双全，名叫匡忠。

王媒婆（白）：哟，姨妈，我听说那匡忠家庭很穷，我倒有一名门望族，家财万贯，骡马成群。要是你的姑娘嫁过去，那可是享不尽的荣华富贵呀。

陈母（白）：大娘你不要说了，我知道你说的那一家，你赶快走。

王媒婆（白）：你这个人真是不受人抬举。

陈母（白）：呀、呸！（唱）骂一声，王大娘，不自爱，你不该到我家胡言乱敲，手持棒槌将你拷。

王媒婆（白）：哎哟，打死人呀（唱）打的我王大娘连嚎带爬（下）。

陈母（白）：气死我也（下）。

第六场 设计

人物：王媒婆 石伦 石须龙 朱虎 匡忠 家丁二人

王媒婆（白）：可恼呀（唱）实可恨，老乞婆，真厉害。打得遍身痛，连滚带爬。我去石伦家，寻死放赖，要他家把赏银补起来。来到了他家门，将身内到。叫一声，大公爷，快快出来。（白）哎呀，我打坏了。

石伦：（上白）王大妈，怎么样？

王媒婆（白）：大公爷，你叫我到他家提亲，那人家姑爷有了，许配了匡忠。我提到你家，被那个老乞婆拷打一顿，打得遍身疼痛。哎呀，大公爷，我是个无儿无女的人，你叫我怎么活呀？

石伦（白）：王大娘，你不要伤心，我给你一百两纹银，你回去调养。以后我再来看你。

王媒婆（白）：那多谢大公爷，我回去了。（跛下）

石伦（白）：有请爹爹快来。

石须龙（白）：我儿何事？

石伦（白）：我今天请媒婆去至陈府提亲，陈府说他的女儿许配了匡忠，你看怎么办？

石须龙（白）：我儿不必如此，为父自有办法。你叫朱虎前来见我，你且下去。

石伦（白）：朱虎快来。

朱虎：（上白）见过老爷，不知有何吩咐？

石须龙（白）：今有匡忠，与我作对，我命他押解银两去至岭南，你去扮作响马，在中途埋伏，将银两劫了回来。重重有赏。不许让旁人知道。

朱虎（白）：小人遵命，下。

石须龙（白）：匡忠快来。

匡忠（白）：见过老爷，有何吩咐？

石须龙（(白）：只因接到上司之令，命你押解千两纹银去岭南边关，不得有误。

匡忠（白）：几时赶程。

石须龙（白）：即日起程。

匡忠（白）：告辞了。（下）

石须龙（白）：好呀！（唱）老夫安下牢笼计，匡忠此去难回归。将身且到后堂转，

去与我儿说端的。哈哈……（下）

第七场 劫银

人物：朱虎 匡忠 众喽兵

匡忠（内倒板）：奉命押银边关到。（唱嘹子）不觉到了陡石岩。（白）俺匡忠是也。今奉石大人之命押解银两，去至边关岭南，不觉到了陡石岩。恐有不测，众兵。

兵（白）：有。

匡忠（白）：严加防范，继续前进。

朱虎兵众（冲上，吟）：树是老子栽，路是老子开。快快留下买路财，不然命不保。

匡忠（白）：少废话，看枪（二人开打。银两被劫。朱带兵下）。（白：）哎呀，且住，看那为首之人好像石府朱虎的模样，莫非是石须龙设圈套陷害于我，也未可知。这……罢了，无有证据，有理也讲不清。只有回去任凭处置便了，众兵丁，回营去者。（同下）

第八场 问罪充军

人物：石须龙 匡忠 解差二人 众兵

石须龙（内：来也。上唱元板）哪怕匡忠多厉害，难逃老夫计笼牢。将身打坐宝帐到，等候匡忠把令交。（白）来。

兵（白）：有。

石须龙（白）：等下匡忠回营交命，叫他报门而进。

兵（白）：知道了。

匡忠：（内白）苦呀，（上唱嘹子）奸贼设计将我害，匡忠上了断头台。将身来到辕门外，要见大人把令交。

兵（白）：匡忠，大人有令，叫你报门而进。

匡忠（白）：好，报。匡忠告进，参见大人。

石须龙（白）：怎不抬头？

匡忠（白）：不敢抬头。

石须龙（白）：抬起头来，（匡抬头）呀，呸！（唱）骂声匡忠胆太大，竟敢轻易犯王法。人来将他绑了罢，将他充军受王法。（白）传解差上堂。

兵（白）：解差上堂。

二差（同上）：差见大人，那方差遣？

石须龙（白）：将匡忠发配边关岭南，一路小心为是。

二差（白）：小人遵命。（转身面向匡忠）匡忠，把枷带上。

匡忠（白）：不好了。（唱）公堂之上上了锁，鳌鱼吞钩实难脱。二差带路边关过，忍气吞声无奈何。（下）

石须龙（白）：来，掩门。（下）

第九场 王富刚表白

王富刚（内：走呀。上唱）：大堂之上领了令，山西太原去调兵。（白）俺王富刚是也，今奉王大人之命，去往山西太原调兵。不免顺便去会会我那结拜的兄长匡忠。不知他近况如何，就此马上加鞭便了。（唱）快马加鞭往前奔，会会弟兄结拜情。（下）

第十场 兄弟会

人物：匡忠 王富刚 二解差

匡忠：（内倒板）披星戴月忙赶路。（二差同上。唱迓腔）不由悲愤泪暗流。石须龙为何将我害就？我与他平日里无有冤仇。为何他对我下此毒手？思来想去无有理由。莫不是为婚姻把我气呕。听信了他儿子调唆才用此计谋。这也是我匡忠命中劫数，听天由命不由人就此罢休。二解差带路往前走。

王富刚（上唱）：见兄长披枷锁，是何缘由？（白）哎呀，兄长，是为何这般光景呀？

匡忠（白）：二位差哥，可容我兄弟聊一聊？

王富刚（白）：这是一点小意思，请二位收下。一路之上，请二位好好关照我的大哥。

差（白）：你们有话只管讲来，我们就此等候便了。

王富刚（白）：兄长，究竟为了何事，可对我一讲。

匡忠（白）：贤弟听了（唱）且听我遭难人把苦水来吐，无头冤枉令人愁。石须龙命我押银边关走，中途路遇匪徒险把命丢。思来想去说不清楚，乱怪人无凭据，无有理由。但愿得一路上皇天保佑，总有一天能出头。（白）贤弟，我这有书信一封，烦托人送往杰居村茶馆的陈秀英，她是你嫂子。她与我订了婚，约定三日后前去迎亲。看来无有指望了，请她另行择配。拜托，拜托。匡忠叩首拜。

王富刚（白）：此信一定送到，只因我奉了王大人之命，去往山西太原提调兵马，就此告别。

匡忠（白）：二位带路了（唱）二差带路边关奔，找着店房暂安身（同下）。

第十一场 得信

人物：陈母 陈秀项 下书人

（秀英上场，手拿红盖头，对着菱花镜，将红盖头盖上，做结婚表演的动作。做完后，将红盖头揭开）

秀英（白）：妈呀，匡忠不是说三天之后前来迎亲，到如今是缘何还不来呢。

陈母（白）：姑娘不要担心，我看匡忠是个忠诚老实人，不会说谎的，等等吧。

送信人：（上白）来此已是茶馆了，待我进去。陈老妈妈，我是受人之托前来下书的，这有书信一封，请收下。我告辞了。（下）

秀英（白）：待我看来。“我被石须龙陷害，马上充军到边关岭南，望小姐不要等我，另行改嫁吧。匡忠拜。”不好了。（晕倒）

陈母（白）：我儿醒来。

秀英：（倒板）见书信不由人珠泪滚，好似狼牙箭穿心。美好的婚姻成泡影，心想团圆两离分。哭一声，未婚夫，哎……（哭头）我的夫呀，活活急坏陈秀英。

陈母（白）：女儿不要啼哭，速速去至十里凉亭，与他见上一面。

秀英（白）：母亲言之有理，快走呀（唱嘹子）请母亲随女儿出门庭，十里亭去会一会我那苦命郎君。（下）

第十二场 离别

人物：匡忠 二差人 陈母 陈秀英

（匡忠、二差内同上）

匡忠（内白）：走呀。（唱嘹子）二差带路边关往。

（陈母、秀英同上唱）：得见郎君泪汪汪。

二差（白）：呔，这是犯人，不可靠近。走远些。

陈母（白）：二位差哥，这有一茶之敬。请行个方便。

差（白）：看在你老人家的份上，让你一会吧。

匡忠：（叫头）娘子。

秀英（白）：夫君。（同白）罢了。（倒板）老天降下无情剑，（秀英转悲伢）斩断了夫妻们恩爱难得缘。实指望配夫妻恩爱永远，实指望夫妻们偕老百年。我二人配夫妻是天从人愿，我二人配夫妻和睦相怜。今天望来明天盼，谁知盼来了锁链披肩。实可恨石须龙贼子阴险，害得你我不能团圆。但不知此一去何时回转，陈秀英我在家等你回还。叹只叹夫在外无人照看，不由秀英把心耽。但愿得夫在外身体康健，莫把秀英挂心间。哪怕是天荒地老海枯石烂，秀英我也要等你夫妻团圆。夫妻们只哭得……哎呀我的夫。（转仙嘹子）好似万箭把我心穿，夫此去妻好比失群的孤雁。

匡忠（唱）：夫此去好似马离鞍。

秀英（唱）：夫此去妻好比风筝线断。

匡忠（唱）：夫此去大海中失舵的船。

秀英（唱）：夫此去好比那龙离海岸。

匡忠（唱）：夫此去，妻好比凤离山。

秀英（唱）：流泪眼来观看流泪眼。

匡忠（唱）：夫妻分别在此间。

秀英（唱）：难舍我夫我要多看几眼。

匡忠（唱）：难舍我妻痛在心田。

秀英（唱）：夫妻今天会一面。

匡忠（唱）：不知那日能团圆。

差（白）：时间已到，快走。

秀英（唱）：夫妻本当多留恋。

匡忠（唱）：二差催走法不容宽，辞别贤妻忙把路赶。

秀英（白）：（扯住衣襟）夫呀（哭）。（二差同匡下）

秀英（唱）：请母亲你随儿转回家园。（下）

第十三场 王富刚探嫂

人物：王富刚

王富刚（内白）：走呀。（上唱嘹子）去到那太原府兵马提调，想起了匡大哥对我言交。（白）俺王富刚去往太原提调兵马，不免顺便去往杰居茶楼看望嫂嫂便了（唱辽）快马加鞭往前奔，去杰居村走一程。（下）

第十四场 抢亲

人物：石伦 教头

石伦（内白）：好呀。（上唱）匡忠小子与我来作对，这一次我料他有去无回。茶馆内的小姑娘该我睡，我去茶馆抱得美人归。（白）教头。

教头（白）：有。

石伦（唱）：你与我前带路，茶馆内我谅她难逃这一回。（下）

第十五场 石伦被杀

人物：陈母 秀英 王富刚 石伦 教头

秀英（母女同上。唱嘹子）：石须龙贼子太可恨。

秀英（唱）：不知何时把冤申。（白）妈妈你看匡郎被害，石须龙老贼不会放过我们的。你看如何是好。

陈母（白）：依我之见，我们女扮男装，逃出去躲一时再作道理。

秀英（白）：妈妈言之有理，请随我来。（同下）

石伦（上唱）：来到了茶馆门，将身内进。（白）妈妈，美人呀。（唱）为何不见美佳人。

秀英（冲上白）：好贼子！（一刀将石伦杀死。急下）

王富刚：（上唱）来到茶馆门将身内进。（白）伯母、嫂嫂哎（唱）家中无人是何因？

教头（冲上入内白）：少爷，大公爷（见尸首。白）大公爷被杀，一定是你杀的。

王富刚（白）：胡说，我何曾杀人。

教头（白）：你说你未杀人，现在人赃俱在，你随我去见我家老爷。

王富刚（白）：去就去，谁个怕你不成，走！（教头、王同下）

第十六场 验证

人物：石须龙 王富刚 教头 手下2人

石须龙（内白）：走呀。（上唱）太行山山贼来造反，倒叫老夫心不安。我不该与匡忠来结怨，将他充军到岭南。山贼若是来侵犯，何人迎敌保太原。若是太原被贼反，头上乌纱难保全。越思越想悔不转，好似万箭把心穿，悲悲切切宝帐转。

教头（上接唱）：参见大人报根原。（白）参见大人，大事不好。

石须龙（白）：何事惊慌？

教头（白）：少爷被人杀害。

石须龙（白）：何人所杀，凶手可曾拿到。

教头（白）：凶手已在门外。

石须龙（白）：将他带了进来。

教头（白）：快见我家大人。

王富刚（入内白）：见过大人。

石须龙（白）：胆大贼子，为何刺杀我儿，从实讲来。

王富刚（白）：我是领了王大人的令前来提调兵马，并未杀人。

教头（白）：这有钢刀为凭，刀上无血。

石须龙（白）：可有公文。

王富刚（白）：公文在此。请看。

石须龙（接过公文看。白）：既是王大人所差来，教头。

教头（白）：在。

石须龙（白）：将他押解王大人台前，由王大人发落便是。

教头（白）：遵命，随我来。（王富刚同下）

石须龙（白）：可恼呀。（唱嘹子）我儿已经丧了命，不由老夫泪雨淋。悲悲切切后堂进。可叹我到头来断子绝孙。（下）

第十七场 山寨

人物：关柏 关月英 众喽兵

关柏：（内倒板）波浪滔滔水边天（上元板）太行山上俺为先。太行山寨胜似阎罗殿，三面临水一面景朝天。上有那铜锣铁网保上面，下有那水雷水炮埋伏在水里边。哪怕贼子来捣蛋，就是那铜头铁汉也难逃俺的太行山。将身打坐盘龙殿，可叹我年迈无香烟。（白）老夫关柏是也。在此山盘踞数十余年，年已半百，膝下无子，只有一女名叫关月英，年方一十六岁。自幼许配王富刚，我曾命人下书寻找王富刚，叫他上山接替于我，未见回音。来人。

兵（白）：有。

关柏（白）：请小姐前来。

兵（白）：有请小姐。

关月英：（上唱嘹子）我正在后面把武练，耳听爹爹把我传。急忙去前寨把爹爹见，问爹爹传有何话言。

关柏（白）：女儿不曾知道，只因王富刚至今无信来此，我想命你下山。一来打听王富刚的下落，二来顺便找点财物上来。

月英（白）：请爹爹传令。

关柏（白）：好，站在西厢，听我传令也。（唱）站在高山传号令，大小喽兵听分明。会拿刀的刀拿定，会拿枪的枪拿紧。孝子忠成要尊敬，贪官污吏不留情。小商小贩要保定，恶霸土豪抢他的金和银。我今传下一支令，大小喽兵听令行。若是有人违号令，插箭割耳受酷刑。一支大令往下顺。

关月英（唱）：请爹爹等候女儿的信音。（下）

关柏（白）：好呀。（唱）一见女儿下山奔，到叫老夫想在心。将身且把后寨进，等候女儿回山林。（下）

第十八场 逃难

人物：陈母 秀英 月英 喽兵

秀英（内倒板）：母女俩走慌忙，阳光道上。（秀英先上遛马，再引母同上。唱迓腔）哪个认得我是女扮男装。石须龙老奸贼良心尽丧，他不该设圈套苦害忠良。实可叹匡良夫活遭冤枉，他一人在外受尽凄凉。陈秀英在中途自思自想，母女俩不知道逃到何方。

陈母（唱）：叫女儿，你不要心中难过，娘有言来你听着。自古常言道得不错，恶人终被恶人磨。恶贯满盈无处躲，祸到临头难逃脱。母女俩出外来为避祸，不知何处来落脚。

秀英（白）：妈呀，你看我打扮得像个么样，你也穿的这个样。这是谁跟谁呀？妈呀，我叫什么名字呀。

陈母（白）：孩子，你就叫王富刚，像么样？

秀英（白）：那你呢。

陈母（白）：那我就是王富刚的娘吵。

秀英（白）：妈呀，那我逃到哪里去呢？

陈母（白）：只好误打误撞，逃到哪就是哪。

秀英（白）：也只好如此，走呀。（唱）母女俩打马往前奔。

关月英（带喽兵冲上，喊）：啊……（白）你们是从那里来的？这树是我栽的，路也是我开的，留下买路财才能从此过。

秀英（白）：你向我要银子，你知道我是谁？

关月英（白）：你是什么人，快快讲来。

秀英（白）：我行不改姓，坐不更名，王富刚是也。

关月英（白）：你是王富刚？那我爹爹给你的信你可曾收到？

秀英（白）：妈呀，你看？

陈母（白）：你说收到了，没有时间看。

秀英（白）：你爹的信我已收到了，只是太忙没有时间看。

关月英（白）：既然如此，随我一同上山罢。

秀英（白）：小姐，请了。（唱）小姐带路把山上。

关月英（唱）：太行山上见高堂。（同下）

第十九场 认亲

人物：关柏 关月英 陈母 秀英 喽兵

关柏（内白）：来也。（上唱）我命女儿下山去打探，至今还未转回还。将身打坐前寨转。

关月英（众人同上。唱）见了爹爹说根原。（白）参见爹爹。

关柏（白）：罢了，站过一旁。

关月英（白）：谢爹爹。王富刚来了。

关柏（白）：哦，王富刚，老夫的信你收到了？

秀英（白）：信已收到。只是时间紧迫，未曾来得及看，请大人当面一叙。

关柏（白）：女儿，这位是谁。

关月英（白）：这是王富刚的妈妈。

关柏（白）：原来是亲家母到了，快快请坐。

陈母（白）：多谢亲家关心。

关柏（白）：唉，富刚呀，老夫叫你上山来，一则老夫年纪高迈，力不从心，山寨的事情由你来掌管。二来吗，你和月英年纪也不小了，也该完婚了，好了却老夫的心愿。

秀英（白）：启禀岳父大人，我有两个条件，请大人恩准。

关柏（白）：请讲来。

秀英（白）：第一，山寨要自力更生，不能抢劫民财，危害百姓。

关柏（白）：第二呢？

秀英（白）：我的大仇未报，不能完婚。

关柏（白）：你的仇家是谁？

秀英（白）：山西太原石须龙。

关柏（白）：石须龙与老夫也有仇，明日由你点兵点将，攻打太原，不得能有误。

秀英（白）：多谢岳父大人。

关柏（白）：后寨摆酒，接风，亲家请。

陈母（白）：亲家请。哈……（同下）

第二十场 调兵

人物：王元龙 王富刚 手下 探子

王元龙（上引）：奉旨出朝，地动山摇。（诗）奉命出京访民情，一片忠心保乾坤。不论皇亲和国戚，王子犯法如庶民。（白）老夫王元龙，大明天子驾下为臣，官封探巡院督察吏。来人。

手下（白）：有

王元龙（白）：两厢侍候。

手下（白）：是

王富刚（内白）：走呀。（上唱）奉命太原去调兵，他们冤枉我杀了人。来到东院门将身进。（手下、王富刚入内。唱）见了大人说分明。（白）参见大人。

王元龙（白）：你缘何这般光景？

王富刚（白）：奉大人之命去至太原调兵，他们说我杀人。

王元龙（白）：你是否杀人？

王富刚（白）：小人怎敢杀人，此乃冤枉。

王元龙（白）：既未曾杀人，将他松绑。

手下（白）：是（松绑）。

探子（上白）：报……

王元龙（白）：报者何来？

探子（白）：太行山兵马讨战。

王元龙（白）：再探再报

探子（白）：得令。（下）

王元龙（白）：王富刚听令

王富刚（白）：在。

王元龙（白）：这有大令一支，去往太原，令石须龙出兵退敌。

王富刚（白）：得令。（下）

第二十一场 会战

人物：石须龙 陈秀英 男兵 女兵

（石须龙与陈秀英交战，石被杀死）

第二十二场 发兵

王元龙（内白）：来也。（上唱）我命石须龙出了兵，不知是输来还是赢，将身打坐宝帐等。

探子：（上唱）见了大人报分明。（白）报……

王元龙（白）：报者何事？

探子（白）：石须龙被山贼砍死。

王元龙（白）：你在怎讲？

探子（白）：石须龙已阵亡。

王元龙（白）：不好了（唱）听一言来吃一惊，好似狼牙箭穿心。回头便把富刚问，拿何良谋破贼兵？

探子：（上白）报……

王元龙（白）报者何事？

探子（白）：王富刚讨战。

王元龙（白）：不好了（唱）听说来了王富刚，到叫老夫心作慌。回头叫声王富刚，快快与我去抵挡。（白）王富刚听令。

王富刚（白）：在

王元龙（白）：这有大令一支，命你前去退敌，不得有误。

王富刚（白）：得令，抬枪，训马。（上马下）

王元龙（白）：可恼呀（唱）一见富刚出了兵，到叫老夫想在心。人来带路城楼奔（走原场上城楼。唱）看看来的什么人。

（王富刚与陈秀英会面）

王富刚（白）：来将通名。

秀英（白）：我乃太行山主将王富刚是也。

王元龙（白）：你来看哟，一下子来了两个王富刚，一个是有盔有甲的王富刚，一个是无盔无甲的王富刚。如果是无盔无甲的王富刚杀了有盔有甲的王富刚还则罢了，如果有盔有甲的王富刚杀了无盔无甲的王富刚，了都了不得，快快收兵收兵呀。（下）

（富刚和秀英交战，富刚败，秀英赢）

秀英（白）：叫匡忠出马。

（各自收兵下。将城围下）

第二十三场 调匡忠

人物：王元龙 王富刚

王元龙（内白）：来也。（上唱）时才城楼来观望，来了一个王富刚。二人俱是猛虎将，二虎相争必有伤。一个是银盔银甲的王富刚，身强体又壮。一个是无盔无甲的王富刚，好似猛虎下山岗。假若是有盔有甲的王富刚杀了那无盔无甲的王富刚，到叫老夫心作慌。若要是无盔无甲的王富刚杀了那有盔有甲的王富刚，到叫老夫有主张，将身打坐宝帐往。

王富刚（内上唱）：见了大人说端详。（白）交令。

王元龙（白）：将令落台。胜负如何？

王富刚（白）：未分胜负。

王元龙（白）：他说了什么？

王富刚（白）：他说要匡忠出马。

王元龙（白）：匡忠何许人也？

王富刚（白）：匡忠原是石须龙帐下一员大将，被石须龙陷害，充军到了岭南边关。

王元龙（白）：王富刚听令，这有大令一支，你速去边关提调匡忠回来。你也要回来协助匡忠作战，不得有误。

王富刚（白）：得令。（下）

王元龙（白）：好呀（唱）我命富刚调匡忠，到叫老夫想心中。两支猛虎出了洞，管叫太行山血染红。（下）

第二十四场 相会

人物：匡忠 王富刚

匡忠：（内白）好呀。（上唱）可恨石须龙将我害，将我充军边关来。多蒙王贤弟将我保。

王富刚：（上白）大哥。（唱）弟兄们相会胜同胞。

匡忠（白）：多亏贤弟不畏劳苦前来提调。

王富刚（白）：好说了。大哥，随我来。（二人同下）

第二十五场 大团圆

人物：匡忠 王富刚 陈母 秀英 关月英 兵卒

陈母（内白）：好呀。（上唱嘹子）听说是我的门婿来到战场上，不由老身喜洋洋，去到战场来看望。

月英（上唱）：老太太来到此地为那桩？（白）老太太，你到这儿来做甚呀？

陈母（白）：姑娘，你哪儿去呀？

月英（白）：我去看富刚打仗呀。

陈母（白）：姑娘，你去不得。

月英（白）：你才真去不得，你松手。

陈母（白）：姑娘你不能去。

月英（白）：你松手吧（下）。

陈母（白）：这下才热闹哟（下）。

（王富刚和秀英二人会面开打，匡忠冲上，挑枪架开）

秀英（白）：来将通名。

匡忠（白）：匡忠是也。

秀英（白）：什么？什么？

匡忠（白）：匡忠。匡忠。

秀英：（白）哎哟，哎哟。（下）

匡忠（白）：贤弟，山贼为何如此，追上前去。

王富刚（白）：追。（同下）

（匡与秀英又上，架枪）

秀英（白）：来将通名。

匡忠（白）：匡忠，匡忠。

（二人亮架。唱倒板。转连台）

秀英（唱）：两军阵杀出了匡忠小将（转迓腔）不由我陈秀英手足慌忙。想当年订婚时少年模样，到如今是缘何胡子拉碴这么长。知道他受过了无头的冤枉，石须龙暗害他充军到边疆。我本当上前去将他认上，怕只怕错认人两脸无光。不要急来不要忙，忙中有错细思量。转面来我只把将军请上，我有言来，你细听端详。问将军青春几何？

匡忠（唱）：二十岁上。

秀英（唱）：问将军你足下

匡忠（唱）：靴子一双。

秀英（唱）：问将军你小房中

匡忠（唱）：是空空荡荡。

秀英（唱）：再问将军你可曾订婚？

匡忠（唱）：我订过了鸳鸯。我的妻陈秀英弓开三榜。

秀英（白）：现在呢？

匡忠（唱）：现如今，不知他身落何方。问山贼是缘何停枪不打仗，两军阵战不战，你降又不降。

秀英（唱）：叫将军，你来看，抬头观望（看过去。白扇）。

匡忠（唱）：这是我的定亲物，是缘何落在你的身旁。莫不是我的妻被你强抢，到把我匡老爷怒满胸膛。叫山贼，你看枪。

秀英（唱）：休要鲁莽，和和气气道短长。陈秀英他和我夫随妇唱，我二人两相情愿配合兰房。

匡忠（唱）：听此言气得人头晕脑涨，恨不得将贼子破肚开肠。

关月英（上唱）：打仗的人是元缘停篙罢了桨，两军阵你二人热闹非常。转面来叫将军。

秀英（唱）：有何话讲？

关月英（唱）：你赶快杀了他，我们早拜花堂。

匡忠（唱）：问小姐，你与山贼有何来往？

关月英（唱）：他是我未婚夫王富刚。

匡忠（唱）：这山贼说的话完全吊谎，陈秀英和你有什么隐藏？

秀英（唱）：匡将军莫着急，休要莽撞。这件事，还需要请出我的老娘。（白：有请母亲）

陈母（唱）：近前来，说明白好把戏唱。

匡忠（唱）：原来是老岳母。

秀英（唱）：我的老娘。

匡忠（唱）：你二人原来是。

陈母（唱）：听我把话讲。让我年迈人谈谈家常。收到了你的来信，知道你受了冤枉。因此上我娘儿俩逃出外乡。逃到了太行山中途路上，关小姐带喽兵挡住路旁。关小姐你向我索要银两。

秀英（唱）：无办法才说出我叫王富刚。

关月英（唱）：听说是王富刚我喜上心上，王富刚他是我未婚的夫郎。因此上才将你们带回山上，爹爹作主我二人同拜花堂。

陈母（唱）：关小姐，我对你实话来讲，他不是王富刚。

关月英（白）：他是哪个？

陈母（唱）：是我的姑娘。

关月英（唱）：你原来是女家。（哎呀）我上了你的当，你把我做何安排。

秀英（唱）：我自有主张，王将军快点。

王富刚（唱）：有何话讲。

秀英（唱）：关小姐，我还你一个真王富刚。

王富刚：（起夹板）走上前，把礼让。

关月英（唱）：新官人。

王富刚：好新娘。

匡忠（唱）：老岳母你请上。

陈母（唱）：好门婿。

秀英（唱）：好鸳鸯。

同唱：好……同拜花堂。

（剧终）

后 记

本书是农民剧作家王发槐先生八十岁以后编著的楚剧集。

楚剧，在发槐先生的家乡鄂州汀祖镇一带，是最受老百姓喜爱的剧种。楚剧原名黄孝花鼓戏，1926 年改名为楚剧。汀祖的行政区划原来隶属大冶，流行的戏曲叫大冶调，用锣鼓伴奏，唱腔简单，服装简陋，饰演女性角色的演员都是临时借穿当地妇女的服装。1938 年，楚剧由武汉引进到汀祖。因为楚剧是用胡琴伴奏，音乐美妙，着装讲究，跟京剧和汉剧一样，不同的角色行当穿不同的服装。所以，楚剧一来就大为流行，几乎是一夜之间取代了大冶调。

当时人热爱楚剧，几近狂热，庄稼可以不做，但楚剧不能不看。那时流行的说法是："庄稼不做在地里，戏不看就走了。"每个村庄，争相唱戏，因为唱戏时伴随着聚众赌博，打架斗殴，以至于国民政府曾在汀祖一带颁布禁令：严禁楚剧，严禁赌博。新中国成立后，楚剧热再度兴起，二十世纪五六十年代，差不多大一点的村庄都有唱楚剧的戏班。柿树下王寿村也有十多人组成的戏班，发槐先生是其中的成员之一。"文革"期间，这些乡村戏班消失，二十世纪八十年代以后，仍然没有恢复，但汀祖镇里却成立了专业剧团，不仅在当地演出，还到武汉、黄石、鄂州等城市演出，红火一时。发槐先生也参加过此剧团，负责管理道具服装、乐器和化妆等事宜。如今剧团早已解散，但逢年过节，特别是元宵节之后，大一点的村庄都会请外地专业剧团来演出；举凡村里有大事，如宗祠落成、族谱修竣等等，也都会唱几天大戏，周围的乡邻扶老携幼前去观看。现在虽然有多种娱乐方式，但看戏仍然是当地村民集体娱乐的主要形式。发槐先生受这种爱戏氛围的熏染，故对楚剧情有独钟。

发槐先生既唱过戏，也教过戏，当过演员，更当过导演。他二十岁（1953 年）就开始学戏。他的师傅姓谢，名幼芳，是同镇谢家嘴村人。谢师傅的师傅，姓金，是位秀才，楚剧里唱连台是他创始的。发槐先生读过私塾，有一定的文化基础，记忆力又强，所以学戏进步最快。不几年，就成了戏班的主角。三十来岁的时候，他就可以当师傅教戏了，曾到大冶保安镇成功教过一个戏班子。二十世纪八十代中期，因家庭困难，他又到阳新县韦源口教戏。经过半年的训练，他可以让一个没有任何表演经验的草台班子完美地演出一台戏。作为教戏的师傅，演出的全过程他都相当熟悉，从角色到唱腔，从服装到化妆，他样样在行，乐队的乐器，除了拉琴不会，板鼓、大小锣和钹等也都精通。他十二岁时就参加村里的乐队，所以对乐器早就熟悉。村里乐队主要是为红白喜事服务，乐队还需要唱诗，所以他对古典诗歌也有一定的基础。有了唱戏、教戏的经历，他编戏、写戏，也就顺理成章。

发槐先生编著的这些剧本，有四种类型。一是自撰，二是改编，三是续编，四是整编。

自撰的剧本，完全是他本人的创作，当然故事来源并非原创，而是从别的剧种或小说取材而来。《三打白骨精》《张四姐大闹东京》《谢瑶环》《凤还巢》《白蛇传》《薛仁贵与薛丁山》等都是他自撰，其中《谢瑶环》和《凤还巢》的故事来源于同名京剧。楚剧史上从来没有人演绎过这个故事。

改编的剧本，是原有剧本，发槐先生年轻时还演出过。由于年深日久，剧本失传，他根据记忆予以恢复改编。《夜诉奇冤》是根据传统戏剧《十五贯》改编的，《真假包公》是依旧剧本《追鱼》改编而成。发槐先生记忆力好，看过的小说，都能原原本本地讲出来，从前经常外出义务修铁路，建水库，开渠道，工余时间同伴就围坐在跟前，听他讲《薛仁贵征东》《薛仁贵征西》《七剑十三侠》之类的故事。当年的剧情台词也都储存在他的记忆中，晚年生活安逸，心思也专一，夜里躺在床上，以前演过的剧本，像电影一样一幕幕呈现在眼前。次日起床后，他就把唤醒的记忆记录下来，并予以整理改编。

续编，是续写补编，《福禄救主》原来只有上集，发槐先生续写了下集。原剧本只写到徐文炳含冤入狱后福禄进京告状营救，是否救出及如何救出，没有下文。发槐先生按照剧情的逻辑发展补写了下集，使此戏有了完整的结局。

整编，是整理修订。原来有抄本流传，流传过程中有残缺，发槐先生将它重新整理修订。《汾河湾》就是这种旧曲翻新的剧本。

无论是自撰，还是改编，都是一种层累式写作，是一种文化传承。每部剧本都凝聚着前人的智慧，承载着民间和集体的审美趣味。楚剧是经国务院批准的国家级非物质文化遗产。发槐先生手写的底稿，好多是用同音字，又是行草结合、繁简并存。我们整理校订很是吃力，幸好有机会能与老人家坐在一起逐字逐句地讨论修改。

与老人家共同修订剧本，是难得的一种审美体验，也顺便熟悉了一些专门术语。如“内荷花”，我们不知是什么意思，他就现场比画，说“内荷花”与“外荷花”相对，都是一种表演提示。“内荷花”，是两位演员跑圆场后，面朝舞台内相见照面;“外荷花”，是两位演员跑圆场后，面朝台口相见照面。“内荷花”，常用于家庭成员上场时，特别是下人见主人、子女见父母时，一般都是用内荷花的方式上场。“占发”，是剧中人物受折磨受重伤后上场时快速甩发以表示痛苦和愤怒。“狗血”，则是惊恐、惊讶等表演提示。

有的唱词，依照我们的阅读经验，觉得不很顺口，提出是否改改，可他立马哼唱，验证后说，没问题，可以不改。有的唱词，我们觉得不押韵，他哼唱之后，说是押韵的。原来他是用方言押韵，如《白蛇传》里“儿的父送香茶吓死床头。小青儿避祸归家远走，叫一声为娘的快把身缩。儿的父死在地哭天无路，无奈何到仙山宝草来偷”。这头、走、缩、路、偷，普通话不押韵，但当地方言却是押韵的：缩，读 sóu；路，读 lòu。这种情况，剧本中所在多有。就像《楚辞》是“书楚语，作楚声，纪楚地，名楚物”一样，楚剧也带有浓郁的地方色彩。它的唱腔、语言、对白和表演都有鲜明的地方性和乡土味。

感谢湖北省社会科学基金和湖北师范大学音乐学院的资助，感谢中南民族大学王兆鹏教授的指导和帮助，感谢现代少年报社张纪娟编辑为本书的排版审读所付出的辛勤劳动，使本书得以顺利问世。

周友良

2021 年 11 月 16 日于黄石